CB014352

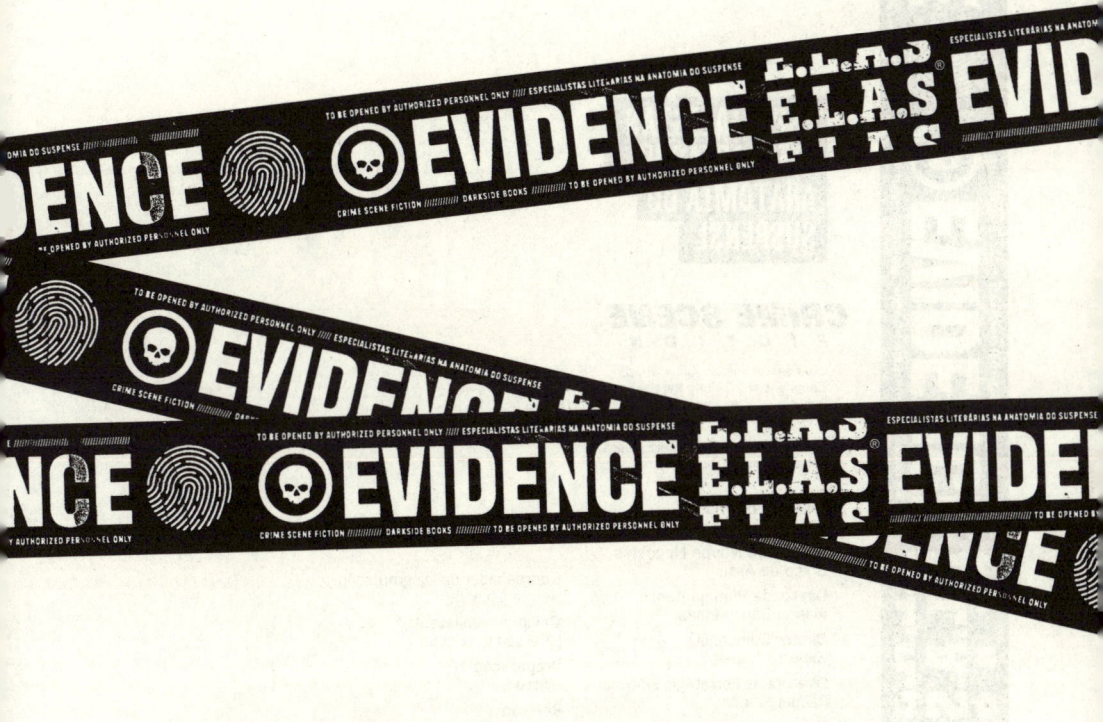

KATE ALICE MARSHALL ® ESPECIALISTAS LITERÁRIAS NA ANATOMIA DO SUSPENSE

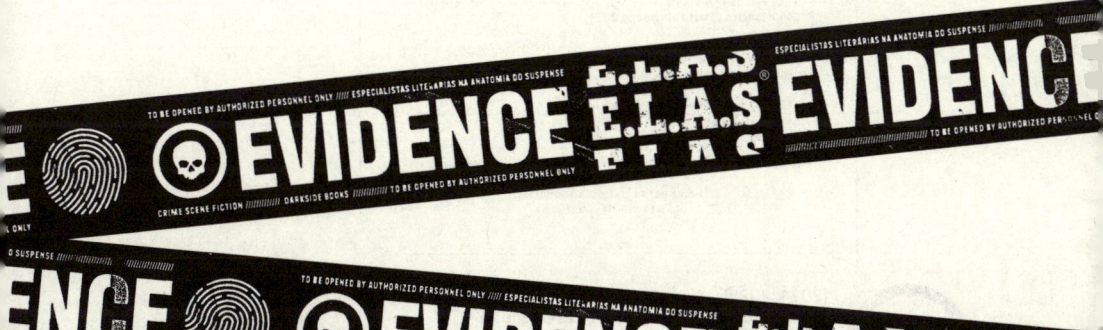

ESPECIALISTAS LITERÁRIAS NA ANATOMIA DO SUSPENSE

CRIME SCENE* FICTION

WHAT LIES IN THE WOODS: A NOVEL
Copyright © 2022 by Kate Alice Marshall
Published by arrangement with Flatiron Books.
Todos os direitos reservados.

Tradução para a língua portuguesa
© Karl Felippe, 2024

Diretor Editorial
Christiano Menezes

Diretor de Novos Negócios
Chico de Assis

Diretor de Planejamento
Marcel Souto Maior

Diretor Comercial
Gilberto Capelo

Diretora de Estratégia Editorial
Raquel Moritz

Gerente de Marca
Arthur Moraes

Gerente Editorial
Bruno Dorigatti

Editor
Paulo Raviere

Capa e Projeto Gráfico
Retina 78 e Arthur Moraes

Coordenador de Diagramação
Sergio Chaves

Designer Assistente
Jefferson Cortinove

Preparação
Marta Sá

Revisão
Catarina Tolentino
Francylene Silva

Finalização
Sandro Tagliamento

Marketing Estratégico
Ag. Mandíbula

Impressão e Acabamento
Braspor

DADOS INTERNACIONAIS DE CATALOGAÇÃO NA PUBLICAÇÃO (CIP)
Jéssica de Oliveira Molinari CRB-8/9852

Marshall, Kate Alice
  O que está lá fora / Kate Alice Marshall ; tradução de Karl Felippe. —
Rio de Janeiro : DarkSide Books, 2024.
352 p.

  ISBN: 978-65-5598-356-2
  Título original: What Lies in the Woods

  1. Ficção norte-americana 2. Suspense
  I. Título II. Felippe, Karl

24-1022   CDD 813

            Índice para catálogo sistemático:
                1. Ficção norte-americana

[2024, 2025]
Todos os direitos desta edição reservados à
DarkSide® Entretenimento LTDA.
Rua General Roca, 935/504 — Tijuca
20521-071 — Rio de Janeiro — RJ — Brasil
www.darksidebooks.com

KATE ALICE MARSHALL

O QUE ESTÁ LÁ FORA

TRADUÇÃO KARL FELIPPE

E.L.A.S®

DARKSIDE

*Para todas as meninas selvagens
que procuram por magia na floresta.*

á algo selvagem em meninas.

Não conseguíamos conter isso. Era o que transformava a chuva em magia e a floresta em um templo. Nós corríamos por trilhas estreitas, com o cabelo revolto esvoaçando para trás, fingindo que os abetos e pinhos delgados ainda eram as florestas anciãs que a industrialização havia triturado até se tornarem apenas serragem. Nós nos transformávamos em guerreiras, em rainhas, em deusas. Folhas de samambaia e dente-de-leão se tornavam emplastros e poções, e entoávamos feitiços para as árvores. Nós nos dávamos novos nomes: Ártemis, Atena, Hécate. Conversas eram transmitidas em código, nossas correspondências eram preenchidas de cifras complexas, e ensinávamos a nós mesmas os significados das pedras.

Sob um dossel de ramos cobertos de musgo, de mãos dadas, nós nos comprometemos umas com as outras para todo o sempre — um tipo de eternidade que arde apenas nos corações das pessoas jovens o bastante para não conhecer a realidade.

Aquele para todo o sempre terminou com o verão. Terminou com um grito e sangue derramado, e com duas meninas cambaleando até a estrada.

Do modo como Leo Cortland contou a história, ele pensou primeiro que era o som de algum pássaro ou outro animal. As orelhas da sua spaniel se eriçaram, e ela latiu uma vez, encarando intensamente as árvores.

Na verdade, ele soube na hora que o som vinha de uma criança. A história que ele contou foi uma forma de explicar a si mesmo o motivo de ter ficado parado ali, imóvel, por tanto tempo. O motivo de ele ter puxado sua spaniel de volta quando ela avançou em direção ao barulho, enrolando a correia em seu pulso. O motivo pelo qual ele começou a se virar para seguir na direção oposta quando as meninas saíram cambaleando da floresta, ambas com olhares alarmados, soluçando, com as roupas encharcadas de sangue escuro.

"O que aconteceu com vocês?", ele perguntou, ainda em choque, ainda tomado pelo impulso de fugir dali.

Uma menina tremeu e balançou a cabeça, abraçando o próprio corpo, mas a outra falou. Sua voz soava perdida e vazia. "Tinha um homem", disse. "Ele tinha uma faca."

"Vocês estão feridas?", perguntou ele, desejando estar com sua arma, desejando que sua spaniel fosse uma ameaça para algo além dos seus sapatos.

"Não", disse a menina. Quando contava a história, Leo se detinha nessa parte. A maneira como ela encarava através dele, como se não houvesse nada a não ser um fantasma diante de seus olhos. "Mas nossa amiga morreu."

Essa era a única parte da história que pertencia a Leo, e apenas a ele; depois disso, pertencia a todos, cada um achava um trecho diferente para contar, repetidas vezes, polindo-o até que reluzisse. Alguns falavam da coragem das duas de nós que cambalearam até a estrada para encontrar ajuda e que, apesar de estarem em choque, deram a descrição que levaria à prisão do autor do ataque. Outros focavam o próprio monstro, fascinados por sua perversão e brutalidade, pelos cantos sombrios de sua alma.

Nossos pais sempre falaram do instante em que descobriram tudo — quando ouviram dizer que três garotinhas haviam entrado na floresta e apenas duas haviam saído, logo souberam que eram as suas garotinhas, porque era uma cidade pequena e eles sabiam como a natureza nos atraía, sabiam que escorregávamos por trilhas de cervos e procurávamos rastros de unicórnios perto do riacho.

Eles sabiam que três de nós haviam entrado na floresta. Mas não sabiam quais eram as duas que haviam voltado.

Outros falavam do rapaz que havia encontrado a última de nós. Cody Benham estava cruzando a floresta com o grupo de busca — três dúzias de homens e mulheres, a maioria deles armados, todos eles raivosos. Ele avistou a pequena figura deitada, esticada sobre o tronco apodrecido de uma árvore caída, como se ela tivesse tentado subir nele com os últimos resquícios da força que se esvaía. A chuva caía sobre ela, arroios de água ensanguentada desenhando linhas até as pontas dos dedos pálidos.

Ele não chamou os outros de imediato. Em vez disso, caiu de joelhos, sem fôlego. Ele pressionou o próprio rosto contra a face gelada da menina.

Os dedos dela se curvaram contra a casca do tronco.

Algumas pessoas falam incessantemente que foi um milagre quando carregaram aquela menininha, ainda respirando, para fora da floresta. Elogiaram sua força e sua coragem. Eles se lembram da imagem da televisão: a menina na cadeira de rodas com uma cicatriz contorcendo a bochecha feito um nó na casca de uma árvore. Também se lembram de como ela assentiu quando o promotor perguntou se o homem que a havia ferido estava presente ali, diante deles.

Eles contaram a história, repetidas vezes, até passarem a achar que eram donos dela.

Nós tentamos esquecer. Nós não contamos a história.

Não a história verdadeira.

Nunca.

Eu tentei fingir que estava prestando atenção enquanto o casal à minha frente folheava o álbum de fotografias, murmurando em aprovação. Normalmente, eu diria que isso é um bom sinal — se não fosse a tensão nos ombros da futura noiva e o jeito que seus olhos continuavam se voltando em direção ao meu rosto quando ela achava que eu não estava prestando atenção.

Meu celular, com a tela virada para baixo sobre a mesa, vibrou. Eu pressionei o botão para silenciá-lo sem atender, resistindo ao impulso de conferir quem estava ligando.

"Seu portfólio é muito, muito impressionante", disse a noiva, torcendo a ponta do guardanapo, apreensiva. "De verdade."

"Fico feliz em ouvir isso", respondi, calculando mentalmente quanto havia sido meu prejuízo em gasolina ao aceitar participar dessa reunião. Eu devia ter desconfiado. O noivo que me contatou, o jeito que ele havia especificado — *Eu mostrei algumas das suas fotos para a Maddie...* — quando perguntei se ela tinha visto o website.

"É que...", ela começou e parou. Seu futuro marido, um jovem de aparência honesta com uma covinha no queixo e gel demais no cabelo, colocou a mão em seu pulso.

"Amor, é exatamente o que você estava procurando. Você está sempre reclamando de fotos sem graça. Queria alguém que não tivesse medo de cores."

Meu celular começou a vibrar novamente. "Me desculpe por isso", eu disse, o pegando para checar o identificador de chamadas. Liv. Eu recusei a chamada e guardei o celular em minha bolsa. Qualquer que fosse a nova crise, e sempre havia alguma, ela teria de esperar mais alguns minutos.

"É que...", recomeçou a noiva. Ela mordeu o lábio. "Desculpe, eu não quero soar completamente horrível. Suas fotos são muito, muito..."

"Impressionantes", eu concluí para ela, sorrindo. Quando eu sorri, apenas um lado da minha boca se curvou para cima. Ela se encolheu.

"Vamos logo, Maddie", disse o futuro marido — eu não conseguia me lembrar de seu nome. Provavelmente era Jason. Quase sempre era Jason, por algum motivo. Aqueles que me exibiam como uma surpresa, como se fosse para forçar as parceiras a me contratar por vergonha. Em grande parte, isso deixou de acontecer desde que eu tripliquei meus preços, o que magicamente transformou minhas cicatrizes de uma deformação lamentável em parte do meu ousado apelo.

"Está tudo bem", garanti a ele. "É o dia do seu casamento, Maddie. Tudo tem de ficar perfeito."

"Certo", ela disse, aliviada pelo fato de eu *entender*.

"E, se alguém não é perfeito, você não tem motivo de ter esse alguém ali", acrescentei. O sorriso dela hesitou.

"Seus preços são bem altos", retrucou ela, corando. "Você deveria considerar baixá-los. Pode ser que consiga mais trabalhos."

Eu suspirei. "Meus preços são altos porque meu trabalho é muito, muito bom", eu disse, ecoando de volta suas próprias palavras. "Eu me certifico de que a minha foto fique bem visível no meu site, porque eu não quero que ninguém perca seu tempo nem me faça perder o meu. E agora nós fizemos as duas coisas."

Eu me levantei pegando o álbum. Meu café ficou largado na mesa, intocado, mas eu só o havia pedido para passar o tempo enquanto esperava eles aparecerem com vinte minutos de atraso. "Espero que tenha o casamento dos seus sonhos, Maddie. Jason, foi um prazer conhecê-lo."

"Na verdade, meu nome é Jackson", resmungou ele, sem erguer os olhos acima do meu queixo.

Enquanto me afastava, eu o escutei cochichando irritado com ela. Ela se desfez em lágrimas assim que a porta bateu atrás de mim. Eu parei na calçada e fechei os olhos soltando um suspiro e me lembrando de relaxar os músculos que lentamente haviam se tensionado por todo o meu corpo.

A única coisa pior do que noivas como a Maddie era chegar a uma reunião apenas para descobrir que o cliente era um "fã". Não das minhas fotos, é claro. Da história dramática que minha vida havia se tornado quando eu tinha 11 anos.

Eu tirei meu celular da bolsa. Liv não havia deixado nenhuma mensagem, mas isso não era nenhuma surpresa. Ela odiava ser gravada. Nós passamos tempo o suficiente com câmeras forçadas contra nossas caras, e os vídeos ainda viviam pela internet sob títulos como MENINAS FRUSTRAM SERIAL KILLER NA FLORESTA OLYMPIC e SOBREVIVENTES DE ALAN MICHAEL STAHL, O "ASSASSINO DE QUINAULT", CONTAM SUA HISTÓRIA.

Naquela época, Liv ainda tinha o que a mãe dela chamava de "gordura infantil persistente" e um rosto redondo que parecia ainda mais redondo por causa da franja reta e o corte de cabelo chanel. Nos anos que se seguiram, ela esticou e emagreceu e, depois disso, continuou desaparecendo por etapas, se desfazendo até se tornar possível contar as vértebras através da camiseta. Ela garantiu que não sobrasse nada de si mesma para que a reconhecessem.

Eu não tinha essa opção. A cicatriz no meu rosto, o dano no nervo que mantinha o canto da minha boca curvado em uma constante expressão de desgosto... não eram coisas que eu podia esconder. Mudar o meu nome fez diminuir o número de pessoas que me encontravam, mas eu nunca me livraria das cicatrizes, e me recusava a tentar escondê-las. Eu usava meu cabelo curto e baixo, e sempre me fotografava de frente. Eu descrevia meu estilo como "inabalável". Meu último terapeuta chegou a sugerir que eu estava usando honestidade como uma armadura.

Como que por uma deixa, o celular começou a vibrar novamente. Dessa vez, eu atendi, me preparando para tirar Liv de qualquer que fosse a crise que o dia havia desencadeado. "Oi, Liv. Como estão as coisas?", perguntei animada, porque fingir que aquilo poderia ser qualquer outra coisa era parte da nossa dinâmica.

Ela ficou em silêncio por um instante. Eu esperei ela se estabilizar. Iria vir em pequenas frases soluçadas de início, e então viria a enxurrada. E, no fim de tudo, eu diria a ela que iria ficar tudo bem, perguntaria se ela estava tomando os remédios e prometeria que eu não me importava com o fato de ela ter ligado. E não me importava, mesmo. Eu só queria saber se, um dia, ela iria parar de me ligar.

"Estou tentando entrar em contato com Naomi Cunningham", disse uma voz masculina do outro lado da linha. Eu pisquei em surpresa.

"Sou eu. Me desculpe, eu pensei que fosse outra pessoa. Obviamente", respondi, soltando minha respiração e retirando da frente dos olhos as mechas de cabelo sopradas pelo vento. "Quem é?"

"Meu nome é Gerald Watts, da Secretaria de Apoio às Vítimas. Estou ligando para falar sobre Alan Michael Stahl."

Deu um branco em minha mente. Por que eles estariam me ligando agora? Já faz mais de vinte anos, mas... "Ele foi solto?", perguntei. Eu me lembrei da palavra *condicional* na sentença. *Possibilidade de liberdade condicional após vinte anos.* Mas vinte anos era uma eternidade para uma criança. Uma sensação de pânico se espalhou por mim como se fosse uma infestação. "Espera. Você tem de ligar para cada uma de nós, não é? Nós temos permissão para testemunhar, ou..."

"Senhorita, Stahl não foi solto", respondeu Gerald Watts, com prontidão e tranquilidade. "Tenho notícias melhores que essa. Ele está morto."

"Eu..." Eu parei. Morto. Ele estava morto, era isso. Tinha acabado. "Como?"

"Câncer. Além disso, não posso compartilhar informações médicas particulares."

"As outras meninas já sabem? Liv... digo, Olivia Barnes e..."

"Olivia Barnes e Cassidy Green também foram notificadas. Tivemos um pouco mais de trabalho para te encontrar. Você mudou de nome", ele disse, como se fosse apenas um motivo, não um julgamento, mas eu hesitei.

"Ainda assim, você descobriu quem eu sou... Não que eu quisesse me esconder, mas diminuíram as ligações aleatórias e coisas do tipo", eu disse.

Houve estranhos mandando coisas para a minha casa durante anos. Ou aparecendo pessoalmente, tocando a campainha, pedindo para conhecer a menina milagrosa e olhar para mim.

"Eu não te culpo", ele afirmou. "A morte dele vai virar notícia aqui e ali. Se puder, talvez seja melhor você passar um tempo longe. Ir para algum lugar onde não possam te importunar. Logo as pessoas vão perder o interesse."

"Eu vou ficar bem. Não vai demorar muito para alguma tragédia nova aparecer e distrair todo mundo", eu respondi.

Ele resmungou, concordando. "Srta. Cunningham, se precisar de aconselhamento terapêutico, temos recursos disponíveis para você."

"Por que eu iria precisar falar com um terapeuta?", perguntei, dando uma risada aguda e atormentada. "Eu deveria estar feliz, não é?" O homem que me atacou estava morto. Havia um pouco menos de maldade no mundo.

"Esse tipo de coisa pode trazer à tona muitos sentimentos complicados e lembranças difíceis", disse Gerald Watts, com delicadeza. Eu pensei em sua voz, e em como ela tinha um quê de avô.

"Eu vou ficar bem", eu disse a ele, mesmo soando distante, quase robótica. "Obrigada por me informar."

"Se cuide", respondeu ele, apenas como uma instrução direta, e então nos despedimos.

Eu fiquei parada no meio-fio, com meus dedos dos pés pendendo sobre a beira, meu peso me empurrando para a frente. Havia algo sobre aquela sensação. Depois do ataque, eu tive uma lesão no labirinto membranoso do ouvido esquerdo. Tive ataques de vertigem. Anos depois, quando foram sumindo, eu costumava ficar nessa posição, quase caindo, e aquela forte sensação voltava. Mas agora eu estava no controle. E era eu quem decidia se iria cair ou não.

Fechei os olhos e pisei para fora do meio-fio.

Eu estava na minha segunda taça de vinho quando Mitch chegou em casa. Ele largou a bolsa de alça transversal, dando o tipo de suspiro dramático que sempre precedia algum longo desabafo sobre o horror sufocante que sua alma sofria por trabalhar em um escritório.

"Você não vai acreditar no dia de merda que eu tive", declarou ele, chutando os sapatos para longe enquanto ia em direção à geladeira. "Bridget está em cima de mim por causa de cada detalhezinho, e o Darrell está de licença, doente *de novo*, o que quer dizer que eu é que tenho de segurar a barra. Merda! Tudo que tem pra beber aqui são IPAS. Ia dar no mesmo se eu bebesse vidro moído."

"Tem uma cerveja *porter* no fundo da geladeira", eu disse, dando pequenos goles em meu vinho e encarando a parede.

"Graças a Deus!"

Eu me perdi observando os padrões formados na textura da parede enquanto Mitch abria a cerveja e se jogava no sofá ao meu lado. Eu gostava de Mitch. Havia alguma razão para eu gostar de Mitch. Em algum momento, iria me lembrar qual era.

Enquanto passava um dedo na borda da taça, eu o examinei. Seu cabelo caído sobre um dos olhos, o comprimento exatamente um centímetro a mais do que seria considerado respeitável e uma quantidade precisa de barba por fazer. Nos conhecemos na vernissagem da minha ex-namorada, quarenta e oito horas depois de ela me largar por ser "um buraco negro emocional" e logo depois de ela exigir que eu ainda fosse no evento para apoiá-la. Mitch havia roubado uma bandeja inteira de queijos caros e nós nos escondemos em um canto, bebendo champanhe e tagarelando elogios fajutos sobre as mesas e as lâmpadas como se elas fossem as peças expostas. Eu tinha sido um pouco cruel e definitivamente tola, mas foi divertido. *Esse homem*, eu pensei, *é um babaca*.

Então, é claro que eu fui pra casa com ele.

"E como anda a rede da indústria dos casamentos?", ele perguntou.

"Bem", respondi. Eu fiz uma pausa. "Não, não está tudo bem. A noiva de hoje não queria uma fotógrafa com uma cara mutilada."

"Vaca!", ele retrucou casualmente. "Você está perdendo seu tempo com esse povo."

Foi mais ou menos o que eu havia dito a ela. Mas tinha outro significado vindo dele. "Hoje, foi uma perda de tempo", concordei. A coisa toda parecia tão distante.

"Você é melhor que tudo isso", disse Mitch. Sua mão havia se movido para o meu joelho, sua cabeça descansava no encosto do sofá. "Quer dizer, pelo amor de Deus. Você tem talento de verdade. E está perdendo seu tempo com Produção de Casamento em Série Número 47."

"Eu gosto do que eu faço", respondi, imparcial.

"Está abaixo do seu nível."

"Certo." Eu não estava interessada nessa discussão, não mais uma vez.

"Todas essas mulheres são tão desesperadas por ter seu dia perfeito. Eu nem consigo me imaginar casando. Eu só tento visualizar, você e eu no altar, e o terno e o vestido branco bufante, e é como se fosse totalmente uma paródia da coisa. Eu não consigo entender qual é o objetivo. Você consegue?"

"Não, eu não consigo entender qual seria o objetivo de me casar com você", retruquei, mas ele já estava seguindo em frente. Havia voltado a reclamar do trabalho... alguma coisa sobre uma copiadora enguiçada.

"Sério, *meu Deus do céu*, esse trabalho vai acabar me matando!" Ele gemeu quando finalmente terminou o desabafo.

Minha taça estava vazia. Alcancei a garrafa na mesa de centro e descobri que também estava vazia.

"Você secou isso tudo sozinha?", Mitch perguntou, num tom bem-humorado, mas com um subtexto podre.

"Uma velha amiga me ligou hoje", eu disse.

"Más notícias?", ele perguntou. Sua postura mudou; ele foi se inclinando em minha direção, dois terços de conforto, um terço de avidez. Esse é o problema dos escritores. Eles não conseguem deixar de afundar a ponta da unha sob as cicatrizes apenas para poder sentir o tamanho de suas feridas.

Minhas cicatrizes já haviam se mostrado através da pele de meia dúzia de personagens. Às vezes, ele as sublimava em metáforas — deu um coração fraco a uma garota, um espelho rachado para ela encarar —, mas, lendo aquelas histórias, eu sempre podia sentir seus dedos contornando as constelações de pele torcida pelo meu estômago, pelo meu peito, pelos meus braços, por meu rosto. Ele pedia permissão no início, mas, depois de um tempo, era como se fosse tão dono da história quanto eu.

Das partes que eu contei a ele, pelo menos.

"Foi a Liv", eu disse.

"Ela teve outra de suas crises?", Mitch perguntou, sem rodeios.

Eu me irritei. Odiava que Mitch falasse sobre ela como se a conhecesse. Eles nunca tinham se encontrado. "Não cheguei a falar com ela", respondi. Eu precisava de mais vinho. A garrafa não estava cheia quando eu comecei, e o efeito não estava batendo o suficiente para amaciar meus espinhos do jeito certo.

Mitch tentou segurar minha mão. Eu me levantei e fui até a cozinha, peguei outra garrafa de vinho tinto e comecei a procurar um saca-rolha. Alan Stahl estava morto. Ele nunca mais iria escapar. Nunca mais viria atrás de mim.

Ele havia prometido isso. Depois de ser sentenciado, disse ao seu colega de cela que iria fugir e cortar minha garganta. Parte de mim sempre esperou que ele aparecesse na minha porta, pronto para terminar o que havia deixado incompleto vinte anos atrás.

Eu encostei a faca na borda do papel-alumínio e a girei. A faca escorregou, e a ponta espetou meu polegar. Eu xinguei baixinho e, em seguida, cravei o saca-rolha direto por cima do papel-alumínio, puxando a rolha através dele. O vinho escoou para a taça, espirrando para os lados. A garrafa bateu contra a taça, quase caindo, e então Mitch a tomou de mim, puxando meu braço e virando minha mão para cima.

"Naomi, você está sangrando", ele disse.

Eu olhei para minha mão. O corte no meu polegar havia sido mais profundo do que eu havia imaginado, e tudo — a garrafa, a taça, a rolha, a mesa — estava manchado de sangue. Puxei minha mão, me livrando do toque de Mitch, e enfiei o polegar na boca. O gosto acobreado dominou minha língua e, imediatamente, eu estava de volta na floresta. O aroma terroso da vegetação sobreposto ao cheiro metálico do meu sangue, os pássaros nas árvores voando e piando sem nenhuma preocupação com a garota morrendo abaixo deles.

Quando me lembrava disso, eu via a mim mesma de cima, rastejando pelo chão, me arrastando até aquele tronco. Eu não me lembrava da dor. A mente não é feita para guardar sensações de tanta agonia.

"Naomi, olhe pra mim, vamos. Olhe nos meus olhos", disse Mitch, tocando a ponta do meu queixo com delicadeza, como se estivesse com medo de deixar um hematoma. Eu encarei seus olhos, indiferente. "Aí está você. O que está acontecendo? Se você não falou com a Liv..."

"Eu sei por que ela estava me ligando", eu respondi. Engoli em seco. Essa história era minha, eu tive controle até dizer isso em voz alta. E então a história passou a pertencer também ao Mitch, e a todas as pessoas para as quais ele contasse, e àquelas para as quais essas pessoas contassem. Mas é claro que a história já pertencia a inúmeros outros — Cassidy, Liv, Cody Benham, e qualquer jornalista que tenha descoberto primeiro. Certamente, no dia seguinte, algum pequeno artigo apareceria nos jornais: "ASSASSINO DE QUINAULT" MORRE NA PRISÃO.

"Naomi. Você está divagando de novo", afirmou Mitch. Esse era o motivo para eu gostar dele. Me lembrei agora.

"Alan Stahl está morto", eu disse. "Câncer. Ele morreu na prisão. Ele se foi." Se eu conseguisse dizer do jeito certo, faria sentido. Tudo iria se encaixar, e eu iria saber como deveria estar me sentindo.

"Meu Deus. Isso é uma ótima notícia!" Mitch agarrou meus ombros, sorrindo. "Naomi, isso é *bom*. Quero dizer, eu teria preferido que ele fosse torturado todos os dias por mais vinte anos, mas morto é a segunda melhor opção. Você deveria estar comemorando."

"Eu sei, só que é complicado", eu repliquei, me afastando dele. Peguei uma toalha de cozinha e a pressionei contra meu polegar. O sangramento não estava tão abundante agora, iria parar logo.

"Imagino que isso traga à tona muitos traumas", disse ele balançando a cabeça com ar sábio. E esse era o motivo para eu não gostar dele.

"Pode parar de falar como se soubesse mais do que eu o que estou sentindo?", eu o adverti, enquanto ia para o armário do corredor, tateando com uma das mãos em busca de um curativo.

"Você nunca processou de verdade o que te aconteceu. Você se esconde disso com o trabalho. Precisa confrontar diretamente a situação. Esta é a oportunidade perfeita. Transformar isso no catalisador que precisa para realmente se aprofundar nisso tudo. Você poderia fazer uma série de autorretratos, ou..."

"Ah, pelo amor de Deus, Mitch, pode deixar isso pra lá?", interrompi. Eu achei um pacote de Band-Aids e o segurei sob meu braço enquanto pescava um. Mitch se aproximou para ajudar, mas eu me virei, o bloqueando com meu corpo. "Eu não quero transformar meu trauma em arte. Eu não quero que *você* transforme meu trauma em arte."

"Então você prefere produzir uma coleção de imagens idênticas de pessoas idênticas sorrindo e nunca criar nada com significado ou importância?", ele perguntou.

Fechei o armário, batendo a porta com força. "Sim. Se essas são minhas únicas opções, eu prefiro as pessoas sorrindo. Que não são idênticas, e muito menos as fotos são. Elas estão *felizes*, por isso, você acha que não estão à minha altura. Mas sabe de uma coisa? Elas significam muito mais pra uma caralhada de gente do que um conto em uma revista desconhecida que nunca paga nem ao menos te mandou cópias de cortesia!" Aquilo saiu mais cruel do que era minha intenção, mas eu não voltei atrás. Não podia. Eu estava correndo às cegas pela floresta, e o caçador estava atrás de mim. Eu só podia seguir em frente.

"Eu não imaginava que você achava meu trabalho tão inútil", falou Mitch, em um tom seco.

"Enquanto eu sabia perfeitamente o pouco valor que você dava ao meu", rosnei de volta. Então, levei a palma da mão à testa. "Me desculpa. Podemos só fingir que eu não falei nada disso?"

"Você está sob muito estresse." Tradução: ele iria achar um momento para mencionar tudo isso quando ele pudesse ser a vítima inquestionável. Mas eu o deixei me abraçar e descansei minha cabeça sobre seu peito. Mantive minha mão encolhida de um jeito desajeitado, meu polegar latejando, enquanto ele me acalentava e acariciava meu cabelo. "Vamos lá. Vamos beber. Isso vai resolver todos os nossos problemas."

Eu ri um pouco, me rendendo. Eu iria beber, e nós não iríamos brigar, e Stahl continuaria morto, e o passado iria continuar no passado, e ninguém jamais saberia a verdade.

E então eu escutei: o leve *buzz, buzz, buzz*. Meu celular estava tocando dentro da bolsa. Eu desviei de Mitch no corredor estreito e cheguei até ele no último toque. Liv — desta vez realmente era Liv.

"Oi", eu disse assim que atendi, Mitch estava me seguindo como uma sombra.

"Naomi. Eu fiquei ligando pra você o dia todo", exclamou Liv, agitada. Eu podia vê-la com clareza em minha mente, encolhida no canto do sofá, enrolando o longo cabelo escuro em um dedo. "Você soube?"

"Sobre Stahl? Sim. Eu soube."

"Não acredito que ele está morto", ela soava distante.

"Eu sei. Liv, espere um pouco."

Mitch estava, um pouco casualmente demais, em pé bem no meio do corredor. Eu ergui um dedo que dizia "*Só mais um minuto...*" e voltei pelo corredor até o quarto, fechando a porta atrás de mim.

"Você está bem?", perguntei baixinho, agora que a porta já estava fechada. Se eu estava um desastre ambulante, nem imaginava como Liv estava se segurando. "Você falou com a Cassidy?"

"Um pouquinho. Ela mandou uma mensagem de texto. Eu não... Eu queria falar com você primeiro", afirmou Liv, reticente.

"Sobre Stahl?", perguntei.

"Não. Não exatamente." Ela respirou fundo, procurando se estabilizar. "Eu fiz uma coisa..."

"Liv, você está me assustando agora", eu disse a ela. "O que você quer dizer com 'eu fiz uma coisa'? O que você fez?"

Suas palavras me apunhalaram, afiadas e sem nenhuma piedade. "Eu achei a Perséfone."

Há anos eu não abria aquela caixa. Por várias mudanças de casa, diversos namorados e namoradas e três terapeutas, a caixa ficou no fundo de um armário ou de outro, colecionando manchas e amassados.

Um canto da tampa havia se partido, e meus dedos se encheram de poeira quando eu a abri. A maior parte dela estava ocupada com a manta que a escola havia me enviado quando eu estava no hospital — um quadrado de tecido de cada um dos meus colegas de classe e professores, assinados com desejos de melhoras. Cheirava levemente a desinfetante, e havia uma mancha de sangue seco e amarronzado em um canto.

Kayla Wilkerson havia escrito: *sinto muito que você foi assassinada*. Um *quase* foi inserido depois, com uma pequena marcação.

Também havia cartões. Alguns dos mesmos colegas de classe, outros de moradores locais, a maioria de pessoas completamente desconhecidas. Eles enchiam muito mais caixas que essa, mas, depois de anos me agarrando cheia de culpa a todos aqueles cartões, eu separei só um punhado para guardar e joguei o resto em sacos de lixo, prendendo a respiração durante todo o processo.

Embaixo dos cartões estava o álbum. Eu o folheei, sem realmente ler nenhum dos artigos. Eu já sabia todos de cor. Havia fotos também, minhas, no hospital e depois de sair dele. Algumas eram instantâneas, outras eram profissionais, e em nenhuma delas eu me reconheci, mesmo sabendo que era eu.

Quase no fundo da caixa havia uma foto de nós três. Deve ter sido em um dos dias do julgamento, pela maneira sóbria que as outras duas estavam vestidas: Cassidy em seus elegantes sapatos de boneca e Liv em um vestido com gola de renda — o mesmo que ela usava na igreja. Eu estava usando uma camiseta desbotada do Pernalonga e jeans rasgados nos joelhos. Isso queria dizer que era bem do início. Não muito depois, alguém puxou meu pai de lado e contou sobre o dinheiro que estava entrando — doações, dinheiro das poucas entrevistas que eu dei e das muitas que meu pai deu — e sugeriu que era melhor ele ir me comprar roupas decentes. O pai da Cassidy, Big Jim, foi um dos que se assegurou para que tudo fosse coletado em um fundo de poupança, garantindo que fosse usado para o meu cuidado e para as despesas médicas, em vez de ir para os hábitos dúbios do meu pai: beber e coletar quinquilharias quebradas.

Estávamos sorrindo. Alguém deve ter nos mandado sorrir, porque eu não consigo imaginar que tenhamos feito isso de forma espontânea. Cassidy mostrava o sorriso brilhante e ensaiado de uma filha de prefeito, acostumada a ser fotografada. O sorriso de Liv era um esboço nos cantos da boca; suas mãos estavam unidas, e os pés, cruzados na altura do tornozelo. Ela sempre tinha um olhar distante nas fotos daquela época. Nas semanas após o ataque, ela teve seu primeiro episódio sério, mas eles ainda estavam em busca de um diagnóstico e, por isso, não haviam acertado as medicações, o que a deixava desconectada de si mesma.

E, é claro, meu sorriso era uma lástima. Minha bochecha ainda estava com curativos, possivelmente não do ferimento original, mas de uma das cirurgias que fizeram para tentar reparar os nervos e músculos danificados, que foram, na melhor das hipóteses, um quase-sucesso. A curva para baixo em um lado do meu rosto só havia servido para me deixar um pouco mais digna de simpatia. Assim como a cadeira de rodas, que ainda iria levar alguns meses para que eu não precisasse usar o tempo todo, por causa da dor e da total exaustão.

Às vezes, quando eu não conseguia dormir, eu ainda as contava. Dezessete cicatrizes. Dezessete vezes que a faca havia mergulhado em mim e deslizado para fora de novo. Ainda não conseguia entender como eu tinha sobrevivido. Pessoas me disseram, ao longo dos anos, que eu havia sido abençoada, corajosa, determinada, impetuosa. Nunca me senti como nenhuma dessas coisas. Sobrevivência nunca havia passado pela minha mente como possibilidade ou conceito. Eu me arrastei pelo chão da floresta porque no meu cérebro, afetado pela perda de sangue, estava tentando fugir da dor, como se eu pudesse deixá-la para trás se conseguisse ir longe o bastante.

Uma das facadas havia atingido uma parte do meu coração, mas não chegou a perfurar a parede atrial. Se tivesse sido um milímetro mais fundo ou mais para a direita, eu teria definitivamente escapado da dor.

A porta se abriu. Mitch entrou se arrastando como um cachorro rejeitado. "Me desculpa", ele disse, afundando ao meu lado e se sentando de pernas cruzadas sobre o carpete. "Você está certa. Eu sou um babaca. Completamente inútil. Você consegue me perdoar?"

"Ok", respondi e deixei escapar um sorrisinho em sua direção. Se eu não soasse sincera, ele iria continuar com os choramingos de *"Por favor, me perdoe..."* por tanto tempo quanto fosse necessário. "Você não é inútil, e não é um babaca."

"Sim, eu sou. Eu sou um namorado terrível." Ele encostou a cabeça em meu ombro. Eu desisti. Não tinha energia para fazê-lo se sentir bem nesse momento, mas, se eu não fizesse isso, ele iria continuar assim a noite inteira, se martirizando pelos supostos fracassos.

"Está tudo bem", o acalmei. "Você está muito estressado, eu não devia ter descontado em você."

"Eu sinto muito", ele repetiu. Seus dedos se cruzaram pelo meu braço e dançaram pela palma da minha mão, e eu fechei os olhos. O que tinha de errado comigo? Mitch me amava. Ele queria o melhor para mim. Por que eu não conseguia amá-lo como antes? "Quem é Perséfone?", Mitch perguntou.

Eu estremeci, alarmada, e percebi que Mitch estava olhando para minha mão, para a pulseira enrolada em meus dedos. Ela estava no fundo da caixa. Nem percebi que a havia apanhado. Era uma pulseira simples: um fio de náilon incolor, amarrado em um laço e atravessado com miçangas plásticas de alfabeto que haviam desbotado e descascado, até as letras ficarem quase ilegíveis, mas não totalmente.

"Ninguém", respondi. Joguei a pulseira de volta na caixa, perturbada por a ter pegado sem me dar conta. *Eu não posso te contar mais. Não pelo telefone*, Liv havia dito.

"Então, por que você tem a pulseira dela?", ele quis saber, dando uma risadinha. "Deixa eu adivinhar. Paixonite sua do ensino fundamental. Sua melhor amiga. Sua babá!"

"Nem sei por que isso estava aí", respondi. Eu devia ter me livrado dela muito tempo atrás. Enfiei o álbum, os cartões e a manta de volta na caixa. Aquelas coisas eram os últimos pertences que eu havia levado comigo quando saí de Chester. "Talvez eu deva jogar tudo fora. Seguir em frente."

"Sabe... eu acho que nunca te falei sobre o quanto você é completamente incrível", disse Mitch. "Com 11 anos de idade, você mandou um serial killer pra cadeia. Eles não teriam merda nenhuma de evidência para prender Stahl sem o seu testemunho. Você era uma baixinha invocada, e acho que guardar uma lembrança que celebra isso não é algo ruim afinal."

Balancei a cabeça. Eu não tinha sido corajosa, apenas obediente — e estava apavorada. Não com medo de Stahl, mas de falhar. A polícia, os promotores e todo o resto me disseram e repetiram que eu *tinha* de fazer aquilo, que tudo dependia de mim.

Todas nós identificamos Stahl, mas houve questionamentos sobre contaminação de testemunha com Liv e Cass. Elas deram descrições gerais dele logo de início, mas já haviam visto Stahl em noticiários antes da identificação oficial. E eu estava inconsciente quando a prisão foi televisionada, estava isenta disso. Então, mesmo que nós três tivéssemos testemunhado, minha palavra era a que valia mais. Eu *tinha* de fazer aquilo. Caso contrário, nenhuma das vítimas dele teria justiça, e ele era um homem muito, muito mau. E eu queria que ele ficasse em liberdade?

"Eu vou voltar pra casa e ficar por lá por um tempo", disse. Eu não tinha certeza de que desejava isso até dizer as palavras em voz alta.

"Pra casa? Você quer dizer Chester? Por quê?"

"Você sabe... Quero ver meu pai, e ver Liv e Cassidy."

"Faz sentido", ele falou, concordando. "Voltar ao começo de tudo. Fechar o ciclo e todo o resto. Resolver pendências."

E o que isso quer dizer, você a achou?

Vou te contar, mas só pessoalmente.
Eu não vou voltar.
Nós devemos isso a ela.
"Resolver pendências. É. Algo assim."

Nós nos conhecemos no jardim de infância. Isso havia sido, é claro, totalmente inevitável; a Escola Primária de Chester só tinha uma classe por série. Eu estava bem ciente quando me sentei na fileira da frente, entre Olivia Barnes e Cassidy Green, de que eu era a trincheira entre dois exércitos rivais.

O pai de Cassidy, Big Jim, era o prefeito de Chester e dono da última serraria em operação na cidade. Na verdade, uma das últimas serrarias no condado inteiro. Chester era uma cidade que ainda tinha placas que diziam ESTA CASA É SUSTENTADA POR DÓLARES DA INDÚSTRIA DA LENHA, mas cada vez mais o conteúdo dessas placas se tornava uma mentira. A culpa disso caía, justa ou injustamente, em pessoas como Marcus Barnes e sua esposa, Kimiko.

Kimiko era bióloga, Marcus era um advogado ambiental, e ambos representavam tudo o que Chester odiava. Numa manhã, logo após se mudarem para a cidade, ao acordar eles se depararam com uma coruja-pintada com o pescoço quebrado, largada na porta da frente de casa. Haviam rasgado os pneus do carro deles enquanto estavam em um restaurante na cidade, e Kimiko já tinha recebido mais de um telefonema racista ou obsceno.

No entanto, no momento em que eles chegaram, a época da fartura já havia acabado para a indústria madeireira da Costa Oeste do país. A Floresta Nacional Olympic pertencia às corujas, Chester querendo ou não, e não foram Marcus e Kimiko Barnes que fizeram isso acontecer. Mas o pesar e o medo de uma cidade decadente não consideravam a lógica. Liv já era uma excluída desde o primeiro dia.

Ninguém odiava a mim ou a minha família do jeito que odiavam a dela, mas eu era tão pária quanto ela. Eu era a menina com os pais divorciados. A menina com buracos nas roupas e cheiro azedo. Minha mãe era uma assanhada que nos abandonou, e meu pai, um bêbado preguiçoso que mal conseguia segurar um emprego de meio período num bar. Ninguém esperava que eu me tornasse qualquer coisa melhor que isso.

De todas as crianças em Chester, Liv e eu éramos as mais improváveis de ser amigas da filha do prefeito. No entanto, por algum motivo, Cassidy Green nos olhou apenas uma vez e decidiu, para a consternação dos pais, que nós iríamos nos tornar melhores amigas. Na hora do recreio, ela declarou que nós iríamos brincar com ela, e ficamos perplexas demais para protestar. Os adultos tentaram interferir, se recusando a nos levar para brincar na casa uma das outras e dando sermões para Cassidy sobre suas responsabilidades, como filha do prefeito, de manter boas companhias, mas tudo isso foi em vão — Cass já nos havia reivindicado.

Logo a nossa amizade se tornou algo quase selvagem. Nos proibir de ver umas às outras só nos fazia cuspir, colocar as garras de fora e fugir para a floresta até que nossos pais voltassem atrás. Cassidy era assim. Obcecada por uma ideia, uma vez que surgisse em sua mente. Quando Cassidy Green se fixava em alguma coisa, não havia nenhuma força no mundo que conseguisse dissuadi-la.

Eu posso ter sido a menina que encontrou Perséfone, mas foi Cassidy que fez ela pertencer a nós.

Eu combinei de me encontrar com Liv e Cass às dez da manhã, o que significava fugir do apartamento antes de Mitch acordar — um bônus extra, visto como as coisas haviam terminado na noite passada. Havia começado com a sugestão dele de vir comigo para "documentar" meu retorno à Chester e rapidamente se tornou a discussão que eu estava tentando evitar. Eu disse algumas coisas cruéis — algumas que eu realmente queria dizer e outras só para machucá-lo. Ele revidou listando cada um dos meus pecados.

E agora eu tinha ido embora. Não tinha, de fato, dito as palavras em voz alta; não tinha dito que o estava *deixando*. Entretanto, eu sabia que não iria voltar. Cheguei à cidade me sentindo livre. Eu não tinha certeza de que aquilo era uma coisa boa. Mitch e eu não tínhamos sido feitos um para o outro, mas nunca fui muito boa em ficar sozinha.

Depois que eu parti, Chester tinha se transformado, mas isso não era tão evidente quando se andava pela cidade, pelo menos não até se observar de perto. As lojas eram as mesmas, mas agora o dono da mercearia exibia antiguidades na vitrine, com a esperança de arrecadar uns trocados a mais a cada mês, e o tema do café local era um filme esquecido que havia sido meio popular e tinha sido produzido nas redondezas. O armazém anunciava capas de chuva para os campistas e trilheiros que não haviam levado o termo "floresta úmida" realmente a sério durante os preparativos, e havia passaportes de entrada de parques nacionais nos para-brisas da maioria dos carros estacionados na rua principal.

Quando éramos crianças, Cass teria gargalhado na sua cara se você sugerisse que ela acabaria morando em Chester quando fosse adulta. Isso acabou virando uma piada, mas, até onde se podia ver, ela estava feliz. Ela abriu a porta vestida com um avental salpicado de farinha e com fones de ouvido pendurados em uma orelha. Assim que me viu, sua expressão se abriu em um enorme sorriso e, antes que eu pudesse ficar tensa, ela me esmagou com um abraço.

"Naomi! Você chegou cedo!", ela disse, recuando e me permitindo respirar de novo. "Você está incrível!"

Eu parecia uma bola de pelos vomitada por um gato. Ela parecia algo saído da capa de uma revista de casa e jardim, com seu cabelo platinado arrumado e a maquiagem imaculada. O avental protegia uma blusa acetinada e calças bordô. Eu me perguntei se tinha alguma reunião de negócios ou se apenas se vestia assim agora.

"A viagem levou menos tempo do que eu imaginei. Espero que não seja um problema", eu disse.

Ela abanou a mão. "Nem se preocupe com isso. Aqui, vem comigo, tem biscoitos saindo do forno. Ah, tire os sapatos na entrada."

Eu obedeci, deixando os sapatos junto a uma fila arrumada de tamancos, tênis e sapatilhas fofas de criança. Quantos anos Amanda tinha a essa altura? Oito, nove? Cass tinha engravidado no último ano da faculdade — nós duas tínhamos adotado métodos parecidos de lidar com tudo, mas eu tive mais sorte com contraceptivos.

Último ano da faculdade... merda! Amanda tinha quase 12 anos. Para onde todo esse tempo tinha ido?

A casa era impecável. Flores naturais decoravam a mesa. As fotos eram emolduradas e arrumadas com precisão. Havia um retrato formal de mãe e filha para cada ano, Amanda crescendo e se tornando uma pequena fotocópia da mãe, uma rejeição fenotípica ao pai, que nunca nem se importara em mandar um cartão de Natal.

Quando cheguei à cozinha, Cass já havia retirado os biscoitos do forno e colocado a bandeja de lado para esfriar. "Venda de bolos beneficente na escola", explicou. Ela apontou para que eu me sentasse em um dos bancos junto ao gabinete da cozinha, que pareciam estilosos espinhos de aço e eram quase tão confortáveis quanto um.

"Deixa eu adivinhar. Você é a chefe da Associação de Pais e Mestres", eu disse, meio sem saber se isso era um elogio ou uma provocação. Talvez fosse ambos.

Ela fez uma careta. "Deus do céu, não. Eu não tenho tempo. O chalé consome cada minuto livre que eu tenho e até o que não tenho. E estamos encerrando a temporada de casamentos, o que quer dizer que estou correndo por aí feito uma galinha com a cabeça decepada. O pai da noiva deste fim de semana me liga três vezes por dia, juro por Deus. Tremendo maníaco controlador."

"Sua alma gêmea?", perguntei, a provocando. Eu já havia lidado com a minha cota de clientes assim. Até mesmo para Cass, uma vez, na época em que ela estava tentando me empurrar para a posição de fotógrafa de casamentos exclusiva da sua locação. Teria sido uma ótima fonte de renda, mas eu não aguentaria tantas idas e vindas a Chester.

Ela franziu o nariz e reagiu: "Oh, fique quieta!".

"O quê? Você acabou de dizer 'Oh, fique quieta?'", perguntei, dando em seguida uma risada incrédula que estava entalada em minha garganta.

Ela engasgou. "É possível que eu esteja a tempo demais nesse ramo da hospitalidade."

"Quando foi a última vez que você disse 'caralho'?", indaguei a ela. "Na verdade, pensando melhor, quando foi a última vez que você *esteve perto de um...*" Eu franzi as sobrancelhas, a encarando.

"Tempo pra caralho!", ela respondeu. A Cass que eu conhecia ressurgiu com um sorriso debochado. Ela se ocupou limpando os vestígios de sua confeitaria, empilhando pacotes de farinha e açúcar, eliminando cada partícula das bancadas de granito. Havia limado tudo que era rústico assim que assumiu o controle do chalé de caça, transformando a locação de uma relíquia dúbia e decadente de outra década em um bem-sucedido destino de luxo. De certa maneira, aquilo era o que Cass sempre fora: alguém que, ao decidir se importar com algo, se entregava completamente, mesmo que isso significasse transformar a si mesma no processo.

Certa vez, tempos atrás, eu tinha sido um projeto dela. Sua missão de vida tinha se tornado me fazer chegar até a formatura viva e relativamente a salvo, e eu não teria conseguido sem ela. Parte de mim tinha inveja dessa vida que agora recebia sua atenção completa.

"Então, você sabe o que está acontecendo?", Cass perguntou.

"Liv não te contou?"

"Ela só disse que era importante", respondeu Cass.

Eu hesitei. Parecia estranho que Liv tivesse me contado e não tivesse contado à Cass, mas eu não teria ido a Chester se ela não tivesse feito isso. "Talvez seja melhor esperar até Liv chegar."

"Naomi...", Cass me lançou um olhar estático. "Eu preciso saber no que estou prestes a me meter. Se isso for um dos delírios da Liv..."

"Não é", respondi, com uma confiança que eu não sentia totalmente. Os medicamentos mantinham Liv equilibrada na maior parte do tempo, mas não eram uma garantia.

"Você tem certeza?"

Eu dei de ombros. "Você conhece a Liv."

Ela suspirou e limpou algumas migalhas da bancada com a mão. "Melhor que qualquer um. Mas, convenhamos, eu não mereço ser pega de surpresa por isso, não importa o que seja."

Eu passei o dedo pela cicatriz que descia pela parte interior do meu pulso esquerdo. Essa não pertencia a Stahl. Pertencia a Perséfone.

"Liv disse que a encontrou", eu disse baixinho.

"Quem?", perguntou Cassidy. Eu não respondi. Ela bufou. Queria que eu dissesse em voz alta. "O que diabos quer dizer com 'ela a encontrou'?"

Eu ergui um ombro. "Você sabe como ela é para dar detalhes pelo telefone."

"Como a Agência de Segurança Nacional definitivamente está interessada nas conversas particulares de Olivia Barnes...", disse Cass em um tom ácido, balançando a cabeça como se tivesse logo se arrependido de dizer essas palavras. Eu não podia culpá-la por estar frustrada. Em certos momentos, já havia dito coisa pior. "Eu pensei que isso era sobre Stahl. Sobre se reunir para marcar algum evento. Se eu soubesse que..."

"Nós devíamos escutá-la", eu interrompi.

"Agora não é o momento pra isso", ela afirmou. "Por favor, agora? Quando todo mundo já está falando sobre Stahl? E aquele cara do podcast na cidade..."

"Que cara do podcast?", perguntei, desconcertada.

Ela pareceu surpresa. "Ele ainda não te ligou? Imaginei que você estivesse no topo da lista. Ele está fazendo uma dessas coisas sérias de true crime. É sobre Stahl... ou um dos episódios é sobre Stahl, algo assim. Eu nem dei ouvidos porque não queria perder meu tempo dando atenção a ele. Mas ele está conversando com todo tipo de gente."

"Você escreve um livro inteiro sobre o assunto, mas não quer dar uma entrevista?", perguntei, seca.

Bem quando parecia que o interesse no caso estava sumindo, o livro veio. Supostamente, um relato em primeira pessoa do ataque, feito com base em longas entrevistas com as três valentes meninas no centro do caso. De nós três, o autor só havia realmente conversado com Cass, mas esse fato não foi parar na orelha do livro.

"Você sabe que isso foi ideia dos meus pais, e não minha", ela disse. "E, também, não é como se tivesse sido exatamente agradável pra mim reviver tudo." Ela começou a recolher umas migalhas de algo na bancada, sem me olhar nos olhos.

Eu desviei o olhar para as minhas mãos. Às vezes, ficava feliz com o fato de ter sido eu quem foi atacada. As pessoas entendiam meu trauma.

Ele deixou marcas visíveis na minha pele. Mas Liv e Cass, tendo que assistir a tudo, se forçando a ficar escondidas, em silêncio... de certa maneira, aquilo havia sido pior.

A campainha tocou. Cass pulou de onde estava. "Eu atendo", me ofereci, já escorregando para fora do banco. Eu fiz meu caminho de volta pelo corredor, o tempo retrocedendo pelas fotografias com Amanda ficando mais jovem, desaparecendo. Eu podia ver a silhueta embaçada de Liv através do vidro fosco da porta. Ela estava olhando para a rua, alternando o peso de uma perna para outra, demonstrando ansiedade.

Eu abri a porta, e ela se virou como se fosse um choque alguém ter atendido. Seus olhos castanho-escuros estavam arregalados e alertas. Tinha o queixo definido do pai e o cabelo preto da mãe, com tendência a frisar. Abriu um sorriso. "Você veio", ela disse.

"Eu disse que viria", lembrei a ela, censurando-a gentilmente.

Eu hesitei, incerta de que ela aceitaria meu toque. Ela entrou e, então, eu cuidadosamente a abracei e me vi fazendo um inventário: magra, mas não exatamente descarnada. Inquieta, mas com um olhar firme e direto quando nos separamos do abraço. Suas unhas não estavam roídas, e ela não parecia ter arrancado a pele dos lábios, o que era raro para ela. A tensão que estava carregando nos ombros cedeu um pouco.

"Você parece bem", eu disse a ela, e foi sincero.

Ela fez uma careta. "Você quer dizer que eu não pareço doida."

"Não, quero dizer que parece que você está se cuidando direito. E nem sempre você faz isso, então, não deveria ficar irritada quando eu percebo."

"Diferente do modo como você sempre se cuida muito bem?", provocou ela, me lançando um olhar cético.

"Ah, cala a boca", eu retruquei, e ela riu; seu queixo se erguendo e deixando à mostra o longo pescoço, os olhos brilhando. Ela era linda nesses momentos, nossa Olivia.

"Liv! Parece que eu não vejo você há *anos*", declarou Cass quando voltamos para a cozinha, e eu a flagrei fazendo a mesma análise que eu havia feito sobre Olivia. Ela se aproximou para um abraço, com todo o cuidado, arrancando Liv do meu lado. "Como isso continua acontecendo quando nós moramos praticamente uma do lado da outra? Vocês querem alguma coisa? Água? Vocês já comeram?"

Sua voz estava estridente demais, o sorriso, largo demais. Sua ansiedade pulsava atrás de cada palavra. Os meus nervos também estavam se esgarçando, prontos para explodir, mas nós duas sabíamos que o melhor era não forçar Liv. Isso só faria com que ela se fechasse mais.

"Nada, obrigada", respondeu Olivia. Ela mordeu o lábio e começou a mexer na costura de seus jeans com os dedos.

"Por que não nos sentamos? Assim, você pode nos contar o que aconteceu", eu disse, gentilmente.

Olivia ocupou um dos bancos, e eu me sentei perto dela. Cass ficou em pé do outro lado da bancada, com os braços cruzados. Eu podia ver que ela estava segurando o impulso de entrar em seu modo mamãe ursa — ela sempre se sentiu nossa protetora, a primeira a agir quando precisávamos ser resgatadas. Entre nós duas, nós a mantivemos ocupada ao longo dos anos.

Olivia respirou fundo. Ela esfregava as mãos enquanto falava, seu tom de voz era vivo e entusiasmado. "Eu sei que nós tentamos deixar pra trás o que aconteceu naquele verão", ela começou. "Há coisas sobre as quais não falamos. E agora eu entendo por que não podíamos falar sobre elas. Mas isso mudou, não mudou? Stahl está morto agora. Ele não vai... ele não tem como... escapar." Ela hesitou e ergueu os olhos para nos encarar.

Eu coloquei minha mão sobre a mão de Liv, indicando silenciosamente que ela deveria continuar. Ela arrumou os cabelos atrás das orelhas, nervosa, e ajustou os óculos, um tique que a fez parecer ter 11 anos de novo, por um instante.

"Eu comecei a procurar por ela há três anos", disse Olivia, falando depressa. "No início, não consegui encontrar nada. Mas, há alguns meses, eu tive sorte. Eu a encontrei. Eu encontrei Perséfone." Ela nos encarou, triunfante.

"O que tinha para encontrar?", perguntou Cass, bruscamente. "Ela está exatamente onde a deixamos."

"Não é isso o que eu quero dizer", explicou Olivia, balançando a cabeça de maneira enfática. "Eu... eu..."

"Você descobriu quem ela era", eu disse. Olivia assentiu agradecida e sorriu.

Cass ainda esfregava o mesmo ponto no granito com a lateral do polegar. Sua mandíbula estava tão apertada que um tendão latejou. "Não devíamos estar falando sobre isso."

O sorriso de Olivia se desfez. "Ela tem uma família. Há pessoas que estavam procurando por ela. Elas merecem saber o que aconteceu..."

"*Pare*", disse Cass, erguendo o olhar de forma abrupta. Seus olhos reluziam com lágrimas contidas. "Chega. Nós combinamos que não iríamos falar sobre isso. Sobre ela. Nunca mais."

"A gente tinha *11 anos*", eu disse. Onze anos, e estávamos apavoradas com o que aconteceria conosco se contássemos a qualquer um sobre Perséfone. Não era apenas sobre pessoas descobrindo que havíamos guardado um segredo. Havia ainda o julgamento.

A polícia e os promotores haviam martelado em nossa mente: se o júri tivesse qualquer motivo para achar que estávamos erradas, se déssemos alguma abertura para a defesa nos fazer parecer inconsistentes, Stahl sairia livre, mesmo depois de tudo que havia feito — a mim e a todas aquelas mulheres. Eu me lembro de terem dito que, se cometêssemos um erro apenas, ele sairia livre e viria atrás de nós. Tive pesadelos durante anos, acordando com a certeza de que ele estava no meu quarto, prestes a acabar comigo.

Se soubessem da verdade sobre Perséfone, eles teriam achado que nós éramos criaturinhas estranhas e perversas — o que realmente éramos. Que garotinha, não é? É claro que ficamos quietas a respeito de tudo.

Nunca contamos a uma viva alma sobre o que ficou na floresta, sobre aqueles lindos ossos.

"Nós devemos isso a ela", disse Olivia, insistindo.

"Não devemos nada a ela. Nós não tivemos nada a ver com...", Cass gesticulou vagamente, "nada disso!"

"O que significa que não existe razão para não contar", apontei, apesar de meu estômago estar apertado pelo terror. Eu não queria saber o nome de Perséfone. Não queria saber quem ela havia sido.

Cass mordeu o lábio. "Já faz mais de duas décadas. Se alguém estava esperando que Perséfone voltasse pra casa, já desistiu, a essa altura. Depois de todos esses anos, isso iria realmente ajudar alguém?"

"Você não ia querer saber? E se fosse a Amanda quem tivesse desaparecido?", questionou Olivia.

Cass cobriu os olhos com as mãos. "Merda. É claro que ia querer. Mas não é tão simples, Liv. Como você acha que vai ser a vida da Amanda se isso vier à tona? Iria me arruinar. As pessoas não vão querer fazer seus retiros corporativos no chalé da mulher que escondeu um *cadáver* por vinte anos. E boa sorte pra agendar qualquer casamento, Naomi."

"Não vai ser assim", disse Olivia, num tom já de desespero.

"Meu Deus, eu estou parecendo uma pessoa horrível. Me preocupando com dinheiro quando...", a voz de Cass ficou embargada. "Mas, de verdade, Liv... O que você acha que acontece quando pessoas começam a fazer perguntas? Eu acho que nenhuma de nós deseja que o mundo descubra *exatamente* o que aconteceu naquela floresta. Ou depois dela...", ela acrescentou, com mais suavidade, me encarando com um olhar mais equilibrado.

"Talvez seja a hora de saberem", respondi, com minha voz se esvaziando.

Sua calma se desfez. "É claro que você é a favor de explodir com tudo. Nunca foi você quem teve de ficar para arrumar toda a bagunça."

"O que você está querendo dizer com isso?", eu quis saber.

"Quero dizer que você nunca tentou consertar nada na sua vida. Você só quebra tudo e vai embora", respondeu Cass. Havia uma raiva espinhosa em sua voz que deixou minha pele em carne viva. "Você nos abandonou. Amanda nem se lembra de você."

"Você pode culpá-la por querer escapar disso?", Olivia protestou.

"Nós éramos crianças. Pessoas passam por merdas na infância. O mais importante é superar o que acontece", afirmou Cass.

"É, você definitivamente superou tudo. Estamos a quanto...? Duas quadras de distância da casa dos seus pais?", perguntei. Meu humor estava se inflamando para se equilibrar com o dela.

"Melhor é morar com um namoradinho mixuruca e tirar fotos de pessoas que são mais felizes do que você nunca vai conseguir ser, né?"

"Vai à merda, Cass!"

"Vai você também, Naomi."

Nós nos encaramos. Então, ela riu, balançando a cabeça. "É fácil demais brigar com você. Sempre foi."

Eu deixei escapar um riso hesitante. Quando crianças, nós também brigávamos o tempo todo. Rápidas para brigar e rápidas para superar.

Mesmo naquela época, meu instinto já era reagir e fugir diante da menor das provocações. Era sempre Cass que vinha atrás de mim para que nos entendêssemos de novo.

Cass se endireitou e caminhou até o balcão, onde pegou uma garrafa de vinho branco que já estava pela metade. "Eu vou beber. Quem quer beber comigo?" Eu olhei para o relógio. Ainda não eram nem 10h15.

"Cass...", Olivia queria dizer alguma coisa, mas parou.

"Bom, eu não vou beber *sozinha*", disse ela, já pegando taças para todas nós. Ela as arrumou e serviu uma dose de vinho em cada taça. Provou um pouco do vinho, fechando os olhos, e ficou ali com a taça pairando a um centímetro da boca. Então, ela abriu os olhos, e eles estavam límpidos e calmos. "Liv, escuta. Eu entendo o que você está fazendo... eu realmente entendo. Não é correto deixar ela lá, onde ela está. Mas você já está pensando nisso faz anos. Nós só tivemos alguns minutos. Nos dê algum tempo para te alcançarmos, ok?"

"Eu...", Olivia começou a falar e parou.

"Precisamos de tempo pra decidir", insistiu Cass. Ela virou os olhos em minha direção, buscando apoio. "Nós temos que pensar nas consequências."

Eu tomei um gole do vinho. Liv estava certa... já havia passado do tempo de contar a alguém sobre Perséfone. Alguém em algum lugar deveria estar procurando por ela. Em luto por ela.

Mas isso não era algo a se fazer de uma hora para outra. Precisávamos de tempo para pensar.

Eu precisava de tempo para pensar. Porque, nesse ponto, Cass tinha razão... Eu não queria lidar com pessoas perguntando demais sobre aquele dia na floresta. Perséfone era um segredo que todas nós compartilhávamos, mas eu também tinha os meus próprios segredos.

"Por favor", disse Olivia, com os olhos baixos. Havia uma dor em meu peito. Eu não conseguia respirar fundo.

"Vamos só fazer uma pausa aqui", eu disse, me odiando por isso. "Cass está certa. Precisamos ter certeza de que estamos entrando nisso com a cabeça no lugar."

Olivia assentiu minimamente. Ela se encolheu em si mesma.

Cass suspirou. "Me desculpa, Liv. Você jogou isso para cima de nós duas, e... e talvez você esteja certa, talvez seja a hora certa para isso.

Mas, se decidirmos fazer isso, teremos de ser *inteligentes* quanto a tudo. Eu posso fazer algumas ligações, e podemos falar com um advogado, para pelo menos ter certeza de que não ficaremos vulneráveis a algum tipo de risco de responsabilidade legal. Ok?"

"Ok!" Mal pareceu um som, de tão baixo. Ela ergueu os olhos à altura da bancada, e até isso pareceu um esforço monumental. A culpa se contorceu no interior do meu estômago. "Vocês querem saber o nome dela?"

"Não", respondeu Cass imediatamente, e eu fiquei aliviada. Porque eu também não queria. Eu queria que ela permanecesse Perséfone. Que continuasse sendo um mito, uma história. Que continuasse sendo nosso segredo. A partir do momento que ela tivesse um nome, nós teríamos de admitir que ela era uma pessoa.

Que ela era mais do que os ossos que encontramos na floresta e a magia que fizemos deles.

onversamos apenas sobre coisas mais amenas depois disso. Sobre a filha da Cass, Amanda; o chalé; meu trabalho. Cass e eu mantivemos a conversa enquanto Liv continuava em silêncio, puxando a pele na base de seu polegar. Por fim, coloquei minha mão sobre seu braço.

"Eu acho que já tenho de ir", eu falei. "Liv, posso te dar uma carona pra casa?"

"Já?" perguntou Cass, mais por obrigação que por qualquer outro motivo. Nós estávamos ansiosas para terminar aquela reunião tensa.

"Dirigir durante toda a viagem me deixou quebrada, e eu realmente devia visitar meu pai", eu disse.

"Depois, a gente conversa mais", prometeu Cass, envolvendo cada uma de nós em um abraço antes de nos deixar ir. Ela manteve a mão sobre meu braço por um pouco mais de tempo que o necessário, me lançando um olhar que eu já conhecia bem. Um que dizia *Se certifique de que Liv está bem!*. Ela apertou meu braço mais uma vez antes de me soltar.

Depois disso, Liv me seguiu e entrou no banco do passageiro sem falar nada. Ela ficou lá sentada, mexendo naquele ponto de pele ressecada. Liv não dirigia. Não porque ela não podia; ela só odiava dirigir. Era comum vê-la caminhando pelas calçadas em Chester, andando devagar, com a cabeça baixa e os pensamentos distantes.

Eu dei a partida. "Me desculpa", eu murmurei.

"Pelo quê?", ela perguntou.

Eu encolhi os ombros. "Por tudo."

"Eu sei que você não quer perder trabalhos, mas..."

"Não é isso", eu argumentei.

Eu nem havia pensado nisso. Imagino que deveria ter sido uma preocupação pra ela, como aquilo afetaria meu trabalho, minha única fonte de renda, mas minha reputação sempre fora definida por coisas fora do meu controle. A noção de que eu tinha qualquer escolha em tudo isso parecia apenas absurda.

"Então, é por quê?", Liv indagou.

Eu virei à esquerda, na rua de cascalho em direção a casa de Liv, sem responder de imediato. "Aquele dia, na floresta. O dia em que eu..."

"Eu sei que dia foi", interrompeu Olivia de um modo delicado, me livrando de ter de terminar a frase.

"Você viu Stahl", eu disse como se não fosse uma pergunta. Como se eu não precisasse de uma resposta.

"Você também", ela afirmou, franzindo um pouco a testa.

"Sim", eu respondi; mais um suspiro que um som. "Sim. Claro."

Os dedos de sua mão direita se cravaram no bíceps do braço oposto. Ela encarou o arvoredo do lado de fora; havia crescido livre durante minha ausência. A cidade da nossa juventude estava sendo engolida pela floresta que havia tentado domar. "Precisamos fazer isso", sussurrou ela.

Eu estacionei em frente ao portão de metal que fechava a entrada da propriedade de Marcus e Kimiko. Havia painéis solares discretos sobre os postes e um teclado para digitar uma senha de entrada. Quando éramos crianças, havia apenas uma corrente e um cadeado trancando o portão, e na maioria das noites Marcus se sentava na sala de entrada com uma arma no colo. As coisas haviam se acalmado desde então, mas a paranoia habitual permanecia.

Uma vez que aquele medo estivesse em seu corpo, o de saber que alguém queria te matar, ele nunca mais ia embora.

O carro morreu. Eu sabia que devia dizer a Liv que ela estava certa. Guardamos esse segredo por tempo demais. Mas eu estava exausta... da viagem, da discussão e de ter passado anos sabendo que cada vez que o nome de Liv aparecia no meu celular havia cinquenta por cento de chance de uma crise. Ela estava presa nesse lugar em que ela precisava de mim, mas não me permitia me aproximar para ajudá-la.

Não havia mais nada em mim para oferecer. Não hoje.

Eu toquei seu pulso levemente. Era a única maneira que eu conhecia de tocar Liv... com cuidado, com medo de ela fugir. Com medo que ela fosse quebrar.

Havia algo estranho e sombrio em seus olhos, mais raiva do que tristeza, mas também não exatamente isso.

"Vou estar aqui amanhã", eu disse; palavras ritualísticas que eu proferi tantas vezes antes.

"Eu também", ela respondeu. Terminamos milhares de ligações desse jeito... com uma promessa. Não era um "*Nunca mais!*", mas sim um "*Hoje, não...*", e nós podíamos enfileirar esses dias um após o outro, uma procissão com cada nascer do sol que conseguimos ficar para assistir.

Eu puxei minha mão. Ela tremeu um pouco, e ficamos sentadas assim por um instante, em silêncio. "Você quer que eu te acompanhe até lá?", perguntei.

Ela negou com a cabeça. "Acho que vou andando." Ela abriu a porta e saiu, desdobrando seus longos braços e as pernas, um por um, cuidadosa em cada movimento, como se não soubesse exatamente como viver dentro da própria pele. Então fez uma pausa e apoiou a mão sobre a porta. "Eu te amo, Naomi", ela proferiu, com a mesma deliberação.

"Eu também te amo", respondi a ela, vinculando as palavras a um sorriso ao qual ela não retribuiu. Ela fechou a porta do carro, caminhou até o portão e pulou por cima dele com apenas alguns movimentos muito bem praticados. Eu continuei olhando até ela virar a curva e desaparecer no meio do arvoredo.

"A verdade pode esperar até amanhã", eu afirmei a mim mesma. Nós podíamos manter o conforto dúbio de nossos segredos por mais algumas horas.

Meu pai morava fora da cidade, na casa em que eu havia crescido e na qual ele também havia crescido antes de mim. Ela sempre foi um muquifo. Os únicos talentos do meu avô eram cortar árvores, acumular lixo e ignorar os filhos. Meu pai acabou herdando dois dos três, e não foi o que trazia um salário, então, o lugar só havia ficado pior ao longo dos anos, sobretudo depois que a minha mãe foi embora — farta dele, de mim e da cidade que era teimosa demais para perceber que já estava morta.

Um Chevrolet Impala enferrujado havia se juntado à tralha no quintal. Pilhas de ferro-velho, cortadores de grama quebrados, banheiras rachadas e bicicletas tortas — tudo isso, coisas que ele iria achar tempo para consertar e vender qualquer dia desses — avançavam quase meio metro em direção aos limites do terreno. Tirando isso, era a mesma casa de sempre.

Entretanto, o carro de polícia estacionado junto à calçada era novidade: uma caminhonete preta com os dizeres DEPARTAMENTO DE POLÍCIA DE CHESTER pintados na lateral. A Força Policial de Chester não era uma visita pouco frequente em nossa casa... eles apareciam em intervalos de algumas semanas, depois que meu pai ficou bêbado e atropelou uma caixa de correio, e depois que eu fui pega por furtos em lojas, ou brigas, ou algum ato de vandalismo sem gravidade.

Estacionei ao lado da calçada enquanto a porta da frente se abria. Uma mulher negra e baixinha, em um uniforme da Polícia de Chester, saiu. Quando ela me avistou, desceu da varanda e ergueu a mão em um aceno. Eu andei em sua direção, sentindo um frio na barriga.

"Você é Naomi Shaw?", ela perguntou assim que me aproximei. Era ainda menor do que eu achara à primeira vista, mas parecia poder erguer três de mim.

"Cunningham", eu a corrigi.

"Entendo", respondeu ela, fixando seu olhar na minha cicatriz. "Eu estava falando com seu pai agora há pouco."

"Minhas condolências", eu ironizei. "O que está acontecendo? Ele fez alguma coisa?"

"É mais sobre o que ele não fez", informou ela. "Esta é a terceira vez que estou vindo aqui e a terceira vez que ele prometeu estar no processo de limpar este lugar para que ele se torne habitável. Eu não vi progresso nenhum, e já passou do ponto em que eu possa fazer vista grossa. Alguma coisa tem de melhorar. E logo."

"Boa sorte com isso!", respondi, me equilibrando nos calcanhares com as mãos nos bolsos de trás. "Essa casa já é um desastre há décadas."

"É perigoso", ela mencionou. "Não existem caminhos abertos para andar. Se algum serviço de emergência precisar entrar para prestar ajuda, não vão conseguir."

Antes não era tão ruim assim... ou era? Eu já não via o interior daquela casa fazia... sei lá, cinco anos? A última vez que estive aqui era um monte de lixo, mas era possível andar pelo quintal.

"E então? A casa está condenada? Eu só estou perguntando porque, o que quer que ele me conte, não vai ser toda a verdade, e eu gostaria de saber o tamanho do problema." Eu mantive meu tom casual. Me sentia feito uma abóbora que a polpa estava sendo arrancada à mão, com as unhas arranhando minhas entranhas. Isso iria acontecer, mais cedo ou mais tarde. Mas, contanto que fosse *mais tarde*, nós dois poderíamos ignorar. Poderíamos nos aturar, cada um do seu jeito, cada um firmemente ignorando os erros do outro.

"Eu ainda não fiz nada oficialmente, mas tudo precisa ao menos ser limpo o suficiente para confirmar que não existe nenhum dano estrutural, e para que os serviços de emergência possam entrar se ele se machucar ou acontecer um incêndio. Eu disse a ele que podia dar trinta dias antes de precisar fazer um relatório."

"Generoso da sua parte." Então, eu tinha um mês para lidar com isso.

"Isso foi há três semanas."

"É claro que foi." Eu puxei meu cabelo para trás, olhando para o céu salpicado de nuvens. Não tinha como eu lidar com isso. Não agora.

"Eu vou te deixar o meu cartão", ela disse, mais gentilmente dessa vez. "Posso te passar alguns números, pessoas a quem você poderá chamar. Ainda dá para tentar consertar este lugar, mas ele vai ter de ficar em algum outro canto enquanto isso. Com você, ou..."

Eu gargalhei. Ela pareceu surpresa com isso. "Acredite, ninguém quer isso. Eu vou dar um jeito." Era mais uma declaração esperançosa que um fato. A ideia de arrancar meu pai dessa casa não era exatamente atraente.

"Não é seguro para ele ficar aqui", ela declarou com convicção, reforçando a ideia, e havia aquele olhar que eu já conhecia — o olhar de *"Como você pode deixar isso acontecer?"*.

"Não foi sempre tão ruim", eu disse, tomada pela necessidade de me explicar. "Foi sempre um desastre, mas era habitável. Eu não tenho vindo muito a Chester. Eu não sabia..."

"Não posso te culpar por não querer voltar muito pra esses lados", pontuou ela.

"Você não morava aqui naquela época, morava?", perguntei.

Ela negou com a cabeça. "Sou mais uma garota da cidade grande. Mas minha esposa queria viver no campo; então, aqui estamos. Mas é claro que eu ouvi todas as histórias."

"As histórias em que eu sou esfaqueada um monte de vezes, ou as histórias em que eu sou uma delinquente sem salvação?"

"Um pouco de cada", confessou ela. "Eu vou te deixar em paz. Me ligue se tiver qualquer coisa em que eu possa te ajudar."

Eu concordei. "Obrigada", respondi, conferindo o cartão. "Policial..."

"Chefe de polícia", corrigiu ela. "Bishop."

Minhas sobrancelhas se ergueram. "Chefe de polícia? O que aconteceu com o Miller?"

"Se aposentou, seis meses atrás", ela respondeu, com os pés firmes no chão enquanto observava minha reação. "O prefeito Green e o conselho da cidade me trouxeram do escritório do xerife."

Eu sempre pensei que, quando o chefe de polícia Miller finalmente virasse poeira, por pura inércia, Bill Dougherty iria herdar o posto. Ele havia sido o braço direito de Miller por tanto tempo quanto eu conseguia me lembrar. É claro, Dougherty era o equivalente moral e intelectual de um marshmallow cru, então, eu só podia imaginar que Bishop era uma melhoria.

"Então, seja bem-vinda a Chester!", eu falei, com toda a sinceridade, e ela assentiu.

"Srta. Cunningham, tenha um bom dia", disse ela, marchando de volta para a viatura. Eu guardei o cartão no bolso de trás e me virei para encarar a porta, lutando contra o impulso de voltar para o carro e dirigir direto de volta a Seattle. Esquecer a casa. Esquecer de tudo. Deixar ossos permanecerem enterrados e segredos guardados.

O carro de Bishop desceu pela estrada. Eu segui em frente, subindo os degraus da varanda.

Meu pai não havia trancado a porta. Ele nunca trancava. Mesmo depois do que aconteceu comigo, ele nunca abandonou a crença de que coisas ruins simplesmente não aconteciam em uma cidade feito Chester. Ele afirmava que, se um dia precisasse trancar a porta, buscaria imediatamente uma boa corda e uma viga robusta para pôr fim a tudo de uma vez.

Eu abri a porta, ainda sem cruzar a soleira. Sabia exatamente onde meu pai deveria estar: em sua poltrona, com um metro de revistas empilhadas ao lado dele, uma avalanche de caixas, prateleiras quebradas, livros e sabe lá Deus o quê enchendo cada pedaço da sala, exceto o estreito caminho até a poltrona e a linha de visão da TV.

Só que não havia mais um caminho até a poltrona. Em alguns lugares o carpete marrom-mostarda era visível, mas jornais, revistas, potes e outros detritos aleatórios que eu não consegui identificar cobriam quase todo o resto. O cheiro da casa era rançoso, como se alguém tivesse morrido ali. Por um instante, eu tive medo de que fosse meu pai, até que me lembrei que Bishop havia acabado de falar com ele.

"Pai?", chamei, hesitando na entrada. Seu movimento era marcado por uma oscilação indistinta, mas levou um bom tempo até que ele aparecesse. Eu não estava preparada quando ele emergiu de sua toca e ficamos um diante do outro.

Ele estava velho. Claro, havia envelhecido, mas eu não esperava que ele tivesse ficado *velho*. Ele havia murchado como um besouro morto secando ao sol. Seu cabelo tinha ficado ralo, deixando à mostra uma pele avermelhada descamando, e ele ficava em pé meio inclinado, como se estivesse achando uma posição que não fosse dolorosa. Estava usando uma camiseta e uma calça de pijama de flanela, ambas gastas, mas relativamente limpas.

Ele me olhou de cima a baixo com seus olhos claros e lacrimejantes e então grunhiu: "Não sabia que estava na cidade!".

"Bom te ver também, pai", eu respondi. Engoli em seco. "Você vai me convidar para entrar?"

"Não", disse ele. Eu cruzei os braços; ele grunhiu novamente: "Faz o que você quiser!". Ele recuou, porque não havia espaço para se mover para os lados. Eu o segui pela casa escura. Ele virou à direita, andando em zigue--zague entre as pilhas de sacolas plásticas de compras. Eu não sabia o que tinha dentro delas e só podia torcer para que não fosse comida vencida.

"Veio pra quê?", ele quis saber.

"Para ver como você está", respondi, me equilibrando em um pé enquanto pulava sobre uma pilha caída de revistas.

"Ainda estou vivo, não estou?", ele perguntou.

"Encontrei a chefe de polícia Bishop agora há pouco."

"Moça de bem", respondeu ele, fazendo uma pausa para me olhar. "Quer me despejar. Me colocar em um asilo."

Eu ergui uma sobrancelha. "Não consigo nem imaginar o motivo."

"Sarcasmo. É só isso que você tem", ele resmungou. "Você veio para me dizer que eu tenho de limpar aqui? Porque eu já escutei essa." Ele seguiu em direção à cozinha. Eu o segui apreensiva.

Eu me preparei, esperando encontrar mofo e cocô de rato, mas não estava tão ruim quanto eu temia. O fogão tinha duas bocas liberadas, e havia espaço o suficiente para se mover. O cheiro era abafado como no resto da casa, mas não era podre, o que sugeria que ele não estava guardando comida estragada.

"Limpe aí uma cadeira", ele disse, apontando vagamente em direção à mesa, enterrada sob latas de comida e produtos de limpeza que nunca haviam sido abertos. As cadeiras estavam ocupadas com talheres de plástico, pratos descartáveis e tigelas. Havia uma fila de sacos de lixo cheios na porta de trás, prontos para serem levados para fora; algumas moscas já voavam sobre eles.

"Estou bem de pé", afirmei. Eu realmente não queria tocar em nada ali. "Ela disse que te avisou, três semanas atrás, que você tinha de resolver tudo isso."

"O que é que tem para resolver? É a minha casa. Eu moro nela. Não devia ser da conta de mais ninguém", indagou ele. "Quer uma cerveja?"

"Não, eu não quero uma cerveja. Não são nem onze horas da manhã", respondi, decidindo não mencionar que já tinha bebido vinho. Ele empurrou para o lado uma pilha oscilante de latas de chili para chegar à geladeira. As latas escorregaram, caindo no chão e rolando em todas as direções.

"Deus do céu, pai. Como você consegue viver desse jeito?", perguntei.

"Eu me viro muito bem", ele disse, escolhendo cuidadosamente uma lata de cerveja, apesar do fato de só ter uma marca de cerveja na geladeira. "E por que você se importa?"

"Eu me importo", respondi; minha irritação estava transformando as palavras em mordidas.

"Eu não perguntei *se* você se importa, eu perguntei *por quê*", ele retrucou.

Eu o encarei. Ele me encarou. Nós sempre fomos assim. Ele nunca levantou a mão para mim, mas não conseguimos parar de nos estranhar. Sempre que ele estava por perto e consciente, o que não era frequente.

Qualquer um teria dificuldades para descobrir como ajudar uma garotinha assustada e machucada, ou a adolescente assustada e irritada que ela se tornou. Talvez meu pai nunca tenha tido uma chance, mas ele nem ao menos havia tentado. A única emoção que extraía qualquer reação dele era raiva, então, eu me segurei nessa. Pelo menos, se estivéssemos brigando, isso significava que ele estava prestando atenção.

"Você é meu pai", eu disse. "Eu me importo. Aparentemente, não tenho como evitar, e só Deus sabe o quanto eu já tentei."

Ele abriu a lata de cerveja e deu um longo gole. "Não preciso de caridade."

"Você precisa de ajuda", eu disse. "Você não vai conseguir limpar este lugar sozinho. Por favor, pai. Me deixa ligar para alguém ou..."

"O quê? Você quer pagar para alguém vir aqui roubar todas as minhas coisas? Jogar tudo fora como se fosse lixo?"

"É tudo lixo", eu afirmei, e imediatamente percebi que tinha sido um erro dizer isso. Havia uma pequena fresta de luz escapando pelo vão da porta, mas agora ela havia se fechado completamente.

"São coisas de qualidade. Só precisam de alguns consertos. Preciso organizar tudo", explicou ele.

"Não é...", eu parei. Não havia esperança. Nunca existiu esperança nenhuma em ponto algum, em qualquer uma das vezes que eu tentei. "Eles vão te forçar a sair. Você não vai ter escolha."

"Veremos", desafiou ele. "Mas o que você está fazendo aqui de volta? Você não veio só para me ver."

"Cass, Liv e eu queríamos nos encontrar", eu disse, tentando mudar de assunto, sabendo que era o mesmo que admitir derrota. "Marcar algum evento, esse tipo de coisa..."

"Você se refere à morte de Stahl. É. Eu soube disso. Câncer. Huh." Ele disse como se fosse alguém comentando a mudança do clima.

Eu soltei um gemido de incredulidade. "Isso é tudo o que você tem para dizer? O cara que quase matou a sua filha está morto, e isso é o que você diz? 'Huh'?"

Ele deu outro gole na cerveja e parou por um instante. "Estou satisfeito, se isso te dá algum tipo de tranquilidade. É o tipo de coisa que você nunca teve. Então, acho que me sinto grato por ele ter morrido."

Eu não sabia o que pensar. Pelo menos, havia algum sinal de que ele se importava minimamente com o que tinha acontecido comigo. No entanto, sempre me pareceu que ele apenas não entendia o que era toda aquela comoção. Eu não estava morta. As feridas se fecharam. Por que todo mundo ainda fazia um estardalhaço por causa disso?

"Foi bom te ver, pai", eu disse entre dentes cerrados. "Devíamos fazer isso de novo qualquer hora dessas."

"Tá vendo só? Sarcasmo. Não mudou nada", meu pai retrucou. Sua risada era rouca e trêmula. "Isso era tudo o que você queria? Me aporrinhar e ir embora?"

"Aparentemente."

"Precisa de um lugar pra ficar?"

"Eu me viro", respondi. Eu comecei a sair, mas parei. "Eu... eu volto amanhã, ok? Antes de deixar a cidade."

"Não mude os seus planos por minha causa", falou ele. Dando as costas para mim, ele foi em direção a uma das pilhas inclinadas de comida enlatada e começou a tatear ela. "Tem um maço de correspondência sua na porta da frente. Pegue quando estiver saindo. Seria mais fácil limpar tudo se eu não tivesse as suas tralhas por aqui também."

Eu suspirei. "É. Vou pegar." E fiz meu caminho para fora da cozinha. Como eu poderia ajudar alguém que não queria minha ajuda? Não era como se, algum dia, ele tivesse feito alguma coisa por mim, além de não me pôr para fora de casa. Eu não devia a ele merda nenhuma. Exceto o fato de ele ser meu pai.

Eu parei na entrada, tentando descobrir qual pilha de coisas era a minha. Por fim, eu achei, debaixo de um pacote nunca aberto da Amazon: um maço de cartas de cinco centímetros de espessura. Provavelmente havia ali alguns meses de correspondência.

"É, minha correspondência realmente é o maior problema. O resto vai ser moleza", resmunguei. A maioria parecia ser proposta de cartão de crédito e esse tipo de chateação, mas perto do fim da pilha havia um envelope escrito à mão. Provavelmente, uma "carta de fã". Alguém que ouviu minha história em um podcast e queria me dizer o quanto eu era inspiradora, ou me explicar as próprias teorias sobre o caso. Eu segui até o carro e joguei as cartas no banco do passageiro; então, me sentei e coloquei a cabeça sobre o volante, tentando me lembrar de como respirar novamente. "Merda", eu exclamei, por fim, e dei a partida no carro.

Eu me agarrei à raiva durante todo o caminho de volta à cidade.

Eu ainda não havia comido nada o dia todo, então estacionei na cafeteria, com sua conexão de wi-fi duvidosa e refil infinito de café. Encontrei um lugar no fundo, pedi um sanduíche e uma sopa, e puxei meu laptop para trabalhar na edição das fotos do casamento do último final de semana.

O tempo corria ao meu redor, como geralmente fazia quando eu entrava no ritmo da edição. Horas haviam se passado quando me lembrei de olhar para o relógio — e de endireitar meus ombros e esticar minhas costas doloridas.

Na saída, enfiei uma nota de vinte no jarro de gorjetas, como compensação por ter ficado tanto tempo ali, e fui arranjar um quarto no Chester Motel. As camas não tinham percevejos, e tinha TV a cabo, o que fazia dele a versão de Chester da rede de hotéis Four Seasons, ao menos até você chegar perto do chalé.

Conferi meu celular quando cheguei ao quarto, em caso de ter alguma mensagem de Liv ou de Cass, mas só tinha um monte de mensagens do Mitch. Perguntando onde eu estava. Enfatizando que não estava chateado por eu ter saído de fininho antes de amanhecer.

Eu *disse* a ele que eu estava indo para Chester. Só não tinha mencionado quando. Além do mais, nós tínhamos terminado. Meu paradeiro não era mais da conta dele.

Eu deletei as mensagens e caí exausta sobre a cama. Sem o trabalho para me distrair, minha mente se lançou de modo violento e inevitável de volta às coisas nas quais eu menos queria pensar. O que iríamos fazer a respeito de Perséfone?

Era como uma bala deixada em um corpo. A carne havia se curado em volta; removê-la iria causar mais dano do que deixá-la ali. A morte de Stahl havia reacendido um novo interesse em nossa história, mas isso seria passageiro; ela pertencia ao passado. Agora, seria diferente.

Eu queria não me importar... ser como Liv e só querer que Perséfone encontrasse o caminho de volta para casa.

Mas por que ela merecia sair da floresta, enquanto eu nunca havia conseguido?

Acordei uma hora depois, escapando da perseguição sem fim que minha mente havia criado — monstros na floresta, uma trilha que dava voltas, se retorcia e caía. Minha boca estava seca; minha mente, confusa. Eu me sentia como um petisco de carne-seca deixado em um porta-luvas de um carro quente por uma semana. Minha boca estava com esse mesmo gosto. E, é claro, eu não tinha me lembrado de trazer uma escova de dentes.

Penteei meu cabelo para dar a ele uma aparência mais respeitosa e, em seguida, andei os noventa metros até a lojinha do posto de gasolina vizinho para encontrar uma escova de dentes. O interior da lojinha parecia exatamente o mesmo de quando éramos crianças, ao mesmo tempo abarrotada e sem estoque, com adesivos indicando um posicionamento político não muito progressista colados em cada centímetro do balcão.

Os sinos no barbante sobre a porta tilintaram quando eu entrei, e Marsha Brassey, que havia ganhado pelo menos cinquenta anos de rugas nas últimas duas décadas, levantou os olhos do seu sudoku e pressionou a mão sobre o coração.

"Oh, céus, se não é Naomi Shaw", disse ela.

"Agora é Cunningham, Marsha", corrigi com a paciência gasta, já cansada de dizer.

"Ah, é mesmo. Me desculpe... estou ficando caquética com a idade", falou Marsha, abanando inocentemente uma das mãos.

"Que tal assim: eu deixo isso passar contanto que você nunca me obrigue a pagar a minha conta de Snickers?"

Ela se esticou até a prateleira de doces e pegou uma barra de chocolate, agitando-a em minha direção. "Nem em sonho."

Eu aceitei com um sorriso, como se não lembrasse dela batendo na minha bunda com uma vassoura até por olhar tempo demais para os doces que ela sabia que eu não tinha dinheiro para comprar. Cada coisa ruim que já tinha existido sobre mim dissolveu feito açúcar debaixo d'água quando me tornei um milagre. Quando Chester decidiu subitamente que, após uma infância inteira excluída, eu pertencia a eles.

"O que te traz de volta à cidade?", perguntou Marsha enquanto eu cruzava as prateleiras pegando os artigos de higiene que havia deixado para trás.

"Estou só visitando as pessoas", respondi por cima do meu ombro.

"Já subiu pra ver seu pai?", ela quis saber, toda doce, como se não estivesse salivando por alguma fofoca.

"Já, Marsha", respondi, levando minhas compras até o balcão. "Estou fazendo o que posso, mas você sabe como ele é."

"Teimosia é algo que corre na família", comentou ela sabiamente, enquanto passava os produtos. "Uma pena ver o lugar tão malcuidado."

Eu engasguei com uma risada. "Já era uma espelunca quando o vovô construiu, Marsha. Eu não desperdiçaria vela com esse defunto."

Ela fez um ruído como se quisesse me repreender.

Os sinos sobre a porta tocaram novamente, e um homem vestindo uma jaqueta jeans e camisa de flanela vermelha entrou. Ele era alto e esguio, e tinha um cabelo que caía até a altura do queixo. Feições angulosas e olhos fundos davam a ele um aspecto aquilino.

Seus olhos se cruzaram com os meus e se arregalaram, e comecei a mudar meu semblante para a expressão neutra-mas-amigável que tanto havia praticado, a que era o mais próximo de um sorriso que eu conseguia chegar sem assustar as pessoas. E foi então que eu o reconheci.

"Naomi?", disse ele. A voz de Cody Benham estava mais áspera e grave do que me lembrava, mas eu não pude acreditar que não o havia reconhecido no exato segundo em que o vi.

"Cody", afirmei, e o passado, que esse tempo todo estava me perseguindo feito o quebrar das ondas em uma praia, me puxou para a correnteza.

Cody e o irmão da Cass, Oscar, haviam sido melhores amigos. Oscar era o menino de ouro. Cody, a má influência. Na maior parte do tempo, ele nos ignorava. Nossa presença ocasional era o irritante preço a se pagar pela companhia de Oscar. Mas, de vez em quando, ele nos dava um chiclete e um "E aí?", e parecia tão incrivelmente estiloso e inalcançável que eu teria feito de tudo para merecer aquelas migalhas de atenção.

Também percebi que chegar do outro lado dos quarenta anos não havia prejudicado sua beleza nem um pouco.

"Você voltou pra ver Liv e Cass?", ele perguntou.

"Pareceu a hora certa", respondi.

"Por causa do Stahl, né?"

"O que tem aquele infeliz?", indagou Marsha. "O que ele fez agora?"

"Você não lê os jornais? 'Aquele infeliz' morreu", esclareceu Cody, com as mãos no bolso e os olhos fixos em mim.

"Deus seja louvado!", declarou Marsha. "Parabéns. Ou não é isso que se deve falar?"

"Nessas circunstâncias, eu acho que merece um parabéns mesmo", disse Cody, mas eu só conseguia mexer minha cabeça, fazer os menores movimentos possíveis. Ele me fitava com firmeza, e a expressão cordial que eu havia costurado em meu rosto se desfez um pouco. "Você está com tempo? Podemos beber alguma coisa, pôr a conversa em dia. Já faz séculos que não nos vemos e, honestamente, uma bebida com uma velha amiga é exatamente o que eu preciso agora."

Velha amiga? Não era como eu teria descrito. Ele tinha 22 anos no verão em que me encontrou na floresta, o dobro da minha idade, e foi embora da cidade antes que eu me formasse no ensino médio. Mas talvez o que éramos um para o outro, seja lá o que for, tenha se transformado em amizade nesse intervalo, crescendo com ou sem a nossa presença.

Eu encolhi os ombros. "Não tenho nenhum plano." E ficar sozinha com os meus pensamentos não havia me feito lá muito bem hoje.

"Não crie muita expectativa", disse ele com um lampejo de humor nos olhos. "Eu prometo, sou uma companhia muito melhor do que costumava ser."

Eu ri, complacente, mas sempre gostei da companhia de Cody, mesmo com sua indiferença. Talvez justamente por causa dela. Eu me lembro de me esgueirar pelos fundos da casa dos Green, onde ele costumava ficar apoiado na cerca, fumando. Eu me encostava perto dele, e ele me oferecia um trago de seu cigarro, rindo apenas um pouquinho quando isso logo me fazia começar a tossir.

Eu já tinha uma quedinha por Cody Benham mesmo antes dele salvar a minha vida naquele dia na floresta.

Quando eu me lembrava de qualquer coisa do período entre o ataque e o hospital, era dele — seu rosto sobre mim, a luz e as sombras alternando em suas feições enquanto ele corria. E, mais do que tudo, eu me lembrava da sensação de seus braços. A força deles.

Eu paguei a conta. Cody só tinha ido comprar um jornal, que ele colocou sob o braço antes de abrir a porta para mim. Contei meus passos conforme passava à sua frente, lutando firmemente contra o medo que vinha da sensação de ter um corpo tão perto, atrás de mim, onde eu podia sentir sua presença, mas não vê-lo.

Do lado de fora, eu me virei de maneira casual, como se só quisesse conversar com ele, e não como se eu fosse ter um ataque de pânico se deixasse alguém andar atrás de mim. Eu andei de costas, com minha mão protegendo meus olhos da luz do sol. "Então, o que te traz de volta à cidade?"

"Meu pai vem insistindo para eu buscar o berço que ele construiu para o bebê que está vindo. Uma reunião foi cancelada no último minuto, então achei que conseguiria fazer a viagem para evitar mais chateação no meu ouvido", respondeu Cody.

"Bebê que está vindo? Me desculpa, Cody Benham é *pai*?", perguntei com uma reação de incredulidade exagerada. "Quem você iludiu para procriar com você?"

Ele riu. "Eu fico esperando o momento em que a Gabby vai se tocar e perceber quem é o patife com quem ela se casou, mas esse é o filho número três, e isso ainda não aconteceu, então, começo a cogitar a possibilidade de escapar ileso dessa."

Três filhos? Nossa. Quando *foi* a última vez que eu vi Cody? Percebi que não o via desde quando ele deixou Chester. Quinze anos.

Atravessamos a rua juntos. A coisa mais conveniente sobre o tamanho de Chester era que a rua principal — com posto de gasolina, café, bar e hotel — se resumia a duas quadras. Tudo que eu precisava fazer era atravessar para o outro lado da rua no fim da noite.

Ainda era cedo mesmo para os clientes habituais, o que significava que poderíamos pegar um lugar bom, evitando aqueles embaixo do alto-falante ou do ar-condicionado, que continuava funcionando mesmo no meio do inverno. Eu me sentei com as costas voltadas para a porta, o que não era o ideal para alguém como eu, que sofria de um gritante transtorno de estresse pós-traumático, mas diminuía a possibilidade de alguém da rua me reconhecer. A garçonete era uma menina branca de vinte e poucos anos que usava o cabelo em dreads e tinha uma tatuagem de borboleta. Não havia ninguém que eu reconhecia ou que me reconhecia, e o restante dos clientes só estava interessado nas próprias garrafas.

Quando a garçonete saiu, o silêncio se tornou viscoso feito a lama de um pântano. Quinze anos era muito tempo, e nós não tínhamos exatamente muito em comum, para começo de conversa, exceto um dia muito ruim. "E então, Cody Benham. Onde você andou se escondendo?", perguntei, antes que o silêncio pudesse ficar ainda mais espesso. "No circo? Na cadeia? Em alguma startup de internet que vende cera artesanal pra bigodes?"

Ele soltou um riso abafado. "Acredite ou não, na legislatura estadual. Sou o deputado Benham agora."

"Huh." Eu ajustei meu peso no assento de vinil rachado, remendado com fita isolante de alguma era geológica passada, e apoiei os cotovelos na mesa grudenta. Olhei pra ele, tentando captar "legislador estadual" naquela barba por fazer. "Então, quando foi que você virou um homem direito?"

"Ah, é tudo encenação", disse ele, brincando. "Acho que finalmente me ocorreu que eu podia ficar aqui ou podia dar um rumo para minha vida, mas não podia fazer os dois. Então, eu caí fora. Eu me formei. Conheci a Gabriella."

"Essa é a sua esposa?", perguntei. Ele assentiu.

"O pai dela foi senador, e, conversando com ele, percebi que na verdade eu tinha algumas opiniões para acompanhar o meu diploma chique. Então, me candidatei e, por sei lá que motivo, as pessoas votaram em mim, e aqui estamos."

"Você faz soar como se nem estivesse envolvido em todo o processo", eu comentei. A srta. Borboleta apareceu com nossas bebidas. O bar agora vendia cerveja artesanal de hipster para agradar os turistas, então, eu me presenteei com a IPA mais esnobe presente no menu de lousa, em homenagem ao Mitch. Cody preferiu uma lata de Rainier, descendente daquelas que tanto encheram as latas de lixo dos lugares que frequentávamos em nossa juventude.

"Tenho de manter minha credibilidade local", disse ele enquanto se servia. "Então, tá muito chocada com o fato de agora eu ser um cara respeitável?"

"Um pouquinho", admiti. "Não poderia imaginar que iriam deixar um cara que se meteu em tantos problemas quanto você virar um político."

"Sabe... por estranho que pareça, nada do que já aprontamos chegou a ir para algum registro oficial", disse Cody, coçando o queixo como se estivesse intrigado.

"Se você vai cometer algum crime, é melhor fazer isso com o filho do prefeito", sugeri. Nenhuma acusação parecia atingir Oscar. Ele era o único filho e herdeiro do pai, o príncipe da cidade. Até Cass o cultuava. E, sempre que irritava alguém, ele dava um jeito de sair da confusão com sua lábia — ou com a interferência do pai.

"Bem, eu não tinha sua *poker face*, então, nunca tive a opção de mentir para escapar de nada", afirmou ele.

"Você não está bravo comigo até hoje porque eu limpei sua carteira, está?", perguntei rindo.

"Aquele era o meu dinheiro da gasolina", ele retrucou fingindo que estava bravo. Eu havia me esquecido de tudo aquilo — ele me ensinando a jogar pôquer no hospital, até as enfermeiras o expulsarem. "E aquela vez que você convenceu a cidade toda que seu pai estava com câncer, para eles te darem coisas de graça?"

Eu me encolhi. "Não foi meu melhor momento." Eu mantive aquela fraude por quatro meses antes que meu pai descobrisse. Mas, como estávamos ganhando pizza de graça com isso, ele deixou que continuasse por mais seis semanas. Eu tinha sido um desastre no colégio. Talvez isso fosse inevitável. Cody havia me salvado da floresta, mas ele não pôde me salvar de mim mesma. Mexi no rótulo da minha cerveja, puxando-o da garrafa. "Acho que ser um herói não atrapalhou sua campanha."

"Isso chegou a ser mencionado", admitiu Cody. "Mas nunca por eu ter tocado no assunto. Eu não te usaria desse jeito."

"Acho que você merece todo o proveito que conseguir tirar disso tudo", murmurei para ele. Ele não havia apenas me carregado para fora da floresta. Ele me visitava no hospital quase tanto quanto o meu pai, ia checar como eu estava. Me levava presentes. Se oferecia, de brincadeira, para me contrabandear cigarros. A pontada das lágrimas ardeu em meus olhos. Eu tossi. "Então, dois filhos?"

"Gêmeos!", disse ele. "Acabaram de completar quatro anos. E você? Tem namorado? Marido?" Ele fez uma pausa. "Namorada?"

"Nenhum dos anteriores. Provavelmente", respondi.

"Provavelmente?"

Eu dei de ombros. "Eu saí de um relacionamento agora deixando uma mensagem levemente ambígua."

"Pela minha experiência, quando o assunto envolve relacionamentos, se tanto faz pra você ir ou ficar, ir embora é sempre a escolha certa", aconselhou Cody.

"Para. Eu não vou aguentar Cody Benham com palavras de sabedoria", protestei, fingindo me defender dele com a mão levantada.

"Tudo muda", disse ele.

"Exceto Chester." Mas aquilo não era verdade, era? "Nossa. Este lugar... Juro que, toda vez que eu volto, é como se o chão começasse a ruir sob os meus pés. E o que tem por baixo é toda a merda que eu preferia deixar enterrada."

"Eu fiquei sabendo sobre o seu pai e a casa", falou Cody.

Eu soltei um gemido. "Não sei o que fazer. Eu sei que devia ajudar, mas, como vou fazer isso se ele não me deixa nem encostar em nada?"

"Você podia conseguir uma equipe. Existem especialistas para esse tipo de coisa", sugeriu Cody.

"Deve ser caro."

"Ainda tem algum daquele dinheiro do assassinato?"

Eu me engasguei rindo do jeito que ele falou. "No fim, eu não era muito melhor que o meu pai para administrar as coisas. Paguei minha faculdade e gastei o resto o mais rápido que pude. Eu não gostava de ter tudo aquilo", admiti. "Estou bem, só não tenho muito dinheiro extra sobrando."

"Você podia vender a casa. O terreno deve valer alguma coisa."

"Eu teria de convencer meu pai."

"Ele não vai poder escolher entre morar lá ou não se a casa for condenada", disse Cody, mas discordei com a cabeça.

"Ninguém vai conseguir arrancar ele dali."

"Talvez Cass possa te ajudar a descobrir o que fazer", disse Cody. "Quando ela decide algo..."

"Ela passa um rolo compressor em cima de tudo que estiver no caminho dela para que isso aconteça", resmunguei. Encarei minha cerveja, tirando os últimos pedacinhos molhados do rótulo com a unha.

Cody pareceu surpreso. "Vocês duas sempre foram unha e carne. Aconteceu alguma coisa depois de... você sabe."

"Não, nada desse tipo", assegurei. Se algo tinha acontecido, era que o ataque havia nos aproximado. Podemos ter crescido e nos afastado de forma natural, nos movendo em direção a interesses individuais. Mas, depois do ataque, nós vivíamos em um mundo, e o restante das pessoas em outro. Mal passamos um dia separadas até o fim do ensino médio.

"Então, vocês ainda são próximas."

"Não nos vemos tanto quanto antes, mas, sim. Quero dizer, eu era um desastre *antes* de quase ser assassinada. E era um desastre depois. Na verdade, ainda sou. Mas, quando Cass decide algo, ninguém consegue convencê-la a desistir... e ela decidiu que nós éramos melhores amigas quando tínhamos 5 anos. Então, aqui estamos." Qualquer outra pessoa teria tomado uma decisão inteligente e me largado muito tempo atrás.

"E a Liv?", ele perguntou.

Eu baixei os olhos para minha garrafa. "Não nos vemos muito, mas conversamos o tempo todo." Eu não mencionei quantas dessas ligações vinham em altas horas da noite. Ou como aquela amizade havia se tornado complicada.

Minha garrafa estava vazia; eu não percebi que estava bebendo tão rápido. Cody chamou Borboleta para que ela trouxesse outra. Então, seu celular tocou. "Desculpa... Eu tenho que atender. É coisa do trabalho", ele disse. "Eu já volto, ok?"

Eu falei para ele ir tranquilo. Ele seguiu para além dos banheiros, em direção aos fundos, para continuar a ligação. Eu balancei a cabeça pensativa. Adorava Cody, mas não havia como negar que ele era o *bad boy* local. Deputado estadual? Algumas coisas realmente tinham mudado por aqui, no fim das contas.

"Naomi Cunningham?"

Eu dei um pulo, fazendo a cerveja escorrer pela minha mão. O homem em pé junto à mesa pareceu envergonhado e deu um passo para trás, erguendo as mãos.

"Não foi minha intenção te assustar", disse ele.

Meu coração acelerou. Eu engoli em seco. "Está tudo bem", respondi de forma brusca.

Com a minha adrenalina diminuindo, eu pude observá-lo com mais atenção. Até que era jovem... ainda entrando nos trinta, chutei, tinha o cabelo preto e um aspecto mediterrâneo. Talvez italiano. Ele tinha o tipo de beleza vinda da adolescência, que provavelmente resultava em muitos encontros, mas não o fazia ser levado a sério, com lábios carnudos e olhos grandes, feitos para parecerem honestos. Ele me chamou pelo meu nome novo, e havia algumas implicações interessantes nisso.

"Deixa eu adivinhar. Você tem um podcast?", perguntei.

"Como você sabe?"

"Você não é daqui, e esses sapatos nunca chegaram nem perto de uma trilha na floresta", respondi. "Você me chamou de Naomi *Cunningham* e me reconheceu em um bar escuro, então, isso diminui as opções para um fã casual de assassinatos ou um fã profissional, e isso sou eu sendo generosa com você. Além do mais, Cassidy me avisou."

"É, você me pegou nessa", ele afirmou, dando um sorriso charmoso. "Meu nome é Ethan Schreiber. Eu estou trabalhando em um podcast sobre Alan Michael Stahl. Bem, não é só sobre ele... é sobre três serial killers do Noroeste Pacífico, mas Stahl é uma grande parte disso, e obviamente você também é. Na verdade, eu estava planejando falar com você depois, e aí eu te vi do outro canto do bar."

"Eu não concedo entrevistas", declarei. Eu mudei de posição para que ele ficasse de frente para o meu ombro e dei um gole calculado na cerveja.

"Esse parece ser o tema desta semana", disse Schreiber. "Cassidy Green respondeu a mesma coisa. Sua amiga Olivia foi um pouco mais prestativa."

"Olivia conversou com você?", perguntei, surpresa. "O que ela disse?"

Se ela tivesse contado a ele sobre Perséfone... Mas não. Ela não teria feito isso. Não antes de falar conosco.

"Ah, entendi. Você pode fazer perguntas, mas eu não", refutou ele me lançando um olhar cético e exagerado. "Quer saber? Eu troco com você. Uma resposta por uma resposta."

"Você não está falando sério", respondi.

Ele encolheu os ombros. "Se eu não conseguir nada com você, vou ter de reestruturar o episódio inteiro, e isso vai ser um saco. Então, eu estou disposto a ser um pouquinho babaca para conseguir uma declaração que dê pra usar."

"Uma dedicação admirável ao seu trabalho", respondi de forma seca, mas logo em seguida suspirei. "Certo, que seja." Eu precisava saber o que Olivia tinha contado a ele. Semana passada, eu teria dito que seria impossível ela romper o silêncio que havia mantido Perséfone como um segredo nosso por tanto tempo, mas e agora?

Com certeza, eu conseguiria inventar alguma vinheta pra ele usar. Algo sobre estar agradecida por ainda estar viva, sobre como a morte de Stahl trouxe sentimentos complicados à tona. Mentir via omissão não era mentir *de verdade*.

"Excelente." Ele se sentou à minha frente e puxou um gravador digital de um bolso. Eu o olhei desconfiada. "É um *podcast*", disse ele. "Tradicionalmente, uma mídia de áudio."

"Que seja", repeti. "Quando você falou com Olivia?"

"Ontem à tarde", respondeu ele.

"O que ela te contou?"

"Nada disso, minha vez", ele rebateu. Então, ele ligou o gravador. "Naomi Cunningham, também conhecida como Naomi Shaw. Você foi a última vítima de Alan Michael Stahl."

"Sim. Agora, você pode responder minha pergunta?"

Ele ergueu um dedo. "Isso não foi uma pergunta, foi só uma afirmação. Como você se sentiu quando descobriu que Stahl havia morrido?"

Era a pergunta que eu tinha esperado. "Bem." Eu olhei rapidamente em direção à porta dos fundos. Nenhum sinal da volta de Cody.

Schreiber ergueu uma sobrancelha. "Você não pode me dar nem um pouquinho a mais que isso?"

"Foi uma resposta", eu disse a ele.

Ele coçou o queixo com a mão. "Olha, eu sei que você não dá entrevistas, e eu entendo o motivo. Quando eu te vi aqui, achei que, cara a cara, eu fosse conseguir te seduzir. Obviamente, eu estava errado. Mas eu de fato preciso disso. Você e suas amigas são o coração dessa história. São a parte disso que não se trata de se deliciar com o mal. Se nenhuma de vocês se pronunciar, a história toda fica sendo sobre Stahl. As vítimas ficam perdidas. E isso não é o que eu quero."

"Ele fez outras vítimas", eu o lembrei. "Ninguém fala delas, sabe? Seis mulheres. Seis. E as pessoas sequer se lembram dos nomes... Elas se lembram de cada detalhe do *modus operandi* do assassino e conseguem recitar minha biografia inteira. Se você quer fazer justiça às vítimas de Stahl, deve manter o foco nas garotas que não conseguiram escapar."

"Lia Kemp, Tori Martin, Maria Luiselli, Hannah Faber, Ashlynn Raybourn e Rosario Rivera", recitou Schreiber, se inclinando para a frente, decidido. "Lia era a mais jovem. Ela tinha 16 anos, e tinha fugido de casa. Ela era uma profissional do sexo; aparentemente, Stahl a apanhou em uma parada de caminhão. Ninguém nunca registrou o desaparecimento, e levou três anos para ela ser identificada depois do corpo ter sido encontrado por trilheiros. Maria era a mais velha... 35 anos. Tinha três filhos. Lutava contra o vício, mas estava limpa quando supostamente conheceu Stahl, enquanto voltava do trabalho para casa. O turno dela terminava depois de os ônibus pararem de passar. Tinha de andar por seis quilômetros ou pegar uma carona, se tivesse sorte. Sabia que era perigoso. Ela carregava uma faca na bolsa, mas isso não a ajudou em nada. Eu posso continuar, se quiser."

Afundei em meu assento, com a boca seca. Eu nem sabia de nada disso. Nunca havia conseguido me forçar a ler sobre Stahl. Eu não teria conseguido nem recitar seus nomes, como ele fez. E nunca havia escutado ninguém falar sobre elas daquele jeito... como se não estivesse apenas catalogando fatos. Como se elas importassem para ele.

"Stahl nunca foi processado pela Justiça pelo que fez àquelas mulheres", continuou Schreiber. Sua voz era áspera, e ele me olhava nos olhos, como se estivesse procurando algo. "Não havia evidências suficientes para conectá-lo a nenhum desses assassinatos. Sem você, ele não seria preso. Ele não teria ido a julgamento. Ele não passaria o resto da vida atrás das grades. Se não fosse você, mais meninas teriam morrido. Eu fiz todo o trabalho, srta. Cunningham, mas, sem você, essa história fica sem uma conclusão."

"Não parece uma conclusão", eu disse. Encarei a luz piscando no gravador digital, imaginando minha voz sendo reproduzida nele. Imaginando as pessoas que iriam escutar, famintas por uma narrativa; eu tinha a impressão de que tudo era uma história para fazer violência gratuita parecer ter algum sentido. "Você quer saber o que eu sinto por saber que ele está morto? Me sinto entorpecida. Eu me sinto aliviada, porque ele nunca vai ter a chance de me matar, como ele prometeu fazer, se um dia escapasse. E eu me sinto culpada."

"Culpada?", repetiu ele, surpreso.

Eu não devia ter contado isso a ele. Tarde demais, agora. "Um homem morreu na cadeia por causa do meu testemunho. É muito peso para se colocar em cima de uma criança. Eu sei que ele era uma pessoa horrível. Se alguém merecia isso, era ele. Não devia ter dependido de mim."

"Não só de você. Cassidy foi quem identificou Stahl primeiro, enquanto você estava inconsciente", disse ele.

"Você realmente fez seu dever de casa." Cruzei as mãos sobre meu laptop. Eu estava falando demais. Precisava obter minhas respostas e o despachar. "O que a Olivia te disse?"

Ele pensou um pouco. "Não muito. Ela disse que estava interessada em falar comigo, mas tinha de lidar com algumas coisas primeiro. É engraçado... ela me disse algo parecido, sobre as vítimas. Que o que eu estava fazendo era algo bom, porque os mortos não deviam ser esquecidos."

Nós devemos isso a ela. "E foi só isso?"

"Basicamente", ele confirmou. "Mas ela queria confirmar algo com você e com Cassidy primeiro... ela preferia ter a autorização de vocês."

Preferia. Não precisava. Ela iria contar, com a nossa presença ou sem.

Isso é uma coisa boa, eu pensei. Nós *deveríamos* confessar. Com Stahl morto, a única coisa que nos mantinha em silêncio era vergonha e egoísmo. Liv era a única com coragem o suficiente para admitir isso.

"Bem, é isso", eu declarei. "Terminamos por aqui. Saúde." Ergui minha garrafa na direção dele.

"Eu tenho mais perguntas."

"Mas eu não", respondi dando de ombros. "Sinto muito."

"Só mais uma", ele insistiu. "E aí eu prometo que te deixo em paz."

Eu suspirei e virei minha cerveja. O lúpulo fez meu nariz coçar. "Ok. Mais uma."

Schreiber me lançou um olhar inquisitivo, enquanto seus dedos tamborilavam na mesa. "A vítima mais jovem de Stahl tinha 16 anos. Ele procurava mulheres que estavam sozinhas e atraía as vítimas para a sua caminhonete sob falsos pretextos. Ele as levava em seu veículo até o local em que abusava delas e as assassinava."

"Eu sei de tudo isso. Eu não quero escutar mais", eu disse, sentindo calafrios na pele, mas ele não parou.

"Ele abusava sexualmente das vítimas antes de esfaqueá-las até a morte. Em quatro dos corpos havia evidência de terem sido usadas amarras. A decomposição tornou impossível determinar isso nos outros dois casos."

"Onde você quer chegar?", perguntei, me sentindo enjoada. Eu não podia escutar mais nada sobre os detalhes. Eu não queria imaginar como havia sido para aquelas mulheres. Minha cabeça já tinha horrores o bastante.

"Você tinha 11 anos de idade. Estava com suas amigas. Você não estava perto de uma estrada; estava na floresta. Você foi esfaqueada, mas não foi abusada, e nem amarrada", ele disse. "Não houve evidência física conectando Stahl ao ataque. O seu testemunho, e o das suas amigas, era tudo que a promotoria tinha para usar."

"Tem alguma pergunta em tudo isso?", eu o questionei, mantendo minha voz firme enquanto o medo percorria meu corpo. Essas perguntas já haviam sido feitas centenas de vezes antes, é claro, mas elas sempre eram perguntas sobre *Stahl*. Por que ele mudou o padrão? O que ele estava fazendo em Chester?

"Aqui vai minha pergunta: você tem certeza de que foi Stahl que a atacou?", disse ele. Sua voz era gentil e compreensiva.

"Ele foi condenado, não foi?", eu rebati. Ele foi condenado. Liv e Cass tinham visto ele. A polícia tinha *certeza*.

"Isso não é uma resposta."

Eu me inclinei para trás, com minhas mãos apoiadas na mesa. "Terminamos por aqui."

"Eu não estou te acusando de nada", disse Schreiber. "Mas essas são questões que eu preciso levantar."

"Eu não sei o que se passa na mente de um serial killer", eu disse. A luz de gravação piscava e piscava. Tudo aquilo ficaria registrado. Mas eu não me importava mais. "Eu sei qual é a sensação de ter uma faca enfiada no meu corpo. Sei como é lutar para conseguir respirar porque meu pulmão foi perfurado e se encheu de sangue. Então, eu sei o que aquelas mulheres sentiram quando estavam morrendo. Eu não tenho como te dizer por que Stahl mudou o padrão ou por que ele estava em Chester. Mas eu posso afirmar que ele merecia apodrecer na cadeia, e foi o que aconteceu, e agora a história tem um final feliz."

"E, mesmo assim, você se sente culpada." Ele se reclinou no assento.

Antes que eu pudesse responder, Cody apareceu, se aproximando por trás de Schreiber. "Algum problema aqui?", perguntou Cody.

Schreiber se virou, pegando o gravador enquanto girava. "Só estamos conversando", respondeu ele.

Cody olhou de Schreiber para mim. Minha mandíbula estava apertada e eu sentia calafrios pelo corpo todo. "Está tudo bem", eu disse, quase em um sussurro.

"Levanta. E cai fora!", rosnou Cody.

"Eu...", Schreiber tentou dizer alguma coisa, mas Cody o agarrou pelo colarinho e o ergueu do banco. Schreiber se debateu tentando se manter em pé e recuou rapidamente, com as mãos erguidas. "Estou indo. Estou indo."

Cody ficou parado na frente dele. Ele não devia ter feito isso... Ele era pelo menos cinco centímetros mais baixo que Schreiber, mas tinha mais massa, e havia algo em seu porte que deixava claro que ele sabia se virar em uma briga. O mesmo não podia ser dito sobre Schreiber.

"Se você mudar de ideia sobre a entrevista...", Schreiber começou.

"Fora!", bradou Cody, dando-lhe um forte empurrão, e Schreiber bateu em retirada. Eu me encolhi onde estava sentada e não relaxei até ouvir o barulho da porta da frente se fechando.

Eu fechei os olhos. *Alan Michael Stahl é um homem mau*, pensei, como já havia feito tantas vezes antes, deitada acordada, tentando não estar acordada. *Eu fiz a coisa certa.*

Todo esse tempo eu estive esperando tudo desmoronar.

Liv e Cass temiam que, se as pessoas descobrissem a história sobre Perséfone, elas não iriam acreditar na história sobre Stahl. Elas poderiam pensar que nós éramos mentirosas.

Eu tinha medo de elas descobrirem que eu havia mentido. Porque Perséfone não era o único segredo que eu vinha guardando todo esse tempo. Eu menti para a polícia. Eu menti no tribunal. Eu menti para mim mesma; eu me convenci de que tinha visto Alan Michael Stahl naquela floresta... e talvez possa ter havido até um tempo em que eu acreditei nisso.

Mas a verdade era que eu não tinha visto ele naquele dia.

Eu não tinha visto absolutamente nada.

Cody deslizou para o seu lugar, com uma expressão severa. "Quem diabos era esse cara?"

"Um jornalista. Nada sério", eu respondi. Tentei pegar outra bebida, mas minha mão tremia demais. "Eu não devia ter deixado ele começar a falar. Culpa minha."

"Abutres", resmungou Cody. Sua mão se fechou sobre a mesa, como se estivesse imaginando agarrar Schreiber de novo. "Tem certeza de que está tudo bem?"

"Tenho", respondi firme. Eu sorri. "Mas é bom saber que você ainda está por perto para me resgatar. Meu herói."

Ele pareceu ficar desconfortável. "Quem te encontrou naquela floresta poderia ter sido qualquer outra pessoa, Naomi."

"Eu sei. Mas não foi qualquer outra pessoa. Foi você", eu disse, enquanto traçava linhas aleatórias com meu dedo na condensação sobre o tampo da mesa. "E não foi só na floresta."

Ele não respondeu; não era algo sobre o que conversávamos. Mas ele alcançou minha mão e delicadamente encostou seus dedos nos meus... um toque sem qualquer objetivo, a não ser talvez provar para cada um de nós algo como *eu estou aqui*. Ele puxou sua mão de volta antes que se tornasse qualquer coisa além disso.

"Vamos falar sobre alguma outra coisa", implorei.

"Até o momento, eu dei um jeito de levantar os tópicos do seu recente ex-namorado, da sua relação complicada com seu pai, e falei sobre a vez que você quase morreu. Por que você não escolhe o assunto?", sugeriu ele, e eu ri.

Quinze anos geraram bastante assunto para cobrir. Na maior parte do tempo, fui eu quem falou. Cody sempre foi um cara reservado. E, de algum jeito, ouvir sobre o desastre criativo que era minha vida não o fez sair correndo em busca da saída de emergência.

A segunda cerveja se transformou em um rum com Coca-Cola, e mais um, junto a um enorme hambúrguer bem passado. Eu estava bêbada o suficiente para cogitar, enquanto Cody me acompanhava até o quarto do hotel, depois de insistir em pagar a conta, se eu queria convidá-lo para entrar. Ele era um cara bonito, mas para mim ele ainda era como um irmão mais velho, um cavaleiro de armadura brilhante. Mesmo assim, eu já havia tomado decisões piores. Era meio que minha marca registrada.

Eu virei a chave, abrindo uma fresta na porta, e então me encostei contra o batente para olhá-lo de novo. Ele estava perto, mas não perto demais. Eu podia sentir seu cheiro... limpo demais para combinar com a imagem de garotão local que ele projetava. Ele cheirava a sabonete e escolhas responsáveis. Havia demorado para beber aquela primeira cerveja e depois mal tocou na segunda.

"Você ainda pode dar o fora daqui, sabe?", ele disse. "Deixar seu passado pra trás."

"Isso é só uma letra de música, não algo que as pessoas realmente fazem", eu respondi.

"Que música é essa?"

"Sabe... Eu não consigo me lembrar...", confessei.

Meus dedos tocaram levemente a lateral de sua mão, sem realmente encostá-la. Ele baixou os olhos em minha direção, com um sorrisinho nos lábios. Eu havia ido para a cama com pessoas que não deviam ter ido para a cama comigo, e nenhuma delas tinha um olhar daqueles.

"Cody Benham é pai", eu disse, balançando minha cabeça, admirada.

"É meio que incrível", admitiu ele.

Eu relaxei minha mão, deixando-a pender ao meu lado. "Você não está nem um pouquinho tentado, não é?"

"Não é por causa da cicatriz", afirmou ele, imediatamente.

"Isso nem havia passado pela minha cabeça", eu respondi, e era verdade.

Um alarme tocou em seu celular. "Tenho de ligar pra casa antes que a Gabby vá dormir", ele falou.

"Que inferno... Como você é fofo." Eu me inclinei para trás, aumentando a distância entre nós.

"Eu sei. Eu quase não acredito, também", ele disse. Então, ele se curvou e beijou minha testa, se endireitando logo em seguida. Ele já estava com os filhos; eu podia ver em seus olhos. "Voltarei pra casa amanhã cedo, mas, se precisar de qualquer coisa antes disso... ou depois disso, na verdade..."

"Eu tenho seu número", respondi, dando um tapinha no bolso da jaqueta onde havia guardado seu cartão de visitas. "Pode dar o fora daqui, Cody Benham. Eu vou ficar bem."

Depois que Cody foi embora, tudo o que me restou foi a cama dura do hotel e os sons estranhos de um lugar novo. Eu odiava ficar sozinha. E, mais do que tudo, odiava ficar sozinha durante a noite. Eu nunca consegui dormir bem sem ter outro corpo perto de mim. Não conseguia calar meus pensamentos sem ter alguém em quem focar.

Eu liguei a tv, esperando que fosse o suficiente para me distrair. Passei por centenas de canais que pareciam estar exibindo *Forensic Files*. Não era exatamente o que eu considerava um programa para relaxar. Não porque me assustava ou me fazia lembrar do que aconteceu comigo... era mais o oposto disso. Eu não havia me transformado em uma tragédia, e isso me fazia sentir como uma impostora no panteão das vítimas. Mas eu deixei a tv ligada, e fiquei assistindo ao entediante catálogo de violência sem prestar atenção em nada.

O programa terminou — o marido era o culpado, que surpresa — e outro começou, ainda mais horrendo. Eu fui mudando de canal, pulando de uma *sitcom* sem graça para outra e toda uma seleção de programas policiais que se alternavam, as narrativas se mesclando em uma mistura surreal de suspeitos, motivações e sangue.

E, então, Alan Michael Stahl apareceu, olhando fixamente de trás de uma mesa de tribunal e usando um macacão laranja, e eu congelei. Era a foto que eles sempre usavam, porque dava para ver o ódio em seus olhos. Ódio por tudo, mas por nós três em particular — as três garotinhas que o arruinaram.

Você tem certeza de que foi Stahl que a atacou?

Stahl já estava sendo investigado sobre os assassinatos quando eu fui atacada. Quando Cass e Liv deram suas descrições, os detetives imediatamente perceberam a conexão. Eu não me lembro do modo como eu o identifiquei a princípio. Eu só me lembro das pessoas me dizendo que eu o tinha identificado. Tudo que eu precisava fazer era continuar concordando.

Eu sempre disse a mim mesma que eu devo ter me lembrado, logo depois do ataque, e que tinha sido capaz de identificá-lo; eu devo ter me esquecido depois. As lembranças do ataque foram se perdendo na mesma névoa que havia roubado a maioria das minhas memórias do hospital e que transformou os meses seguintes em um mosaico desconexo de momentos.

Minha recusa em dar entrevistas havia assegurado que eu não teria de lidar com o tipo de pergunta que Schreiber estava fazendo. Cassidy havia passado por elas, e as pessoas geralmente não tentavam perguntar para uma pré-adolescente se ela não achava estranho que sua melhor amiga não havia sido estuprada. A advogada de defesa no julgamento tinha sido igualmente cautelosa, procurando, de um modo gentil, encontrar brechas em nossa narrativa — mas não é como se ela pudesse apontar para os outros assassinatos como evidência de que Stahl não havia me atacado, já que ele também se declarava inocente deles.

E com isso as inconsistências foram ignoradas e esquecidas. Eu sabia que existiam fóruns na internet e coisas assim, onde pessoas dissecavam em detalhes o caso, mas eu nunca procurei por eles.

"...nunca acusado criminalmente pelos outros assassinatos, mas, dadas as fortes evidências circunstanciais e as similaridades entre o ataque a Naomi Shaw e as outras vítimas, esses casos foram considerados encerrados", a apresentadora dizia. "Em notícias mais leves, hoje à noite, estaremos mostrando dois restaurantes locais com sua tradição anual: um duelo mortal... de panquecas!"

Eu desliguei a TV. Por que as pessoas sempre falavam daquele jeito? Os outros assassinatos. Não existiam outros assassinatos, porque eu não tinha sido assassinada. Eles eram apenas "os assassinatos". Aquilo me fazia considerar se eu não havia morrido e ninguém teve coragem de me contar.

Meu celular vibrou. Eu olhei, esperando ser Liv e encontrando o nome de Mitch. A tela lotada de notificações. Mitch havia ligado. Sete vezes. Aparentemente, ele percebeu que eu estava ignorando suas mensagens.

Mitch não era um cara ruim. O problema é que ele havia confundido drama com virtude e sofrimento com arte, e com isso se sentiu empobrecido pela própria boa sorte. Eu sabia desde o início que ele me procurou porque minha história triste estava escrita na minha cara, e era o que ele estava querendo pegar emprestado, mas, por algum tempo, eu não me importei com isso. Era tão válida quanto qualquer outra estratégia para conseguir uma trepada.

Mas eu não o traria aqui para ver tudo isso. Para conhecer as pessoas com quem eu cresci. Eu não iria deixar ele conhecer Naomi Shaw, porque ele não podia. Ele só iria transformá-la em uma história que faria sentido para ele.

Eu disse isso a ele, apenas sendo menos eloquente e provavelmente xingando mais. Se qualquer um de nós tivesse sequer uma migalha de respeito próprio, não iríamos tentar voltar depois das coisas que dissemos um ao outro.

Respeito próprio era algo em que nenhum de nós era muito bom. Eu podia voltar. Ele nunca me deixaria esquecer, mas me deixaria pedir uma segunda chance e voltar para nossa vida de dividir o aluguel e as compras, e a conta do jantar, mas não as entradas porque ele só comeu os palitinhos de queijo e eles eram três dólares mais baratos.

Eu ignorei as notificações e esfreguei os olhos. Estava ficando sóbria, e isso era inaceitável. Eu me curvei sobre o frigobar, mas estava vazio. E não queria voltar para beber sozinha no bar. Eu preferia beber sozinha, ponto final. Mas a lojinha da esquina ainda deveria estar aberta.

Marsha ainda estava atrás do balcão, contando o lucro do dia. Eu fiz um aceno rápido em sua direção e avancei para os fundos. Peguei a garrafa de vinho tinto mais barata que havia por perto e segui para o caixa. Ela deu uma olhada, e eu devolvi na mesma moeda.

"Isso aí é basicamente xarope pra tosse misturado com um tiquinho de suco de uva", ela me disse.

"Se encaixa bem com o humor em que eu estou", eu respondi, de maneira despreocupada.

Isso pareceu diverti-la. "Não posso te culpar. Mas tem maneiras melhores de chegar aonde quer chegar", ela afirmou. E, depois de procurar atrás do balcão, fez surgir uma garrafa quase cheia de bourbon. E não era de má qualidade, ainda por cima.

"Tenho quase certeza que você não pode vender nada tão forte, Marsha", eu disse, fingindo estar chocada.

"Por conta da casa. Dadas as circunstâncias." Ela me empurrou a garrafa.

Era um presente do tipo que se dava em Chester. Tanto que eu quase soltei uma gargalhada. *Aqui pra você, menina, vai lá ficar bêbada e vomitar em algum pinheiro.* Eu dei uma nota de vinte a ela.

"Eu disse que é por conta da casa." Ela ralhou.

Eu peguei uma barra Snickers. "Pelo chocolate. Fica com o troco." Saí antes que ela pudesse protestar.

Eu devia ter voltado ao meu quarto. De volta aos lençóis ásperos do hotel, e a *Forensic Files*, e ao leve odor de mofo. Em vez disso, eu entrei no meu carro. Tentei não pensar para onde eu estava indo, mesmo que eu já soubesse antes mesmo de dar a partida. Fora da cidade, as luzes da rua diminuíam, se tornando apenas um ocasional borrão de luz. A floresta havia crescido mais densa e selvagem do que jamais havia sido em minha infância. Em todos os outros lugares, a natureza estava batendo em retirada. Mas, aqui, estava cavalgando de volta para a linha de frente. Do verde para o marrom e de volta ao verde, como uma lenta mudança de estações.

Eu não sei dizer como eu sabia quando deveria sair da estrada, apenas sabia que esse era o lugar. Vinte anos atrás, esse trecho de estrada havia sido bloqueado por uma dúzia de carros, uma ambulância, carros de polícia, uma multidão de curiosos sedentos. Aqui era onde Cody Benham havia cambaleado para fora da floresta com uma menina a meio caminho da morte nos braços.

Eu estacionei. Mantive a luz do carro ligada, ainda que tirasse minha visão do lado de fora. *Parecia* mais seguro assim. Abri a garrafa que Marsha havia me dado e dei um gole. Estremeci. Eu não era muito fã de uísque puro. Não era muito fã de me embebedar, considerando tudo, mas, quando a ocasião pedia...

Tinha acontecido bem aqui. Bem, não *exatamente* aqui. Havia terminado aqui, mesmo que essa fosse a parte da qual eu menos me lembrasse. Minha breve consciência enquanto Cody me carregava havia me abandonado antes mesmo de chegarmos à estrada. Eu tinha uma breve lembrança da ambulância e da comoção que se seguiu a descoberta do meu corpinho estraçalhado, mas eu sabia que não era real, apenas uma mistura de todas as histórias que me foram contadas.

A sequência sempre corria ao contrário em minha mente. Os braços de Cody, e então a sensação da madeira apodrecida contra meu estômago, e então eu me arrastando pela terra coberta de agulhas de pinheiro, e então...

Eu fechei os olhos. Eu não iria me permitir voltar tanto assim. Voltar o bastante para sentir o primeiro golpe da faca, feito um soco nas minhas costas — o golpe mais superficial de todos, mas o suficiente para me derrubar. Meu rosto voltado contra o chão, e então eu usei todas as minhas forças para girar sobre minhas costas, o que só significou que agora eu podia ver a faca enquanto ela descia. A próxima facada atingiu meu rosto, e depois disso eu não vi quase mais nada.

Eu me lembrei das árvores e do céu claro. Cass berrando, Liv gritando, Cass me dizendo que elas iriam buscar ajuda. Pequenos fragmentos que eu não conseguia costurar para formar um quadro completo, não importava o quanto eu tentasse.

Eu nunca havia voltado. Pessoas sugeriram, algumas vezes — uma equipe de documentário, Mitch (ele também queria filmar), um terapeuta que durou quatro sessões. Eu sempre rejeitava essa sugestão.

Eu dei outro gole. O uísque escorreu pelo meu queixo, pingando em minhas roupas e no banco do carro. Eu xinguei e tateei procurando os guardanapos que convenientemente eu deixava jogados no banco do passageiro, junto a qualquer outra coisa que eu estivesse segurando quando entrava no carro. A correspondência que eu havia pegado na casa do meu pai escorregou das minhas mãos. Eu peguei um guardanapo e sequei minha camisa, o que só serviu para deixar pequenos fragmentos de guardanapo que lembravam vermes grudados no tecido. E agora tudo fedia a uísque.

Eu me contorci para pegar a correspondência. A carta com o endereço escrito à mão estava no topo da pilha. Fechei a cara para ela. Quase certeza de que era uma carta de fã. Eu devia apenas jogar fora.

Passei meu polegar sob a aba e o envelope rasgou. Puxei a carta para fora. Era uma única página pautada, dobrada em três partes, com a caligrafia desleixada.

Srta. Shaw, ou Cunningham, ou qualquer que seja seu nome agora...

Eu já pensei muito sobre o que eu te diria se tivesse a chance, mas, agora que estou realmente fazendo isso, sinto dificuldade para encontrar as palavras certas. Você fez toda a minha realidade virar do avesso. Eu perdi todos os meus amigos, minha casa, minha vida. Meu pai. O homem que eu pensava que ele fosse se revelou outra coisa. Ele não era meu pai amoroso, era um monstro.

Mas o caso é que você mentiu. Meu pai não te atacou. Você mentiu no banco dos réus e mandou o homem errado para a cadeia. O que eu quero saber é: por quê? Você estava protegendo alguém? Essa pessoa ainda está por aí? Essa pessoa machucou outras menininhas porque você o encobriu?

Eu estou tentando entender. Por anos, eu tenho tentado juntar as peças da minha infância de um jeito que elas façam sentido, para compreender o que aconteceu com o pai que eu amava. Eu não consigo entender qual é a sua parte nisso tudo.

Se você estiver pronta para contar a verdade, eu gostaria de ouvir.

— A.J.

Eu mal conseguia ler as palavras de tanto que minhas mãos tremiam. A.J. Alan Stahl, Jr.

Eu quase havia esquecido que Stahl tinha um filho. Ele nunca havia aparecido no tribunal. A única imagem dele da qual eu conseguia me lembrar era uma foto instantânea, um garoto magricela usando uma camiseta listrada e com o braço de Stahl sobre seus ombros. Eu não conseguia me lembrar onde tinha visto.

Ele sabe.

Uma onda de náusea tomou conta de mim. Eu joguei a carta para o lado, abri a porta e me arrastei para a estrada. Um vento frio e cortante me atingiu.

Alan Michael Stahl era um homem maligno. Liv e Cass tinham visto ele. Era *ele*.

Ou elas viram alguém que parecia o suficiente com ele para que a polícia conseguisse forçar crianças traumatizadas a identificar a pessoa errada?

A floresta se erguia, escura e profunda, à minha frente. Perséfone estava em algum lugar dela. Porque ela era a razão de estarmos ali naquele dia, porque Stahl era um segredo e ela era o outro, e eles se misturavam em minha mente. Meu monstro e minha deusa, seus dedos sempre puxando o meu cabelo, tentando me arrastar de volta para aquele dia. Eu sempre lutei contra essas forças.

Havia uma lanterna no porta-malas. Eu a peguei antes mesmo de perceber o que estava fazendo. Fiquei parada por um instante, com ela em uma das mãos, a garrafa na outra, esperando a chegada do meu bom senso. Mas só havia o vento e o pio distante de uma coruja.

Eu atravessei a estrada, pulando sobre uma pequena vala, e andei em linha reta em direção às árvores.

Imaginei o que minha terapeuta pensaria se soubesse que eu estava cambaleando no meio do mato. Provavelmente, não era a versão de "reintegração com meu eu do passado" que tinha em mente. Provavelmente, eu deveria ligar para ela. Essa provavelmente seria uma decisão inteligente a se tomar.

Nuvens pesadas ocultavam as estrelas, tornando minha lanterna a única fonte de luz naquela penumbra. Ela iluminou raízes e a grossa camada de agulhas de pinheiro, troncos caídos e ocasionalmente a forma rápida de um camundongo fugindo da minha invasão. Nada parecia familiar. Antes, nós conhecíamos cada pedra e cada graveto nesse lugar, mas ele havia crescido e se tornado estranho em nossa ausência.

Eu parei, tentando me orientar. Onde estava o riachinho onde pegávamos água fresca para nossas poções, a árvore morta que declaramos conter o fantasma de uma bruxa? Onde estavam a Caverna do Lobo, a Pedra do Dragão? O lago devia estar perto daqui — uma lagoazinha enlameada que nossas imaginações haviam transformado em um lago onde poderíamos encontrar a espada de um rei e um destino secreto.

As sombras se intensificaram. Alguma coisa fez um barulho à minha direita. Eu lancei a luz nessa direção, mas tudo o que iluminei foi um fragmento de memória. Liv, com os óculos escorregando pelo nariz.

Cass com as mãos na cintura, o queixo erguido em sua pose de "começado a contar uma história", os cachos dourados caindo sobre o rostinho atrevido, cada centímetro dela era a princesa que estava fingindo ser na brincadeira.

"Eu *senti* algo me espionando hoje", ela declarou. "Um espírito cruel. Nossos inimigos sabem que o nosso poder está aumentando."

"Inimigos?", perguntou Liv, com os olhos arregalados. "Que inimigos?"

"Feras perversas que se opõem às forças da luz!", Cass a informou. "Monstros horríveis! Precisamos ficar seguras."

"Como?", perguntou Liv, tremendo.

"Feitiços de proteção", disse Cass, saindo da posição em que estava. "Podemos fazer amuletos mágicos."

"E isso vai ser o bastante?"

"É claro que vai ser", sussurrei. Eu podia vê-las perfeitamente, mas eu não podia me ver. Não conseguia imaginar a versão de mim antes da faca. Mas me lembrava do que eu disse. "Nós sabemos exatamente como fazer os amuletos, certo, Cass? E aí vamos ficar protegidas dos monstros."

Um alívio passou pelos olhos de Liv enquanto eu colocava meu braço sobre seus ombros. Houve um leve lampejo de irritação nos olhos de Cass — aquela era sua história, e ainda não estava pronta para passá-la a outra pessoa.

Eu reconheci a árvore na minha frente. Tinha crescido, mas o estranho galho torto era o mesmo, com o pequeno espaço oco na parte em que se conectava ao tronco. Ficava na altura do meu ombro agora, mas, antes, eu tinha de esticar os braços para alcançar.

Eu dei um último gole no uísque e deixei a garrafa no chão. Tateei com os dedos dentro do oco da árvore. Não podia estar ali ainda, podia? Mas estava — algo macio. O tecido. Delicadamente, eu o prendi entre o indicador e o dedo médio e o puxei para fora.

O tecido era um velho lenço barato. Tinha se rasgado, e o conteúdo caiu na palma da minha mão, escurecido e envelhecido por anos de chuva e decomposição. Um par de dados, com os pontos já apagados; uma forma marrom amassada completamente irreconhecível; um brinco de fantasia barato. Um dos nossos amuletos, para nos manter em segurança.

Sabíamos que era uma fantasia, que estávamos só fingindo, mas não queríamos fingir. Nós *tentávamos* acreditar, tomadas pelo sentimento de que, se ao menos conseguíssemos superar nossas dúvidas, poderíamos tornar tudo real. Encontraríamos a porta na floresta, o mundo atrás do guarda-roupa, o ovo de dragão escondido na lama.

Nós sabíamos que o mundo era cruel, sujo e chato, e tudo era tão brutalmente injusto que nos recusamos a aceitar. Havia magia no mundo. Nós só precisávamos encontrá-la.

Eu cambaleei para frente passando pela árvore, esquecendo a garrafa e procurando as sombras por meio de pontos de referência familiares. Havia aquela pedra em que Liv se sentava para ler enquanto nos esperava. Talvez eu pudesse achar a árvore em que subi para alcançar o ninho abandonado nos galhos altos, subindo mais de quatro metros até Liv entrar em pânico e me fazer descer... ou o carrinho de compras caído que tinha raízes crescendo por ele, o ancorando eternamente no mesmo lugar, o que Cass havia declarado ser a prova de que uma dríade andava por aquela floresta.

Ou a rocha, vinda de alguma antiga geleira, com a fresta estreita na parte de baixo. A fresta pela qual três garotinhas podiam se arrastar, chegando até o espaço vazio atrás dela. A Gruta, era o nome que Cass dera a ela.

Entretanto, eram apenas sombras e plantas agora, a magia tinha desaparecido, minhas memórias estavam confusas e distorcidas. Nós íamos tão fundo nessa floresta... Eu não conseguiria achar, não à noite, não tão bêbada. Fechei meus olhos, e uma chuva leve começou a cair sobre a copa das árvores acima de mim.

Com o barulho da chuva e o sussurro do vento, eu quase não escutei os passos atrás de mim. Eles não foram registrados de forma consciente, apenas em uma dobra escondida do meu cérebro que armazenava medo como quem guarda a ponta quebrada de uma faca. Eu me virei tão rápido que perdi o equilíbrio. Meu pé escorregou em uma área molhada cheia de musgo e eu caí sentada com força no chão, blasfemando. A lanterna escapou da minha mão.

Uma sombra atravessou as árvores diante de mim. Eu avancei e peguei a lanterna, lançando luz em direção à sombra, mas ela já estava distante demais e eu, muito lenta e alterada. Tudo o que consegui identificar foi o vislumbre de uma figura... uma figura humana. Eu não estava sozinha ali.

O medo raspou as presas contra minha garganta macia e me roubou o fôlego. Eu tropecei, e fui me erguendo com dificuldade. Havia alguém ali. Alguém estava me seguindo. Estava escuro e eu estava sozinha, e ninguém sabia que eu estava ali. Essa floresta havia recebido a promessa da minha morte e a negado. Se eu fosse morrer, a parte de mim que um dia almejou a magia insistia, seria nesse lugar.

Eu saí correndo. Pensei que estava indo em direção à estrada, mas eu não tinha certeza disso. Não conseguia ver nada a não ser o chão imediatamente a minha frente, e o estrondo das batidas do meu coração e dos meus passos afogavam qualquer esperança de escutar um perseguidor.

Idiota, idiota, idiota, me repreendi. Galhos arranhavam meus braços. *Você vai morrer, você vai morrer.*

Mas lá estava a estrada, e o meu carro, e o brilho anêmico do poste. Abri a porta do carro e me lancei para dentro, batendo-a atrás de mim. Com as portas trancadas, me lembrei de voltar a respirar. Eu me curvei com os punhos pressionados contra o estômago, me forçando a encher os pulmões repetidamente.

Havia realmente alguém lá fora? Eu poderia ter imaginado aquela sombra nas árvores, não poderia? Minha mente rodopiava com as memórias, com a lembrança da dor e do medo. Quem mais estaria lá fora no meio da noite? E por que diabos alguém fugiria?

Eu posso ter imaginado. Eu fiquei bêbada, caí no meio da floresta e achei que uma árvore era um assassino com um machado.

Eu não acreditava nisso de verdade. Mas eu queria acreditar, e eu tentei, e isso era quase a mesma coisa.

Uma batida na janela do carro me acordou num sobressalto. A chefe de polícia Bishop estava do lado de fora, com um boné azul protegendo o cabelo da garoa constante e fazendo uma cara feia pra mim. Eu tinha caído no sono enfiada no banco do motorista; havia um fio de baba muito digno escorrendo do canto da minha boca até meu queixo. Eu me limpei com a manga e baixei o vidro da janela, cerrando os olhos por causa da luz matinal.

"Bom dia", eu disse, com a voz rouca.

"Parece que você tomou algumas decisões meio estúpidas ontem à noite", afirmou Bishop.

"Essa é uma definição precisa", eu reconheci. Minha garganta parecia estar revestida com uma lixa.

Ela me lançou um olhar cético. "Srta. Shaw, o que está fazendo aqui?"

"Sabe... me pareceu terapêutico ontem à noite", respondi, sem me importar em corrigi-la. Eu sempre ia ser Naomi Shaw aqui. "Mas não consigo me lembrar por que caralhos eu pensei isso." Esfreguei os olhos para limpá-los e pisquei algumas vezes. "Você vai me dar uma multa ou algo do tipo?"

"Por estupidez?", sugeriu ela.

"Qual o preço dessa, uns cinquenta dólares?", perguntei.

"Se eu multar a Garota Milagrosa de Chester, o conselho municipal vai me mandar fazer as malas na hora", ela me informou. "Mas você está estacionada praticamente no meio da rua logo depois de uma curva fechada, está cheirando à bebida, e parece que entrou em uma briga com uma árvore e perdeu. Eu preciso ter certeza de que, se eu deixar você sair daqui dirigindo, você não vai abraçar um poste com esse carro nos primeiros quilômetros de estrada."

"Estou bem", respondi. A não ser pela dor de cabeça horrenda e o gosto de esquilo morto em minha boca. Bishop me olhou, pensativa, por um longo instante. Eu cerrei os olhos tentando olhar para ela. "Sério. Estou de ressaca, não estou mais bêbada, eu juro."

Ela suspirou. "Encontre um lugar melhor pra dormir esta noite", me repreendeu, se despedindo com um tapinha no teto do meu carro. Esperei até o carro dela sumir de vista para dar a partida.

Eu consegui entrar no meu quarto do hotel sem que ninguém me visse, e quando terminei de me lavar já era um horário mais decente. Meu celular vibrava sobre a cama. Mitch. Eu o peguei para rejeitar a chamada, mas, em vez disso, soltei um suspiro e atendi.

"Oi."

"Naomi... Oi." Ele parecia surpreso por eu finalmente atender. Eu também estava um pouco chocada.

"Como estão as coisas?", perguntei, secando meu cabelo com a toalha em minha outra mão.

"Eu só liguei pra dizer... Olha, me desculpa pelo modo como deixamos as coisas. Eu entendo. Acho que as coisas não têm sido ótimas já faz um tempo. Nós estávamos só nos deixando levar. Talvez isso fosse inevitável. Eu só queria que não tivesse acontecido desse jeito."

Merda. O Mitch estava terminando comigo?

Não, eu já terminei com ele. Não terminei? Sim. Sim, isso definitivamente tinha sido minha decisão. Então, eu não devia ficar chateada. Eu não tinha direito algum de ficar chateada.

"É melhor assim", eu disse. "Você merece algo melhor."

"Eu não diria isso", ele falou forçando uma risada. "Você e eu..."

"Eu realmente não quero discutir isso por telefone", o interrompi rapidamente. A autópsia do término era a parte que eu menos gostava dos rituais de relacionamento.

"Certo, certo. Enfim, eu não sei quanto tempo você vai ficar por aí, mas chegaram umas correspondências suas... contas, parece que umas duas são cheques. Eu posso encaminhar tudo para onde você está, se quiser."

"Eu estarei de volta neste fim de semana", eu disse. "Tenho um casamento pra fotografar no sábado e uma sessão de fotos de noivado no domingo. Eu passo aí e pego a correspondência e algumas das minhas coisas."

"Você vai ficar por aí mais um tempo, então?"

Eu pressionei a raiz do meu nariz, fechando os olhos com força. "Parece que sim. Eu tenho de resolver as coisas da casa do meu pai. É tudo..." Mas Mitch não era mais meu namorado. Não precisava saber. Ele não tinha mais o *privilégio* de saber. "Obrigada, Mitch."

"Sem problemas. Fico feliz em ajudar." Ele soava tenso. Imaginei se essa conversa iria parar em um dos seus contos, que camadas elaboradas de significados cada palavra iria conter. Tudo iria virar uma metáfora para o isolamento da sociedade moderna e a impossibilidade de relacionamentos, ou algo do tipo.

"Nos falamos depois, Mitch."

"Naomi..."

Eu fingi não ter escutado e desliguei. Eu odiava términos de relacionamentos. E os ambíguos eram os piores de todos, é por isso que, sempre que um término parecia inevitável, eu tinha o hábito de ir para a cama com outra pessoa. Uma sorte o Cody ser comprometido, ou eu provavelmente teria feito dele a granada jogada para trás enquanto saía porta afora.

Eu ia jogar meu celular de volta na cama e parei. A tela mostrava uma chamada perdida e um correio de voz... de Liv. Eu franzi o cenho. Liv não deixava correios de voz.

Eu apertei o play e aproximei o celular do ouvido. Primeiro, pensei que ela havia me ligado por engano... Só escutei ruídos indistintos e uma respiração. E, então, ela falou. Sua voz parecia cansada. Soava quase como se ela estivesse desaparecendo e voltando. "Naomi. Eu tenho que... sinto muito. Eu preciso que você saiba disso. Eu sinto muito, muito mesmo. Eu amo você. Eu sinto muito por ter mentido."

A mensagem terminou. Eu digitei o teclado do telefone nervosa, tentando ligar de volta. Caiu na caixa postal. "Liv. O que está acontecendo? Você está bem? Me liga. Eu estou a caminho." Eu não gostei do jeito que a voz dela soou. A mensagem havia chegado tarde da noite, na noite anterior... mais ou menos na hora em que eu estava cambaleando bêbada pela floresta.

Eu sinto muito por ter mentido. Não por *nós* termos mentido. Ela não estava falando de Perséfone. Era sobre alguma outra coisa.

A última coisa que ela havia dito para mim foi uma promessa — nossa promessa. Estar aqui de manhã. Se essa foi a mentira... Ela não teria se machucado. Não de novo.

Um medo se espalhou dentro de mim, lento, frio e implacável. "Droga!", murmurei. Liguei para Cass, mas ela também não atendeu. "Aconteceu alguma coisa com a Liv. Eu vou até a casa dela conferir. Me liga quando ouvir isso", eu deixei na sua caixa postal.

Eu me vesti depressa e corri para a rua. O sol, despontando entre as nuvens, me atingiu como se tivesse ódio de mim.

"Bom dia." Ethan Schreiber estava em pé a alguns palmos de distância. Ele trazia um copo de café em uma das mãos e três dedos erguidos em um aceno.

"Você está me perseguindo?", questionei ele.

"Este é o único hotel da cidade", disse ele, apontando em direção à terceira porta depois da minha. "Está tudo bem?"

"Por que não estaria?", perguntei.

"Você parece... Deixa pra lá", falou ele, balançando a cabeça. Eu caminhei até o meu carro. "Bom te ver novamente", ele acrescentou. Eu bati a porta do carro, interrompendo sua última palavra e fugindo do estacionamento. Liguei de novo para o número de Liv no caminho. Mais uma vez, ela não atendeu.

O portão estava fechado e trancado. Eu não tinha o código e não queria assustar os pais de Liv, caso não fosse nada... provavelmente, não era nada, repeti para mim mesma. Liv quase nunca se lembrava de carregar o celular, deveria ser só isso... então, eu estacionei, pulei a cerca e fui a pé, correndo pelo resto do caminho até a casa.

Na minha cabeça, era a casa da Liv, mas dos pais dela, é claro. Eles viviam na mesma casa, enfiada no meio das árvores, desde que se mudaram para Chester, havia três décadas. Ela foi remodelada desde então, expandindo a pequena choupana encantada onde começaram, adicionando janelas de eficiência energética e painéis solares. O jardim da cozinha de Kimiko era maravilhoso de ver, cheio de couves, ervilha e feijão preto, junto a alguns tomates que ela sempre cultivava quando o clima estava fresco e úmido.

Na maior parte do tempo, eu vivia à base de uma dieta de macarrão instantâneo, chili enlatado e biscoitos salgados. Ir à casa da Liv e colher ervilhas frescas direto da terra era seu tipo de magia. Alguns dias, quando Liv não conseguia ficar perto de ninguém, Kimiko me deixava ajudá-la, me ensinando como adubar as plantas e como podar as cenouras para que tivessem espaço para crescer. Ela deixava que eu segurasse os brotos em minhas mãos unidas enquanto cavava um buraco para eles, e depois os plantava em lugares onde as raízes pudessem se espalhar.

"Antes de você plantar um broto", ela me dizia, "você precisa fortalecê-lo." Eles estavam acostumados com interiores, temperatura, umidade e luz consistentes. Pouco a pouco, a cada dia, você tinha de colocá-los do lado de fora, protegidos — primeiro, por uma hora, depois, duas, e então ir lentamente os expondo ao vento, à chuva, ao sol e ao frio.

Ela dizia que criar filhos era mais ou menos assim. Você tinha de fortalecê-los, antes que estivessem prontos para sair pelo mundo de forma segura. Se os colocava para fora muito cedo, de uma vez, o choque os fazia definhar. Eles nunca iriam crescer e florescer.

Kimiko estava no jardim quando eu cheguei. Estava de joelhos, com um chapéu de praia, usando uma pequena faca dobrável para podar as flores murchas plantadas nas bordas do jardim. Seu cabelo estava grisalho e frisado, e seu rosto, cortado por rugas delicadas. Sua presença acalmou o pânico em meu peito. Se algo tivesse acontecido, ela não estaria aqui fora, trabalhando calmamente.

O barulho dos meus passos no cascalho a alertou de que eu me aproximava, e ela me olhou surpresa, os olhos arregalados. "Naomi!?", disse ela. "O que está fazendo na cidade?"

Ela podia ser assim, meio direta demais, mas eu não me importava. "Vim ver a Liv", eu respondi, com as mãos enfiadas nos bolsos da jaqueta para que ela não percebesse que tremiam. "Ela deve estar me esperando. Mais ou menos."

"Ah. Entendo." Ela franziu o cenho e, então, levantou-se e acenou para que eu a seguisse para dentro de casa.

Havia plantas tanto dentro da casa dos Barnes quanto do lado de fora. Kimiko preferia o jardim, mas o marido nunca via uma planta ornamental sem se apaixonar por ela ou um vaso que não quisesse preencher. A casa tinha um caos exuberante de seu jeito — abarrotada de coisas, mas nada como a do meu pai. Ali, tudo tinha seu próprio lugar.

"Me desculpe a surpresa", eu disse enquanto tirava os sapatos.

"Não, não precisa se desculpar", ela respondeu. Pareceu distraída enquanto fechava a porta atrás de mim. Então, limpou cuidadosamente a faca de poda antes de fechá-la e guardá-la numa gaveta do balcão. "Você quer que eu faça um café enquanto espera?"

"Espera?", repeti.

Kimiko se enrolou em seu cardigã. "Liv saiu. Mas, se ela está te esperando, tenho certeza de que voltará logo."

Minha respiração entalou na garganta. "Onde ela está?", perguntei.

"Não se preocupe. Ela faz dessas. Ela gosta de andar pela floresta, para pensar", explicou Kimiko. Havia nela um cansaço que eu nunca tinha percebido antes. "Ela ficou fora até bem tarde ontem à noite. E deve ter saído de novo antes de eu acordar." Percebendo meu olhar assustado, ela tocou meu braço. "Ela gosta de passear. Especialmente nos últimos tempos. Não tem horário para sair. Mas sempre volta. Provavelmente, esqueceu que vocês iam se encontrar."

"Não foi exatamente combinado", admiti, "eu só preciso falar com ela." O medo deslizou sobre minha pele. "Kimiko... a Liv tem tomado os remédios dela?", sondei, procurando ser cuidadosa.

"Sim", respondeu Kimiko, decidida. "Ela está indo bem, Naomi. Muito bem. Meio distraída, nos últimos dias..."

"Por causa do Stahl", eu completei.

Ela não respondeu, mas acenou para que eu continuasse entrando na casa. Após a surpresa inicial da entrada, que fora reformada, foi um alívio ver que as renovações haviam deixado a casa diferente; não era mais a choupana de bruxa lotada de plantas encantadas. O gato dormindo atrás do sofá era cor de laranja, não o gato preto e desleixado que havia na casa quando eu era criança.

Mas o quadro na parede... aquele eu conhecia. Marcus havia pintado. Mostrava nós três, sentadas no banco do jardim com nossas cabeças unidas, conspirando. Ele o dera de presente a Liv em seu aniversário de 11 anos, no início daquele verão. Havia no quadrinho ainda uma forma leve, quase imperceptível, de um unicórnio na floresta atrás de nós e um dragão atravessando o céu preguiçosamente.

Aos 11 anos já era mais difícil se ater à magia. Estávamos conscientes demais do quanto a coisa toda era boba e infantil. Eu acho que todas nós sentimos que aquele seria o último verão em nosso reino de fantasia.

Talvez seja por isso que, quando Cassidy começou o Jogo da Deusa, nós mergulhamos nele completamente. Era nossa última chance de acreditar. Ele era diferente — de certa maneira, mais sofisticado. Cassidy havia começado a ler obsessivamente histórias sobre mitos gregos e tinha escolhido as "melhores" deusas para cada uma de nós. Ela disse que Hera parecia megera demais e que Afrodite era chata. Então, eu seria Ártemis, Liv seria obviamente Atena e Cassidy seria Hécate, que era a deusa da bruxaria, logo, extremamente legal. Nós começamos hesitantes, sem saber direito quais eram as regrasou o quanto podíamos nos aprofundar em nossas encenações.

Perséfone mudou tudo.

"Sobre o que você queria conversar com a Liv?", indagou Kimiko. O tom de voz sugeria que ela estava mais preocupada com a filha do que deixava transparecer.

"Nada sério", respondi, e devo ter corado. "Me desculpa, é um reflexo."

"Você não gosta de pessoas se metendo nos seus assuntos...", ela declarou. "Eu entendo, também não gosto. Eu sempre me senti aliviada pelo fato de Liv não ter sido quem ficou com as cicatrizes, e de não ter sido a principal testemunha. Os repórteres se esqueceram de nós bem rápido."

Qualquer outra pessoa teria dado voltas no assunto. "Ela queria falar comigo e com a Cass sobre uma coisa que aconteceu quando éramos crianças. Eu acho que não devia contar mais que isso sem a permissão dela", eu expliquei.

"É sobre o Stahl?", perguntou ela.

"Mais ou menos." Não era tanto uma evasão, era mais uma impossibilidade de responder. Era totalmente sobre Stahl, e também não era.

"Quando recebeu o telefonema do homem da administração penitenciária, ela começou a chorar", disse Kimiko. Seus braços estavam cruzados, e ela olhava pela janela, como se estivesse esperando Liv aparecer na calçada. "Ela ficou agitada. Não quero dizer feliz, quero dizer em um estado de ansiedade."

Quando éramos crianças, Cass chamava de sobrecarga quando as obsessões da Liv chegavam a um ponto alto e febril. Todos os tiques e pequenas manias se intensificavam, e ela não conseguia parar de falar sobre o que quer que fosse sua fixação. Ela começava a falar sobre as abelhas com entusiasmo e logo depois ficava apocalipticamente preocupada com os parasitas que estavam reduzindo os enxames. Ela passava a contar cada abelha que encontrava, anotando a numeração em um diário, convencida de que, se contasse cada uma delas, as abelhas *não iriam* morrer e o mundo *não iria* morrer de fome. Outra obsessão dela foi com os números quatro e sete. Quatro era um bom presságio — para o desgosto de Kimiko — e sete era um mau presságio.

Depois percebemos que esses haviam sido os primeiros sinais de sua doença, que iria se manifestar por completo mais tarde. Os medicamentos ajudaram, quando os médicos conseguiram encontrar a combinação certa. Tomando os remédios, ela não chegava ao último estágio, a nociva magia dos rituais e dos números. Ela se agitava com uma ideia e, logo depois, se acalmava com a mesma.

"Posso ver o quarto da Liv?", eu pedi. Kimiko pressionou os lábios, formando uma linha estreita. "É bem possível que eu esteja me preocupando por nada, mas eu recebi uma ligação esquisita dela e, se eu conseguir descobrir onde ela está, acho que me sentiria melhor."

Ela apontou para o corredor. "Pode ir, então."

Eu continuei pelo corredor, passando por fotos que mostravam Liv em diversas idades, uma linha do tempo confusa. Não havia nenhuma organização entre antes e depois. Acho que percebi um certo vazio em seus olhos, um medo que não estava lá antes, mas provavelmente era só minha imaginação. O único intervalo se deu durante a época da universidade, depois de Liv ter a grande crise que a fez voltar para a casa dos pais — definitivamente, até onde se sabia.

A tranca do quarto de Liv havia sido retirada. Eu toquei o espaço vazio no metal da maçaneta me lembrando daquele telefonema, o pior que eu já havia recebido. Era minha vez de me sentar ao lado de uma cama de hospital, esperando minha amiga acordar — ou não.

Vou estar aqui amanhã. Eu tinha de acreditar que ela manteria a promessa.

O quarto era organizado de maneira meticulosa. Liv era uma colecionadora. Coisas se tornavam sagradas para ela com facilidade, adquirindo quase uma importância mística. Ela exibia os objetos com cuidado, de acordo com seu humor e o significado de cada um. Uma concha na prateleira de livros, as quatro pontas de flecha alinhadas em fila ao lado. Em outra parte, um fóssil de nautilus, um crucifixo que a avó lhe dera de presente, a passagem de avião que ela nunca havia usado, de quando ela ia viajar para o Japão, pouco antes do tsunâmi, mas teve gastroenterite. Havia muita coisa no quarto, mas tudo era precioso para ela e tudo tinha um significado específico.

Se eu tivesse entendido o significado de cada um daqueles objetos, talvez pudesse ter lido aquela coleção como se fosse um diário, e eles teriam me dito o que eu precisava saber.

Seu laptop estava sobre a mesa. Perto dele havia uma pilha de artigos e relatórios ambientais. Provavelmente tinha algo a ver com o trabalho que ela fazia para a empresa de consultoria de conformidade ambiental dos pais. Havia uma nota adesiva no topo da pilha com vários números e letras anotadas — 2248DFID, 3376DFWA, 1898DFWA — e uma lista de afazeres em um caderno que incluía "conferir referências de identificação do mapa" e "buscar remédios na farmácia".

Eu não sabia o que eu estava procurando. Queria alguma pista sobre onde ela teria ido, queria saber por que ela havia ligado de surpresa no meio da noite. O que tinha mudado entre a manhã e a noite de ontem?

Eu toquei o *touchpad*, e abriu uma janela pedindo a senha na tela. Sem chances. Tentei a gaveta. Havia um lápis, um caderno de desenho, elásticos, clipes de papel, prendedores de cabelo, três organizadores de pílulas — o que parecia indicar que ela havia tomado os remédios corretamente, inclusive os da noite anterior, mas não os desta manhã — e fotografias soltas, instantâneos que haviam sido impressos em uma farmácia.

A maioria das fotos era de seus pais e dos gatos. Aparentemente, também havia um grande gato cinzento peludo, além do cavalheiro cor de marmelada que eu tinha visto no sofá. Mas também havia cerca de uma dúzia de fotos aleatórias da floresta, mal enquadradas e mal iluminadas.

O caderno de desenho estava repleto de estudos detalhados de plantas, insetos e pássaros. Liv era mesmo filha de seus pais, isso era certeza.

Ela sempre teve o amor do pai pela arte e a atenção aos detalhes da mãe. Por um tempo, ela parou de desenhar — os antipsicóticos que ela tomava fazia as mãos tremerem demais. Foi quando quase a perdemos.

Mas agora ela tomava remédios diferentes, uma dosagem menor, e a beleza transbordava novamente dela.

Eu virei uma página e fiquei paralisada. Esse esboço era diferente. A primeira coisa que percebi é que tinha um traço mais livre, ou ao menos era desenhado de memória, e não com base em um modelo. Pelo menos, era o que parecia. Mostrava a parte de cima de um esqueleto humano. Havia flores saindo das cavidades oculares e, em volta, alinhados e formando um círculo, conchas, pedras e uns objetos estranhos — quatro valetes de baralho, uma outra carta, uma coleção de moedas.

"Perséfone", ela havia escrito no canto inferior da imagem, com sua letra pequena e meticulosa.

Eu virei a página. Deparei com outro crânio sorridente. E outro, e outro, e outro. Uma página após a outra, cada desenho se tornando menos detalhado, mais impressionista. Uma escuridão parecia irradiar dos ossos até que, na última página, eles não passavam de trechos de espaço negativo esboçados em um mar de linhas rabiscadas a lápis.

Eu pensei que os desenhos tivessem sido feitos durante meses, mas o esboço logo antes do primeiro retrato de Perséfone estava datado como se tivesse sido feito três dias atrás. Liv tinha feito tudo isso desde o dia da morte de Stahl. Desde que ela decidiu compartilhar conosco o que havia encontrado.

Havia mais uma coisa na gaveta. Um pequeno porta-joias de veludo. Eu abri a tampa da caixa rezando para encontrar um par de brincos de pérolas.

Era um osso. A ponta de um dedo. Era possível que ele pertencesse a qualquer mão, poderia nem mesmo ser humano, mas eu sabia que era. Era um dedo anelar direito.

Eu sabia disso porque tinha visto Liv pegá-lo.

Eu olhei de novo para as fotografias. Elas definitivamente não eram aleatórias. Eram marcos de referência. A pedra de leitura, a árvore torta, o riacho. Era um mapa do tesouro até Perséfone.

Eu guardei a caixinha de brincos em meu bolso antes de sair.

"**L**iv sumiu", eu disse quando Cass abriu a porta.

Ela estava usando uma blusa de seda creme sem mangas e uma calça preta; sua maquiagem era modesta, mas precisa, e o que eu disse a fez erguer as sobrancelhas perfeitamente desenhadas. "Sumiu? Mas estávamos com ela ontem."

"E agora ela sumiu. Ela saiu de casa antes de amanhecer e não está atendendo o celular."

"Isso não é exatamente incomum se tratando de Liv", Cass apontou. "Você pode entrar? Eu estava nos chalés desde que amanheceu e ainda nem tomei café."

Eu a segui. Ela entrou na cozinha, onde estava no meio do processo de fazer um *latte*. De costas para mim, ela despejou leite fervido em uma caneca enquanto falava. "Liv desaparece por aí, às vezes. Sobretudo quando as coisas ficam intensas."

"Agora, é diferente", eu declarei.

"Por quê?", ela perguntou. Ela se virou, encostando o quadril no balcão. Estava assoprando com delicadeza o café enquanto me observava por sobre a borda da caneca. "Por que você acha que desta vez há algo diferente?"

"Ela me deixou esta mensagem." Eu peguei meu celular e dei um play no correio de voz. "Ela disse que *ela* mentiu. Não nós. Apenas ela", eu disse ao fim da mensagem.

"E o que isso quer dizer?", Cass questionou. "Que ela mentiu pra nós ontem?"

A promessa era uma coisa particular. Cass sempre foi a mais equilibrada. Nós éramos seus amados desastres, mas havia coisas que ela não entendia. "A gente tem esse costume", expliquei, relutante. "Eu digo a ela que vou estar aqui amanhã, e ela diz que também vai. Desde quando estávamos tendo tempos difíceis. É uma promessa. De continuar pelo menos mais um dia."

"Eu não sabia disso." Cass colocou a caneca no balcão com cuidado, ajustando a posição pela asa, para que ficasse alinhada. Sua voz soava frágil, quase ferida. Eu queria explicar que não era apenas um segredo que escondíamos dela... não de verdade. Acontece que Cass era alguém que precisava consertar as coisas e, às vezes, Liv e eu, nós apenas precisávamos nos manter quebradas juntas.

"Precisamos encontrá-la, Cass. Precisamos ir até lá. Até a Gruta", eu disse. Ela recuou.

"Por quê? Você não acha que a Liv voltou até lá, acha? Você não acha... Você acha que ela tentaria fazer alguma coisa contra si mesma ali?" Sua voz soava angustiada.

"Ela tinha um monte de fotos da floresta. Feito um guia, para que ela pudesse achar o caminho. Eu acho que ela já foi até lá mais de uma vez", eu disse. "Você já tentou voltar?"

"Tentei uma vez", respondeu Cassidy, cautelosa. "Depois de Amanda nascer. Eu acho que... eu não sei. Eu queria contar a ela, por algum motivo."

"Você queria contar para a Amanda?", perguntei confusa.

Cass ficou vermelha. "Eu queria contar a Perséfone sobre a Amanda", corrigiu ela. "Eu não sei por que... eu só queria. Mas não consegui encontrar. Ela. Tudo parecia tão diferente."

"Então, nós nem sabemos se ela ainda está lá", eu disse.

"É claro que ainda está lá. Onde caralhos ela estaria?", explodiu Cass.

"Ok", eu respondi, permitindo que a raiva me atravessasse. Eu podia suportar, e se eu não revidasse na mesma moeda, logo mais, ela se esgotaria. Como previ, em seguida, seus ombros relaxaram, e ela cobriu o rosto com as mãos.

"Me desculpa", ela disse. "Tudo isso é uma grande merda..."

"Temos de ir para ter certeza de que Liv não está lá", eu insisti.

"Eu tenho uma reunião", protestou Cass, mas sua voz tremia, e ela mexia em seu colar sem perceber. Aquilo não era uma recusa, não vindo da Cass. Dava pra perceber quando ela estava dizendo "não". Os "sim" eram mais difíceis de identificar.

"Com certeza, você já tem subordinados a essa altura", eu disse, fazendo disso uma piada e um elogio. Não se exigia nada de Cass. Eu estava começando a me lembrar de como a dinâmica funcionava.

"Percy", disse ela, e lá estava sua careta novamente. "Ele é como se aquele coelho da Duracell tivesse sido amarrado em um carcaju. Eu tenho quase certeza de que ele está planejando me eliminar e tomar posse do negócio do chalé." Ela riu, mas de um jeito meio incomodado, como se no meio da frase ela tivesse percebido que aquele não era o melhor momento para fazer piadas sobre assassinato. Ela tossiu, limpando a garganta. "Eu falo para ele conduzir a reunião. Considerando tudo o que eu sei sobre ele, ele não pode me dizer não."

E foi isso. Ela tomou sua decisão, e tinha sido sua ideia o tempo todo, não minha.

Cass subiu ao andar de cima para se trocar e ligar para Percy. Ela voltou em roupas mais adequadas, na verdade, mais adequadas que meus jeans e moletom, mas eu não esperava fazer uma trilha quando arrumei as malas. Ela tentou mudar o rumo da conversa, perguntando sobre Mitch e sobre trabalho antes de, aos poucos, ficarmos em silêncio. Pelo menos o caminho até onde estávamos indo levava apenas alguns minutos de carro. Eu estacionei no ponto de partida da trilha do lago Loop dessa vez. A trilha tinha sido feita depois que me mudei, mas, se ela ia até o lago, iria nos levar até perto da Gruta.

"Eu não me lembro exatamente para onde temos de ir", confessou Cass, meio nervosa.

"Temos um mapa", eu disse. Então, eu tirei as fotos do bolso e as espalhei, achando a foto que mostrava um pedaço da estrada. "Acabamos de passar por esta árvore. Vamos!"

Fizemos nosso caminho pela floresta seguindo a trilha de migalhas deixada por Liv. Elas nos levaram pela trilha por alguns minutos, e depois em direção às árvores não sinalizadas. Não demorou até que eu percebesse que nem todas as fotos levavam até a Gruta — havia outras que eu reconhecia de outras partes da floresta, mas, juntas, conseguimos traçar um caminho.

O céu estava limpo, o sol, alto, mas, para qualquer eventualidade, eu havia levado a lanterna. Se chegássemos aonde estávamos indo, iríamos precisar dela. Depois de algum tempo, Cass começou a ofegar.

"Eu devia malhar mais", resmungou ela. "Estou vendo que você ainda é magra feito um graveto."

"Ou é pelo metabolismo rápido ou pelo fato de que me sentar pra comer me deixa ansiosa, por algum motivo", eu disse.

"Sério?", perguntou ela.

Eu encolhi os ombros. "Eu costumava ter ataques de pânico. Ainda não suporto o cheiro de manteiga de amendoim."

Ela ficou em silêncio por alguns passos. Então, ela comentou: "Eu havia me esquecido disso. Que você estava comendo seu lanche quando aconteceu. Eu pensei que me lembrava de cada segundo daquele dia". Ela soava perturbada.

"Já faz muito tempo", eu disse. Mantive meus passos lentos, acompanhando a velocidade dela. *Não deixe ninguém ficar atrás de você*, diziam meus instintos. Nessa floresta, eu não iria nem tentar convencer meu cérebro a desistir disso.

"Eu não quero que você pense que eu esqueci. Como se eu não pensasse mais nisso. Como se eu não pensasse em você", ela disse. "Eu fiz tanta terapia, você nem acreditaria o quanto."

Eu soltei um resmungo sarcástico. "Em uma competição de quem passou mais tempo na psicanálise, acho que você não venceria, Cassidy Green."

"Eu não estou dizendo que é uma competição."

"Então, você realmente mudou", eu respondi, dando um sorriso para deixar tudo mais leve, e ela suspirou.

"Eu era uma escrotinha naquela época", ela disse.

"Eu também. É por isso que nos damos bem", eu a lembrei disso. Eu parei. "E não acho que eu devo te culpar por isso."

"O que você quer dizer?", ela quis saber.

Eu fiz uma pausa. "Sei que não era fácil para você em casa. Seus pais..."

"Eu não vou começar a reclamar dos meus pais ricos pra você", disse ela. "Nem eu sou tão sem noção."

"Pelo menos, meu pai nunca me bateu", eu murmurei. Eu tinha visto os hematomas nela. Sempre onde não iriam ser percebidos. Ela desviou o olhar. "Mas eu admito que ele era negligente pra caralho, e é um milagre eu não ter sido sequestrada por guaxinins e criada por eles."

Ela riu disso, mas logo ficou em silêncio. "Não era tão ruim. Pro Oscar foi pior, até que ele cresceu. E quando ele estava por perto...", ela não terminou o raciocínio.

Eu nunca entendi por que Cassidy idolatrava tanto o irmão, mas, se ele a protegia, isso explicava tudo. Eu nunca o considerei um protetor. Para mim, ele tinha sido algo totalmente diferente.

Ela estava me olhando de lado. "Eu sei que você nunca gostou do Oscar."

"Pois é", respondi, desdenhosa. Como se ele nunca tivesse me feito nada. Como se eu nunca tivesse permitido que ele fizesse.

Havia coisas que eu nunca tinha contado para Cassidy Green. Elas só me fariam merecer sua pena — ou rancor. Eu não queria nenhum dos dois.

"O passado é o passado", afirmou ela, feito um mantra. Ela apertou o passo. "Tudo que eu posso fazer agora é ser uma boa mãe. Tomar conta dos meus, sabe? Nada de bom vem de fuçar problemas velhos."

"Como a Liv quer fazer."

"Não tem como você me dizer que não está preocupada com o que vai acontecer quando tudo vier à tona", disse Cass. "Quando as pessoas começarem a fazer perguntas sobre o que *mais* estava acontecendo."

"Você quer dizer sobre Stahl..." Eu parei, com o pé apoiado em uma raiz.

Eu nunca consegui organizar minhas memórias. Não me lembrava de ter decidido mentir a respeito de ver Stahl. Também não me recordava direito de quando percebi — quando admiti —que *era* uma mentira. Após o hospital. Antes do julgamento.

Havia um tormento em não saber o que era verdade em minhas memórias. Tormento e esperança, porque, se tudo estava embaralhado em minha mente, talvez eu *tivesse* lembrado, por um curto período.

"Você sabe, não sabe?", perguntei a Cass.

Ela suspirou, arrumando uma mecha de cabelo atrás da orelha. "Que você nunca o viu? É, eu sei."

"Como?", questionei. *E quem mais sabia?* Eu queria acrescentar essa pergunta, mas me contive.

Ela hesitou. "Não que eu tenha certeza. Mas eu conheço você. Eu sempre consegui perceber quando você está mentindo."

"Você sabia o tempo todo", eu compreendi, e ela assentiu, sem me olhar. Eu imaginei que ela iria descobrir em algum momento ao longo dos anos. Ela sempre soube? Meu estômago se revirou, eu sentia culpa e vergonha se revolvendo dentro de mim. "Por que você nunca disse nada?"

Ela me olhou, imóvel. "Você fez o que você precisava fazer. Não foi *nossa* culpa o fato de os policiais terem arruinado a merda do processo de identificação. Você estava apenas compensando o erro *deles*. Liv e eu o vimos. Era a verdade. Só não era a sua verdade."

"Minhas mentiras mandaram um homem para a cadeia pra vida toda."

"E...?", ela disse como se quisesse uma conclusão.

"Você não acha que isso é um problema?", perguntei a ela, dando em seguida uma risada incrédula.

Ela cruzou os braços. "Naomi. Para. Você está se condenando sem razão nenhuma. Nós o vimos. Liv e eu vimos Stahl, tenho cem por cento de certeza. Eu juro. Você acredita nisso, não acredita? Você não acha que *nós* estamos mentindo..."

"Não, é claro que não", eu respondi. Abri minha boca, mas logo a fechei, incapaz de articular o que eu queria dizer. De certa maneira, não importava se eu acreditava nelas. Nem mesmo importava se Stahl era culpado. Uma mentira por uma boa causa ainda era uma mentira. Uma vida perversa ainda era uma vida. Eu havia destruído um homem, e não tinha como confiar em minhas próprias memórias para afirmar que havia feito a coisa certa. Eu precisava usar a fé. Eu tinha de acreditar no que outras pessoas haviam visto.

Eu nunca fui boa em confiar nos outros.

"Então, por que você está tão aflita agora? Só porque ele morreu?" Os lábios de Cass se curvaram para baixo.

"Eu recebi uma carta do filho do Stahl", eu expliquei. "Ele sabe que eu menti. Disse que não foi o pai dele que me atacou. Existe alguma possibilidade de... vocês terem se enganado...?"

Cass ergueu uma das mãos. "Espera aí... Ele sabe que você mentiu? Como?"

"Eu..." Ele não tinha entrado em detalhes na carta, tinha? Minha memória era nebulosa. "Eu não tenho certeza."

"Se ele *soubesse* que você mentiu, e se ele *soubesse* que o pai não esteve lá, você não acha que ele teria dito alguma coisa? O cara provavelmente só está perturbado pelo fato de o pai ter morrido e está descontando nos outros. Eu acho que você precisa se questionar por que está tão ansiosa para descobrir que tudo isso é sua culpa."

Eu hesitei. Ela não cedeu; manteve seus olhos fixos nos meus.

"Aconteceram coisas ruins com você. Isso não quer dizer que tenha merecido. Você tem o direito de se proteger. Você não deve *nada* ao mundo. Ele que deve a você." Ela ajeitou a jaqueta. "Vamos!"

Ela disparou. Eu a segui atordoada. Culpa e dúvida foram minhas companheiras constantes por décadas. Eu não tinha certeza de que iria conseguir abrir mão delas. Cass não entendia. Ela não podia entender. Ela *sabia* o que tinha visto, podia confiar na própria memória. E talvez eu devesse me sentir horrível... a consciência do que eu havia causado com as minhas palavras. Esse não era o tipo de peso que você podia simplesmente ser capaz de deixar para trás. Era?

"Ali está", disse Cass, enfim.

A rocha que havia caído de alguma geleira milênios atrás e se assentado permanentemente no cenário. A terra havia se acumulado ao redor, deixando a floresta crescer sobre ela, formando uma leve colina. Apenas uma face da pedra era visível, cinzenta e escarpada. Se erguia quase trinta centímetros acima da minha cabeça. Na sua base, havia um sulco de sombra. Parecia incrivelmente pequeno.

Eu ajoelhei junto ao sulco e me curvei, apontando a lanterna para a cavidade. Tudo o que eu podia ver era terra e pedra; a forma da rocha ocultava a área mais adiante. "Vamos ter de entrar", eu disse.

"Liv não está aqui. Teria algum sinal dela. É melhor irmos embora", sugeriu Cass.

"Precisamos ter certeza", eu insisti. Liv poderia estar ali. E, mesmo que não estivesse, eu precisava olhar. Desde que Liv pronunciara o nome, Perséfone assombrava meus pensamentos. Parte de mim precisava saber que ela era real — que ela não era apenas uma parte da nossa brincadeira.

Cass não cedeu. Eu cerrei os dentes. Certo. Eu me deitei de barriga para baixo e, com cuidado, me arrastei sobre a borda da pedra, para o vão estreito embaixo dela. A rocha arranhou minhas costas. Isso era mais fácil quando eu tinha 11 anos.

O chão de terra fazia uma curva para baixo logo que você entrava. Eu desci aos poucos e depois passei pela borda de pedra; então, o espaço se abriu em uma pequena caverna de menos de um metro de altura.

No fim das contas, Cass se espremeu para baixo atrás de mim, e nós duas nos sentamos com as costas viradas para a entrada, ofegantes; o feixe da minha lanterna estava fixo no meio da câmara. Em Perséfone.

Ela estava exatamente igual da última vez em que a vi. Eu não havia voltado desde aquele dia, mas aqui estava ela, e, num instante, os últimos vinte anos se esvaíram em nada.

Ela jazia deitada de lado. As mãos estavam curvadas junto ao peito, como se ela estivesse com frio, mas o crânio estava virado para cima — em direção ao único feixe de luz, como se, momentos antes de sua morte, ela estivesse em busca do sol.

A carne já tinha apodrecido há muito tempo; as roupas, reduzidas a trapos, ainda cobriam das costelas arqueadas aos longos ossos pálidos das pernas, até que nossos dedinhos espertos as removeram. Nossos sussurros ainda pareciam preencher esse espaço, ecoando entre as paredes.

Havia quinquilharias e tesouros espalhados ao seu redor. Nossas oferendas. Contas, moedas e joias, uma pequena bailarina de cristal, uma pedra de rio com um buraco no meio. Posicionamos cada objeto ao redor desses ossos para adorá-la e nos apropriarmos dela.

"Perséfone", sussurrei, e o sussurro se juntou aos outros ecos.

Algo tocou minha mão. Eu pulei de susto, mas era apenas Cass. Ela entrelaçou seus dedos nos meus. "As flores", ela disse.

Eu assenti. Havia flores arrumadas nas órbitas vazias do crânio. Lírios. E eles pareciam recém-colhidos.

O passado não era mais o passado. Estava repousando à nossa frente, e nós tínhamos 11 anos de novo, continuávamos a jogar o mesmo jogo.

E.L.A.S KATE ALICE MARSHALL O QUE ESTÁ LÁ FORA

Houve um incêndio na serraria naquele verão. Um trecho defeituoso de fiação havia lançado uma faísca e, com toda a serragem, foi o suficiente para causar o acidente. Não houve muito prejuízo, mas era o único assunto que todos estavam comentando: o que poderia ter acontecido. E se o pai da Cassidy, Jim, não estivesse fazendo horas extras? E se o único empregado que estava trabalhando com ele não tivesse percebido o brilho alaranjado através do terreno? E se Jim não tivesse dado o alerta imediatamente, sem se importar em confirmar se era de fato um incêndio, sabendo que as chamas naquele lugar iriam se espalhar tão rápido que todo segundo contava?

Só teria apressado o inevitável. A serraria iria se fechar oito meses depois. Um incêndio pelo menos teria dado aos Green um generoso pagamento de seguro. No entanto, para nós três, o incêndio na serraria não significava um risco aos empregos e ao dinheiro; era uma profecia que anunciava coisas maiores.

Nossos jogos haviam se fragilizado desde os tempos da escola. Nós sentíamos um fim próximo e não estávamos prontas para desistir. Contudo, foi só depois do incêndio que Cassidy sugeriu o Jogo da Deusa.

As forças da natureza estavam desequilibradas, ela nos informou quando nos reunimos em nossa clareira de sempre na floresta. Precisávamos corrigir isso, executando uma série de rituais em nome das deusas; caso contrário, grandes calamidades cairiam sobre nós.

"Que calamidades?" Eu lembro de Liv perguntar.

"Ah, incêndios, enchentes, pragas, o de sempre", disse Cassidy com satisfação.

"Rãs", eu sugeri tentando ser prestativa, encostada em uma árvore, emburrada. Eu estava irritada com alguma coisa. Ficava irritada boa parte do tempo naquela época.

Cass escolheu nossas deusas e nos deu tarefas. Como Hécate, ela iria criar os rituais, é claro, e Liv-Atena faria nossas pesquisas, e como Ártemis, a caçadora, eu iria encontrar coisas. Coisas mágicas. Coisas importantes. O que quer que minha intuição dissesse que as deusas precisavam que fossem encontradas.

Nós teríamos de realizar sete rituais, ela dissera. Liv foi contra, e eu tentei negociar para que fossem quatro — isso satisfazia Liv e sua fixação em números como presságios —, mas Cassidy insistiu. Sete. Sem discussões. Seria divertido, segundo ela. Seria nosso jogo para o verão, e nós levaríamos isso a sério. Ela não disse *uma última vez*, mas nós sabíamos que era o que ela queria dizer.

Nas primeiras semanas, não houve diferença em nenhum de nossos outros jogos. Eu trouxe "tesouros" das coleções do meu pai ou coisas que havia encontrado na floresta. Algumas, eu roubei das pessoas da cidade. Liv leu sobre mitos, e nós os reescrevemos de acordo com nossos gostos. Cass nos guiou pelo primeiro "ritual", que envolvia recitar o que ela afirmou ser uma legítima prece à Hécate, enquanto andávamos pela floresta em uma procissão solene, carregando velas acesas.

Nós quase acreditamos novamente. Estávamos perto. Paradas na beirada, quase caindo.

E então veio a briga. Nem de longe foi a primeira. Seus motivos iniciais sempre eram coisas pequenas. Liv se agitava e tentava apaziguar tudo, e logo Cass e eu avançávamos uma para cima da outra.

Eu nem me lembro do motivo daquela. No entanto, a raiva, os espinhos dela em minhas veias, o coração dela pulsando sob a minha pele, permanecem em minha memória. Cass, linda, loira e perfeita, em pé com os braços cruzados. Eu queria quebrar o nariz dela com um soco.

"Às vezes, você é uma *vadia metida*!", eu gritei para ela. "Você acha que pode mandar em todo mundo!"

"Eu prefiro ser uma vadia metida a viver no lixo!", exclamou ela em resposta, com os olhos faiscando.

Eu sabia que ela não queria dizer aquilo de verdade. Só estava tentando me obrigar a reagir. Bater nela, para que ela pudesse revidar. Não tinha mais ninguém para machucar, e tínhamos de machucar alguma coisa.

Às vezes, eu cedia e entrava na briga que ambas queríamos. Naquele dia, eu corri. Ela correu atrás de mim, mas eu não parei. Eu precisava canalizar essa energia de algum lugar, e a outra opção era quebrar a carinha linda dela.

"Naomi, para de correr! Volta! Me desculpa! Eu sinto muito, volta!"

Elas me perseguiram. Eu podia ouvir o barulho delas se chocando contra árvores atrás de mim. Pulei sobre raízes, tropecei em troncos e corri sem saber para onde eu estava indo. Só queria escapar para longe.

Lágrimas quentes cortavam minhas bochechas. *Lixo. Você é um lixo.* Meus pulmões ardiam. Eu não era Ártemis, não era uma deusa que podia correr para sempre pela selva ao lado de corças sagradas. Mas eu não podia parar ou voltar, porque não podia encará-las de novo.

Lixo.

À minha frente, havia um monte de terra e um pedregulho, como uma laje, coberto de musgo e árvores. Apenas um lado dele era nu, formando uma pequena colina, e sob ela havia um vão, um espaço oco.

Cass e Liv estavam me alcançando. Sem pensar, me deitei e deslizei para baixo da rocha. Eu esperava encontrar uma depressão rasa, talvez grande o bastante para me esconder, mas, para a minha surpresa, o chão se inclinou sob os meus pés, e eu meio que caí, meio que desci sozinha.

A rocha formava a maior parte do teto do espaço. Raízes e o curso da água esculpiram o restante. Havia uma fresta na extremidade da câmara, uma abertura que deixava entrar um estreito facho de luz, que iluminava a teia de raízes que segurava o "teto". A câmara — a caverna — tinha menos de um metro de altura, talvez um metro e meio de largura, dois e meio de comprimento. Espaço o bastante para uma criança sentada. Espaço o bastante para o corpo.

Eu prendi a respiração. Não podia ser real, eu pensei, mas é claro que era. Eu poderia ter estendido a mão e tocado.

O esqueleto estava deitado de lado. Havia pedaços de roupas apodrecidas penduradas nas costelas. Toda a carne tinha se esvaído.

Hesitante, eu me aproximei e toquei a frente lisa do crânio. Meus dedos saíram cheios de areia. Eu estremeci.

O crânio estava rachado na lateral da cabeça. Teria sido isso a causa da morte?

Liv e Cass estavam me chamando. Relutante, dei as costas ao esqueleto. Eu me empurrei de volta pelo declive e me arrastei para sair da fresta sob a rocha. Liv gritou enquanto eu emergia, coberta de terra, como se eu fosse algum tipo de fera primordial. Cass balbuciava pedidos de desculpas, com as bochechas molhadas de lágrimas enquanto me agarrava, implorando perdão.

"Vocês precisam ver isso", eu disse, e ela se calou.

Eu levei as duas para dentro da terra. Liv estava assustada; Cass, curiosa. Nos ajoelhamos ao redor do esqueleto em um silêncio deslumbrado e nervoso.

"Quem é? O que será que aconteceu?", Liv perguntou.

Naquele momento, eu quase falei que deveríamos ir atrás de ajuda. Quase aconteceu daquele jeito: a gente correndo para fora da floresta, contando para a primeira pessoa que fosse avistada que tínhamos achado um corpo. Uma história que contaríamos pelo restante de nossas vidas: *a ocasião que encontramos aquele esqueleto na floresta*. Talvez todo o resto nunca tivesse acontecido. Sem Stahl, sem cicatrizes, sem vidas despedaçadas.

Quase. Mas, então, Cass se engasgou.

"Olha...", ela disse.

Ali, ao redor do pulso do esqueleto, havia um laço de náilon, atravessado de contas de plástico barato com letras impressas. Era difícil ler na luz baixa, as letras estavam quase totalmente gastas. No entanto, ainda era possível distinguir o suficiente para saber o que estava escrito.

Perséfone.

"E agora?", Cass perguntou. Nós nos arrastamos para fora da caverna, limpamos a terra de nossas roupas. A luz do sol através dos galhos projetava sombras irregulares sobre nossos rostos. "Ela não está aqui, Naomi. E agora?"

Para que outro lugar Liv teria ido? Ela tinha voltado para onde estava Perséfone. As flores provavam isso. Mas Perséfone não era a única coisa sagrada nessa floresta. Eu puxei o maço de fotografias do meu bolso. O caminho terminava aqui, mas as fotos continuavam.

"Quais foram os outros rituais?", eu perguntei.

"O quê?"

"O Jogo da Deusa. Teve a prece, as flores pra Perséfone, e depois... O que vinha depois?"

"O enterro", respondeu Cass, relutante.

Tudo voltou à minha memória. Cass me fez entrar na serraria e pegar um pouco da madeira queimada do incêndio. Eu fui pega quase imediatamente. Eu ainda podia sentir o peso da mão de Big Jim no meu ombro.

"O que você está fazendo aqui, menina?", ele perguntou; sua voz de barítono não transmitia um pingo de humor. Era tarde, depois de o sol se pôr. Eu me lembrei do brilho vindo da luz dentro do penúltimo carro do estacionamento enquanto Natalie Carey entrava, me lançando um breve olhar de simpatia antes de dar a partida.

Eu não conseguia me lembrar de que mentira eu inventei na hora, apenas me lembrava de que fez Jim revirar os olhos e me mandar embora dali com uma tábua carbonizada. Nós a enterramos e consagramos o solo com o que Cass afirmou ser água benta.

Eu passei de foto para foto. Ali... havia um círculo de pedras. Nós as arrumamos em volta do local do enterro, como marcação. Passei para a próxima imagem. O lago. A água reluzia na superfície. "A próxima era a água", eu disse, e Cass concordou.

"Temos de provar nosso comprometimento", Cass havia dito, tantos anos atrás. A profundidade do lago não passava da altura do nosso quadril em quase toda a extensão, mas no canto leste havia um trecho em que o chão afundava.

Cass havia decidido que iríamos ficar submersas o máximo que conseguíssemos. Assim, as deusas iriam saber que éramos dedicadas a elas. Então, afundamos sob a água. Eu me lembro do choque causado pelo frio da água e dos sedimentos que faziam meus olhos arderem e tornavam difícil enxergar, mesmo que eu tivesse me forçado a manter os olhos abertos, para que conseguisse ver Cass. Para eu ter certeza de que não seria a primeira a subir à superfície. Nós nos encaramos, cada uma decidida a durar mais que a outra. Cass desistiu primeiro. Eu desisti meio segundo depois dela.

Ficamos tão ocupadas puxando ar para nossos pulmões necessitados que demorou até percebermos que Liv ainda não havia subido.

Como eu podia ter esquecido? O peso de seu corpo mole enquanto a puxamos para fora do lago. O jeito que ela tossiu, se engasgou e balbuciou, até finalmente começar a puxar um fôlego irregular. Como ela implorou para que a deixássemos voltar, porque ela precisava que as deusas soubessem que ela estava comprometida. Que ela era *boa*. Eu a segurei, pressionando os lábios contra sua testa, e senti o gosto da água lodosa em sua pele, e jurei que ela era perfeita.

Esse havia sido o quarto ritual. Olivia acreditava no poder dos quatros e setes. Ela ainda acreditava.

"Eu acho que sei onde ela está", eu disse.

"Ela está bem. Vai voltar para casa", afirmou Cass, mas ela soava ansiosa. "Por que você tem tanta certeza de que há algo de errado? A Liv é assim. Ela sai por aí sem rumo. É o que ela faz."

Minha garganta se fechou. Eu não sabia como explicar a ela. A ligação de Liv, sua ausência... eram coisas preocupantes. Mas não eram as únicas razões pelas quais eu não conseguia livrar minha boca do gosto amargo do medo desde que me despedi de Kimiko.

Eu devia ter morrido naquele dia. Devia ter morrido ali... quase no mesmo lugar em que estávamos agora. E, desde então, essa sensação perdurou, como se a floresta não tivesse terminado o que queria fazer conosco. O que havia começado naquele dia ficou inacabado. Não podíamos fugir para sempre.

"Onde fica o lago, partindo de onde estamos?", perguntei.

Cass suspirou. "Não tenho certeza."

"Vamos ter de fazer o caminho de volta até a trilha", eu disse.

A caminhada era mais fácil voltando, seguindo as plantas amassadas em nosso próprio caminho, mas ainda tivemos de parar algumas vezes para nos orientarmos. Antes, nos anos 1990, teria sido um caminho reto a partir da estrada, mas, com toda a vegetação crescendo nesse meio-tempo, o percurso agora fazia voltas.

Provavelmente, Liv não está no lago, pensei. Ela tinha vários outros lugares para ir quando não queria ser encontrada. Liv iria me telefonar logo, e eu me sentiria besta, arrastando Cass por toda parte desse jeito — com galhos em nossos cabelos e terra sujando nossos rostos como quando éramos pequenas.

Cass deu um grito atrás de mim. Eu me virei a tempo de vê-la caindo no chão, resmungando com a voz estridente. Corri até onde ela estava, mas já havia se endireitado e se sentado no chão. Ela gemeu.

"Eu estou tão sem prática com isso tudo", reclamou. "Prendi meu pé em uma raiz ou algo assim."

"Você está bem?", eu indaguei.

"Vou ficar bem", ela respondeu, rangendo os dentes enquanto se apoiava para se levantar. Eu agarrei seu cotovelo e a ajudei a se erguer. "Viu? Tudo certo!"

Isso durou até ela dar o primeiro passo. Seu rosto ficou pálido e ela cambaleou, mudando o peso de volta para o outro pé. "Você quebrou o pé?", perguntei, pensando rápido. Não estávamos muito longe do carro.

"Não sei se quebrei. Talvez tenha torcido", disse ela, chiando forte enquanto testava de novo o tornozelo. "Nem está tão ruim."

Estávamos quase na trilha do lago. Eu olhei para o norte, em direção ao lago, e então voltei minha atenção para o carro. O lago ainda estava bem distante. "Vamos voltar", decidi.

"E se Liv estiver lá, em plena crise? E se ela precisar de nossa ajuda?",
Cass perguntou. Ela testou o tornozelo mais uma vez e soltou um palavrão.

"Você precisa suspender o tornozelo e colocar gelo antes que seja preciso cortar essas botas pra tirar seu pé daí", eu afirmei. Então, hesitei. "Você mesma falou. A Liv faz isso. Ela sai por aí, mas depois volta."

"E se estivermos erradas?", indagou Cass. Ela agarrou meu braço para se apoiar, cravando os dedos. "Vai você procurar a Liv. Eu posso dirigir para casa e cuidar desse pé antes que piore. Aí você me liga e decidimos o que fazer depois."

"Você consegue?", perguntei.

"É tipo... cento e cinquenta metros até lá", disse ela, revirando os olhos. "Eu posso ir pulando, se precisar."

"Tem certeza de que você vai ficar bem?", insisti. Eu não devia abandoná-la na floresta com um tornozelo machucado. Não deveria nem estar considerando isso. Talvez Liv estivesse bem, e eu estava sendo a pior amiga do mundo.

Mas Cass só me lançou um sorriso irônico. "Está tudo bem, Naomi. Ela sempre vai ser sua prioridade."

Eu perdi a cor. "Não é isso!"

Cass encolheu um dos ombros, como se não se importasse. "Eu só queria que ela pudesse estar disponível pra você o tanto quanto você sempre está pra ela", ela disse. Então, lentamente moveu o peso de volta para o tornozelo machucado, assentindo. "Me liga assim que descobrir alguma coisa."

Ela seguiu mancando em direção ao sul, se movendo em um ritmo lento e oscilante. Eu fiquei parada, congelada, por um instante. *Eu devia ir atrás dela. Levar ela até o carro, ao menos.* Mas, a cada segundo que se esvaía, a sensação inquieta em meu peito crescia mais e mais. Cass estava certa. Liv sempre iria ser minha prioridade. Porque ela não precisava de mim, e Liv precisava. Eu me virei para o norte e comecei a andar.

A trilha do lago Loop não era muito clara em alguns trechos, pois tinha sido parcialmente coberta por moitas de amoras silvestres. Não devia ser uma trilha muito popular. Na maior parte do tempo, eu mantive os olhos no chão à minha frente, para não tropeçar.

"Naomi?"

"Caralho!" Eu me endireitei com um sobressalto. Ethan Schreiber estava em pé a três metros da trilha, com as mãos nos bolsos.

"Uou... desculpe!", disse ele, tirando as mãos dos bolsos e as erguendo em um gesto de rendição.

"Que diabos você está fazendo aqui?", perguntei a ele com meu coração ainda acelerado.

"Eu vi seu carro no início da trilha...", respondeu ele.

"Então, aquilo que você disse sobre não me perseguir..." Eu cruzei os braços e o encarei com o que esperava ser um olhar indiferente e tranquilo, mas meu coração martelava dentro do peito.

Ele recuou. "Ok, agora estou entendendo como isso pode parecer meio suspeito. É que achei que nós começamos com o pé errado, então, resolvi falar com você." Ele passou a mão pela nuca, parecendo acanhado. "Eu pensei em te alcançar, mas aí escutei mais vozes e voltei atrás, o que basicamente nos traz para o momento em que eu saltei do meu esconderijo nas árvores feito um maníaco e te assustei. Isso tudo é parte do meu plano de parecer alguém mais normal, acessível e amigável, entende?"

Eu suspirei. Ele parecia tão assustador quanto um labrador percebendo que na verdade você não quer o pássaro morto há três dias que ele acabou de largar sobre os seus pés. "Eu não vou te conceder uma entrevista", eu afirmei. Então, voltei a andar na trilha, contornando o caminho ao redor dele, de propósito. Achei que ele fosse entender e ir embora.

Em vez disso, ele se apressou para me alcançar. "Eu te encurralei antes. Não foi correto da minha parte. Pensei que, te surpreendendo, eu fosse conseguir alguma coisa, mas agora vejo que não foi uma abordagem correta."

"Então, agora está tentando usar seu charme duvidoso?", perguntei.

"Geralmente, ele funciona bem."

"Em mim, não."

"Aparentemente... Mas eu chego lá", disse ele.

"Você basicamente me acusou de incriminar por tentativa de assassinato um homem inocente", eu declarei. "Não vejo possibilidade de você se retratar disso."

"Eu não acho que você incriminou uma pessoa inocente", respondeu Schreiber, desviando de um galho baixo. "Não de propósito, pelo menos. Me diga... como você identificou Alan Stahl como seu agressor? Foi por meio de uma seleção de fotos?"

"Eu...", eu parei, porque na verdade não sabia a resposta. "E o que isso importa?" De repente, me lembrei de que havia decidido não responder às perguntas dele.

"Eu li tudo que está disponível publicamente sobre o caso. E algumas coisas que não estão", afirmou Schreiber. "Há grandes espaços em branco na sua memória. Ainda devem estar assim, eu imagino."

"Trauma tende a fazer isso", retruquei.

"Eu sei bem disso. Não estou te culpando. Eu só acho interessante que, em suas entrevistas com a polícia, você mal conseguia se lembrar do que estava fazendo na floresta. Não sabia nem que dia era. Não se lembrava de como estava o clima. Mas você descreveu Stahl em detalhes. Inclusive falou do sinal em seu rosto. Cada vez que você foi entrevistada, a descrição ficou mais detalhada." Ele pausou, como se esperasse que eu absorvesse o que tinha sido dito, então, arrematou: "Acho que as coisas demoraram para retornar à sua mente".

"Talvez..." Meu pulso acelerou. Ele não sabia de nada. Não havia nada para saber. Nada que pudesse ser provado.

A floresta se abria à beira do lago. Rãs coaxavam na água, e insetos dançavam pela superfície. O cenário tinha um tipo de charme enlameado, mas a magia daquele verão tinha se esvaído havia muito tempo.

"Há alguma possibilidade de você ter se enganado?", perguntou Ethan; sua voz me mantinha ancorada ao presente de forma brutal. Eu queria que ele fosse embora, e ao mesmo tempo me sentia grata por ele não ter ido. O tempo era escorregadio ali. Eu não queria ficar sozinha com o passado. "Você não consegue enxergar *alguma* possibilidade de que o homem que a atacou não tenha sido Stahl, e sim alguma outra pessoa?"

"Tem como você deixar isso pra lá? Eu não vou me deixar levar pela sua teoria de estimação", eu disse.

"Naomi..." Ele agarrou meu braço. Eu emiti um grunhido enquanto me desvencilhava dele, fechando meus punhos. Mas ele não estava olhando para mim. Seu foco estava distante. Eu comecei a me virar.

Ele tentou me agarrar de novo, como se quisesse me impedir de olhar, mas não conseguiu. Nada podia impedir aquilo, o momento em que a possibilidade infinita desmoronou diante da certeza cruel do fato.

A primeira coisa que vi foi sua mão, os dedos dobrados. Logo em seguida, a mancha de óleo brilhante que seu cabelo formava ao se espalhar pela superfície da água, escurecendo tudo, exceto por uma faixa irregular que revelava seu rosto. Então, meu olhar se dirigiu ao borrão escuro de seu torso, a camisa folgada flutuando ao redor, escondendo sua silhueta a ponto da minha mente se recusar a reconhecer ali uma pessoa, mais como uma coleção de fragmentos. Formas e sombras se entrelaçavam na superfície da água, formando algo que não poderia ser Olivia.

Minha mente resistia à verdade, mas meu corpo sabia. E estava em movimento antes mesmo que meus pensamentos fragmentados pudessem se unir outra vez.

A mão de Ethan tocou meu braço mais uma vez, mas eu fugi de seu alcance. Corri direto para a água, abrindo caminho até ela. Afastando juncos com as mãos enquanto meus pés afundavam na lama cheia de detritos. *Espere por mim, espere por mim*, pensei. Eu havia abandonado a lógica na margem. Não tinha como ela estar viva, e isso não importava, porque eu precisava chegar até ela. Eu tinha 11 anos de idade, ela estava na água e eu não conseguia encontrá-la, pois o lodo era espesso demais, minhas mãos tateavam e não encontravam nada, nada, nada.

E de repente, ela estava em meus braços, e eu a estava arrastando para a superfície. E ela tossiu, balbuciou, se debateu e respirou, e viveu. Ela viveu, e ela iria viver desta vez, se ao menos eu conseguisse alcançá-la.

Seu rosto estava cinzento e inchado quando eu a virei. "Está tudo bem", eu sussurrei inutilmente. Eu a apertei contra o meu corpo. Seus olhos estavam fechados, sua boca, aberta. "Está tudo bem. Está tudo bem." Eu me curvei sobre ela, com minha respiração entalada na garganta.

Você prometeu, eu gritei, mas as palavras ficaram presas no silêncio. *Eu estou aqui. Você disse que também estaria aqui.*

"Naomi. Não há nada que possa fazer. Você não devia tocar no corpo", Ethan disse. Ele estava na água ao meu lado, com a mão esticada em direção ao meu ombro, mas sem me tocar. "Precisamos chamar a polícia."

Ajoelhada no lodo, eu balancei a cabeça. "Eu não vou deixá-la aqui."
Eu tentei erguê-la. Ela era tão magra. Como se eu me preocupasse que,
caso ela fosse mais pesada, isso fosse atrapalhar. Mas eu não conseguia colocar meus braços ao redor dela, não conseguia ficar em pé. Eu
escorreguei, cedendo sob seu peso. Eu não podia deixá-la ali na água.
Ela estava tão fria... Ela odiava o frio...

"Ela está morta, Naomi. Ela se foi", disse ele. Eu sacudi a cabeça. Ela
não podia estar morta. Não podia, porque ela prometeu que não tentaria de novo. Porque ela sabia que eu estaria lá, e que eu iria ajudar e
que, juntas, nós iríamos resolver tudo.

Mas eu senti o cheiro de chuva e da vegetação deteriorada. Deixei
minha cabeça cair para trás, deixei a água fria cobrir minhas pálpebras
e me obriguei a parar. A ficar quieta.

Desista, eu pensei.

Desista, uma menina pensou vinte anos atrás, com a chuva caindo sobre
seu rosto, o cheiro de madeira apodrecida e sangue em seu nariz. *Desista*.

"Respire", orientou Schreiber.

"Eu estou respirando", disse a ele, mas eu não tinha certeza disso.
Não tinha certeza de que estava viva. Eu deveria estar morta. Olivia tinha de estar viva. Eu olhei para Schreiber. "Eu não vou deixá-la aqui",
eu disse de novo, com firmeza.

Ele deu um passo para a frente, e, por um momento, eu pensei que
ele fosse me tirar de perto dela. No entanto, em vez disso, ele deslizou
seus braços por baixo de Olivia. "Eu peguei ela", afirmou ele. Então, a
tirou dos meus braços devagar e de um modo gentil, a inclinando para
que sua cabeça repousasse na dobra do seu braço. As pontas dos dedos
dela deslizaram pela superfície da água conforme ele andava de volta
até a margem, enquanto eu o seguia, tremendo.

Ele a colocou ali e cobriu seu rosto com um casaco, como se fosse
uma mortalha. Eu despenquei de joelhos ao seu lado. Minha mente estava vazia. Eu não conseguia pensar. Não queria pensar.

"Meu celular não tem sinal aqui. Temos de voltar para o começo da
trilha e chamar a polícia", disse Ethan.

"Eu vou ficar aqui", respondi. Pressionei meu punho contra meu
estômago.

Ethan concordou. "Ok. Eu já volto. Não... não vá para lugar nenhum."

Não havia lugar algum para onde eu pudesse ir. Eu estava onde eu tinha de estar: com Olivia. Na floresta.

"Por que você fez isso?", eu perguntei, assim como havia feito naquela época, deitada junto a ela na cama, com o cobertor sobre nossas cabeças enquanto Cass roncava no chão. Os detritos do lago ainda estavam em nossos cabelos, o gosto deles persistindo em nossas línguas. "Você não precisava ficar lá tanto tempo."

"Eu precisava, sim. As deusas estavam assistindo", respondeu Liv.

"Você acredita nelas de verdade?", perguntei.

"Você não acredita?"

"É claro", eu disse, fingindo que sim. "É claro que acredito."

"Eu consigo sentir a presença delas, às vezes", ela sussurrou, se aninhando em mim. Eu coloquei meus braços ao seu redor, sua cabeça repousava sob o meu queixo. A abracei até que ela relaxasse, adormecida, mas meus olhos nunca se fecharam.

"É claro que eu acredito", sussurrei para a escuridão, mas não havia ninguém para responder.

No verão em que encontramos Perséfone, o alcoolismo do meu pai saiu do controle. Ele estava saindo com uma mulher, mas, quando ela percebeu que ele não era um investimento que valesse a pena, só um buraco negro de dinheiro, ela fugiu. Até então, ele estava se segurando num trabalho de meio período, cuidando de um bar, mantendo comida na despensa, mas acabou perdendo o interesse em tudo. Eu fazia a maioria das refeições com a família da Cass ou com a da Liv. Com muita frequência, encontrava notas de cinco dólares escondidas no bolso do meu casaco. Era convidada para passar a noite na casa das amigas até quando tinha aula no dia seguinte. Era assim que Chester cuidava dos seus: de um modo silencioso, para que não parecesse que você estava se metendo.

O peso de toda aquela pena era quase insuportável, mas Liv nunca me fez sentir inferior. Nós éramos duas excluídas, unidas. Éramos três amigas, e eu nunca disse "eu te amo" mais para uma que para a outra, mas eu guardava em segredo que Liv era minha melhor amiga, a amiga que me entendia.

E agora ela estava morta.

O café havia esfriado em minha mão. Um pedaço de grão flutuava lentamente sobre a superfície, e finalmente grudou na borda de papelão do copo. Eu inclinei o copo, soltando o grão, e observei ele flutuar de novo.

"Srta. Cunningham?"

Foi a terceira vez que Bishop me chamou. Olhei para ela com os olhos marejados. Eu estava sentada em uma sala de reuniões da delegacia de polícia de Chester, enrolada em um cobertor cinzento, usando uma calça de moletom e uma camiseta emprestadas da polícia. Eu não sabia dizer quanto tempo fazia que eu estava ali. Não conseguia me situar no tempo. Minha mente ficava voltando ao lago, àquele verão, a uma centena de dias entre ambos. Tudo, menos o agora.

"Eu vou te fazer algumas perguntas", disse Bishop. Sem o *se estiver tudo bem pra você* ou outras gentilezas que sugeririam que eu tivesse alguma escolha.

Eu assenti como se não tivesse nada a esconder. Bishop se sentou na cadeira à minha frente, colocando uma pasta na mesa diante de si. Eu encarei a pasta, tentando adivinhar o que havia dentro dela. Informações sobre mim? Sobre Liv?

"Quando foi a última vez que você conversou com a srta. Barnes?", perguntou Bishop.

"Ontem. Nós nos encontramos na casa da Cassidy e eu a deixei em casa depois."

"Ela parecia agitada?"

"Você conhecia a Olivia?", indaguei, inclinando a cabeça. Bishop pressionou os lábios. "Olivia estar agitada não significa muito. Ela ficava ansiosa com frequência."

"Mais agitada que o normal, então..."

Agitada, como se ela tivesse aberto uma ferida mal cicatrizada que passamos vinte anos ignorando. Agitada, como se ela estivesse arrastando nossos segredos para a luz do dia. "Não tenho certeza", eu disse.

Eu queria que Bishop parasse de falar, mas suas perguntas continuaram vindo, sem piedade, sem dar tempo para os meus pensamentos se firmarem até serem lançados e deslizarem novamente.

"Por que vocês estavam se encontrando?"

"Stahl morreu. Nós queríamos nos ver. Sabe como é... Clube das sobreviventes." Minha voz soava distante. Eu não havia decidido mentir de um modo consciente. Era apenas um hábito. Mais fácil que dizer a verdade. As mentiras me ajudavam a continuar entorpecida.

"Olivia tinha uma arma?", perguntou Bishop.

Aquilo me tirou do estado de confusão por um instante. "O quê? Não!", eu disse. "Ela odeia armas. Assustam ela." É de se pensar que, tendo crescido em uma cidade madeireira, ela superaria isso, mas ela nunca deixou de ficar inquieta perto delas.

Bishop emitiu um barulho vindo do fundo de sua garganta que eu não consegui identificar. "O pai dela tem o registro de duas armas. Um rifle e um revólver Ruger SP101."

"Certo", eu disse. "Ele comprou isso para se proteger, quando ainda éramos crianças, mas Liv nunca encostou neles. Por que você está perguntando sobre armas?"

"Ela levou um tiro", disse Bishop num tom frio, e havia uma estranha delicadeza nisso: transformar um crime em um simples fato sem bondade nem maldade. "O projétil entrou pela têmpora e saiu pelo outro lado, na direção da parte de trás do crânio. O cabelo dela deve ter escondido os ferimentos", ela concluiu em um tom mais cuidadoso, depois de detectar a perplexidade em meus olhos.

O mundo começou a girar com aquelas palavras, a realidade foi se reorganizando. Eu não havia pensado em como ela havia morrido, apenas sabia que ela estava morta. Quando ela tentou cometer suicídio, tinha sido uma overdose de medicamentos. Atirar em si mesma seria violento demais. "Liv não usaria uma arma. Ela odiava armas. Ela odiava sangue, ela..."

"Você tem uma arma, srta. Cunningham?"

"Não", eu respondi. "Quero dizer, sim, eu acho."

"Você acha? Qual é a resposta? Sim ou não?"

"Meu namorado comprou uma arma para mim, mas ela está registrada no nome dele", eu disse, impaciente. Mitch achou que isso iria ajudar a aliviar minha ansiedade. Eu a deixei na caixa. O transtorno de estresse pós-traumático fazia com que meu cérebro não conseguisse diferenciar entre as ameaças reais e as imaginárias. Eu não queria cometer um erro enquanto estivesse com uma arma na mão.

"Que tipo de arma?", questionou Bishop.

"Eu não sei. É preta. Eu acho que é uma nove milímetros", eu respondi. "Eu não sei nada sobre armas. Mas ela está em Seattle. Eu nunca a levei nem para um estande de tiro."

"Acho que vamos precisar checá-la", falou Bishop.

"Por quê?", perguntei desconcertada. "Eu disse... ela está em Seattle, no fundo do meu armário."

"O que você estava fazendo na floresta na noite passada, srta. Cunningham?", indagou Bishop. Eu a encarei, sem compreender. E foi aí que eu entendi, e minha respiração me alcançou. "O que você estava fazendo na floresta?", ela repetiu.

Minha boca estava seca. Eu alcancei o copo de água que alguém tinha me dado junto ao café, mas estava vazio. Eu o segurei mesmo assim, apertando até o plástico ceder. "Eu não machuquei Liv", eu afirmei. Minha voz saiu rouca.

"Não foi o que eu te perguntei."

"Ela morreu ontem à noite? Lá?" Era a única coisa que fazia sentido. Minha respiração estava fraca e ofegante, e não preenchia meus pulmões até o fim. O lago não era muito distante da Gruta. Não era muito distante de onde eu estava cambaleando bêbada, perseguindo sombras. "Eu vi alguém. Na floresta. Eu achei que tinha alguém me perseguindo."

"Você viu alguém? Um homem ou uma mulher?"

"Eu não sei. Acho que era um homem. Estava escuro."

"De fato..." Seu ceticismo transformou a palavra em um paulada. Uma raiva incendiou o meu peito. O calor dela subiu pelas minhas costelas, penetrando pela fria névoa de choque e aflição que havia me cercado. "Você tem certeza de que viu alguém?"

"Sim, eu tenho certeza", eu quase cuspi. Mas eu não tinha certeza. Ou tinha? Eu disse a mim mesma que tinha sido apenas minha imaginação.

"Alto, baixo, magro, gordo? Conseguiria dizer a raça, a idade?"

"Não. Era só uma sombra. Eu vi a sombra se movendo." Isso soou ridículo. Eu estava completamente bêbada, e ela sabia disso.

"E a que horas foi isso?"

"Eu não sei", respondi com sinceridade.

"Entendo." Seu tom de voz não demonstrava surpresa. Minha mandíbula travou. "Seu melhor palpite."

Eu tentei estabelecer a linha do tempo em minha mente, mas não me lembrava de ter olhado para o relógio depois de jantar com Cody. "Depois de o sol se pôr, eu jantei e fui descansar no meu quarto, no hotel, por um tempo, e fiquei assistindo à TV. Não sei por quanto tempo fiquei assistindo à TV."

"O que você assistiu?" Ela estava quase entediada. Como se não fizesse diferença.

"*Forensic Files*", respondi. "Eu assisti a um episódio e fiquei mudando de canal por um tempo. Não sei por quanto tempo. Talvez por uma hora. Então, eu fui à lojinha da esquina e saí dirigindo. Fiquei sentada dentro do carro por um tempo. Não devia ser muito mais que dez horas. Então, ela não estava por lá ainda." Eu me larguei na cadeira, senti um leve tremor de alívio passando pelo meu corpo. Se ela estava por lá, eu não havia a escutado, não havia a ajudado...

"O que te leva a afirmar isso?"

"Kimiko a ouviu chegando em casa de manhã cedo. Ou muito tarde... Eu não tenho certeza."

"O código do portão da residência dos Barnes foi inserido às 4h47 da manhã", disse Bishop. Ela já sabia. Só estava conferindo minha história, então. "Mais alguém viu você?"

"Você quer dizer enquanto eu estava desmaiada no carro? Não faço ideia", respondi, irritada. Ela estava perdendo tempo.

"Por que você estava no lago hoje de manhã?"

Eu estava começando a ter dor de cabeça. Ou talvez eu já estivesse com dor todo esse tempo. "Eu fui procurar a Liv. Eu fiquei preocupada. Ela me deixou uma mensagem que soou estranha. Achei que ela podia tentar se machucar."

"Em que horário ela te ligou?"

"Às dez."

"Quase no horário em que você estava na floresta."

"O sinal é ruim por lá. Deve ter ido direto para a caixa postal." Ou eu não havia percebido. Estava envolvida demais comigo mesma, com as minhas lembranças.

"Como estavam as coisas entre você e Olivia?"

"Boas", respondi, tensa.

"Você não discutiu com ela ontem?"

"Se eu discuti com ela? Quem te disse isso?", perguntei. Foi a resposta errada. Os olhos de Bishop se endureceram.

"Sobre o que estavam discutindo?", perguntou ela.

"Nada." Exceto pelo fato de que nós tínhamos, sim, discutido — sobre Perséfone.

Liv havia encontrado Perséfone, e Cass e eu tínhamos tentado dissuadi-la de dizer qualquer coisa sobre isso. Eu saí pela floresta naquela noite. Bishop já estava me olhando como se eu fosse uma suspeita. Dizer a ela que escondemos um corpo por vinte anos dificilmente diminuiria as suspeitas sobre mim.

"Naomi?", disse Bishop. "Há algo que você queira me contar?"

Eu comecei a abrir a boca... e a porta se abriu. O comandante Dougherty entrou e arregalou os olhos com uma expressão exagerada de surpresa. "Naomi, querida. Você ainda está por aqui? Coitada de você, é melhor ir descansar um pouco."

Desde a última vez em que eu o havia visto, Dougherty tinha ganhado algum peso no meio do corpo e perdido do rosto, que estava oco e cadavérico. Ele usava um bigode grisalho do tipo que só existia em bares de hipsters e em cidades como esta.

Minhas lembranças do homem eram nebulosas. Ele era apenas um membro júnior do departamento quando eu era criança, mas subiu rapidamente de posto — não que fosse difícil quando o número de policiais do departamento não chegava a dois dígitos. Miller o estava preparando para ser o novo chefe havia muito tempo, e eu ainda não conseguia acreditar muito que a cidade tinha buscado alguém de fora para ocupar o cargo. Julgando pelos olhares trocados por Dougherty e Bishop, ele também não conseguia.

"Só estamos repassando alguns detalhes, oficial Dougherty", disse Bishop, calmamente. Se ele detectou alarme em sua voz, não deixou transparecer.

"Você já pegou a declaração dela, Monica", interveio ele. Um tendão na mandíbula de Bishop pulsou. Dougherty não dissera *chefe de polícia*, nem ao menos *chefe*. "E a carona dela está esperando. Acho que já podemos deixar a pobre da menina ir, não acha?"

Minha carona... Acho que ele estava se referindo a Ethan. Ele ficou conversando com os policiais enquanto eu tremia no banco do passageiro do meu carro e insistiu para que me dessem algum tempo e roupas secas antes de me fazer qualquer pergunta. Quando ele pediu as minhas chaves, eu as entreguei sem questionar, e de repente percebi que ele ainda estava com elas.

"Eu aviso quando terminarmos por aqui", Bishop disse a Dougherty.

"Bem, você é quem sabe", disse Dougherty, assentindo. Extremamente amigável. Absurdamente condescendente. "Sabia que eu conheço essas meninas desde que elas tinham essa altura?", acrescentou ele, descendo a mão a uma altura abaixo do quadril. Seu tom era de aviso, e sua mensagem, clara. Bishop era uma recém-chegada. Mesmo com todos os meus defeitos, eu era de Chester. "Uma pena, tudo isso. Mas tudo está bem claro."

"É?", eu perguntei. O canto da boca de Bishop se retorceu, demonstrando sua irritação.

"É uma tragédia, é isso", afirmou Dougherty. "Sempre que alguém tira a própria vida, é uma tragédia."

"Você acha que ela se matou?", eu perguntei. "Então, por que...", eu revirei os olhos e olhei para Bishop, que estava sentada com a boca cerrada. Eu olhei de um para o outro, confusa. "Eu pensei... as perguntas que você estava fazendo..."

"Se ela atirou em si mesma, a arma deveria estar no local", disse Bishop. "A arma ainda não foi localizada."

"Não sabemos onde ela estava exatamente quando ela morreu", informou Dougherty. "O corpo pode ter se deslocado um bocado. Estamos investigando o fundo do lago, mas isso vai levar um tempo."

"Em sua tentativa anterior, ela teve uma overdose de remédios controlados", disse Bishop. "Usar uma arma é muito mais incomum para uma mulher. Sobretudo se considerarmos que ela era uma pessoa que se sentia desconfortável perto de armas de fogo."

"De acordo com a minha experiência, uma pessoa determinada vai usar o que quer que ela encontre", rebateu Dougherty, com a fachada amigável desaparecendo e revelando o tremor da irritação escondido. "E os remédios estavam trancados."

"No mesmo cofre que a arma, que não parece ser particularmente seguro, de qualquer maneira, *policial* Dougherty", retrucou Bishop. Dougherty ergueu as mãos em um gesto de rendição, abaixando a cabeça.

"Então, você *não sabe* se foi um suicídio", eu disse. Eu me senti como se estivesse oscilando de um lado para o outro, sem saber qual resposta eu preferia. Não sabia qual delas seria pior.

"Havia um bilhete, querida", disse Dougherty. "A mãe dela o encontrou, cerca de uma hora atrás." Ele puxou um saco de plástico transparente do bolso. Bishop, com fúria nos olhos, fez um gesto brusco, como se quisesse impedi-lo, mas eu não desperdicei minha atenção nessa disputa. Uma única folha de papel branco estava dentro do plástico, havia um vinco no centro como se tivesse sido dobrada. Ele a depositou gentilmente na mesa ao meu lado. As letras estavam tremidas, grandes, e tão retorcidas pela página que eu mal reconheci a letra de Liv.

Sinto muito. Sei que eu devia ser forte, mas não consigo mais. Estou cansada de me sentir assim. Estou cansada de mentir. Eu não consigo continuar fazendo isso.

Eu vou ficar com Perséfone agora. Nós nunca terminamos. Isso quer dizer que agora são sete. Finalmente, isso pode terminar. Eu sinto muito.

Liv

Eu estiquei a mão sobre a mesa, meus dedos tocaram levemente o plástico frio. Havia uma carta. Era isso, então. Liv se foi. Ela quebrou a promessa que tinha feito para mim. E eu quebrei a promessa de estar lá quando ela precisasse.

Exceto o fato de que isso não estava certo... Isso não fazia sentido. Ela não teria usado uma arma. E se estava indo para a floresta para ficar com Perséfone, por que ela esteve no lago?

"Quem é Perséfone?", Bishop perguntou.

"Era um jogo que jogávamos naquele verão. O Jogo da Deusa", respondi. Minha voz estava distante. Eu não precisava especificar a que verão eu estava me referindo. Dougherty assentiu, sério. *Conte a eles*, pensei. *Conte a eles a verdade*. Mas as palavras se recusaram a sair. Vinte e dois anos de silêncio não se quebram com tanta facilidade.

"Sobre o que Liv mentiu, Naomi?", Bishop perguntou. Ela me lançou um olhar firme. Sem irritação, sem suspeita. Sem empolgação.

"Monica, pega leve com a menina", disse Dougherty, ríspido. "Provavelmente, ela só quis dizer que mentiu sobre estar bem, algo assim. Provavelmente nunca saberemos. Deixa eu tirar a Naomi daqui. O prefeito Green quer trocar uma palavrinha com você, de qualquer forma."

Bishop parecia estar transbordando nervosismo. "Você podia ter me dito isso antes de eu começar a conversa", disse ela, se levantando. Big Jim não gostava que o fizessem esperar. O chefe de polícia servia de acordo com as decisões do conselho municipal, o que, por sua vez, refletia as vontades de Big Jim. Bishop não podia se permitir desagradá-lo. Ela me lançou um último olhar inquisitivo e, em seguida, acenou com uma das mãos. "Acompanhe-a até a saída", ordenou ela, e saiu da sala.

Eu me levantei, deixando o cobertor amontoado na cadeira atrás de mim. Meus sapatos emprestados guinchavam sobre o piso.

"Sinto muito por isso", disse Dougherty, pondo a mão sobre meu ombro enquanto me guiava em direção ao saguão. Era tudo que eu podia fazer para não ignorar. "Ela não é daqui, sabe como é. Não sabe como as coisas têm de ser."

Não é daqui. Não é uma de nós. Isso era tudo que importava em Chester: quem pertencia e quem não pertencia. Eu nasci aqui e, mesmo assim, já havia ido parar do lado errado daquela equação mais de uma vez.

Ethan Schreiber estava me esperando no saguão. Ele tivera tempo de se trocar, aparentemente, porque estava usando roupas limpas e secas. Ao me ver, expressou preocupação.

"Posso te deixar aqui?", perguntou Dougherty. *Com ele* ficou implícito. Eu respondi com um aceno. Ele hesitou, desconfortável. "Eu sinto muito sobre Liv. Depois de tudo que vocês passaram..."

"Obrigada, oficial Dougherty", consegui dizer.

"Pode me chamar de Bill", afirmou ele. Eu só concordei silenciosamente mais uma vez e caminhei até onde estava Ethan, que assistia à cena com as mãos nos bolsos. Não falamos nada um ao outro enquanto saíamos. Meu carro estava nos esperando no estacionamento. Ethan puxou minhas chaves do bolso.

"E o seu carro?", perguntei a ele.

Ele me olhou de um jeito curioso, então percebi que provavelmente eu já havia perguntado isso. "Um policial vai levá-lo até o hotel pra mim", respondeu ele. "Me deram uma carona de volta, para eu me trocar."

"Você não teve de responder pergunta nenhuma?"

"Dei uma declaração, mas eu não tinha muito a oferecer", explicou Ethan. Ele abriu a porta do lado do banco do passageiro para mim, e eu me encaixei no assento, com as mãos cerradas para que não tremessem. Eu não olhei para ele enquanto ele dava a partida. "Hotel?", ele perguntou. Eu concordei com a cabeça. Ele seguiu para a estrada.

Havia um punho ao redor da minha garganta enquanto cruzávamos o caminho pela desolada rua principal do centro da cidade. Liv estava morta. Ela havia se suicidado, mas nós também a assassinamos. Nós não a escutamos. Ficamos agarradas aos nossos segredos feito arame farpado, mesmo quando eles nos cortavam. Mesmo quando não havia nenhuma maldita razão para não soltá-los. Eu ainda os estava segurando.

Uma dor intensa e selvagem me consumia. Eu cedi a ela, desabando sobre mim mesma. Eu não conseguia saber se estava chorando; não estava dentro do meu corpo o suficiente para saber. Eu ainda estava na floresta.

"Chegamos", avisou Ethan. Precisei de um instante para me lembrar do que eu deveria fazer para soltar o cinto de segurança. Quando me atrapalhei com a chave do quarto, Ethan tirou-a de minhas mãos e abriu a porta, recuando em seguida para me deixar entrar.

Eu desabei sobre a cama, com meus cotovelos sobre os joelhos, e encarei a parede. "Isso não pode ser real", eu disse.

"Queria poder te dizer que não é", respondeu ele. Então, ele fechou a porta e se sentou ao meu lado, deixando bastante espaço entre nós.

"Você pode ir", eu disse.

"Eu não preciso."

"Se você acha que eu vou te dar alguma declaração ou... ou..."

"Eu não vou tentar tirar uma história de você agora. Eu só quero me certificar de que você está bem."

"Por quê?", eu quis saber.

"Talvez porque em essência eu seja uma pessoa decente?", sugeriu ele.

"Não existe isso", eu disse a ele. Passei meu polegar pela cicatriz no meu pulso, em ambas as direções. A única cicatriz no meu corpo que não era do ataque. "Se eu tivesse atendido quando ela ligou, eu poderia tê-la convencido a desistir."

"Não é sua culpa", Ethan disse. Era o que ele devia dizer, acho. "Ela queria falar comigo. Você sabe por quê?"

"O que aconteceu com não tentar conseguir uma história de mim?", perguntei.

"Eu só estou tentando entender", respondeu ele, e só nesse momento eu percebi que suas mãos estavam tremendo.

"*Você* está bem?", indaguei a ele.

Ele soltou uma risada engasgada. "Eu ganho a vida escrevendo sobre assassinatos e suicídios. Eu leio sobre todos os detalhes sangrentos. Vejo fotos das cenas de crime."

"Não é a mesma coisa", eu afirmei.

Seus olhos encontraram os meus. Sua respiração tremia ao escapar. Eu conhecia aquele olhar. Querer correr sem saber do que você devia estar correndo. "Não. Não é", concordou ele. Ele ergueu a mão e fez um estranho gesto que depois foi interrompido, quase como se a intenção dele fosse tocar meu braço. Eu provavelmente teria mordido os dedos dele se ele tentasse. "Sinto muito por Olivia. Ela parecia ser uma pessoa adorável."

"Ela era", eu disse e, logo em seguida, arrematei: "Ela era complicada".

"As melhores pessoas sempre são", respondeu ele. Então, ele desviou o olhar em direção à janela. As persianas estavam fechadas, projetando faixas de sombra sobre seu rosto. "Há alguém que eu deva chamar?", ele quis saber.

Eu lembrei de Cass. Prometi ligar para ela, e não havia ligado. Ela já devia saber sobre a morte de Liv a essa altura. Mas eu não sabia como encará-la. Raiva e culpa se misturaram dentro de mim. Ela me deixou naquela trilha. Deu as costas para mim e para Liv, e não estava lá quando eu precisei dela. Quando *Liv* precisou dela.

Esse sentimento era absurdo. Estava machucada. É claro que ela precisava voltar. Mas a sensação era a mesma de quando brigávamos, tantos anos atrás, uma desesperada para ferir a outra, desesperada pela dor de ser ferida.

"Não. Não há ninguém", eu afirmei. "Você pode ir. Eu vou ficar bem."

"Estou a duas portas de distância, se você mudar de ideia", ele disse. "Quarto quatro."

"Você está tentando dar em cima de mim?", questionei ele.

"O quê? Não!", ele disse. "Deus do céu! Você realmente não tem uma opinião muito boa a respeito da humanidade, né?"

"Pelo menos, eu sou sincera neste ponto", respondi, dando de ombros.

Parecia que ele queria dizer algo mais, mas só balançou a cabeça. Então, ele saiu do quarto e fechou a porta atrás dele.

Eu deixei a gravidade me puxar para baixo, para cima da cama, sem me preocupar em tirar os sapatos, e fiquei deitada de lado, encarando a parede. Senti como se estivesse à deriva. Era a mesma sensação de quando eu estava largada contra aquele tronco apodrecido, desorientada pela perda de sangue, ouvindo o canto dos pássaros despreocupados sobre mim.

Era a sensação de esperar pelo fim do mundo.

Eu devo ter adormecido em algum momento, pois acordei uma hora depois. A exaustão havia desaparecido, e o luto estava endurecido feito a ponta de uma faca deslizando sobre a minha pele macia. Eu me sentei devagar.

Eu precisava fazer algo. Ficar ali de repente havia se tornado impossível, uma energia nervosa crepitava por todo o meu corpo. Eu precisava falar com a Cass. Nós precisávamos decidir o que fazer a respeito do que Liv havia encontrado. E eu queria estar com ela. Mesmo com todas as brigas e os tropeços no caminho, ela ainda era uma das duas pessoas que me conheciam melhor no mundo.

Agora, era a única.

Quando cheguei à casa de Cass, ela não estava sozinha. Havia uma caminhonete na frente da casa, uma monstruosidade moderna que conseguiria puxar um vagão de elefantes. Eu quase dei meia-volta quando vi, mas, enquanto eu ainda estava do lado de fora, a porta se abriu e a mãe de Cass apareceu acenando para mim. Eu não tinha como fugir agora.

Segui pelo estacionamento, cambaleando para trás a cada passo. Meredith Green era uma mulher pequena, feito um arame torcido. A idade a havia destilado até sua essência, dura e afiada, e a vaidade que ela ostentava, com seu cabelo descolorido e maquiagem sutil, tinha alguma utilidade. Ela era a esposa do prefeito e interpretava esse papel com eficiência e inabalável dedicação.

"Naomi. Que bom que você está aqui", ela disse, segurando minhas mãos entre as dela. Ela sempre teve mãos quentes, mas agora elas tinham a textura frágil da idade. Na primeira vez que ela segurou minhas mãos assim, com um toque macio e inevitável, eu ainda estava no hospital.

A mulher que suspirava feito uma mártir toda vez que Cass me levava à sua casa, me chamou de *docinho* e prometeu que ela e seu marido cuidariam de mim.

"Você soube...", eu disse. É claro que eles já sabiam. Jim era o prefeito. Provavelmente ele soube logo que a polícia foi avisada.

"É terrível. Marcus e Kimiko devem estar arrasados. Coitados...", ela lamentou, ainda sem ter me soltado. Eu puxei minhas mãos lentamente, me libertando das dela, e Meredith não ofereceu resistência.

"Eu queria falar com Cass", eu disse.

"Creio que ela não esteja bem o bastante para receber visitas", informou Meredith. "Talvez depois."

"Eu preciso falar com ela", eu falei com mais firmeza.

Sua boca se apertou até virar uma linha. "Eu não vou deixar você arrastar minha filha para esse horror novamente", ela disse.

Eu fiquei surpresa. "Eu nunca arrastei Cass para nada", eu afirmei.

"Levou anos para ela se recuperar. Anos. E só Deus sabe como eu amo aquela menina, mas se não fosse por você..."

"Se não fosse pelo fato de eu quase ter sido assassinada, você quer dizer?", eu perguntei.

"Não vamos fingir que você era uma menininha inocente. As coisas que vocês faziam naquela mata não eram de Deus. Eram perversas", disse ela. "Você evocou as trevas para a sua vida e levou Cassidy e Olivia para isso também. E agora Olivia pagou o preço."

Eu podia ter dito a ela que o Jogo da Deusa — que a maioria dos jogos — era ideia da Cass, mas eu sabia que não ia adiantar. Cassidy Green não era capaz de cometer nenhum erro aos olhos dos pais, e, se cometesse, seria culpa de outra pessoa.

"Mãe? Quem está aí?", perguntou Cass. Ela apareceu no corredor atrás da mãe, com os olhos vidrados e desarrumada. Seu pé estava enfaixado, e ela visivelmente mancava. Ela me viu. Por um instante, o mundo se pendurou em um ponto de perfeita quietude — e então Cassidy soltou um choro engasgado e se lançou para a frente em uma corrida trôpega, passando direto pela mãe e me envolvendo em um abraço.

Ela pressionou sua cabeça contra meu ombro e soluçou, e eu a segurei ali, com os olhos fechados, contendo minhas lágrimas.

"Eu não consigo acreditar que ela se foi", disse Cass entre soluços violentos.

"Eu sei." Sussurrei. Não parecia real. Parte de mim ainda tinha esperança de que não fosse.

"Entrem em casa, vocês duas", disse Meredith; seu desejo de me manter distante parecia um pouco menor do que o de não querer ver nós duas fazendo uma cena onde a vizinhança inteira podia nos ver.

Cass segurou minha mão e me puxou pela entrada até as escadas, mancando o caminho todo com o pé machucado. Eu olhei para trás e vi a cara azeda de Meredith mais uma vez.

Cass tinha de subir as escadas um degrau de cada vez, se apoiando completamente no corrimão, e seus lábios estavam sem cor quando ela finalmente chegou ao topo. Ela parou para respirar por apenas um segundo antes de indicar que eu avançasse, entrando na suíte principal e fechando a porta atrás de mim.

Ela parou de costas para mim por um instante, se recompondo, e, quando se virou, parecia afetada, mas estava calma, forçando as palavras em meio às lágrimas que mal conseguia conter. "Me desculpe pela mãe", ela disse. "Você sabe como ela é... Ela acha que pode administrar as coisas até ficar tudo bem."

"Ela sempre foi controladora", eu disse. Não era Cass quem precisava se desculpar.

O quarto de Cass era delicado e feminino, mas não de uma forma óbvia — era decorado em tons azuis e verdes suaves, com uma luz tênue e um espelho de corpo inteiro com a moldura decorada. Dois pares de pantufas repousavam junto à cama, e havia uns esmaltes na mesa de cabeceira. Eu podia imaginar Amanda e sua mãe fazendo uma noite das meninas, trocando segredos.

Não segredos reais. Apenas os divertidos.

Eu me sentei na beirada da cama. Um silêncio sufocante pairou entre nós. "Me desculpa por não ter ligado", eu disse. "Eu prometi ligar."

"Não se preocupe com isso agora", afirmou Cass. "Você devia estar em choque."

"Seu tornozelo..."

"Foi só uma torção. Nem está doendo tanto agora. Eu não devia..." Ela desviou o olhar e limpou as lágrimas do rosto com as costas da mão. "Eu devia ter ido com você. Você não devia ter achado ela sozinha."

"Eu não estava sozinha", eu disse, sem refletir.

"Quem estava...?"

"Ethan Schreiber estava lá", eu relatei.

"O quê? Por quê?", ela perguntou alarmada. "Ele teve alguma coisa a ver com...?"

"Não, ele não teve...", respondi rápido. "Estava me procurando, só isso."

"Merda!" Cass afundou onde estava, com as costas contra a porta, e encolheu os braços envolvendo o próprio corpo.

"Cass...", eu disse. "Precisamos decidir o que fazer."

Ela me olhou sem expressão. "Não tem nada a se fazer. Ela está morta. Não podemos mais ajudá-la."

"O que fazer sobre Perséfone", eu disse.

Cass abriu a boca ligeiramente, como se estivesse procurando palavras que não poderia encontrar. "Naomi, não podemos fazer nada. Pelo menos não agora. Temos de ficar quietas e deixar tudo isso passar."

"Passar?", eu repeti, incrédula.

Ela hesitou. "Você sabe o que eu quis dizer. Não podemos deixar ninguém descobrir sobre Perséfone, não agora."

"E por que caralhos não? É o que a Liv queria. Ela queria que Perséfone fosse encontrada. Que ela tivesse paz. Temos de fazer isso por ela." Eu cerrei os dentes, ficando em pé. "Nós a metemos nisso. Nós fomos medrosas e egoístas e não a escutamos."

Cass balançou a cabeça. "Naomi. Isso não vai trazê-la de volta. Só vai causar mais dor."

"E se isso não tivesse acontecido com ela?", perguntei.

"O que você quer dizer com 'se não tivesse acontecido'? Se ela não tivesse se suicidado, ela ainda estaria viva."

"Eu quero dizer... e se outra pessoa a matou? Ela levou um *tiro*. Ela não teria usado uma arma. E o lago... esse foi o quarto ritual. Quatro era sorte. Isso sempre deixou a Kimiko possessa, lembra? Porque é um número de mau agouro no Japão, e..."

"E *o quê?*"

"E ela não teria se suicidado ali", respondi, quase gritando.

"Naomi, por favor. Quem iria querer matar a Liv?", retrucou Cass.

"Ela estava procurando a Perséfone. Talvez alguém não quisesse que ela a encontrasse."

"Não", disse Cass em um sussurro fragilizado. "Não transforme essa tragédia em uma teoria da conspiração, Naomi. Ela estava doente. Ela tentou isso antes. Por favor. Eu mal estou conseguindo me manter funcional. Por favor, só deixe isso pra lá, e deixe-a descansar em paz."

"Ela não teria usado uma arma", insisti. Minha voz soava estranha aos meus próprios ouvidos.

"Merda." Cass massageou a própria nuca. "Mas quem iria querer matá-la? Digo, além de nós." Ela soltou uma espécie de risada sufocada.

"O que você quer dizer com 'além de nós'?", eu perguntei.

"Nada. Só que... Liv queria contar nosso grande segredo, e agora ela está morta. Se não foi suicídio, e se a polícia descobrir a verdade..." Ela respirou fundo, tentando se acalmar. "Mas isso não importa. Obviamente, não fomos nós. E você está certa. Eu estou apavorada, mas realmente não temos escolha. Temos de contar à polícia."

Eu a encarei, minha boca estava seca. "Você tem um álibi?", perguntei.

"Meu Deus, Naomi." Cass me olhou chocada.

"É sério. Você tem um álibi para justificar o que estava fazendo pouco antes do amanhecer de hoje?", repeti a pergunta.

"Eu estava no chalé desde as cinco da manhã, estava lá até uns vinte minutos antes de você chegar", ela disse.

"Tinha mais alguém com você?"

Ela cerrou os olhos. "Percy estava lá. E você? *Você* tem um álibi?", retrucou ela, com sua raiva flamejante.

"Eu não tenho", eu respondi e engoli em seco. Seus olhos se arregalaram. "Eu estava na floresta na noite passada. Estava desmaiada no meu carro na beira da estrada até depois de amanhecer. Isso a chefe Bishop sabe. E você está certa. Liv não tinha nenhum inimigo. Mas nós temos uma boa razão para querer que ela ficasse quieta."

"Ok", disse Cass lentamente. Ela se endireitou e caminhou até a cama. Então, se sentou ao meu lado, e ficamos encarando o vazio, sem dizer nada por alguns segundos. Quando recomeçou a falar, sua voz era baixa. "Você nunca teria assassinado a Liv. Eles vão entender isso. Não vão?"

Eu queria acreditar no que ela disse. No entanto, eu tinha passado muito tempo conversando com a polícia, vinte anos atrás. Eles tinham a resposta que queriam, e tudo o que fizeram foi para se assegurar de que a realidade concordava com ela. Uma vez que perceberam que a descrição que Cass e Liv deram batia com a de Stahl, nada os teria dissuadido de que ele não era o culpado. E Bishop já achava que eu era uma suspeita.

"O que podemos fazer?", perguntou Cass, soando perdida.

"Eu acho que é melhor ficarmos quietas por enquanto", eu disse.

"Tem certeza?"

"Só por enquanto", eu repeti. "Até sabermos mais sobre o que aconteceu. Você pode fazer isso? Eu não estou te pedindo para mentir para a polícia, mas..."

"Ficar quieta não é o mesmo que mentir, certo?", disse Cass. "Se você acha que é a escolha certa... Eu não vou dizer nada por enquanto. Mas você tem certeza?"

Eu não respondi imediatamente.

Talvez Liv tenha morrido por suicídio, perdida por termos nos recusado a escutá-la, ou por termos abandonado Perséfone.

Talvez ela tenha sido assassinada. E eu só tentava entender qual seria o motivo de alguém querer fazer isso. O mesmo motivo pelo qual Cass e eu seríamos suspeitas. Liv havia encontrado Perséfone, mas alguém não queria que ela fosse encontrada.

"Temos de descobrir o que a Liv sabia", eu disse. "Nós mesmas temos de encontrar Perséfone."

"Você está de brincadeira? Você acabou de dizer que devíamos ficar quietas por um tempo", rebateu Cass, parecendo alarmada.

"É o que ela queria."

Cass me olhou firmemente. "Naomi, eu te conheço. E eu sei quando você está prestes a fazer alguma coisa estúpida. Se você sair procurando essa garota, alguém vai perceber. E todas aquelas perguntas que estamos tentando evitar... Você vai ter que responder cada uma."

"Eu sei, mas..."

"Puta merda, Naomi, eu acabei de perder uma das minhas melhores amigas, não posso ficar preocupada com você também", disse Cass, aflita. Ela segurou minhas mãos. "Eu preciso que você prometa que vai deixar isso em paz até termos certeza de que é seguro. E *só depois disso* vamos tentar descobrir o que Liv sabia. Juntas. E nós vamos decidir o que fazer sobre isso. *Juntas*."

"É... você está certa", eu concordei. Era apenas a opção mais sensata.

"Me promete, Naomi. Me promete que você não vai começar a perseguir fantasmas", insistiu Cass.

Eu hesitei. Eu não podia deixar aquela história para trás. Liv queria que Perséfone fosse encontrada. Eu não podia trazê-la de volta, mas eu podia fazer pelo menos isso por ela.

Mas isso seria injusto com Cass. Ela já estava desesperada de preocupação, de pesar. Parecia prestes a se partir. E ela estava certa. Nós devíamos pelo menos esperar para ver como tudo ia ficar. Devíamos ser espertas.

Eu nunca fui a esperta do grupo.

"Eu prometo", menti. Sentia a culpa se esgueirando sob cada palavra. Cass me envolveu em um abraço aliviado, e suas lágrimas molharam meu rosto. Eu me rendi ao seu abraço.

"Vai ficar tudo bem", ela afirmou. "Vamos tomar conta uma da outra."

"Nada está bem. Ela se foi", eu disse, e fechei meus olhos com força.

"Eu sei", Cass respondeu. Ela continuou me segurando, me apertando, e eu deixei, porque ela estava se esforçando. Ainda que a última coisa que eu desejasse no momento era que alguém encostasse em mim. "Você devia ficar aqui. Comigo. Eu posso arrumar o quarto de hóspedes."

"Não, você não precisa...", respondi imediatamente.

"Você prefere ficar naquele hotel fuleiro?", ela perguntou. Seu tom de voz transparecia uma ponta de ofensa.

"Eu prefiro não trombar com a sua mãe constantemente", confessei, e ela deixou escapar um ronco áspero, introspectiva.

"Faz sentido", ela admitiu.

Eu não contei que era ela quem eu queria evitar. Que seu toque me fazia querer fugir. Ela estava tentando ser uma boa amiga. Ela *era* uma boa amiga. Mas ela não era Liv.

Isso era tudo em que eu conseguia pensar agora. Liv se foi, e Cass estava aqui, e parte de mim desejava que fosse o contrário.

E eu me odiava por isso.

Me afastei dela, resmungando minhas desculpas. Eu estava cansada, eu estava esgotada, eu precisava ficar sozinha.

Desci as escadas e saí pela porta da frente, parando por apenas um instante quando a luz do lado de fora me atingiu, e com ela o cheiro de fumaça de cigarro. Eu apertei os olhos em direção à lateral da casa. Oscar Green estava encostado contra a cerca, havia metade de um cigarro em sua mão. Ele já era forte mesmo quando era mais novo. A meia-idade dera a ele o tamanho avantajado do pai, embora tenha evitado ficar tão bem recheado. A regata cinza mostrava os braços grossos e musculosos, com tatuagens não identificáveis subindo por eles.

Inclinou a cabeça em minha direção, me cumprimentando. Eu não conseguia identificar sua expressão. Desviei o olhar rápido, a vergonha deslizava por mim tão rápido quanto peixes na correnteza. *Você e eu estamos destinados...* me veio à mente, o eco do eco de uma memória.

Ele se empertigou como se estivesse vindo falar comigo. Eu me apressei em direção ao carro, entrei e fechei a porta atrás de mim. Quando olhei no retrovisor, ele estava lá, em pé no quintal lateral, com um meio-sorriso. Ele acenou enquanto eu saía, totalmente amigável. Eu mantive os olhos na estrada e, decidida, expulsei Oscar Green da minha mente.

Liv havia encontrado Perséfone. Isso significava que ela *podia* ser encontrada. Tudo que eu precisava fazer era repetir os passos que Liv tinha dado. Descobrir seu nome. Saber o que aconteceu a ela.

E, talvez, descobrir por que alguém mataria para manter isso em segredo.

O problema de uma cidade pequena como Chester era que não demorava muito para dirigir de uma extremidade dela até a outra. Não havia tempo para remoer coisas em movimento. Depois de deixar a casa de Cass, eu acabei voltando direto para o hotel, e fiquei andando de um lado para o outro.

Eu odiava séries policiais. Eu não lia livros sobre mistérios. Os dois episódios de *Forensic Files* aos quais assisti no dia anterior constituíram a totalidade da minha educação no gênero true crime na última década. Ter sido parte de uma dessas histórias havia arruinado todo o resto para mim no que diz respeito a entretenimento, e eu não tinha vontade alguma de encarar as mandíbulas da escuridão humana em alguma missão para compreendê-la. Até o momento, isso não era um problema.

Sendo assim, eu não sabia por onde começar a reunir as peças que Liv havia encontrado. Eu já estava decepcionando ela e nem mesmo havia começado.

Peguei meu celular e comecei a fazer buscas. *Pessoas desaparecidas. Como identificar um corpo. Como identificar um esqueleto.* Havia muito e não havia informação suficiente. Eu não sabia mesmo por onde começar, e tudo em que eu clicava era ou uma história triste sem relação nenhuma com a minha ou um monte de informações básicas que qualquer um que já assistiu a uma série de tv de detetives saberia.

Talvez, se eu fosse um daqueles caras obcecados por true crime que conseguem recitar o nome de cada serial killer desde Jack, o Estripador, estivesse numa situação melhor. A irmã do Mitch estava sempre escutando podcasts sobre assassinatos. Fora educada o bastante quando perguntou se eu me importava com o fato de ela escutar aqueles que eram sobre mim, além de não ter feito nenhuma pergunta intrusiva depois. No entanto. estava sempre me olhando de um jeito estranho. Algo entre um olhar de adoração e um olhar faminto. Embora, talvez, ambos sejam a mesma coisa.

Sem pensar muito, digitei "Ethan Schreiber podcast". Uma série de podcasts apareceu; seu nome era creditado como editor de áudio. Eu fiquei surpresa ao ver que eles não eram relacionados a crimes. Um deles parecia ser sobre notícias gerais, outro sobre animais de estimação, e havia um sobre ovnis. No último deles, ele estava descrito como apresentador. *Aftershocks*. Eu li a descrição.

Aftershocks explora os prolongados danos causados por crimes violentos. Começando com os próprios crimes e em seguida examinando o seu impacto naqueles que sobreviveram: vítimas, criminosos, amigos, famílias e comunidades alteradas para sempre por esses eventos impensáveis.

Havia duas temporadas. Tinha vários episódios sobre cada um dos crimes, classificados com base na pessoa na qual a história era focada. *Brenda Martin: A Testemunha — Brenda Martin: A Família — Brenda Martin: O Assassino.* Os episódios também eram longos. Provavelmente, se aprofundavam no assunto.

Eu coloquei os fones e comecei a ouvir um deles, aleatoriamente, pulando a introdução. A voz de Ethan, suavizada pela edição, invadiu meus ouvidos.

Deedee Kent vivia uma vida pacata. Era assim que quase todos a descreviam, desde sua professora da terceira série até os colegas de trabalho que deram sua festa de aposentadoria: pacata. Era uma pessoa calada. Ela não tinha amigos, a não ser que você considerasse os gatos que ela alimentava nos fundos de sua casa como seus amigos. Nunca se casou. Ela acenava para os vizinhos, mas nunca parava para conversar.

Não porque ela fosse antipática, todos sempre se apressaram a acrescentar. Ela era apenas reservada.

A vida de Deedee não parecia ser muito marcante, pois nada muito interessante acontecia ao seu redor. No entanto, sua morte criou ondas reverberantes que destruíram uma família, mudando a trajetória de uma vida para melhor e alterando a vida de sua comunidade para sempre.

Eu passei para outro episódio, e mais outro. *Annabelle Gross estava voltando da aula de computação e indo para casa... Daniela Arroyo havia acabado de se formar no ensino médio... encontrou seu corpo três dias depois... cartazes que informavam sobre seu desaparecimento ainda estavam pendurados na janela... todo ano, no seu aniversário...*

As histórias se mesclavam enquanto eu passava aleatoriamente de um episódio para outro, escutando apenas algumas partes de cada um antes que meu estômago revirasse. Crianças. Idosas. Homens jovens. E a única coisa que eles tinham em comum — que *nós* tínhamos em comum — era que alguém havia ido atrás deles. Para matar. Contudo, essa palavra não era o suficiente, era?

Para aniquilar cada um. Para transformar tudo o que eles eram no que havia sido feito a eles. Na dor, e no medo, e no buraco rasgado que ficou no lugar de cada um quando se foram.

Eu desliguei o celular e o atirei sobre a cama sentindo um gosto azedo na boca. Não tinha fim. Morte e perda e violência. Eu não queria ouvir histórias sobre pessoas levando tiros, ou espancadas, ou estranguladas até a morte. Não queria imaginá-las morrendo, sozinhas e com medo. Porque todo mundo estava sozinho, até quando não estava.

Todo mundo morre sozinho.

Liv tinha morrido sozinha. Perséfone também. Ambas, sozinhas na floresta. Assim como eu, sangrando, me arrastando em direção a uma segurança que não existia.

Eu nunca escapei de verdade. Nenhuma de nós escapou. Tentamos encontrar nossos caminhos para a saída, mas fomos puxadas de volta. Em algum momento, todos nós apodrecemos em meio às raízes e às pedras.

Eu esfreguei os braços, lutando contra o frio que parecia emanar de dentro de mim. Senti pontadas em meus nervos, uma sensação disforme de terror e perigo crescendo de maneira constante enquanto minha psique danificada rapidamente transformava minha ansiedade em pânico. Eu abria e fechava as mãos, tentando focar apenas na sensação física.

"Você está segura", eu disse a mim mesma, num tom de voz neutro. "Você está aqui. Você não está na floresta."

Sim, você está, insistia todo o meu corpo, e eu cravei mais forte as unhas na cicatriz do meu pulso. Como se eu pudesse passá-las debaixo dela e abrir minha carne de novo.

De repente, uma batida na porta me trouxe de volta numa espiral. Passaram-se cinco segundos inteiros antes que eu conseguisse processar o que deveria fazer nessa situação, então, fui atendê-la.

Abri a porta e encontrei Ethan Schreiber em um confortável suéter marrom, com um saco de papel branco manchado de gordura em uma das mãos e uma bandeja de papelão com dois copos de isopor na outra. Eu o encarei, incapaz de interpretar a cena ou compreender como ele havia se transformado da voz em meu ouvido, falando sobre Deedee Kent, no homem em pé na minha frente.

Ele estendeu o saco de papel em minha direção. "Parece que alguém precisa te lembrar que é hora de comer", ele disse. O cheiro do hambúrguer e das batatas fritas transbordava da embalagem. Meu estômago roncou.

"Você me trouxe um hambúrguer", eu disse, inexpressiva.

"E um milk-shake", ele completou. Ele sorriu. O tipo de sorriso com a boca fechada que você dá a um animal enquanto torce para que ele não te destroce.

"Obrigada", eu falei, esticando a mão.

Ele puxou o saco de papel para fora do meu alcance. "Ele vem com companhia."

Eu cruzei os braços irritada. Irritada era melhor que em pânico. Eu segurei o pacote. "Isso é chantagem", eu disse.

"Acho que está mais próximo de ser uma propina", ele respondeu. "Sem entrevista, prometo."

"O quê? Você só quer passar um tempo comigo?" Era para ter soado mordaz, mas saiu digno de pena.

"Eu quero ter certeza de que você está bem", ele afirmou, com um semblante feito para a sinceridade. Ele era como um filhote pulando no seu braço tentando te confortar, com aqueles grandes olhos castanhos. "Mas, se você não quer companhia, eu posso deixar isso com você e ir embora."

Meu estômago apertou. Eu não desejava a companhia de Ethan Schreiber. Mas desejava ainda menos ficar sozinha. *É assim que eu acabo com caras feito o Mitch*, pensei. Até os que eram horríveis eram melhores que a companhia da minha própria mente.

Eu suspirei, soltando minha mão da porta e me virando. Levou alguns segundos para ele entender o que eu havia decidido e me seguir para dentro do quarto.

Ele colocou a comida numa pequena mesa que ficava num canto. Eu estava realmente morrendo de fome. Desembrulhei aquela bomba de gordura que era o hambúrguer e devorei rápido. Ethan comeu o seu de forma mais estratégica, me assistindo com algo entre horror e admiração. Eu lambi uma gota de ketchup do meu dedo e comecei a comer as batatas fritas, agora num ritmo mais tranquilo.

"Como você está?", ele perguntou.

"Eu odeio essa pergunta quase tanto quanto odeio que me perguntem se estou bem", respondi a ele.

"Você não gosta de responder à pergunta nenhuma, não é?" Ele ergueu uma sobrancelha.

"Essa é outra pergunta", apontei. Eu tirei a tampa do milk-shake para atacá-lo com uma colher.

"Eu me rendo", ele declarou, jogando as mãos para cima. "Me desculpe por ter entrado aqui desse jeito."

"Não... está tudo bem", eu disse rapidamente. Quando eu estava sozinha, os meus pensamentos haviam se agitado dentro do crânio feito ratos em pânico. Com ele aqui, eles ficaram satisfeitos com uma leve corrida ansiosa. "Eu não sou... boa em ficar sozinha", confessei.

Ele me olhou de soslaio, me analisando. "Eu não teria imaginado isso. Você tem uma *vibe* de solitária."

"Não, eu tenho uma *vibe* de babaca. O que significa que eu acabo passando todo o meu tempo com outros babacas", eu corrigi.

"Isso me inclui?"

Eu encolhi os ombros. "Ainda não decidi."

Ele observou enquanto eu dava uma colherada no topo do milk-shake. Essa pausa tinha uma natureza delicada que eu conhecia muito bem: o momento em que você estava decidindo entre mencionar o assunto óbvio ou dar voltas. Ele ia me perguntar sobre Liv. Seus lábios se separaram, as palavras começaram a se formar. "Talvez você possa me ajudar com uma coisa", eu disse rapidamente, tateando em busca de distração.

"Que tipo de coisa?", ele perguntou.

Eu me ajeitei na cadeira. Me ocorreu que Ethan Schreiber era exatamente o tipo de pessoa para quem podemos perguntar sobre como encontrar uma mulher desaparecida. Se eu conseguisse fazer isso sem revelar muito da história. "Eu estou trabalhando num projeto", eu disse. "É uma coisa pessoal. Estou tentando fazer umas pesquisas, mas não sei muito bem por onde começar."

"Eu sou bom em pesquisas", ele admitiu.

"Eu sei", respondi. Ele me lançou um olhar curioso. "Eu meio que dei uma conferida no seu podcast. Só escutei por alguns minutos, mas me pareceu... bom."

"Não foi nossa melhor avaliação, mas eu aceito", brincou Ethan.

"Então, é nisso que você está trabalhando aqui? Um episódio de *Aftershocks* sobre Stahl?", perguntei. Imaginei quais títulos os episódios teriam. *A Sobrevivente. As Famílias. O Filho.*

"Não. Este é um projeto novo. Ainda está em desenvolvimento. Eu ainda não achei exatamente o formato certo." Ele me observou como se soubesse que eu o estava enrolando. Eu não sabia como pedir o que eu queria sem levantar suspeitas. "De que modo eu posso ajudá-la, Naomi?"

Sem mais enrolação, por favor. "Certo. Então... Se você estivesse tentando achar uma pessoa desaparecida, por onde você começaria?", perguntei depressa.

Ele me encarou por um instante e então disse: "Isso tem alguma coisa a ver com a Liv?".

"Liv não está desaparecida, está?", eu retruquei.

"Ok!", ele disse, esticando a palavra. "Então, por que você quer saber sobre pessoas desaparecidas?"

"Eu te disse. É pessoal", respondi.

Ele passou a mão na cabeça. "Huuum... Ok. Eu sou da polícia ou sou um civil?", ele perguntou.

"Civil." Eu peguei a última batata frita e a arrastei pelos últimos resquícios de ketchup.

"Se eu fosse um detetive particular, ou algo assim, iria começar falando com a família, com os amigos, com os colegas de quarto..."

Eu balancei a cabeça. "Não, não é esse tipo de desaparecimento. É sobre você saber que alguém está desaparecido, mas não saber quem a pessoa é."

"Nesse caso, estou tentando identificar uma indigente e, com sorte, cruzar a informação com um relatório de pessoa desaparecida?", ele perguntou, me olhando de um jeito curioso. "Não vai mesmo me contar o que é que você quer descobrir?"

"Não, eu não estava planejando fazer isso..."

Ele descansou a mão sobre a mesa, com um dedo batendo num ritmo indefinido. "Existe uma teoria...", ele disse. "É uma teoria bem popular em alguns círculos de fãs de true crime. Alah Stahl esteve ativo por cinco anos. Todos os seus ataques aconteceram durante o verão, um ou dois por ano. Exceto por um ano. As pessoas o chamam de 'o verão silencioso'. Mas algumas pessoas acham que ele não tirou uma folga naquele verão... acham que apenas não encontramos a vítima ou as vítimas. Então, temos duas vertentes... a teoria do verão silencioso e a teoria do verão perdido."

Ele achou que eu estivesse pesquisando sobre Stahl. Eu quase protestei, mas desviei o olhar como se ele tivesse me desmascarado. Era uma explicação mais segura que a verdade. "Aquilo que você falou sobre o perfil não se encaixar tem me incomodado", eu disse. Essa parte não era mentira. "Eu imaginei que, se houver outras vítimas que não foram encontradas, talvez tenha alguma conexão para explicar por que ele foi atrás de mim."

"Naomi, sua amiga acabou de morrer. Você acha que este é mesmo um bom momento para se preocupar com isso?", ele perguntou.

"Eu preciso me concentrar em algo", eu disse, e minha voz falhou. Era verdade. Não pelas razões que eu insinuava, mas ainda assim era verdade.

"Muita gente passou bastante tempo revisando relatórios de desaparecimentos e tentando conectá-los ao verão silencioso. Não existe o suficiente para continuar. Há um número grande demais de pessoas desaparecidas", ele disse.

"Por favor...", eu quase implorei.

Ele suspirou. "Você não tem um corpo ou uma pessoa desaparecida, você tem um *modus operandi* e um palpite. O que torna isso basicamente impossível. É preciso encontrar o registro de um assassinato ou um relatório de desaparecimento que bata com o *modus operandi* e partir daí. É uma tarefa imensa. Você pode começar procurando os fóruns em que pessoas discutem alguns temas sobre Stahl e sobre o verão silencioso. Essas pessoas já fizeram muito do trabalho. Ou você pode conferir na Doe Network."

"O que é isso?", eu perguntei.

"Aqui, eu te mostro." Ele puxou o celular, digitou algo e me entregou em seguida. Era um site simples que dizia "Centro Internacional para Pessoas Desaparecidas Não Identificadas". "É um banco de dados de registros de corpos não identificados e pessoas desaparecidas. Você pode procurar por gênero, localização, data... Tem a vantagem de ser muito mais organizado e centralizado que os fóruns de internet."

Eu cliquei nos menus até achar mulheres desaparecidas no estado de Washington. A página carregou lentamente. Dúzias e então centenas de mulheres desaparecidas reduzidas a pequenas imagens em miniatura de rostos sorridentes. Eu emiti um som gutural do fundo da garganta.

"É um pouco pesado", disse Ethan.

Havia uma numeração embaixo de cada fotografia. 1292DFWA. 2546DFVA. "O que isso significa?", perguntei com o coração disparado. Eu já tinha visto números como aqueles.

"É a numeração dos casos", respondeu Ethan. "O D é de 'desaparecida' e o F indica o sexo feminino, e aí vem o código do estado, se me lembro bem. Eu não sei bem para que serve esse sistema de numeração."

Havia três números na nota adesiva que encontrei no quarto da Liv. Ela procurou essas mesmas fotografias. Perséfone era um desses rostos.

"Sabe... Há outra parte da teoria sobre o verão silencioso", Ethan disse de um modo meio reticente.

Eu parei de olhar para o mar de fotografias. Ele estava se inclinando para a frente, com os braços sobre os joelhos, o olhar fixado no meu rosto.

"Stahl largou os primeiros corpos em lugares onde seriam encontrados rapidamente, mas, depois disso, começou a escondê-los", ele disse. "Isso explica por que a contagem de seis vítimas muito provavelmente é incompleta. Parte da evidência contra ele deriva do fato de ele ter sido visto na floresta, a oitocentos quilômetros do corpo da terceira vítima, apenas alguns dias antes de ela ser encontrada. *Meses* depois de sua morte. O que sugere que ele estava voltando para visitar os corpos. Talvez fosse uma forma de vivenciar os assassinatos de novo."

Eu tremi. "Como se isso já não fosse horrível o bastante."

"O fato é que nada sobre o seu ataque faz sentido como parte do padrão dele. A não ser que..."

Senti um formigamento na pele ao perceber sobre o que ele estava falando. "A não ser que eu não fosse um alvo", eu concluí. "Eu era uma testemunha. No fim das contas, ele não estava lá atrás de mim."

"Ele estava lá para visitar algum corpo", disse Ethan.

Não apenas *algum* corpo.

Perséfone.

No instante em que vi as numerações na tela do celular de Ethan, eu sabia que tinha de voltar ao quarto da Liv. E, a partir daquele momento, comecei a sublinhar os motivos pelos quais eu não podia fazer isso. A polícia estava lá. Marcus e Kimiko não iriam permitir que nada fosse tocado. E, de todo modo, os policiais provavelmente já deviam ter tirado tudo o que tinha lá.

Liv a havia encontrado. Eu podia fazer o mesmo. Não precisava voltar para aquele lugar, voltar para onde Liv não estava mais. Encarar os pais dela.

Mentir para eles.

Esconder segredos da polícia era uma coisa. Mas a ideia de olhar Kimiko nos olhos e permanecer em silêncio a respeito do que poderia explicar o que aconteceu com Liv...

Eu não posso machucá-los assim, disse a mim mesma, e o que eu queria realmente dizer era que não poderia suportar a culpa.

Durante os dias que se seguiram, vasculhei os relatórios de desaparecimentos, procurando qualquer coisa que pudesse conectá-los a Chester ou Stahl. Assisti tv por horas intermináveis enquanto analisava superficialmente uma centena de tragédias, saindo disso apenas para contrabandear alguns minutos de sono inquieto ou tomar banho.

E para comer, do que eu apenas me lembrava porque Ethan continuava aparecendo em minha porta. Às vezes, eu batia a porta na cara dele. Algumas vezes, eu o deixei entrar e comemos juntos, sentados. Não conversamos, não de verdade — de algum modo, ele conseguiu se conter e não fazer perguntas, e, quando falava, era para me atualizar sobre o que ele sabia. Haviam vasculhado o lago, mas não encontraram a arma. O revólver dos Barnes de fato tinha desaparecido e provavelmente estava perdido no lodo, junto a rodas de bicicleta abandonadas e outros tipos de ferro-velho, o que fazia com que o uso de detectores de metal fosse inútil. O corpo de Liv havia sido enviado para que uma autópsia pudesse ser conduzida, mas ninguém estava esperando encontrar nada além do óbvio.

Até mesmo quando nos sentávamos em silêncio, aqueles poucos minutos pontuando o dia eram mais fáceis de suportar que as longas horas que eu passava sozinha. Eu me encontrei escutando *Aftershocks*, pulando as descrições dos crimes — que ao menos eram breves — e ouvindo Ethan desdobrar as histórias que vieram depois. *Era a sua sinceridade que fazia tudo funcionar*, pensei. Durante as entrevistas, eu conseguia imaginar aqueles olhos sinceros dele, convidando todos, de mães enlutadas até assassinos arrependidos, a expor suas almas para ele.

Ele era bom no que fazia. Isso, para mim, era quase uma decepção.

Quando chegou o fim da semana, eu fui forçada a admitir que Ethan estava certo. A tarefa era imensa demais para eu fazer sozinha com apenas os perfis da Doe Network me ajudando. Mas Liv tinha feito isso. Liv a encontrou.

Eu sabia o que eu tinha de fazer, mas não estava ansiosa por isso.

Eu me arrumei até quase chegar a uma aparência respeitável, me lembrando até de passar um corretivo sobre as olheiras. Meu cabelo estava crescendo na parte de trás, o arrumei com os dedos até chegar a algo que parecesse um penteado e saí do quarto com meu andar hesitante.

Enquanto destrancava a porta do carro, olhei para o outro lado da rua e parei, uma leve inquietação arranhava o fundo da minha mente. Havia um Toyota Camry preto estacionado do outro lado da rua. Ele estava lá ontem, também. E no dia anterior.

Era apenas um carro. Nada de estranho.

Liguei o motor. Pelo retrovisor, eu vi um homem atravessando o estacionamento do pequeno parque perto da loja da esquina, onde havia alguns bancos e mesas de piquenique. Todos os lugares tinham uma vista clara para o hotel.

Eu não tinha como identificar muito pelo espelho. Ele era branco, devia ter uns trinta e poucos anos, um cabelo acastanhado meio longo e usava óculos espelhados. Eu já tinha visto ele, não? Nos últimos dias, na lanchonete e no posto de gasolina. Ele estava nas redondezas.

A imagem do menino em uma camiseta listrada surgiu em minha mente de novo. A.J. Stahl.

Enquanto eu saía, ele deu a partida no próprio carro. Eu vi, pelo espelho, ele sair do estacionamento, seguindo bem atrás de mim. Meu coração acelerou. Comecei a procurar meu celular, mas parei no meio da busca. Quem eu iria chamar? O que eu podia dizer sem que soasse louca?

E, então, a um minuto de distância da casa dos Barnes, o Camry diminuiu a velocidade, fazendo uma curva em direção às trilhas. Eu soltei a respiração, afundando no banco do carro.

Você está sendo paranoica, me repreendi. Eu continuei olhando para o retrovisor, mas o Camry não tornou a aparecer.

O portão da casa dos Barnes estava aberto. Quando estacionei em frente à casa, havia uma caçarola na varanda da frente coberta com papel-alumínio. Não parecia certo passar por cima dela, então eu a peguei e toquei a campainha. Levou alguns minutos até que Marcus Barnes aparecesse. Era um homem alto e robusto, mas parecia menor sob o peso do luto. Ele olhou entorpecido para a travessa em minhas mãos.

"Você também...?", ele perguntou.

"Estava na varanda", eu respondi, me desculpando.

Marcus Barnes era um homem improvável para se casar com Kimiko, para gerar Liv. As duas mulheres, mãe e filha, cada uma à sua maneira, eram como mercúrio, e ele era sólido feito as vigas de madeira de sua casa, mas talvez tenha sido por isso que tudo funcionou bem.

"É melhor trazer isso pra dentro", ele disse. Então, ele se virou e entrou em casa, e eu o segui, ainda segurando a caçarola.

Marcus foi até a cozinha, que parecia abarrotada com mais pratos cobertos de papel-alumínio. Isso provavelmente queria dizer que o congelador já estava cheio. Eu me lembrava dessa parte. Eu passei um ano tirando empadões e caçarolas de macarrão do congelador depois do ataque. Eu deixei a última oferenda em um canto vazio da bancàda da cozinha.

"Tudo está meio bagunçado", comentou Marcus. Ele estava usando calças de pijama e uma camiseta pré-histórica do Nirvana. Parecia não ter dormido na última semana.

"Não consigo nem imaginar o que vocês estão passando agora", eu disse.

"A terceira vez é a que conta, certo?", ele perguntou, com a voz áspera.

"O quê?", questionei, sem entender.

"Nas duas primeiras vezes em que eu recebi uma ligação dessas, no fim das contas, ela ainda estava viva", ele explicou. Seu olhar estava focado em um ponto perto do meu cotovelo. "Primeiro, na floresta; depois, a tentativa. Eu acho que parte de mim sempre soube que tudo, desde aquele verão, era tempo extra."

Eu não sabia o que dizer. Não sabia se havia alguma palavra no mundo que pudesse fazer a menor das diferenças; e, se existia, minha própria dor a ofuscava.

"Onde está Kimiko?", perguntei.

"Dormindo...", ele disse. "A chefe Bishop estava aqui até agora há pouco. Perguntando de novo se havia alguém que poderia querer machucar Olivia. 'Checando tintim por tintim', foi o que ela disse. Eu não sabia o que responder para ela."

"Liv não tinha nenhum inimigo", eu disse.

Ele olhou para mim e cerrou os olhos. "Eles já falaram com você?"

"Sim. Depois que eu a encontrei."

"Foi você que a encontrou?", ele perguntou, com a voz embargada. "Eles não me contaram isso." Ele ficou irritado, e eu não conseguia deixar de sentir que a raiva dele era direcionada a mim. Como se, ao encontrá-la, eu tivesse feito tudo se tornar real.

"Eu sinto muito, sr. Barnes."

Ele desviou o olhar, e pela tensão em seu rosto eu podia ver que ele estava tentando não chorar. "Ela nunca se perdoou, sabe... Pelo que aconteceu."

Eu franzi o cenho. "Quando éramos crianças? Não havia nada que ela pudesse ter feito", eu disse, balançando a cabeça. "Se elas tivessem tentado parar Stahl, ele teria assassinado as duas."

Foi Perséfone quem as salvou. Elas estavam lá embaixo com ela enquanto eu fiquei sentada remoendo alguma coisa que Cass havia dito. Stahl não as viu. Às vezes, eu tinha um vislumbre de estar sob a rocha com elas. Eu podia sentir o cheiro da terra, ver a mão da Cass pressionada sobre a boca da Liv. Por vezes, essa lembrança era tão vívida quanto as memórias reais, e eu precisava dizer a mim mesma que aquilo não era possível.

Elas se esconderam e ficaram espiando enquanto Stahl tentava me matar. E só depois de ele ir embora elas vieram me ajudar. Cass tentou achar meu pulso, mas, entre o choque e a adrenalina, e o fato de não saber realmente o que estava fazendo, ela não conseguiu. Eu ainda podia me lembrar de Liv prometendo que elas iam encontrar ajuda. Cass dizendo a ela que era tarde demais, que tinham de correr. Eu não podia me mover ou responder, mas eu podia escutá-las.

Elas pensaram que eu estava morta. Não foi culpa delas, elas não sabiam que eu estava viva.

"Ela odiava o fato de ter te deixado lá como se você estivesse morta", ele disse. "Às vezes, eu imagino que ela teria seguido em frente se você *tivesse* morrido, mas ter você por perto significava que ela nunca poderia te abandonar. Ela sempre se lembrava daquele dia."

Eu mantive minha boca fechada. Era basicamente a mesma coisa que a mãe de Cass havia dito, apenas um pouco mais enfeitada. Se não fosse por mim, as filhas deles teriam tido vidas normais. Certo. No entanto, quando aquela faca penetrou no meu corpo, foram as filhinhas deles que realmente foram feridas, e as feridas delas eram as que importavam.

"Ela estava indo tão bem...", lamentou Marcus. "Eu não entendo o que aconteceu."

"Eu queria...", comecei a falar, mas desisti. Eu queria ter dado ouvidos quando ela falou sobre Perséfone. Eu queria não ter deixado que ela saísse do meu carro. Eu queria ter ido com ela. Eu queria não ter desmaiado no carro na beira da estrada enquanto ela estava na floresta, enquanto ela...

"Ela me disse que vocês brigaram naquele dia", disse Marcus. Agora, seus olhos estavam sobre mim, aguçados e focados. Minha boca secou. Deve ter sido ele que contou à polícia sobre a nossa discussão.

"Eu não chamaria de briga", eu disse, escolhendo minhas palavras com cuidado. "Todas nós estávamos nos sentindo bem à flor da pele aquele dia. Liv queria falar sobre algumas coisas, mas Cass e eu não estávamos com disposição pra isso." Eu me senti mal ao citar o nome de Cass para dizer isso, usando-a de escudo — a boa amiga. A que era estável.

Marcus me olhou por um longo instante. E então seus ombros despencaram, o cansaço se assentou ainda mais forte sobre ele. "Há algo que nós possamos fazer por você, Naomi?", ele perguntou.

Eu queria poder dizer "não". Seria errado pedir qualquer coisa para eles nesse momento. "Eu vi algo aquele dia, no quarto da Liv. Eu preciso olhar isso de novo...", eu disse, hesitante.

Ele balançou a cabeça. "Se havia alguma coisa importante no quarto dela, a polícia já levou. E, se você sabe de alguma coisa, deve falar para eles." Seu olhar tinha algo de desafiador oculto.

"Se eu pudesse apenas olhar..."

"Acho que está na hora de você ir embora", ele disse com firmeza.

"Marcus." Kimiko havia aparecido no corredor usando um roupão de veludo e chinelos. Seus olhos estavam vermelhos de chorar, mas seu semblante agora estava duro, fechado. Ela falou algo curto e afiado em japonês, o que fez Marcus responder com um resmungo antes de se virar e sair. Ela olhou para mim. "Tire os sapatos", ela disse e foi andando pelo corredor.

Percebi que este seria o único convite que eu receberia. Tirei meus sapatos e a segui. Ela andou até o meio do quarto de Liv. Meio vazio, tinha uma aparência de caos esfarrapado criado por toda a sua desordem. Sua harmonia havia sido quebrada, e isso fez que um fato me atingisse novamente na boca do estômago: Liv se foi.

"Pode vir", afirmou Kimiko. Ficou claro que, dessa vez, ela não me deixaria sozinha para que eu fizesse minha busca.

Eu fui até a mesa de novo, mas é claro que o computador e todos os cadernos haviam sido levados. A gaveta estava vazia. Eles estavam com o caderno de desenho dela. O que isso iria significar para eles? Iriam perceber que Perséfone não tinha simplesmente surgido da imaginação dela?

"O que você está procurando?", Kimiko perguntou.

Eu hesitei — será que eu poderia me arriscar e contar a ela? Decidi que valia a pena o risco. "Uma série de números e letras. Quatro números seguidos de quatro letras. Ela havia escrito em uma nota adesiva."

Ela assentiu com a cabeça e saiu do quarto. Eu a observei, sem saber se deveria segui-la, mas um minuto depois ela voltou com um envelope amassado. "Ela jogou isso no lixo reciclável", disse ela. "Ela estava sempre anotando coisas no que estivesse por perto."

Havia mais números nesse papel, em uma coluna. Duas dúzias. Deve ter sido antes de ela ter reduzido a lista. Os códigos de estado eram de toda parte — indo até Oklahoma. Se ela tivesse eliminado tudo a não ser Washington e Idaho, eu teria onze opções com as quais trabalhar. Isso seria mais fácil de lidar. "Obrigada", eu disse.

"O que eles significam?", ela perguntou. Como eu não respondi de imediato, ela cruzou os braços. "Alguém matou minha filha por causa desses números?"

"A polícia disse que foi suicídio."

"Você acredita nisso?", perguntou ela, direta.

"Não", respondi, percebendo, enquanto dizia, o quanto eu tinha certeza. "Eu não sei quem iria querer machucá-la. Mas eu sei que ela achou alguma coisa antes de morrer. Um... um segredo. Ela queria me contar, mas não teve oportunidade. Eu preciso saber o que era."

"Você devia contar para a polícia", disse Kimiko.

Eu olhei para os números na lista em minha mão. Toda a lógica e todo o bom senso do mundo diziam que eu devia ligar para Bishop naquele exato momento e contar tudo a ela, mesmo que isso me tornasse uma suspeita. Mas abrir mão desses segredos parecia algo como desistir de Liv. Renunciar à última coisa que restou dela que era apenas nossa. Dela e minha, e de Cass. Um último elo. "Eu não posso", respondi, sentindo-me desamparada.

A vergonha da mentira, que já me era familiar, vibrou com uma nova esperança. Se um daqueles números pertencesse à vítima perdida de Stahl, então, eu teria contado a verdade, mesmo que não soubesse na hora. Seria a prova de que era ele, e de que eu não tinha colaborado com a prisão do homem errado.

Kimiko suspirou. "Você era uma boa amiga para ela. Mas ela se foi. Você precisa cuidar de si mesma agora. Os mortos não precisam da nossa ajuda."

"Eu preciso fazer isso", respondi.

Kimiko apenas assentiu. Quando saí do quarto, ela ficou lá dentro, passando os dedos pelos espaços vazios onde as coisas da Liv um dia estiveram, como se estivesse começando a mapear a forma de sua ausência.

Foi um trabalho rápido combinar os números dos casos com os nomes, mas, a partir daí, meu progresso estacionou. As mulheres nas listas de pessoas desaparecidas iam dos 18 anos até os 46. Havia loiras e morenas, brancas, negras e latinas. Nenhuma delas se chamava Perséfone, mas eu não esperava que se chamassem. Qualquer uma dessas mulheres poderia ser Perséfone — ou nenhuma delas.

Mas Liv teve certeza.

As datas dos desaparecimentos cobriam um espaço de quase uma década. Se eu procurasse apenas durante o "verão silencioso", dois anos antes do ataque, haveria quatro possibilidades, mas eu não podia presumir que Perséfone era uma vítima de Stahl. Ou, se ela era, não tinha como saber se havia sido assassinada naquele verão. Ninguém sabia quantas vítimas desconhecidas poderiam estar espalhadas ou quando ele poderia tê-las assassinado.

Eu comecei procurando pelos nomes com várias combinações de palavras-chave. A maioria delas tinha *sósias* no Facebook e em outras redes sociais, o que poluía os resultados. Em um lugar e outro, encontrei artigos ou postagens sobre as mulheres que eu estava procurando, e os dissequei em busca de qualquer informação que pudesse ser relevante. April Kyle era de Spokane e gostava de acampar ao ar livre; ela havia fugido com um namorado mais velho. Marjorie Campion tinha três filhos e um cachorro, e era conhecida por ser dependente química. Algumas mulheres pareciam ter caído nas frestas do Universo, enquanto outras tinham virado comunidades de cabeça para baixo ao sumir, e todas estavam igualmente desaparecidas.

Eu favoritei outro artigo e passei para a próxima aba que havia aberto, uma postagem de fórum de uma menina tentando achar informações sobre uma tia desaparecida. Eu cocei os olhos e conferi o nome — todos eles estavam começando a se misturar. Jessi Walker. Tinha 19 anos quando desapareceu, embora a família nunca tenha feito um relatório oficial de desaparecimento, porque ela havia feito as malas. Algumas semanas haviam se passado antes de eles perceberem que ela tinha realmente ido embora. A sobrinha que escreveu a postagem recebeu de Jessi um cartão de Natal e um de aniversário, e então mais nada. Elas eram próximas, e a sobrinha tinha certeza de que algo havia acontecido com ela.

A sobrinha de Jessi Walker não sabia especificamente quando ela havia desaparecido. Algum tempo depois de abril, dois anos antes do meu ataque. Eu calculei quanto tempo levaria para um corpo se tornar um esqueleto, e meu melhor palpite era que teria acontecido dentro de um ano ou dois no interior da Gruta; então, isso batia. E aquele era o "verão silencioso".

Tudo isso não passava de suposição. Como Liv havia descoberto tudo?

Eu comecei a favoritar a página para fechá-la, e então congelei. Eu não tinha olhado o nome de usuário que a sobrinha havia criado para postar no fórum.

Perséfone McAllister.

O nome na pulseira da mulher morta não era o dela. Era o da sobrinha. Uma lembrança da menina que ela havia deixado para trás, mas nunca esquecido.

Eu puxei o arquivo dela de novo; meu coração tamborilava. A foto anexada mostrava uma mulher jovem em um vestido fresco de algodão, sorrindo de lado para a câmera. Tinha cabelos castanhos e ondulados, e era esguia — o tipo que Stahl procurava. Seu olhar passava a impressão de que havia um desejo de se aventurar; havia uma inquietude que enlaçara suas vinhas ao redor do meu coração.

Era ela. Era Perséfone.

"Te encontrei", sussurrei. Ela sorria... aquele sorrisinho modesto para mim, apoiada nos calcanhares, totalmente ciente da câmera. Eu quase senti algo como se a reconhecesse. Como se tivesse passado por ela na rua. Eu teria acenado. Eu tinha 9 anos quando ela saiu de casa, e ela 19 — uma década a mais; não era alguém que teria passado tempo em minha companhia.

Uma década mais nova do que eu era agora. Será que Stahl havia oferecido uma carona a ela? Será que ele a arrastou para a floresta, a escondendo onde ninguém conseguiria encontrá-la?

Eu estremeci. Agora eu entendia o que Cass queria dizer quando ela falou que desejava contar para Perséfone sobre a filha. Eu queria sussurrar para aqueles ossos: *ele está morto*.

Eu encontrei Perséfone, exatamente como Liv havia feito, e também deve ter sido assim que Liv se sentiu, como se tivesse buscado em meio ao mundo subterrâneo o seu fantasma e finalmente o tivesse avistado. Jessi não era Perséfone, ela era Eurídice, e Liv era Orfeu, guiando-a de volta ao mundo da superfície apenas para — inevitavelmente, tolamente — olhar para trás, como ela havia sido proibida de fazer, e agora ambas estavam perdidas nas profundezas.

Ou será que Orfeu havia se perdido com sua amada? Eu não conseguia mais me lembrar. Nós conhecíamos todas as histórias de cor naquela época, meninas de uma cidade pequena que conseguiam recitar os nomes de todas as nove musas e a linhagem dos heróis antigos, mas isso aconteceu há muito tempo.

Eu esfreguei as mãos nos meus braços, sentindo um frio repentino. Seu nome era Jessi. Ela realmente não era Perséfone. De um modo inexplicável, um pesar caiu sobre mim feito uma sombra, um luto por uma coisa que imaginamos que ela fosse. Ela tinha sido nosso talismã, nossa deusa, nossa protetora. Ela era uma garota, tão mais nova do que eu agora, que havia morrido na floresta e ficara perdida. Alguém cuja ausência sentiram, por quem derramaram lágrimas.

Meu primeiro instinto foi o de ligar para Liv. Meu segundo foi de ligar para Cass. Mas Liv não estava mais aqui, e Cass... eu tinha dito a ela que não iria procurar Perséfone. Eu havia quebrado minha promessa.

Minhas unhas se cravaram na cicatriz em meu pulso. *Perséfone, Perséfone*, eu pensei, e a voz em minha mente era a da minha infância... e a de Cass e Liv também, ecoando juntas naquele espaço apertado, com nossas mãos unidas em um círculo.

Fale conosco, Deusa. Nos diga o que fazer. Como a agradar. Hécate, Ártemis, Atena, Perséfone... O ar vibrava com o poder de nossa crença, com o nosso desejo de acreditar. *Você vai primeiro*, Cass dissera para Liv, entregando-lhe a faca. Cada uma de nós iria se cortar, apenas o suficiente para obter algumas gotas de sangue. O quinto ritual. Mas a mão de Liv tremia, e eu tomei a faca da mão dela. *Eu faço.*

Eu cortei fundo demais, a faca deslizou para o lado do meu pulso em uma velocidade surpreendente. Era para ser apenas algumas gotas. Liv gritou. Eu comecei a entrar em pânico.

Mas Cass permaneceu calma. Ela enrolou seu casaco ao redor do ferimento e corremos para minha casa, onde poderíamos ter certeza de que ninguém iria prestar atenção em nós. Cass limpou o corte com água oxigenada e então o costurou com uma agulha e linha de pesca enquanto eu mordia uma toalha. Liv pairava do outro lado do cômodo, com as mãos apertadas contra as orelhas, tentando não vomitar. Ela odiava ver sangue.

Cass fez um curativo, e eu o escondi debaixo da minha manga enquanto cicatrizava. De início, Cass havia dito que ela e Liv iriam fazer os seus cortes mais tarde, mas ela acabou declarando que o meu sacrifício havia sido o suficiente para completar o ritual.

Mais tarde, uma parte de mim começou a se perguntar se tinha sido ali que as coisas desandaram. Devíamos nosso sangue às deusas, e, se não fosse oferecido de livre e espontânea vontade, elas iriam tomá-lo à força.

Mas não havia deusas. Nem Perséfone. Apenas uma garota, perdida havia muito tempo.

Eu desliguei o computador e sua imagem de Jessi Walker. Pulei para fora da cadeira. Meus dedos passaram pela minha pele, contornando as cicatrizes, um inventário semiconsciente de velhas feridas. Eu passei os dedos pelos meus cabelos, puxando-os forte o bastante para que doesse, e havia um alívio naquela dor. Era simples. Estímulo e resposta, a clareza da causalidade era melhor que o pântano da minha mente.

Eu respirei fundo. Esse era o momento em que eu devia ligar para alguém, mas não havia ninguém para quem eu pudesse ligar. Minha terapeuta, pensei, mas eu não tinha falado com ela desde a morte de Stahl, e a ideia de ter de explicar tudo a ela me fez passar mal. Eu queria falar com Liv.

Apertei as palmas das mãos sobre meus olhos. Eu não conseguia respirar.

Deixei cair as mãos e caminhei até a porta, meus pensamentos estavam apenas malformados e eram violentos. Andei uns poucos passos até o quarto quatro e bati na porta antes mesmo de pensar melhor no assunto.

Ethan a abriu parecendo preocupado. "Naomi. Você está bem? O que houve?" Ele havia deixado de lado o suéter confortável que em geral usava e estava vestido com uma regata e jeans. O suéter escondia um corpo surpreendentemente musculoso e uma tatuagem em seu ombro esquerdo, um círculo preto de cerca de dez centímetros de diâmetro. Ele passava o polegar por ele, inconscientemente, enquanto falava.

"Posso entrar?", perguntei.

Ele olhou rapidamente para trás. "Hãããm... Claro", respondeu. Em seguida, ele recuou e me deixou entrar sem que eu precisasse ficar de costas para ele. Fechei a porta atrás de mim e fiquei ali parada, com meus dedos apoiados na superfície fria.

Havia algumas roupas sujas amontoadas em uma mala aberta no pé da cama. Os equipamentos de gravação tinham sido arrumados de um jeito um pouco mais organizado na mesa, e seu laptop aberto rodava um programa de edição de som. Eu me perguntei se ele estava editando minha "entrevista". Eu me aproximei dele, tentando decifrar o emaranhado de ondas sonoras e ícones.

"Naomi?" Seus dedos encostaram em meu cotovelo. Eu me virei e voltei meus olhos para ele. "O que está acontecendo?", ele perguntou.

"Eu não quero ficar sozinha", respondi. Seus dedos ainda estavam meio encostados em meu cotovelo, mal me tocando, como se ele estivesse com medo do que pudesse acontecer se me tocasse de verdade. Ou se me soltasse.

"Você quer conversar?", ele indagou.

Eu queria? Eu precisava contar para alguém. Precisava libertar as palavras para aliviar a dolorosa pressão em meu peito, mas eu não tinha ninguém a quem contar.

"Pode me dizer o que está acontecendo?", ele insistiu. Sua voz era tão dolorosamente gentil, tão bondosa... Seu toque era tão suave nesse momento quanto havia sido quando ergueu Liv da água.

"Eu não posso", eu afirmei, e dei um passo em sua direção.

Algumas pessoas vão atrás de uma garrafa. Eu nunca fui capaz de silenciar os pensamentos com álcool. Ele só anulava minhas defesas, soltava todas as coisas rastejantes dos cantos da minha mente. Eu encontrei outras maneiras de lidar com tudo. Avancei em direção a Ethan e ele perdeu o fôlego, surpreso, com os olhos alarmados. Eu descansei a mão sobre seu peito. O coração dele batia acelerado sob a palma da minha mão, e eu imaginei o sangue correndo, pensei em como ele facilmente escapava da pele.

"Naomi...", ele disse.

"Ethan", respondi. Eu me inclinei em direção a ele, quase o tocando, mas não totalmente. Ficou um espaço que podia facilmente ser preenchido, se ele quisesse.

Ele queria. Mas não agiu. Sua mão contornou meu braço, meu ombro, até seus dedos repousarem em minha nuca. "O que você está fazendo?", ele me perguntou.

"Eu já disse. Eu não quero ficar sozinha." Realmente não queria ficar sozinha, e ele era atraente, e estava vivo, e foi gentil comigo, e essas eram razões muito mais do que suficientes para mim.

"Não quero me aproveitar de você", ele disse, com uma voz rouca.

"Não é você quem está se aproveitando de alguém aqui", assegurei a ele. Meus dedos escorregaram sob a barra de sua camiseta, minhas unhas foram arranhando sua pele, e ele inspirou fundo. "Me diz pra ir embora, e eu vou."

"Eu não quero que você vá", ele murmurou suavemente.

"Ótimo."

Ele me beijou. Seu beijo era tão faminto quanto o meu, e então despencamos rumo ao esquecimento.

Ficamos deitados, os lençóis do hotel emaranhados debaixo de nós, a respiração ainda ofegante, o pulso acelerado se acalmando. A mão de Ethan repousava sobre a minha perna. Eu me soltei dele, me sentando na beirada da cama, e fui pegando minhas roupas jogadas ao redor.

"Está com pressa para ir embora?", Ethan perguntou, e eu podia quase ouvi-lo tentando descobrir se deveria ficar ofendido.

Eu puxei a camiseta por sobre minha cabeça e olhei de volta para ele. Ethan não tinha uma cicatriz sequer no corpo. Apenas aquela tatuagem e uma expressão que eu não conseguia entender totalmente. "Eu deveria estar com pressa?" A maioria das pessoas ficava feliz quando eu não tentava ficar. A maioria conseguia perceber que eu não compensava todos os problemas que eu causava.

Ele não respondeu de imediato. Primeiro se sentou e pegou suas calças. "Por que você veio até aqui?"

"Eu te disse. Eu não queria ficar sozinha", respondi. Eu me levantei, cruzando os braços para me proteger do frio.

"E agora? Agora, você quer ficar sozinha?" Ele se virou, me olhando de lado.

"Não", eu disse. Era apenas uma palavra, e mesmo assim minha voz falhava. Eu passei as mãos pelos meus braços, sem conseguir aquecê-los.

"Eu posso te ajudar, sabe? Digo... se você estiver pesquisando sobre Stahl. Eu já pesquisei muito sobre o verão silencioso. Se você está tentando achar a vítima perdida..."

"Eu a encontrei", eu disse, o interrompendo. Ele pareceu surpreso.

"Como? A quantidade de mulheres que desaparecem todos os anos... até mesmo reduzir a lista em apenas algumas possibilidades é quase impossível. E, sem um corpo, não há como ter certeza de que se trata de uma das vítimas de Stahl."

Eu abri as cortinas e fiquei observando o estacionamento vazio. Eu devia ir embora. Tinha conseguido o que queria aqui, e não tinha motivo nenhum para contar com Ethan Schreiber para nada além disso.

Eu o vi se aproximando de mim pelo reflexo na janela e fui suprimindo o pequeno comichão que eu tinha com a sensação de ter alguém atrás de mim. Fechei os olhos. As mãos dele repousaram sobre meus ombros. Seus lábios tocaram meu cabelo, não era exatamente um beijo. Era como se ele tivesse medo de que eu desaparecesse se ele chegasse a me tocar.

"O que quer que esteja fazendo, não importa o que está escondendo, você não precisa fazer isso sozinha", ele ressaltou.

Eu apareci na porta de Ethan para cometer um erro. Era o que eu sempre fazia. Se eu soubesse qual era o erro que eu estava cometendo, quando esse erro me machucasse, não seria uma surpresa. Eu precisava disso. Precisava dele.

Talvez ainda precisasse.

"Eu preciso ter certeza de que tudo que eu te contar vai ficar entre nós", eu disse. "Pelo menos por enquanto. Até eu descobrir tudo."

"Tudo bem", ele respondeu, sem hesitar.

Eu observei seus olhos através do reflexo da janela. "Não pode dizer isso só da boca pra fora. Você tem de falar sério."

"É sério", ele prometeu.

"Isso não é uma história. É a minha vida."

"Eu não me importo com a história", afirmou ele. Eu emiti um ruído cético. "Naomi, quando você estiver pronta para contar sua história, eu posso tentar te ajudar. Mas isso nunca foi o motivo real de eu ter vindo para cá. Eu queria saber qual era a verdade. Sozinho."

Eu assenti lentamente. Acreditava nele, ou queria acreditar, e a diferença entre as duas coisas era tão pequena que não importava.

"Você falou que o ataque dele só faria sentido se houvesse um corpo na floresta", eu comecei. Eu olhei para o seu reflexo, a imagem dele parecia quase irreal, assim como seu toque. "Havia um corpo. É por isso que também estávamos lá. Nós a encontramos naquele verão, e nunca contamos para ninguém. Mas Liv descobriu quem era ela. Foi por isso que me pediu para voltar pra cá. Liv sabia quem era, e agora eu também sei."

Eu me virei para olhá-lo. Era fácil contar segredos a Ethan. Entendi por que as pessoas conseguiam se abrir com ele; não havia julgamento em seus olhos.

"Me diga o que aconteceu", ele pediu. E, pela primeira vez desde aquele verão, eu me vi contando a verdade.

Quando eu tinha 11 anos, eu acreditava em magia...

O significado dessa crença mudou através dos tempos. Costumamos pensar em uma crença de forma prática. *Eu acredito que essa coisa é real; para mim, ela é um fato*. Mas um dia ela significou algo diferente, como se ainda ecoasse quando eu dizia *eu acredito em você*. Não é uma confirmação da existência de algo, mas, sim, a confirmação de fé e lealdade. Acreditar em alguma coisa nos leva a apreciar aquilo, a estimar, a declará-la como uma verdade mais fundamental que um fato.

Eu acreditava em magia. Todas nós acreditávamos.

Quando vimos as contas que formavam o nome de Perséfone, achamos que aquilo era um sinal. Teríamos de executar sete rituais para o Jogo da Deusa ser realizado, e agora nós sabíamos que eles tinham se originado dela, que eram *para* ela. Nenhuma de nós sequer sugeriu contar aos pais ou à polícia. Eles pertenciam àquele outro mundo; Perséfone pertencia ao nosso.

Fizemos oferendas a ela e sussurramos segredos para seus ossos. Nunca contamos nada. E, então, veio o fim do verão e o ataque, e a chance de dizer alguma coisa foi escapando e se tornando mais e mais distante a cada hora que se passava, a cada dia, até que passou de um segredo para uma mentira, e nós estávamos presas nela.

"O que você tem de entender...", eu disse, de pé contra a parede, de braços cruzados, "é que todos ficaram nos dizendo que era importante que acreditassem no que declaramos. Que era importante que nosso testemunho fosse *confiável*. Eles nos diziam que era nossa responsabilidade impedir que Stahl assassinasse mais mulheres. Se eles soubessem sobre Perséfone..."

"A defesa teria destruído sua credibilidade", completou Ethan. Ele estava sentado na ponta da cama, com os cotovelos sobre os joelhos. "Então, vocês a mantiveram escondida."

"Nós éramos crianças", eu disse. "Nós éramos estúpidas."

"Você passou por uma experiência que nenhuma criança deveria ter de passar. Tudo o que você fez para sobreviver é justificável", defendeu Ethan.

"Até mentir sobre o que aconteceu naquele dia?", indaguei, em voz baixa.

Ele me lançou um olhar intenso. "Você não está falando sobre o corpo agora", ele declarou.

Neguei com a cabeça. Então, me sentei ao lado dele. "Eu estava comendo meu lanche. O primeiro golpe veio por trás. Eu caí. Consegui me virar, mas mal podia me mexer. Eu só me lembro das árvores. E da faca", eu confessei. Eu olhei para a pintura na parede oposta, uma paisagem com um lago, as cores terrosas e desagradáveis. "Eu nunca vi o rosto dele. Mas Cass e Liv viram, e elas tinham certeza, e a polícia queria que eu também tivesse. Então, eu falei que era ele. Falei que eu tinha certeza."

Ethan não parecia nem um pouco surpreso. "Eles precisavam prendê-lo. Seria estranho se eles *não* tivessem te influenciado. Considerando a condição em que você estava, não deve ter sido difícil te fazer identificar Stahl. Até mesmo te convencer de que você o tinha visto."

"Por um longo tempo, tentei convencer a mim mesma de que eu devia ter visto", eu disse. Eu me levantei da cama e comecei a andar pelo quarto. "Eu me permiti acreditar. Tinha que acreditar. Se eu admitisse estar errada, se eu dissesse que não era ele, todos teriam me odiado. Eu era uma idiota, uma covarde. Eu..."

"Vai devagar, Naomi", disse Ethan. Eu parei de andar. Ele ficou em pé, mas manteve a distância. "Vamos conduzir isso aos poucos. Comece com Perséfone. Quem é ela?"

"O nome dela é Jessi Walker." Eu abri o arquivo no meu celular e mostrei a ele. Ele leu com o cenho levemente franzido.

"Ela se encaixa no perfil", disse ele, mais para si mesmo do que para mim.

"Ela pode ter sido outra vítima."

"Talvez." Ele me devolveu o celular. "Há um tipo de armadilha em que as investigações costumam cair. Elas afunilam a nossa visão. As evidências são organizadas com base em uma única teoria, em vez de ficarem abertas a outras possibilidades. Nós temos uma teoria: Stahl assassinou Jessi Walker. Mas a única coisa de que temos certeza é que Jessi Walker morreu. Pode ter sido um acidente, e não um assassinato."

"Mas faz sentido. Isso explica por que Stahl foi até a floresta. Significa que..."

"Significa que a pessoa certa foi presa por te atacar. E isso te absolve", disse Ethan. Se ele tivesse dito isso de uma forma gentil, de uma maneira terna, acho que eu o teria odiado. Mas não havia piedade em sua voz, apenas a verdade crua. "Você precisa identificar se está tentando descobrir o que realmente aconteceu ou se está tentando provar que você não fez nada de errado."

Eu desviei o olhar. "Eu nunca quis saber muito sobre Stahl... sobre tudo o que ele fez. Eu simplesmente aceitei o fato de ele ter matado todas aquelas mulheres." Eu também nunca havia pensado em seu filho... sobre como isso o havia afetado, na vida que ele deve ter vivido. Engoli em seco. "Nunca quis pensar no que teria acontecido se todos estivessem errados e eu tivesse mandado um homem inocente para a cadeia", eu confessei.

"Você não mandou um homem inocente para a cadeia", disse Ethan bruscamente, e eu o olhei surpresa. "Essa é uma coisa pela qual você não precisa se sentir culpada."

"Não havia evidências o bastante para condená-lo."

"Isso não quer dizer que não havia o bastante para saberem que era ele. Não desperdice sua energia se preocupando com Stahl. Ele está morto, e o mundo é um lugar melhor sem ele."

A certeza dele teria sido um conforto, se eu fosse capaz de ser confortada. Mas agora eu estava pensando na carta. "Mesmo se isso for verdade, se não tiver sido Stahl quem me atacou, isso significa que quem me atacou escapou impune. Talvez tenha até feito algo parecido de novo." *À uma menina que não teve a mesma sorte que eu*, pensei, mas não acrescentei.

Ethan coçou o queixo. "No momento, vamos manter o foco em Jessi. Já faz muito tempo, e Stahl, às vezes, dirigia com as vítimas durante horas antes de atacá-las. Ela pode ter vindo de qualquer lugar. Nós temos de descobrir onde ela estava antes de ter desaparecido."

O *nós* foi um conforto maior do que deveria ter sido. "Acho que a reconheço", eu disse. Isso estava me incomodando desde que vi a foto; aquela sensação persistente de familiaridade. "Eu não consigo afirmar se é ela quem eu reconheço, ou apenas o tipo dela, mas tem algo nisso. Naquela época, eu nunca tinha saído de Chester, então, se a reconheço, é porque ela estava aqui."

"Quem daqui se lembraria dela?", ele perguntou.

Eu suspirei, prevendo o próximo passo, que era óbvio. "Meu pai pode se lembrar", eu disse. "E ele não vai espalhar nossos segredos pela cidade, como qualquer outra pessoa daqui faria."

"Então, vamos começar por aí."

"Você vai se divertir. Mas é melhor esperarmos até amanhecer. A esta hora da noite, ele deve estar bêbado", eu sugeri. Em seguida, dei de ombros dentro do meu moletom e fiquei em pé com as mãos nos bolsos.

"Você pode ficar aqui, se quiser", disse Ethan. Eu lhe lancei um olhar cético. "Eu sou uma coruja. Vou apenas ficar sentado, editando meus trabalhos atrasados. Talvez você consiga dormir um pouco com outra pessoa no quarto."

"Isso seria ótimo", admiti. "Eu consigo dormir sozinha, eu só..."

"Não consegue descansar quando faz isso...?", ele perguntou. Eu confirmei com a cabeça.

Não importava que eu não o conhecia. Não tinha um motivo em particular para considerá-lo seguro. Eu já tinha ido para casa com estranhos apenas pela oportunidade de conseguir ter uma boa noite de sono. Pelo menos, já havia tido uma conversa de verdade com Ethan.

"Eu sou assim... Não que eu precise da presença de alguém, mas o sono não é um bom amigo quando chega", ele disse.

"Logo, os hábitos de coruja", eu concluí.

"E a quantidade quase criminosa de café que eu bebo", ele arrematou. "Pode se deitar e descansar um pouco."

Eu pedi para Ethan prometer que iria me acordar quando precisasse da cama e, então, aceitei a oferta. Com o som dele digitando e se movendo na cadeira, a tensão constante no fundo da minha mente se aliviou pelo menos um pouco. O bastante para a exaustão cair sobre mim.

O sono me chamou e, pelo menos dessa vez, eu não sonhei.

Acordei com a luz atingindo meus olhos, ainda na cama. Eu me apoiei em um cotovelo e vi Ethan adormecido com a cabeça sobre a mesa, aninhada em seu braço. Sacudi a cabeça e rastejei até onde estavam meus sapatos, afanando as chaves do quarto ao fazê-lo.

Quinze minutos depois, eu estava de volta com o café, e o encontrei sentado, sonolento, esfregando os olhos.

"Espero que goste do seu café escuro e terrível", eu disse a ele.

"Não iria querer de nenhum outro jeito", ele respondeu.

"Você devia ter me acordado", eu o repreendi enquanto entregava um copo de café a ele. Ele tirou a tampa para soprar a superfície quente, e um vapor envolveu seu rosto.

"Você precisava mais de sono que eu", ele disse.

Ele ficava bem todo amarrotado. O fazia parecer menos bom-moço. Eu me aproximei dele e penteei seus cabelos para trás com os dedos, e ele ficou levemente tenso ao ser tocado.

Recuei um passo, mantendo minha expressão casual. "Vou tomar um banho e me trocar. Eu te encontro aqui depois?"

"Vou tentar estar mais apresentável até lá", disse ele como se fosse uma confirmação.

À porta, eu fiz uma pausa e olhei para trás. Ethan estava sentado com a coluna feito uma vírgula, curvado sobre o café; a confusão do sono ainda embaçava seus olhos.

"Obrigada", eu disse, e saí antes que ele pudesse responder.

Dirigimos até a casa do meu pai por volta do meio-dia. Quando Ethan entrou, ficou imóvel. Eu passei por trás dele, mas não fechei a porta. Ser trancado naquele espaço sufocante com outro ser humano teria sido demais para ele. Eu estava tirando Ethan de uma zona de conforto e o conduzindo a uma ameaça nos cuidadosos cálculos do meu cérebro. Um de nós terminaria sangrando.

"Isso é...", Ethan tentou dizer alguma coisa, mas parou. Eu não olhei em seus olhos. Eu não o havia alertado. Não porque eu me envergonhasse.

Era mais pelo fato de que eu precisava ver o choque em sua expressão para provar a mim mesma que a situação era realmente *muito* ruim. "Era assim quando você era criança?"

"Naquele tempo, ainda dava para andar pela casa", eu expliquei a ele. Apontei para uma pilha que consistia em um gabinete de arquivos quebrado, uma cesta de Páscoa e várias sacolas estufadas. "Tinha um caminho limpo ali, onde eu costumava brincar quando criança."

"Naomi!?" A voz do meu pai ecoou dos fundos da casa. "É você?"

"Sim, sou eu", respondi. "Posso entrar e falar com você?"

"Não, eu vou até aí", ele gritou. Sacos plásticos farfalharam e coisas escorregaram e colidiram com o chão, e então ele apareceu, andando sobre declives de lixo feito uma aranha. Ele viu Ethan e fechou a cara. "Quem é o bonitão?", ele quis saber.

"Eu gostaria de te fazer algumas perguntas", disse Ethan, e, em seguida, se apresentou com um discurso ensaiado. Decidimos no caminho que ele tomaria a dianteira, que agiria como se fosse um projeto dele. Seria mais fácil do que ter de explicar quais eram as minhas motivações.

"Que tipo de perguntas?", questionou meu pai. Ele estava me olhando. Se perguntando por que eu havia trazido aquele cara para casa.

"Você se lembra de uma jovem chamada Jessi Walker? É possível que ela estivesse usando um nome diferente", disse Ethan. Ele mostrou seu celular com uma foto de Jessi aberta na tela.

Meu pai encarou a foto tempo o suficiente para eu perceber que ele a havia reconhecido. "Por que você está perguntando sobre essa menina?", ele indagou, sem tirar os olhos da foto. Então, a tela do celular entrou em modo de descanso e apagou.

"Aparentemente, ela desapareceu na mesma época em que Stahl cometera seus assassinatos. Tenho tentado identificar possíveis vítimas desconhecidas."

"Jessi com *i*", meu pai disse, pensativo. "Eu a conheci, mas Alan Stahl não a matou. Ela só foi embora da cidade. Você a conhecia também." Ele apontou o queixo em minha direção.

"Eu achei que ela não me era estranha", eu comentei. "Mas não consigo me lembrar de onde a conheço."

"Ela trabalhava no Chester Diner. Era garçonete. Ela sempre dava um jeito de você ganhar uma panqueca extra. Dizia que você lembrava a sobrinha dela", explicou meu pai.

Eu tentei puxar do fundo da memória, mas tudo que eu vivi antes dos 11 anos era confuso e incerto.

"Você disse que ela saiu da cidade... Sabe para onde ela foi?", Ethan perguntou.

"Não, eu não sei. Eu sei que ela disse que estava indo embora, e aí ela sumiu. Ela era uma garçonete. Não abrimos nossos corações um para o outro", meu pai respondeu. "Você acha que ela foi assassinada?"

"Ela foi declarada desaparecida. Não foi mais vista desde aquela época", disse Ethan de um modo sutil. "Existe alguma outra pessoa que pode tê-la conhecido melhor? Que talvez soubesse para onde ela estava indo?"

"Hum... Ela era uma adolescente. Eu não tinha amizade com ela", meu pai disse. "E isso já faz muito tempo."

"Você conhece alguém com quem ela pode ter andado naquela época?", eu insisti. "Por favor, pai. Isso é importante."

"Por quê?", ele perguntou. "Ele é enxerido, por isso que ele se importa... mas o que isso interessa para você?"

"Eu só estou dando uma ajuda a ele", respondi, cerrando os dentes.

Ele resmungou e encarou Ethan. "Você já dormiu com ela?"

O rosto de Ethan ficou vermelho. "Isso não é...", ele parou.

"Deixa ele em paz, pai", eu pedi.

"Não pense que isso te faz especial, se for o caso. Para essa garota, é a mesma coisa que um aperto de mão", meu pai disse.

"Pelo amor de Deus, pai..."

Ele encolheu os ombros de um modo meio afetado. "Não há nada de errado com isso. Só acho que o rapaz tem de saber no que está se metendo."

"Tudo bem. Estamos indo embora", eu falei, me virando. Pelo menos, havíamos confirmado que Jessi esteve em Chester.

"Oscar Green", meu pai disse. Minha cabeça se virou imediatamente em sua direção. "Ela andava com o Oscar Green. É tudo que eu lembro."

"Obrigado", disse Ethan rapidamente. Ele tocou meus ombros com a ponta dos dedos, me guiando em direção à porta. Eu o deixei, avançando para a frente, sem parar até escutar a porta se fechar atrás de mim. Logo em seguida, eu me virei para Ethan, rangendo os dentes com uma raiva que não era direcionada a ele.

"Eu devia só botar fogo nessa merda de casa e terminar com tudo logo", eu disse em meio a um grunhido.

"Percebi que vocês não se dão muito bem", disse Ethan com delicadeza.

Eu ri. "Algo assim."

"Cassidy não foi muito lisonjeira ao retratá-lo no livro", comentou ele.

"Ele ficou puto da vida com isso, mas ganhou uma porcentagem grande o bastante de dinheiro para ficar calado", eu disse.

"Os Green compartilharam o dinheiro dos direitos autorais?", ele perguntou, soando levemente surpreso. "Ainda que você não tenha cooperado?"

"Acho que se sentiram culpados por lucrar com a coisa toda", eu disse. "Ou talvez tenha sido apenas defesa preventiva contra publicidade ruim, sabe? Fazer parecer que tudo era sobre a menina que *não foi* esfaqueada."

"Cassidy parece ter sido, entre vocês, a pessoa que saiu da experiência mais relativamente ilesa", comentou Ethan.

"Parece, não é?", eu perguntei. "No entanto, ela foi tão afetada quanto eu e Liv. Só que ela é melhor em esconder as coisas, mas está tudo lá."

"Você conhece bem o irmão dela?", Ethan perguntou.

"Oscar." Seu nome era como um pedaço de carne preso entre meus dentes. "Ele é um babaca."

"Parece que existe uma história ou outra para justificar essa definição."

Eu não respondi. Me lembrava do tecido de sua camiseta arranhando as minhas costelas, de seus dedos apertando minha pele.

"Ele está na cidade? Será que devemos falar com ele?", Ethan indagou.

Eu hesitei. "Escuta... Eu estou cansada, Ethan. Podemos fazer uma pausa só por um minuto?" Aquilo era demais pra mim. A casa. Meu pai. Perséfone, transformada de uma deusa imortal em uma moça com mau gosto para amigos. Uma mulher existente no reino das memórias, pela qual eu daria tudo para extirpar da minha mente. A versão da minha infância que não era repleta de dragões, poções e círculos de fadas. A que era cruel, feia e mundana.

"Claro. Me desculpe. Nós podemos voltar", disse Ethan.

Eu assenti aliviada. Ele não saiu do lugar; seus olhos escuros pareciam procurar algo nos meus. Desviei o olhar e segui em direção ao carro.

Havia coisas sobre mim que Ethan não precisava saber. Eu era mais do que Alan Stahl havia feito comigo, mas isso não queria dizer que o restante estava livre de sombras.

"Então, Oscar Green é um babaca", disse Ethan enquanto dirigia. "Isso não é um bom sinal quanto a Jessi."

"Ele é filho do prefeito. Sempre teve muitos amigos", eu contextualizei, olhando as árvores passando pela janela. "Ele é charmoso quando quer ser. E é bonito." *Você e eu estamos destinados*, uma voz murmurou em minha memória. Eu a afastei.

"Um carinha bonitinho?", brincou Ethan, tentando ser engraçado de um modo meio forçado.

"Ele é grosseiro demais pra ser bonitinho", eu disse. "E é grande o bastante pra quebrar ao meio um cara feito você, sem fazer muito esforço."

Ethan riu, aceitando a leve provocação. "Infelizmente, não consigo imaginar como não falar com ele. Se vamos provar que Stahl assassinou Jessi, precisamos saber quando exatamente ela desapareceu. Podemos conseguir traçar paralelos com os movimentos de Stahl."

"Mesmo tanto tempo depois?", perguntei.

"Várias viagens dele estão registradas nos arquivos de casos antigos. Os detetives fizeram um trabalho bem aprofundado mapeando seus movimentos para tentar conectá-lo aos outros assassinatos."

"Não os 'outros' assassinatos, só os assassinatos. Eu sou um quase", respondi quase dando um sorriso, mas sem humor.

"Há outra coisa que temos de considerar", disse Ethan, com um cuidado que sugeria que ele não sabia como eu iria reagir. "Se Jessi não foi uma das vítimas de Stahl, talvez seja melhor sermos cuidadosos com as pessoas com quem conversamos."

Eu franzi o cenho. "Por quê?", perguntei.

"Porque é possível... talvez até mesmo provável... que a morte dela tenha sido um acidente. Mas, se não tiver sido, e se não foi Stahl, alguma outra pessoa a matou. E essa pessoa pode não gostar de saber que nós estamos tentando desenterrar isso."

Eu pressionei o punho contra meus lábios. "Liv a encontrou, e agora ela está morta. Se não foi suicídio..."

"Alguém pode ter assassinado ela para impedi-la de revelar o que descobriu. Isso significa que você e eu precisamos tomar cuidado", disse Ethan, com um ar sombrio.

Eu não sabia qual das respostas eu desejava mais. Saber se Stahl havia assassinado Jessi, se nós estávamos certas, ou se tinha sido ele quem me atacou. Mas isso significava que não havia nenhuma razão para alguém querer machucar Liv, a não ser a própria Liv.

Se Stahl não tivesse assassinado Jessi, talvez o culpado tivesse ido atrás de Liv para silenciá-la. Ela não tinha se machucado afinal.

Ou eu estava errada a respeito de tudo. Stahl não tinha nada a ver comigo. A morte de Jessi foi um acidente aleatório. E a morte de Liv era exatamente o que parecia ser.

Independentemente de qual fosse a resposta, eu fracassei em cuidar dela. Eu não consegui salvá-la.

Estacionamos perto do hotel. Ethan saiu do carro e alongou as costas. Sua camiseta se ergueu e revelou uma faixa de pele nua. "Existe alguém entre aquelas pessoas que poderia ainda estar por aqui? Alguém que pode ter conhecido Jessi?", ele perguntou.

"Oscar costumava andar com Russell Burke", respondi.

"Por onde ele anda?"

"Ele está morto."

"Então, provavelmente, ele não vai conseguir nos ajudar. Quem mais?", questionou Ethan, cerrando os olhos contra a luz do sol.

"Cody Benham", eu respondi, meio hesitante.

"O cara que te salvou?" As sobrancelhas de Ethan se ergueram.

"Mais de uma vez", eu frisei, parcialmente para mim mesma. "Ele e Oscar eram amigos."

"E não são mais?"

"Não são mais", confirmei.

Eu podia determinar o minuto em que aquela amizade havia terminado. O cheiro de gasolina e asfalto no ar, os dedos machucando minhas costelas.

"Você tem o número dele?", Ethan perguntou. "Ele falaria com você?"

"Sim, para as duas coisas", respondi.

Cody tinha seu trabalho. Uma esposa grávida. Ele havia conseguido sair de Chester de um jeito que poucos conseguiram, e eu não queria arrastar ele de volta a tudo isso.

"Você não precisa fazer isso", Ethan comentou, tentando decifrar minha expressão. "Poderia apenas ir embora. Ou contar a polícia o que você sabe, deixar que eles resolvam."

Balancei a cabeça. Eu tinha de concluir o que Liv havia começado. "Não vou parar agora", afirmei. "Eu ligo pra ele."

Cody atendeu rápido. "Eu fiquei arrasado quando soube da morte da Olivia", ele disse assim que eu me identifiquei. "Você já voltou para Seattle?"

"Não! Eu vou ficar em Chester por um tempo", declarei. Eu estava sentada no meu quarto de hotel, ciente demais da presença de Ethan a dois quartos de distância. "Tenho de voltar a Seattle no fim de semana, para fazer um trabalho, mas, fora isso, estou planejando ficar. Pelo menos até o funeral."

"Já marcaram uma data?"

"Ainda estão esperando o corpo ser liberado", respondi.

"Entendo", ele fez uma pausa. "Eu não conhecia Olivia muito bem. Ela não conversava tanto comigo, como você fazia."

"Eu não me lembro de conversar com você. Me lembro de *tentar* conversar e gaguejar bastante", admiti.

Ele deu uma risada silenciosa.

"Você era uma menina doce. Esperta demais, para o seu próprio bem. Na verdade, todas as três eram boas meninas, cada uma do seu jeito."

Havia um tipo de intimidade em conversar dessa maneira, apenas a voz de Cody e a minha, como se o mundo tivesse se reduzido a essa realidade compartilhada. Aqueles breves momentos em que nossas vidas se cruzaram, e que, aparentemente, mais ninguém conseguiria de fato entender.

Eu não queria romper aquela sensação de realidade compartilhada, mas precisava. "Cody, quero saber se você pode me ajudar com uma coisa."

"Qualquer coisa de que você precisar", disse ele imediatamente.

"Você conhecia uma garota chamada Jessi Walker?", perguntei. Silêncio do outro lado da linha. "Acho que ela era amiga do Oscar."

"É...", disse Cody, por fim. "Eu conheço a Jessi. Quero dizer, eu a conheci. Não a vejo desde... meu Deus. Deve fazer quase vinte e cinco anos. Por que você está perguntando sobre a Jessi?"

"Há uma chance de que ela tenha sido uma das vítimas de Stahl", eu declarei.

"Jessi não está morta", disse ele. "Está?" A incerteza fez sua voz falhar.

"Ela foi dada como desaparecida. Depois que ela deixou a cidade, ninguém nunca mais a viu", eu contei a ele. "Meu pai disse que ela andava com o Oscar, e eu pensei que, se ela passava o tempo dela com ele, devia ter passado algum tempo com você também."

"Nós éramos amigos", ele afirmou, soando perturbado.

"O que você pode me contar sobre ela?"

"Não tenho certeza. Eu não acho que ela tenha falado muito de si mesma. Eu tinha a impressão de que ela vinha de uma situação muito boa. Ela chegou à cidade de carona e convenceu Marsha a dar um turno de trabalho a ela. Depois de uma semana, ela já tinha um segundo trabalho no restaurante e estava até ajudando no escritório da serraria nos fins de semana, que foi onde Oscar e eu a conhecemos. Ela era... a palavra que vem à mente é *vibrante*. Engraçada e impetuosa. Também tinha esses momentos doces. Você realmente acredita que ela está morta?"

"Sim. Eu acredito." Não expliquei como eu sabia disso. Eu o deixei pensar que era apenas uma intuição.

Ele suspirou longamente. "Meu Deus. Nós achamos que ela apenas tinha ido embora. Ela sempre disse que não ia ficar muito tempo. Eu sei que ela viajava de carona, às vezes."

"Você a viu no dia em que ela deixou a cidade?", eu perguntei.

"Não. Eu estava chateado, na verdade. Eu sabia que ela ia embora, mas ela não disse quando, e nunca se despediu, só desapareceu."

"Você conhece alguém que pode ter visto ela?"

Ele fez uma pausa. Então, respondeu: "Oscar!".

"É... Era isso que eu temia que você respondesse", confessei, esfregando os olhos. "Como era a relação deles?"

"Em uma palavra? Complicada", disse ele. "Oscar sempre foi magnético para as mulheres de um jeito que nunca entendi. Ele tinha esse jeito de fazer com que você se esforçasse para impressioná-lo, e, quando ele jogava uma migalha de aceitação em sua direção, aquilo se tornava um vício. Quanto mais ele ignorava as garotas, mais elas pareciam se jogar em cima dele."

"E Jessi era assim?"

Ele grunhiu. "O contrário. Era ela que não estava impressionada. E foi ele quem ficou obcecado. Eu nunca vi Oscar se apaixonar por alguém até Jessi aparecer. Também nunca mais vi acontecer depois."

"Eles chegaram a ficar juntos?", perguntei, tentando imaginar Oscar apaixonado. Mas eu nunca havia conhecido esse lado que ele mostrava a todos. Desde o início, ele me olhou uma vez e percebeu que não precisaria jogar charme algum em mim. Eu não era ninguém. Eu estava sozinha. Ele não precisava se incomodar com máscaras.

"Eu não diria juntos, exatamente. Havia sexo, sim; um relacionamento, acho que não. Mas alguma coisa estava acontecendo", contou Cody. "As coisas mudaram entre eles de repente, um pouquinho antes de ela deixar a cidade, mas Oscar não falava sobre isso. E nós não éramos exatamente o tipo de caras que tinham discussões sinceras sobre a própria vida amorosa."

"Certo", eu disse. Eu cocei um ponto em meu queixo que estava me incomodando. Esperava que Cody me dissesse que Oscar mal conhecia Jessi. Que não havia motivo nenhum para falar com ele. Mas o que parecia é que ele estava bem no centro de tudo. "Você saberia dizer quando exatamente ela deixou a cidade?", perguntei a Cody.

"Eu não me lembro exatamente. Fim de agosto, talvez... Com certeza, no fim do verão. Ela ficou na cidade por uns três meses, mais ou menos."

"Obrigada. Isso já me ajuda", eu disse. Pelo menos, era um começo. "Você acha mesmo que Stahl pode ter assassinado ela?"

"Eu não tenho certeza", respondi. "Mas parece ser uma possibilidade."

Ele ficou em silêncio por um instante. E então perguntou: "Você está bem, Naomi?".

Comecei a responder de forma automática, mas, nessa pequena fatia de realidade compartilhada, eu não queria mentir para ele. "Eu sigo sentindo que vou acordar e perceber que você nunca me encontrou", eu disse.

"Eu também tenho esse pesadelo", ele afirmou. "Mas eu te encontrei. Você está viva, e você está segura, e você não precisa sair perseguindo o fantasma de Stahl. Foque em viver."

"Obrigada, Cody", eu respondi.

"Se cuide, Naomi."

Nós nos despedimos. Eu desliguei e me sentei com o celular no colo, deixando minha percepção lentamente se alinhar de novo.

Alguns minutos depois, fui até a porta de Ethan. Ele a abriu antes mesmo de eu bater e indicou para que eu entrasse.

"Conseguiu descobrir alguma coisa?", ele indagou. Ele tinha arquivos abertos em seu computador — pareciam anotações sobre Stahl, e um mapa da península com datas e nomes rabiscados —, possíveis vítimas perdidas, talvez.

"Pouca coisa", eu disse. "Ele não sabia que ela estava desaparecida. Ele disse que ela deixou a cidade de repente, mas que não foi uma surpresa."

"E quando foi isso?"

"Fim de agosto", eu respondi.

Ele fechou a cara. "Você tem certeza?"

"Ele parecia ter certeza. Por quê?"

Ele suspirou e passou a mão pelos cabelos. "Porque, se Jessi Walker estava viva e bem em agosto, não tem como Stahl tê-la assassinado. A mãe dele teve um derrame no fim de julho. Ele passou dois meses na Costa Leste para ajudá-la enquanto ela se recuperava."

"Isso não pode estar certo", eu contestei. "Talvez Cody tenha se confundido com as datas."

"Ou Stahl não teve nada a ver com a morte de Jessi", disse Ethan.

Eu me sentei, soltando meu peso sobre a cama e apoiando a cabeça em minhas mãos. Se não foi Stahl quem matou Jessi, ele não teria voltado para a floresta para visitar o corpo. Não teria motivação alguma para estar em Chester, para estar fora da trilha e, coincidentemente, me encontrar. Ele não teria motivo para matar uma menininha aleatória comendo um sanduíche de manteiga de amendoim que nem o havia visto.

"Elas viram ele", eu sussurrei. "Liv e Cass."

"Elas viram alguém", disse Ethan, de maneira gentil. "Testemunho ocular não é totalmente confiável nem mesmo com adultos."

"Então, Stahl não me atacou", eu concluí, sentindo um pesar. Elas estavam erradas e eu menti, e o homem errado foi parar na prisão por nossa causa. Por *minha* causa.

"Não temos certeza disso. Não prova nada para ambos os lados", disse Ethan, mas eu pude ver em seus olhos que agora ele tinha certeza.

Eu o encarei. "Foi o que você pensou desde o início, não foi? Você nunca achou que de fato havia sido Stahl."

"Eu pensei que fosse uma possibilidade", ele se justificou. "Mas não parecia provável. O modo como você descreveu a caverna... Você teve dificuldade para entrar nela. Stahl era um cara grande. Ele poderia ter enfiado um corpo lá, mas teria dificuldade para voltar até ali depois. Ele iria procurar algum lugar em que pudesse entrar e sair com facilidade."

"Então, por que você seguiu em frente com base em toda essa teoria? Por que chegou ao ponto de me contar sobre o verão silencioso?"

"Porque você queria que fosse verdade. Eu pensei que isso a ajudaria a se abrir e conversar comigo. E isso fez você aceitar minha ajuda. E, como eu disse, não achava que fosse impossível ser verdade. Eu esperava que fosse. Você teria suas respostas."

"Merda." Eu me deitei na cama, encarando o teto. Devia estar irritada, mas eu apenas me sentia esgotada... e estranhamente aliviada. Eu não entendia por que, de fato, Ethan estava me ajudando, mas nesse momento, comecei a entender. "Você vai transformar isso em um podcast?"

Ele se sentou ao meu lado, seu peso fez a cama afundar. "Tudo isso vai um pouco além do escopo do projeto que eu sugeri para a produção", admitiu ele. Eu soltei um riso engasgado. "Eu te falei. Não vou usar nada disso sem a sua permissão."

"Mas você gostaria de usar."

"Eu teria de ser um idiota para não querer", ele confessou.

"Mas você é bem idiota", eu respondi. "Caso contrário, não estaria me olhando desse jeito."

"De que jeito?"

"Como se estivesse esperando algo a mais do que o meu pai diz que eu sou", eu disse a ele. Então, enrolei meu punho na barra da camiseta de Ethan, a forma dos meus dedos estava distinta sob o fino tecido. Eu o puxei em minha direção e ele se inclinou para a frente, se apoiando com uma das mãos ao lado da minha cabeça enquanto baixava os olhos para me olhar.

"O que o seu pai disse...", ele começou a falar e parou.

"É verdade. Verdade o bastante. Eu sou um desastre. E uma mentirosa. E, aparentemente, eu mandei o homem errado para a prisão."

Ele não me falou que não era verdade. Ele não me falou que não era minha culpa.

"Alguém matou Jessi. Alguém matou Liv...", ele disse.

"Ou Jessi caiu e bateu a cabeça, e Liv se matou", rebati. E eu era a única vilã da história, afinal de contas. A menina que mentiu.

Ele pousou a mão aberta sobre o meu peito, como se quisesse sentir as batidas do meu coração, e a ponta do seu dedo passou sobre a cicatriz ao lado do meu esterno. A que havia chegado mais perto de me matar.

"Alguém fez isso com você", ele disse. "Talvez estivéssemos errados com a nossa teoria sobre ter sido Stahl, mas podemos estar certos quanto ao motivo. O homem que matou Jessi viu você. Ele tentou te matar. Tentou te silenciar. E, quando Liv juntou as peças, ele também a silenciou. Você pegou o monstro errado, vinte anos atrás. Isso quer dizer que ainda existe outro que está solto por aí. E você vai encontrar ele."

"Eu gosto da garota que você pensa que eu sou", eu disse, passando os meus dedos no tecido da manga de sua camiseta. "Se você fosse esperto, fugiria pra bem, bem longe de mim."

"Eu não estou indo a lugar algum", declarou ele. Ele me beijou suavemente, e eu fechei os olhos, dizendo a mim mesma que meu pai estava certo e que nada disso significava coisa alguma para mim.

than adormeceu em algum momento lá pelas duas da madrugada. Eu me vesti em silêncio para não acordá-lo. Não havia chance alguma de eu conseguir dormir. Meus pensamentos estavam presos a uma repetição sem fim, alternando entre Jessi e Liv e aquele verão, vinte e dois anos atrás. Eu estava pronta para aceitar que não havia sido Stahl quem me atacou. Ele não era o fio que conectava nós três.

Exceto pelo fato de que Liv e Cass o viram.

A não ser que elas não tivessem visto.

Só restava uma pessoa que poderia me contar o que elas de fato tinham visto.

Às duas da tarde na sexta-feira, Cass estaria no chalé. A coisa sensata a se fazer seria ligar ou ir à sua casa mais tarde, no entanto, decidi dirigir para fora da cidade, pela estrada que se curvava e levava para cada vez mais longe das árvores cobertas de musgo. Chegar ao chalé era uma surpresa — virar uma curva cheia de árvores para descobrir o lugar bem na sua frente, aninhado em um plano de fundo com centenas de tons de verde e marrom. Quando éramos crianças, aquilo não passava de uma construção caindo aos pedaços e cheia de infiltrações, com lençóis ásperos e o carpete manchado. Fora interditado completamente um ano antes de Cass comprá-lo.

Dois anos depois, ela transformou tudo. Enormes vigas de madeira rústica suportavam o teto, artisticamente primitivo, enquanto a entrada da frente, toda de vidro, lhe dava um toque elegante e moderno. Em seu interior, trabalhos de artistas locais decoravam o saguão, e no balcão da entrada vendiam-se pequenos pacotes de pipoca caramelizada por 4 dólares a unidade.

"Posso ajudar?", gorjeou uma morena baixinha atrás do balcão. Suas bochechas arredondadas contribuíam com o mais perfeito sorriso de atendimento ao consumidor.

"Eu estou procurando...", eu comecei a falar, mas não precisei ir muito adiante.

"Naomi! O que está fazendo por aqui? Aconteceu alguma coisa?", Cass perguntou, avançando pelo saguão. Percebi tarde demais que não havia me trocado nem penteado o cabelo, e provavelmente eu estava com uma aparência terrível.

"Eu só preciso falar com você", eu disse.

Os olhos de Cass passaram por mim rapidamente. Sua expressão era tensa e desconfortável. Aquele era o seu espaço, e eu era uma intrusa ali. Causando caos. No entanto, ela acenou com a mão me chamando e saiu marchando pelo saguão. Eu a segui enquanto ela andava até uma das salas de reunião no térreo e a abria com um cartão de acesso. Logo que entramos, ela fechou a porta e se virou para mim; pontos rosados surgiam em seu rosto.

"Você tem me evitado", ela disse.

Eu me encolhi. Não havia nada que eu pudesse dizer em minha defesa, porque ela estava certa. "Me desculpa." Totalmente inadequado. Uma de suas amigas havia morrido, e a outra desapareceu da vida dela.

Ela apertou os lábios. "Tudo bem. Do que você precisa?", ela perguntou. Sua voz demonstrava exaustão.

Eu fiquei tensa. Ter ido até ali talvez tenha sido uma má ideia. Mas agora era tarde demais. "Eu preciso saber exatamente o que você viu no dia que em eu fui atacada", eu indaguei.

Ela deixou um gemido escapar, cobrindo o rosto com uma das mãos. "Naomi. Você precisa deixar isso para trás."

"Não é que eu não acredite em você", eu expus a ela, suplicante. "Eu só preciso escutar... de você, quero dizer. Eu não me lembro. Preciso que você relembre para mim." *Me diga que eu não fiz nada de errado.*

Ela ficou me olhando por um tempão. Então, ela alcançou minha mão e a segurou, me levando gentilmente até uma das longas mesas e me fazendo sentar em uma cadeira. Nós nos sentamos uma de frente para a outra num canto da mesa, e Cass manteve sua mão sobre a minha.

"Eu vou te contar isso uma vez só", disse ela. "E aí você vai parar de se torturar, certo?" Assim que assenti, ela respirou fundo. "Liv e eu estávamos lá embaixo na Gruta. Nós escutamos você gritar e começamos a subir para ver o que havia acontecido. Foi quando vimos o homem. Ele estava em pé sobre você, segurando uma faca. Você estava de barriga pra baixo, e meio que... se debatendo."

Ela engoliu em seco, parecendo enjoada. Meu coração batia acelerado no peito. Eu nunca havia escutado o testemunho de Cass; o meu havia sido o último, e não permitiram que eu escutasse as outras. Ouvindo agora, meu coração doía pelas meninas que fomos um dia.

"Você conseguiu se virar. Ele se ajoelhou, e a faca desceu sobre você de novo, e... eu acho que foi a facada que te pegou no rosto."

Automaticamente, toquei a cicatriz com um dedo. Aquele golpe havia sido um dos piores, mas tinha sido em um ângulo, abrindo a carne do músculo da minha mandíbula quase até o canto da boca.

"Liv tentou escapar. Ela te chamou, mas eu a puxei de volta e cobri a boca dela com a minha mão. Ele estava tão concentrado que não escutou... e você também estava gritando. Eu tive que envolver o meu corpo todo no dela para mantê-la ali. A mão dele continuava subindo e descendo. Várias vezes." Ela desviou o olhar, com a respiração acelerada e curta. "E então ele apenas... parou. Ele falou alguma coisa, eu acho, mas eu não consegui entender o que era. E depois foi embora."

Eu visualizei a cena. O lugar em que eu estava sentada. A Gruta. Fiz uma careta. "Eu estava bem longe da rocha", eu disse.

Cass inclinou a cabeça. "Acho que sim."

"E ele estava de costas para vocês."

Ela franziu a sobrancelha. "Não totalmente. Eu podia ver um lado do rosto dele."

Um lado do rosto dele... a que distância? Quinze, dezoito metros? Mais que isso? "Você se lembra exatamente do que contou aos policiais? Se lembra da descrição que deu?"

"Não *exatamente*", ela respondeu. "Eu devo ter dito que ele era grande. Que tinha cabelo castanho, curto. Era branco. Estava sem barba... Eu me lembro que eles perguntaram da barba, e eu tinha certeza de que ele não tinha uma. E, quando Dougherty me mostrou a foto de Stahl, eu notei que era igualzinho a ele."

"Espera. Dougherty te mostrou uma foto do Stahl? Quando? No hospital?", eu perguntei.

Ela negou com a cabeça. "Não, foi antes de a ambulância chegar lá."

Na beira da estrada. Antes mesmo de eles saberem que eu estava viva. "Cass, eu pensei que você tivesse dado a descrição para o chefe de polícia Miller."

"Eu dei", confirmou Cass, lentamente; uma ruga aparecendo entre as sobrancelhas indicava sua confusão. "Foi ele quem me perguntou sobre a barba, então... é, foi pra ele que eu dei a descrição."

"Mas Miller só chegou lá depois da ambulância", eu disse. Era impossível viver em Chester sem saber cada passo da história. Começando por Leo Cortland, todos queriam saber exatamente onde as pessoas estavam naquele dia. E Miller sempre dizia que havia chegado ao local já cheio de sirenes e vendo duas garotinhas tremendo na parte de trás de uma ambulância. "Então, Dougherty te mostrou uma foto antes de você dar a descrição..."

Ela lambeu os lábios. "Talvez. Não. Eu disse a ele... Eu disse que era um homem, um homem grande. Eu disse a ele que o homem tinha o cabelo castanho."

"E a barba?"

Ela balançou a cabeça. "Eu não sei."

"O homem que você viu *era* Stahl?", eu insisti.

"Como eu posso responder isso? Eu disse a eles o que tinha visto naquele dia. Agora, tudo que eu vejo quando penso no rosto dele é Stahl no tribunal, nos encarando como se quisesse cortar nossas gargantas."

Eu me sentia entorpecida. Nunca houve chance alguma de uma identificação genuína. Cass e Olivia podem ter visto qualquer um na floresta, mas Dougherty enfiando aquela foto na cara delas enquanto elas estavam traumatizadas e em pânico...? É claro que elas pensaram ter visto Stahl. Seu rosto pode ter substituído qualquer memória genuína.

A verdade havia sido pisoteada antes mesmo de eu ter acordado.

"O que está acontecendo, Naomi?", Cass perguntou. Havia uma ponta de medo em sua voz.

Eu me inclinei no encosto da cadeira. Senti vertigem novamente — a sensação de estar na beira de um precipício. "Não é nada", respondi. "Não se preocupe."

Ela me lançou um sorriso cansado. "Não existe chance disso acontecer, Naomi. Eu sempre me preocupo com você."

De volta ao hotel, eu fiquei em pé debaixo do chuveiro com a temperatura quente o suficiente para escaldar minha pele. Os últimos resquícios de esperança que eu tinha de Stahl ser o meu monstro foram destruídos com a narrativa de Cass. Minha mentira havia me assombrado durante todo esse tempo, mas eu tinha Liv e Cass como testemunhas da verdade. Eu sempre pude me agarrar a isso e acreditar que, não importa o que eu tivesse feito, o resultado tinha sido... se não *justo*, ao menos *correto*.

Mas agora isso não existia mais. Não era apenas porque o testemunho de Cass tinha sido contaminado... também não era mais possível confiar em suas memórias, não mais do que nas minhas. Eliminamos todos os motivos para Stahl ter ido lá. E, além disso, havia a possibilidade de seu filho ter provas de que ele não esteve. Ou, se não tinha provas, sabia de algo que o fazia ter certeza.

O filho dele. Meu Deus. Eu estava fazendo o possível para não pensar nele. Eu podia acreditar que Stahl era um homem perverso, quer ele estivesse naquela floresta ou não. Mas seu filho não me fizera nada de mal, e eu deixei sua vida em frangalhos.

Eu fechei o chuveiro e me sequei com a toalha, mas não me senti nem um pouco limpa.

Eu tinha guardado a carta. Talvez fosse melhor ter me livrado dela. A queimado, rasgado. Mas, em vez disso, a deixei no fundo da minha mochila e, quando fui pegar as roupas limpas nela, eu a encontrei. Estava coberta de marcas de sapato enlameadas, o texto era quase ilegível, mas eu não precisava lê-la para saber o que dizia. As palavras tinham incendiado minha mente.

Eu estou tentando entender.

Se Ethan estava certo, Stahl era um assassino. Ele morreu onde merecia e, quaisquer que fossem os meus pecados, eu não havia encarcerado um homem inocente.

Mas ele estava certo?

Eu me esforcei para evitar descobrir muito sobre os crimes de Stahl; era minha maneira teimosa de manter o controle — manter algum senso de identidade além do que ele me havia feito. Agora, eu procurava diversos artigos, vasculhava discussões em fóruns e blogs de plano de fundo preto e texto neon. Eu encarei fotografias de mulheres mortas e mutiladas, os rostos inchados, as feridas que, diferente das minhas, nunca se fecharam. Eu examinei as linhas do tempo e as transcrições e, peça por peça, mapeei os furos que estiveram ali o tempo todo, sobre os quais pessoas já haviam discutido antes de mim. Furos que não tinham importância, porque Stahl não estava na cadeia por causa dessas mulheres, mortas e descartadas. Ele estava lá por minha causa.

Eu me peguei olhando para a fotografia de uma casa de um andar. A foto era em preto e branco, tirada de um jornal. Policiais de uniforme marchavam pela porta da frente, carregando caixas, enquanto uma mulher e um menino — de 12, talvez 13 anos — estavam em pé na lateral, assistindo a tudo. A mão dela estava sobre o ombro do menino; e ele encarava a câmera. A qualidade ruim da foto fez com que seu rosto ficasse irreconhecível, mas, ainda assim, aquele olhar parecia me atravessar.

"*Batida policial na casa de Stahl enquanto a esposa e o filho observam*", dizia a legenda. Então, aquele era A.J. Stahl vendo seu mundo cair. Eu tinha feito aquilo.

É claro que ele me odiava. Mais do que tudo, acho que ele desejava me ver sofrer como ele havia sofrido. E talvez não apenas eu. Fui eu quem apontou para Stahl no tribunal, mas Liv e Cass também foram uma parte disso. Se seu pai não fosse realmente um assassino, se ele fosse inocente, A.J. teria odiado a todas nós pelo que fizemos a ele.

Eu bati na porta de Ethan, com a carta em minha mão. Ele atendeu surpreso e com o cabelo bagunçado. Olhou para a carta e, em seguida, para mim. "Naomi...", ele começou a falar, mas eu o interrompi.

"Por que a polícia achava que Stahl era o Assassino de Quinault?", eu perguntei.

Ele me olhou com as sobrancelhas franzidas e começou a listar fatos. "Sabiam que ele estava na área onde havia ocorrido quatro dos ataques. Ele saía em longas viagens para acampar todo verão, coincidindo com os assassinatos, e..."

"Então, pode ter sido uma coincidência?", eu questionei. Ele suspirou e indicou para que eu entrasse. Eu avancei, passando por ele, ainda segurando a carta.

"Também havia uma testemunha que o viu perto de um dos locais em que os corpos foram abandonados, conversando com Hannah Faber em um posto de gasolina."

"Ele, ou alguém que se encaixava em sua descrição geral? Um cara branco, de cabelo castanho, robusto, de altura mediana. Não é exatamente incomum", eu disse. Não era melhor que a descrição dada por Cass. Uma descrição que poderia indicar qualquer um. Eu segurava firme o papel. Minha mão tremia. "Eles me disseram que ele matou aquelas mulheres. Eles me disseram que tinham *certeza*. Não havia a possibilidade de terem errado."

"A polícia?"

"Todo mundo", eu afirmei. Percebi que minha voz saíra rouca enquanto eu andava de um lado para o outro naquele espaço apertado. "Miller e Dougherty. Os detetives. Os advogados. Eles me disseram que era ele, que só eu podia pará-lo. Mas isso era tudo que eles tinham?"

"Isso e um perfil que se encaixava. Ele era defensivo nas entrevistas. Eles acharam sangue em sua caminhonete, mas houve um erro de laboratório e a mostra acabou contaminada", explicou Ethan.

"Havia outros suspeitos."

Ele fez uma careta. "Nenhum bom o suficiente."

"Eu estava olhando um fórum de discussão, e vi que eles diziam que esse outro cara, Franklin Church..."

Ethan balançou a cabeça. "Church não tinha inteligência nem disciplina o bastante para cometer esses assassinatos. Ele estava para se tornar um assassino em massa quando foi preso; não teria esperado um ano inteiro entre os crimes. Eu pesquisei tudo isso, Naomi. Foi Stahl. Ele pode não ter te atacado, mas ele era um assassino."

"Eu não sei por que eu sempre achei que houvesse provas melhores", eu disse. "E me convenci de que eles tinham algo que não era admissível para o julgamento, algum detalhe técnico. Então, tudo isso era um imenso palpite? Eu mandei um homem para a prisão por causa de uma coincidência e uma impressão?"

"Você realmente não sabia de nada disso?"

"Eu não podia...", disse. Havia coisas que precisavam ser *verdade* para o mundo se manter coeso. Por isso você não olhava para elas muito de perto. Mas agora eu estava olhando, e podia enxergar as rachaduras nas fundações de tudo em que eu acreditava. "Eu arruinei a vida desse homem. Destruí a vida de sua família", eu admiti.

Ergui a carta. Ethan a pegou com cuidado, limpando os pedaços de lama seca. Ele a encarou, imóvel; seus olhos passaram lentamente sobre as palavras quase ilegíveis.

"É do filho de Stahl", eu informei. "Se ele nos culpava pela morte do pai, poderia estar furioso, não é? Talvez quisesse se vingar. Ele pode ter vindo atrás de Liv e..."

"Calma!", disse Ethan, erguendo os olhos bruscamente. "Naomi... Em primeiro lugar, você não matou Alan Stahl. O câncer o matou. E, em segundo lugar, não existe ameaça alguma nesta carta. Nada que sugira que ele tinha a intenção de lhe fazer algum mal."

"Você não iria querer ferir quem arruinou sua vida?", perguntei.

Ele não respondeu. Eu me virei.

"Naomi, espere!"

"Preciso ir", eu disse, com um gosto amargo na boca. "Tenho um casamento para fotografar amanhã."

"E quanto a Perséfone?"

"Eu volto na segunda-feira. Eu apenas... preciso ir", respondi. Eu precisava correr. Se conseguisse superar tudo aquilo, não teria de sentir a pulsação triste e miserável que corria da boca do estômago até a base do meu crânio.

Eu queria encontrar respostas. Em vez disso, comecei a destruí-las.

Queria que Ethan me fizesse parar. Mas ele não disse nada, e eu saí dali com minha culpa entre os dentes como se fosse um pedaço de couro velho que eu estivesse mastigando.

Joguei minhas coisas no porta-malas do carro e fui embora. Meu plano era dirigir direto para fora da cidade, mas, perto da trilha, eu diminuí a velocidade. Parei o carro. Permaneci ali sentada, com as entranhas retorcidas em um nó, os pensamentos preenchidos pelos semblantes de garotas mortas.

Tudo que um dia havia sido estável em minha vida estava se desintegrando. Olivia era só mais um nome em meio a uma ladainha de nomes, de mulheres que nunca encontrariam justiça. Saí do carro e andei lentamente até a trilha. Os sons da floresta me envolveram.

Pensei que estivesse andando na direção do lago, mas me distanciei da trilha. Alguma parte de mim procurava Liv, e ela não estava lá. Não de verdade. Ela nunca esteve.

As sombras da Gruta me deram boas-vindas. Eu me ajoelhei na terra escura junto aos ossos de Perséfone e retirei as pétalas murchas, que estavam se decompondo em seus olhos. Varri a terra ao redor do seu crânio com as mãos até que ficasse lisa e arrumei os amuletos em volta. Então, os fantasmas de meninas perdidas muito tempo atrás sussurraram no espaço vazio ao meu redor.

"Eu gosto daqui", Liv disse em minha memória. Era agosto, quente e seco. Sua pele estava bronzeada; a minha, vermelha e áspera com a constante queimadura de sol. "É silencioso. Mais fácil de pensar." Ela colocou botões de margaridas amarelas nos olhos de Perséfone, ajustando-os com cuidado. O odor dos caules cortados era fresco e pungente.

"Eu também gosto", falei, apenas para concordar. Eu me agarrava a cada pequena conexão que pudesse reivindicar.

"Você devia contar pra Cassidy o que aconteceu", disse Liv, em voz baixa, rearranjando as pedras junto às clavículas de Perséfone em alguma ordem arcana.

"Não aconteceu nada", eu puxei uma erva daninha que se esforçava para crescer no estreito feixe de luz infiltrado na Gruta. As raízes se soltaram com relutância. "Oscar é um babaca. Tanto faz."

"Se Cody não estivesse por lá..."

"Mas ele estava. E está tudo bem." Mesmo na floresta, eu não conseguia parar de sentir o cheiro de gasolina, de ter a sensação de amassar uma garrafa de água com o meu pé. "Deixa pra lá."

"Se algo acontecesse comigo, você não iria deixar pra lá", Liv havia dito. Ela tocou levemente o dorso da minha mão e, em seguida, entrelaçou os dedos nos meus. Seu cabelo escuro se confundia com as sombras, seus lábios eram de um vermelho perfeito.

"Nunca", prometi a ela.

Sozinha, agora, eu contornei a face do esqueleto com o dedo. "Me desculpe", sussurrei para qualquer fantasma que estivesse escutando. "Tudo que eu fiz foi piorar tudo, eu não sei o que fazer."

Eu esperei... por uma resposta, por coragem, por algo que eu não podia nomear. Mas tudo que havia era o emaranhado infinito de incertezas e os espinhos que ele já havia deixado sob a minha pele.

E então senti um tremor áspero e inorgânico no meu bolso. Eu peguei o celular, surpresa com o fato de ainda haver sinal o suficiente para uma chamada se completar. A tela mostrava uma única barra de sinal e Departamento de Polícia de Chester no identificador.

Eu levei o celular até o ouvido. "Alô?!"

"Naomi, querida. É o Bill", a voz de Dougherty estava distorcida pelo sinal fraco. "Como você está?"

Olhei para os ossos da garota morta enquanto respondia. "Está tudo certo." Mais do que nunca, eu me sentia entorpecida.

"Que bom, que bom", disse ele, com mais entusiasmo que minha resposta desanimada merecia. "Eu não devia estar te ligando, Naomi. Não tenho permissão da nova chefe para fazer isso. Mas eu achei que você devia saber... nós encontramos a arma."

Não consegui registrar as palavras, de início. A arma. A arma que havia matado Liv. "Onde?", eu consegui dizer.

"No lago, como era o esperado. Tudo que precisou foi peneirar todo o lixo que havia por lá", ele disse. "Escuta, eu sei que Bishop ficou em cima de você. Você sabe como é... Ela é nova na cidade, precisa mostrar serviço. Mas Jim disse para ela se acalmar, agora que já temos a arma."

"Era a arma de Marcus Barnes?", eu perguntei.

"Essa mesma."

"E você tem certeza de que... você tem certeza de que essa é a arma que a matou?" Eu engoli em seco.

"Bom, nós não temos o projétil, então, não dá para fazer um teste de balística. Mas não há outro motivo para a arma estar naquele lago, não é?" Ele pigarreou. "Eu imagino que seja um alívio para todos, tudo isso ser resolvido."

"Então, vocês estão confirmando que foi um suicídio."

"Parece bem evidente, não parece?"

Eu não achava que Liv havia se suicidado, mas eu tinha me enganado a respeito de tudo até agora. Talvez também estivesse enganada quanto a isso.

Meus dedos encontraram as rachaduras em forma de teia de aranha no crânio de Perséfone e foram se estreitando em direção ao fragmento que havia caído muito tempo atrás, deixando no lugar um espaço escuro aberto.

Não.

Liv não teria atirado em si mesma, ela não era uma suicida. Ela estava decepcionada, mas não teria desistido de tudo tão fácil. Não quando tinha algo com que se importava tanto e que estava tão perto de se realizar.

Não quando ela me prometeu.

Dougherty estava falando sobre Bishop de novo. Sobre como agora ela não teria escolha a não ser admitir que era um suicídio e seguir em frente. O sinal fazia sua voz falhar. "Acho que ela não vai te incomodar de novo", ele disse. "E, se ela te incomodar, é só me contar que eu falo com o prefeito Green sobre isso. Para se assegurar de que ela entenda."

"Obrigada", dei um jeito de dizer, porque era o que ele queria escutar. Bishop conseguia ver. Ela sabia que Liv não havia feito aquilo, mas será que isso importava? Se o prefeito Green mandasse ela desistir, fazer qualquer outra coisa seria arriscar seu emprego.

"Sem problemas, querida", disse Dougherty. "Ei, você é a responsável pela minha carreira. Eu meio que te devo isso."

"Responsável pela sua carreira...", eu repeti automaticamente. Aquelas palavras não faziam sentido. E então elas ficaram nítidas. "Você quer dizer porque foi você quem pegou Stahl?"

Ele soltou um resmungo de objeção. "Eu não diria que eu o peguei, eu só juntei as peças. Meu cunhado conhecia um cara que estava trabalhando no caso, e ele me contou tudo sobre esse sujeito que eles estavam investigando. Eu comecei a carregar a foto dele por aí, para o caso de avistá-lo. Achei que era só uma questão de tempo até ele vir caçar por aqui. Assim que as meninas me contaram o que aconteceu, tudo se encaixou."

O silêncio se prolongou. Eu o escutei se mexer, a cadeira rangendo, como se estivesse me esperando interromper com algum elogio, mas eu comecei, aos poucos, perceber que ele não diria mais nada. Ele não fazia ideia do que havia feito. O erro que ele desencadeou.

E agora ele estava fazendo tudo aquilo novamente. Ele sabia desde o início que era suicídio, do mesmo jeito que ele sabia desde o início que era Stahl. Nunca iria procurar outra resposta ou considerar que ele poderia estar errado.

"Escuta, eu...", ele começou. E, então, nada. Eu mantive o celular junto ao ouvido, esperando durante vários segundos que ele continuasse antes de perceber que a ligação havia finalmente caído.

As paredes da caverna se fecharam ao meu redor, e eu não conseguia determinar se isso me passava uma sensação de conforto ou de ameaça. Eu escapei da gruta, fugindo de ambas as sensações, e cambaleei pela floresta. As árvores se tornaram borrões ao meu redor enquanto eu avançava em direção à estrada, e meus pensamentos se tornaram um inventário infinito de fantasmas.

Eu dirigi direto para fora de Chester, sentindo a raiva como uma dor aguda em meu peito. Perto de Sequim, estacionei em uma parada para esticar as pernas. Havia uma família com um cachorrinho peludo brincando num gramado próximo. Seu carro estava cheio de equipamentos para acampar, havia tendas e sacos de dormir amarrados no teto. Eu me sentei junto a uma mesa de piquenique, assistindo ao cachorro perseguir a bola e voltar com ela.

Quando criança, eu só fui acampar uma vez. Foi no ano anterior àquele verão. Cass odiava acampar, então, Liv e eu passamos uma semana na floresta com Marcus e Kimiko, só nós duas. Dividimos uma barraca e ficamos acordadas até tarde da noite, cochichando. Eu tirava a minha mão do saco de dormir e ela a encontrava, e nós deixávamos nossos dedos deslizarem uns sobre os outros, se entrelaçando e se soltando várias vezes.

Eu me lembro da sensação na base do estômago enquanto estávamos deitadas na barraca, um anseio excruciante. Foi apenas anos depois e em um lugar muito distante que eu, enfim, reconheci o que aquilo significava: que eu era mais do que um pouquinho apaixonada por Olivia. *Gay* era só um sinônimo para *estúpido* enquanto crescíamos em Chester. *Bissexual* era o final de alguma piada suja. Eu já estava no ensino médio quando percebi que me sentia atraída por mulheres. E, a essa altura, ainda que Liv se sentisse do mesmo jeito, as coisas estavam complicadas demais, e a estabilidade emocional dela era muito precária.

Eu queria que aquela última viagem tivesse durado para sempre. O plano era irmos de novo, em outro momento, só nós duas. Mas, um dia antes de irmos, Cass caiu de sua bicicleta e lacerou a panturrilha na correia. Em vez de irmos viajar, nós ficamos em Chester para fazer companhia a ela enquanto se recuperava. Os Barnes falaram sobre remarcar, mas, logo depois, a serraria pegou fogo e o Jogo da Deusa teve início, e logo o acampamento foi esquecido.

Um caminhoneiro havia estacionado ao meu lado, e ele veio em minha direção assim que saiu do banheiro fazendo o tipo de contato visual que podia significar duas coisas: ou ele queria me deixar abalada ou queria indicar que não tentaria fazer nada comigo. Ele era um sujeito grande com mãos pesadas e peludas, e eu resolvi ser do contra e enxergar o lado bom dele.

"Boa tarde", eu o cumprimentei, acenando com a cabeça.

"Desculpa te incomodar, moça", ele disse. "Eu estou dirigindo na mesma direção que você já faz um tempo, e achei que você devia saber que tem alguém te seguindo."

"Desculpa... O quê?", eu disse; minha calma temporária foi se dissolvendo. "Por que você acha isso?"

"Tem um Toyota Camry preto que está te perseguindo. Ele fica do mesmo lado da estrada, verificando se você não está a mais de dois carros de distância. Eu pensei que vocês estavam viajando juntos, mas, quando você parou aqui, ele estacionou no acostamento mais adiante. Achei que deveria te avisar."

"Obrigada pela preocupação", eu agradeci, tentando não soar nauseada. Ele poderia estar errado; talvez estivesse paranoico e entediado depois de um longo tempo na estrada.

Mas ele havia dito que era um Toyota Camry preto. Como o que eu tinha visto em Chester vezes demais para ignorar e pensar que fosse um truque da minha imaginação.

"Você quer que eu te acompanhe... Que fique de olho em você?", ele perguntou, arrumando o boné sobre uma cabeleira escura e espessa.

Eu neguei com a cabeça. "Eu posso me defender", respondi.

"Eu não estou querendo ser mal-educado ou sexista ou nada do tipo", ele disse. Então, eu lancei meu sorriso torto para ele. Seus olhos, como era previsível, focaram minha cicatriz, e eu pude ver a pergunta em seus olhos.

"Você tinha de ver como ficou o outro cara", eu disse.

"É mesmo?", ele respondeu. "Faltando uma orelha?"

"Morto, na verdade", respondi de volta, séria. Ele me encarou por um instante e logo em seguida percebeu que eu estava brincando, e riu.

"Tome cuidado", ele aconselhou.

"Pode deixar", respondi fingindo animação e acenei pra ele enquanto voltava para o carro.

Eu dei a partida, meus nervos à flor da pele. Tinha esperança de que o caminhoneiro estivesse errado, mas lá estava o Toyota preto, esperando no acostamento. Eu o ultrapassei e, indo contra as probabilidades, achei que ele ficaria no mesmo lugar. Mas não tive tanta sorte. Quando eu já estava a uma distância considerável, ele voltou para a rodovia.

Nos quilômetros seguintes, eu tentei mudar de pista aleatoriamente, movendo-me nas faixas de saída e voltando outra vez. Ele não ficava na minha faixa o tempo todo — às vezes, recuava —, mas, quando parecia que eu ia fazer alguma curva, ele vinha bem atrás de mim. Os vidros do carro dele eram esfumados. Eu não conseguia identificar nada além de uma vaga silhueta. Talvez nem fosse o homem que eu tinha visto em Chester, talvez nem fosse um homem.

Eu memorizei a placa do carro e pensei em voltar para a cidade para confirmar que era o mesmo carro, mas logo pensei também que ele não poderia me fazer nada enquanto eu estivesse na estrada. Quando entramos no terminal da balsa, ele estava dois carros atrás de mim. Eu desliguei o motor.

A balsa avançava em nossa direção, mas ainda estava a uma distância considerável. Levaria uns quinze minutos até ela chegar à doca, e meu perseguidor estava calmamente sentado atrás de mim. Eu estava encurralada, havia carros à minha esquerda e à direita. Na balsa, seria ainda pior, cercada de água sem poder nem ao mesmo correr.

Eu não podia ficar sentada esperando alguma coisa acontecer. Já me sentia saindo da própria pele. Soltei o cinto de segurança, abri a porta e fui avançando em meio à fila de carros até o Toyota preto. Bati na janela, encarando a figura indistinta no banco do motorista. A pessoa se moveu no lugar, mas não baixou o vidro da janela; então, eu bati novamente.

"Eu sei que você está me seguindo", eu disse. Agora, eu estava chamando atenção; cabeças se viraram em minha direção, celulares apareceram enquanto as testemunhas sentiam a oportunidade de fazer um vídeo. "Baixa esse vidro. Quem é você? Que diabos você quer?"

"Senhorita, há algum problema por aqui?"

Um segurança que estava por perto apareceu, já com a mão pousada muito casualmente no cinto junto a arma de choque. Era um jovem latino, com um rosto comprido e olhos intensos. Eu sabia exatamente como ele me via. Como se eu estivesse fora de mim; a clássica mulher branca tendo um ataque só porque o mundo não tinha se alinhado para servi-la do jeito que ela queria.

"Esse carro está me perseguindo", eu afirmei, o mais calmamente que pude, mas minha voz tremia. Assim como as minhas mãos. Eu as apertei em punhos e, em seguida, forcei para que relaxassem. *Não pareça maluca. Não seja a madame psicótica. Não arruíne o dia desse segurança simpático com as suas merdas.*

"Tenho certeza de que vocês só estão indo na mesma direção", disse o segurança num tom apaziguador. "Por favor, volte ao seu veículo."

"Ele estava me seguindo!", insisti. *Minha melhor amiga foi assassinada, e o assassino dela também deve estar atrás de mim*, pensei, e contive um impulso de rir descontroladamente diante da ideia de ter de explicar *isso*.

"Senhora, volte ao seu veículo, que eu vou falar com o motorista e resolver isso", disse o segurança. Meu Deus, ele era tão jovem. Será que já podia beber? No entanto, ele era bom nisso; tinha o tom de voz calmo, mas mantinha a mão erguida com firmeza, para o caso de eu mudar de ideia e me aproximar dele.

"Tá bom", concordei. Já havia chamado atenção demais. Então, eu voltei, mas não entrei no meu carro; fiquei do lado de fora com a porta aberta.

O segurança bateu na janela do Camry. Em vez de baixar o vidro da janela, o motorista abriu a porta, bloqueando minha linha de visão. Ele se mexeu no assento para conversar com o segurança colocando um pé no chão. Eu vi um sapato masculino. Vi um lampejo de cabelo castanho-claro, sem grisalhos. No entanto, logo o pé voltou para dentro do carro e a porta se fechou. Poderia ser o homem de Chester. Poderia não ser.

O segurança voltou em minha direção com aquele andar de "*Lá vamos nós de novo...*", com aquele jeito de alguém que não tinha certeza de como iria ser tratado. Alguns celulares ainda estavam apontados para mim. Eu não podia dar a eles um espetáculo desses. Demoraria uns trinta segundos até me identificarem se eu fizesse algo digno de viralizar na internet, e aí todas as tentativas de manter a minha frágil fachada de anonimato seriam atiradas pela janela.

"O senhor no outro carro diz que não está te seguindo. Vocês apenas estão indo na mesma direção", disse o segurança. "Ele disse que sente muito pelo mal-entendido. Você acha que podemos deixar tudo isso pra trás?"

"Ele *estava* me seguindo", afirmei, mantendo minha voz baixa. A família na minivan ao lado havia baixado os vidros das janelas e as pessoas dentro do carro estavam assistindo à cena sem um pingo de vergonha. "Toda vez que eu mudava de pista, ele estava logo atrás de mim. Quando eu parava, ele ficava me esperando um pouco adiante, num posto de parada. Eu não estou imaginando isso."

"Eu estou vendo que você está realmente preocupada, mas eu conversei com o senhor no outro carro, e ele insistiu em dizer que não faz ideia de quem você é e que não tem motivo algum para te seguir", explicou o segurança. "O que eu posso fazer, se ainda estiver preocupada, é tirá-la da fila depois que os carros andarem, e então você pode esperar a próxima balsa. Ele vai seguir em frente, e assim você poderá ter certeza de que ele não está te perseguindo."

Percebi que ele não sugeriu que o "senhor no outro carro" fosse o que eu devia esperar. Ficou claro quem era o suspeito de toda essa situação. "Ele disse o nome dele?", eu perguntei.

"Senhora, eu acho que é melhor voltar para o seu veículo."

Então, eu não ia descobrir nem isso. "Ok!", eu disse. Me render era mais fácil. Eu escorreguei de volta para o meu banco e fechei a porta do carro. Tranquei as duas portas. As pessoas ainda estavam me encarando, mas logo depois perderam o interesse. Eu estava inquieta. A balsa se aproximou, e eu fiquei vendo o Camry preto pelo retrovisor. Como era de se esperar, nada aconteceu.

Nada aconteceu, e eu estava presa, e ia começar a arrancar meus cabelos a qualquer momento. Peguei meu celular e conferi as chamadas recentes. Mitch estava no topo da lista — eu tinha ligado pra ele para avisar que passaria no apartamento para pegar meus equipamentos. O número de Ethan estava logo abaixo e, após um momento de hesitação, eu cliquei nele.

Se passou tanto tempo enquanto chamava que imaginei que ele estava decidindo se devia ou não atender, mas finalmente ele atendeu. "Naomi. Você já chegou em casa?" Sua voz era desprovida de qualquer entonação.

"Estou esperando a balsa", eu disse. Silêncio. "Me desculpe o modo como agi. Eu surtei."

"Eu não te culpo por surtar. É muita coisa para processar."

"Eu não deveria estar processando nada agora. Deveria ter enfrentado isso muito tempo atrás."

Eu vi a balsa se aproximando bem rápido da doca. Ainda era preciso descarregá-la. Eu espreitava o Camry pelo retrovisor. "O que você sabe sobre o filho de Stahl?", eu perguntei.

"Você está preocupada com a carta de novo?", Ethan perguntou.

Eu roí a unha do polegar. "Ele sabe que eu menti. E eu não era a única que ele culpava... Se ele achou que Liv..."

"Eu não sei, Naomi. Há um abismo entre querer saber a verdade e desejar matar alguém", Ethan apontou.

"Se o pai dele era violento, será que ele também não teria uma predisposição à violência?"

"Então, você é exatamente como o seu pai."

Eu resmunguei, aceitando o argumento dele. No entanto, eu era parecida com meu pai, mais do que gostaria de admitir. Eu era terrível em relacionamentos. Tinha hábitos autodestrutivos para lidar com as coisas — só que os meus envolviam homens com traumas emocionais, em vez de uma garrafa, embora, às vezes, envolvesse as duas coisas. Quem poderia saber qual versão dos próprios vícios Alan Stahl havia deixado para o filho? "Seja como for, quem é esse cara?", eu perguntei, por fim.

Ethan suspirou. "O filho se chamava Alan Stahl Junior. Ele tinha 12 anos quando o pai foi preso. Como ele era muito jovem na época, nem era citado na maioria das reportagens. Ele nunca falou publicamente sobre o pai."

"Você sabe onde ele mora hoje em dia? O que ele faz?", perguntei. O homem que estava me seguindo talvez tivesse a idade dele, mas várias outras pessoas também tinham.

"Não", disse Ethan. "Eu não sei."

"Então, você me importuna por uma entrevista, mas nunca pensou em entrevistar ele?", perguntei, o alfinetando um pouco. Os carros continuavam a passar. Agora, não faltava muito. Se eu pudesse pelo menos ficar no telefone com Ethan, poderia impedir meu coração de acelerar e minha adrenalina de subir. Eu poderia evitar colidir com toda aquela fila de carros e fugir, para me *libertar*, e danem-se as consequências.

"Eu só posso importunar as pessoas que consigo encontrar", disse Ethan. "Você parece... Eu não sei. Você está bem?"

"Só estou me sentindo um pouco tensa", respondi, com uma cadência maníaca. "Você já pensou que as balsas são basicamente prisões flutuantes enormes e que, se alguma coisa der errado, você está basicamente fodido?"

"Tenho quase certeza de que eles têm botes salva-vidas em balsas. E normas de segurança bem rígidas. Tem mais alguma coisa acontecendo?"

"Não se exalte", eu disse. "Mas eu meio que acho que tem alguém me seguindo."

"Tem alguém te seguindo? Quem?"

"Eu não tenho certeza. Um tipo meio jovem, eu acho, de cabelos castanhos, mas isso é tudo que consegui ver. Se eu te passar a placa do carro, você consegue descobrir quem é o dono?" Eu não disse a ele que achei que pudesse ser A.J. Ele já achava que eu era paranoica demais.

"Não sozinho, mas há várias opções online", respondeu ele. "Vou ver o que consigo fazer."

Eu passei o número da placa, e ele anotou.

"Você está segura no momento?", Ethan perguntou.

"Acho que sim. Eu vou sair da fila quando eles embarcarem. Ele vai ter de subir na balsa."

"Você quer que eu fique na linha?"

"Não, está tudo bem. Parece que estão embarcando agora", assegurei a ele. "Mas, obrigada. Obrigada por não me tratar como se eu fosse maluca."

"Você me liga quando chegar em casa? Ou mande uma mensagem. Só para eu saber que chegou em segurança."

"Você é fofo", eu comentei.

"Isso é uma coisa boa?"

"Acho que sim", me permiti dizer. "Mas não deixe isso subir à cabeça."

"Eu nem sonharia com isso."

Eu desliguei. Agora, a primeira fila estava se movendo e, a cada segundo que eu chegava mais perto de deslocar o carro, meu corpo ficava mais tenso. Por fim, a faixa ao meu lado se esvaziou, e o segurança sinalizou para que eu fosse para a lateral. Eu saí de ré e, então, parei e fiquei olhando os carros passarem até o Camry subir na balsa.

Pronto. Ele estava longe. E eu fiquei à toa no estacionamento, me sentindo uma paranoica imbecil.

Eu não podia subir naquela balsa. Eu tinha começado a pensar nela como uma prisão e, agora, não conseguia mais parar. Olhei o mapa no celular. Logo me convenci de que o caminho pela rodovia não levaria muito mais tempo que esperar a próxima balsa. Era algo perfeitamente razoável de se fazer.

No que diz respeito a mentiras, essa era uma bem fraca, mas eu acelerei e segui para longe do terminal de balsas.

Era tarde quando cheguei ao apartamento. Me retraí quando vi o carro de Mitch em sua vaga. Ele disse que não estaria em casa, mas isso tinha sido antes de eu decidir fazer o desvio pela estrada. Eu me preparei enquanto destrancava a porta. Ele estava no sofá. Havia uma cerveja sobre a mesa ao lado dele e o laptop aberto em uma página em branco.

"Ei", ele disse, soando surpreso, como se não soubesse muito bem que eu iria passar por lá.

"Olá, Mitch", falei, afastando minha franja dos olhos. "Eu só vou pegar minhas coisas e sair."

"Não vai ficar?", ele perguntou.

"Não", respondi lentamente. "Pensei em reservar um quarto de hotel."

Ele afastou o laptop e ficou em pé, colocando as mãos nos bolsos de um jeito que o fazia parecer menor, mais vulnerável. "Você devia ficar. O apartamento também é seu."

"Não de verdade", eu disse. Meu nome nunca esteve no contrato. Eu não tinha escolhido o apartamento. Odiava a vizinhança e a cor das cortinas.

"Eu não estou tentando voltar", ele falou, o que não diminuiu minhas suspeitas. Sua rendição anterior à parte, terminar tudo com Mitch ia ser como tentar tirar um polvo da perna. "Eu posso dormir no sofá. Só me parece tolice você pagar para dormir num quarto de hotel sendo que sua cama está aqui. E de graça!"

Ele tinha razão. O hotel em Chester não era caro, mas estava roendo minhas economias em um ritmo constante. Mas pelo menos o hotel não vinha com amarras. Nem tinha tentáculos. "Mitch, estou exausta. Só quero dormir. Se você está falando sério, vou acreditar, mas isso não significa que..."

"Eu sei, eu sei", ele rebateu, erguendo uma das mãos como se estivesse se defendendo de uma acusação.

"Obrigada", eu disse, ainda sem acreditar muito nele. Ficamos ali durante um segundo desconfortável, até que eu fui para o corredor. Fechei a porta atrás de mim e fiquei em pé no quarto que já me era familiar, me sentindo à deriva. Esse lugar tinha deixado de ser minha casa no momento em que parti para Chester, e estar ali de novo me perturbava. Como se eu fosse uma intrusa que pudesse ser pega a qualquer momento.

Eu troquei as roupas com as quais passara horas no carro por uma regata e uma calça de moletom. Apesar do que dissera a Mitch, eu ainda não estava pronta para dormir. Abri meu laptop na cama e pesquisei o nome "Alan Stahl Junior" em um site de buscas. Alguns artigos e umas imagens associadas a ele apareceram imediatamente. A do artigo que eu tinha visto antes, da batida policial, era a foto mais nítida dele.

Ethan tinha razão, não havia quase nada sobre ele. Eu tinha uma ideia dando voltas na minha cabeça de que eu sabia algumas coisas sobre ele. A frase *"uniforme de futebol enlameado"* continuava aparecendo em minha mente, mas eu não conseguia encontrá-la em lugar algum entre as poucas informações disponíveis. E também não é como se eu fosse uma ávida leitora de artigos sobre Stahl.

No entanto, eu tinha lido o livro da Cass. Fechei o laptop e fui até a prateleira. Eu nunca quis ler aquele livro, mas Mitch tinha um exemplar dele. Ele dizia que o livro dava a ele um lampejo da minha "psique oculta", seja lá o que for que isso significasse.

Não havia muito sobre mim naquelas páginas. A versão de Cass daquele verão, contada pela autora, Rachel Devereaux, era ensolarada e perfeita. Sua versão do Jogo da Deusa era um detalhe reluzente de fantasia, um tipo de magia sem impacto nenhum. Não havia nada do desespero que transbordava naqueles meses.

As coisas estavam mudando. Se um dia eu tive dois mundos — um cruel e outro fantástico —, estava prestes a ter apenas um. Eu me lembrava daquela fase como um período de terror de revirar o estômago, mas, nas palavras de Cass, tinha sido uma época de encanto e fantasia.

As seções marcadas como "Cass" eram intercaladas com reportagens. O índice me apontou a direção de alguns trechos delas. O nascimento de Alan Junior, menções a ele no contexto do casamento. Quase nada sobre ele como pessoa, embora fosse possível perceber que a autora tinha feito o possível para materializar uma personalidade por trás do nome. O mais próximo que ela chegou foi em uma passagem sobre o quarto dele, que fora visto apenas em uma foto entre tantas dos arquivos policiais. Era dessa foto que eu me lembrava:

Troféus e faixas preenchem uma pequena prateleira. Prêmios de segundo e terceiro lugar em torneios de futebol e eventos de corrida; nenhuma faixa azul entre elas. O uniforme de futebol enlameado jogado no canto de um cesto sugere um garoto ainda tentando conseguir aquela faixa de primeiro lugar, aquele troféu — ainda tentando impressionar um pai distante e indiferente.

Ou sugeriam que ele era um atleta decente, mas não incrível, que apenas ainda não havia lavado a roupa. Essa passagem estava ilustrada com a foto da qual eu me lembrava — A.J. com 9 ou 10 anos junto ao pai. Cabelo levemente encaracolado e um sorriso incerto. Ele era um palito perto dos ombros largos do pai. Parecia um menino normal, um menino simpático. Mas Stahl também parecia simpático. Se eu visse a foto sem saber quem era, talvez dissesse que ele tinha olhos bondosos. Os mesmos olhos que pareciam irradiar o puro mal nas fotos do julgamento.

As respostas que eu queria encontrar não estavam lá. Não havia uma versão perversa do menino, nenhum minipsicopata Stahl, para conjurar a partir de detalhes tão escassos. Se ele era um monstro como o pai, a prova não estava nessas páginas. Eu folheei o livro de uma forma automática, reconhecendo passagens aqui e ali. Eu o havia lido furiosa, procurando pequenos detalhes e fatos que não estavam exatamente corretos para que eu pudesse descreditar o resto. Os trechos que diziam que meu pai era um bêbado, um homem que não podia proteger a própria filha. E isso me pintava como a vítima indefesa das circunstâncias da minha vida e de Stahl, reduzida ao que me havia sido feito. Quanto aos outros "personagens" que Devereaux construiu...

O nome de Cody me chamou atenção.

> Cody Benham, melhor amigo de Oscar, irmão de Cassidy, é uma figura inusitada que se tornou o heroico cavaleiro de armadura brilhante da história. Confrontos frequentes o fizeram ser um personagem conhecido da polícia local, e o chefe de polícia Miller o descreveu como um sujeito esquentado que sempre estava caçando alguma briga.

Por algum motivo, ela havia se esquecido de mencionar que todas as transgressões juvenis de Cody haviam ocorrido com a participação ativa de Oscar — além de provocadas por ele. E que o mais próximo que Cody havia chegado de ser fichado na polícia foi... bem... foi por minha causa, e isso fez com que a amizade deles terminasse. Um ato que eu não havia honrado, no fim das contas. Cody tinha tentado me salvar de Oscar, e eu joguei isso fora do mesmo jeito que eu jogava tudo.

Meus olhos passaram pela página.

> Oscar Green, irmão mais velho e protetor de Cassidy, é um jovem musculoso com cílios longos e um jeito vagaroso de falar. Ele transborda aquele tipo de charme do interior, um lenhador com vocabulário shakespeariano.

"Ah, vai se foder!", bradei. Eu cheguei a pensar que ele tinha ido pra cama com a autora. Provavelmente. Ele levaria para a cama qualquer coisa que tivesse um batimento cardíaco, e, como Cody havia dito, muitas mulheres achavam sua atitude de "*eu não dou a mínima pra nada, incluindo você*" atraente. Não que eu pudesse jogar pedras nesse telhado.

Eu fechei os olhos. Não queria pensar em Oscar, mas seu nome continuava voltando à minha mente. Era assim com Oscar. Eu tentava ficar longe dele, mas nunca dava certo.

Você e eu estamos destinados. Lembranças se agitavam sob meus dedos.

A porta do quarto se abriu. Eu ergui meus olhos turvos enquanto Mitch entrava. Ele carregava dois copos de bourbon. "Eu achei que você ainda estaria acordada", disse ele. Em seguida, me ofereceu a bebida. Eu não me mexi. "É só uma bebida, não um casamento", ele brincou. Eu coloquei o livro de lado e a aceitei, e ele usou o movimento de me entregar o copo para se aproximar e se sentar ao meu lado na cama, sem de fato me tocar.

O copo gelado descansava contra a palma da minha mão, mas eu não bebi. Em vez disso, observei Mitch. Com todas as pessoas com quem me relacionei, eu estava tentando ser uma versão específica de mim mesma. Com Mitch, eu era uma artista tentando extrair algum significado do trauma vivido. Viera da floresta, mas não pertencia mais a ela. Era um sonho acordado, que eu vivi por algum tempo.

Então, me perguntei quem eu estava tentando ser com Ethan. No entanto, nos últimos dias, eu não tive a opção de ser ninguém a não ser eu mesma. Tudo o que aconteceu havia me desnudado.

"Como foi? Voltar pra casa?", Mitch perguntou. Ele mexeu os cubos de gelo de sua bebida, fazendo-os bater contra o copo. "Como está a Olivia?"

Ele não sabia. É claro que ele não sabia, eu não havia contado. Mas parecia impossível. O mundo tinha mudado. Ele deveria ter percebido.

"Olivia morreu", eu contei a ele.

O semblante de Mitch se contorceu, passando por choque, confusão e raiva e, então, voltando para um horror de perplexidade. "Eu sinto muito", ele disse. As palavras certas, a expressão errada. Ele se aproximou e colocou a mão no meu joelho. "Meu Deus. O que aconteceu?"

Eu não podia. Eu não podia reviver tudo aquilo novamente. Apenas balancei a cabeça enquanto ele acariciava meu joelho com o polegar.

"Você não precisa me contar", ele disse. "Não agora. Eu realmente sinto muito."

"Obrigada", eu respondi. "Eu só..."

Ele se aproximou, diminuindo o espaço entre nós. Eu sabia o que ele estava fazendo, mas não falei nada, não o afastei, apenas congelei quando seus lábios tocaram os meus. O beijo dele era profundo, afetuoso e ardente. Eu reconhecia o cheiro, a loção pós-barba e as colônias caras, conhecia o toque, mas, assim como o apartamento, eles tinham se tornado estranhos.

Seus lábios se moveram para o canto do meu maxilar, para o meu pescoço, para o meu ombro. Ele tirou a bebida da minha mão, a colocou sobre a mesa de cabeceira e me guiou de um modo gentil para que eu me deitasse na cama. Ele beijou meu pescoço e eu encarei o teto imaculado do quarto.

"Está tudo bem", ele sussurrou sobre a minha pele. Seu polegar traçou uma linha até o meu quadril. "Você está bem agora." A mão dele escorregou para dentro da minha camiseta, amarrotando o tecido.

Você e eu estamos destinados.

Eu fechei os olhos, tremendo. Eu não pensei naquelas palavras, naquela voz, por anos, mas agora elas eram como o lodo no fundo do lago, se recusando a sair mesmo depois de uma limpeza. A mão de Mitch passou pelo elástico da minha calça. "Para", eu sussurrei. Ele não me escutou. "Mitch, para", eu segurei seu pulso. Os dedos dele congelaram onde estavam e ele me olhou realmente preocupado.

"Me deixe te ajudar a se sentir melhor", ele disse em voz baixa, com sinceridade. "Eu amo você, Naomi."

Eu engoli em seco. *Você e eu, você e eu, você e eu.* Mão sob a minha camiseta. Sobre um cobertor barato, a sensação de um peso insuportável sobre mim. "Eu dormi com alguém", eu disse.

"O quê?" Mitch tirou a mão de dentro das minhas calças. Seu cabelo caiu sobre os olhos enquanto ele pairava sobre mim, com a coxa encostada na minha.

"Exatamente o que eu falei. Eu transei com alguém", repeti. Eu precisava que ele parasse de me tocar. Eu o empurrei, e ele saltou para trás como se eu tivesse criado espinhos. Arrumei minha camiseta onde ela tinha sido levantada e ajeitei meu cabelo.

"Nós terminamos há alguns *dias*, e você vai e fode com outra pessoa?", perguntou Mitch, incrédulo.

"É. Bem, é isso o que eu costumo fazer", eu rebati.

"Quem?", ele quis saber.

"Ninguém que você conheça." Eu peguei meu copo de bourbon e tomei alguns goles. Minha cabeça latejava, e meus ombros ficaram tensos conforme as memórias se retorciam. *Um cobertor barato contra meus ombros nus — não, uma parede de concreto. Um buraco no teto do tamanho de um punho, folhas oscilando do lado de fora. O cheiro da floresta. O cheiro de gasolina.*

De todas as merdas que passei na vida, eu pensei que havia superado essa parte, mas, aparentemente, não tinha.

O zíper da calça de Mitch estava aberto. Eu não tinha visto ele abrir. Tudo parecia estranhamente embaçado ao redor. Minha mão tremia. "Eu não mereço nem saber o nome do cara, pelo menos?", ele perguntou ofendido.

"Oscar", eu disse sem pensar, pelo menos sem pensar sobre o *presente*, e então balancei a cabeça. "Não, não foi ele..."

"Você nem se lembra do nome dele?", ele perguntou num tom de desprezo sarcástico.

"Sai daqui!", eu disse, sem olhar pra ele.

"É o meu apartamento. Essa cama é minha."

"Então, eu saio." Eu me levantei.

Ele sacudiu a cabeça, aturdido. "Esquece. Você pode ficar aqui esta noite. Mas, depois disso, eu quero você fora daqui." Ele saiu pisando firme, batendo a porta do quarto atrás dele. Logo depois, eu escutei a porta da frente bater. Provavelmente, estava saindo para dirigir com raiva. Eu afundei na cama, segurando minha cabeça.

O que caralhos acabou de acontecer? Eu devia apenas ter trepado com ele, para ele sentir que estava me ajudando.

Mas, quando ele me tocou, eu só conseguia pensar nas mãos de Oscar. Oscar não cheirava à loção pós-barba e colônia; ele tinha aquele odor de madeira recém-cortada da serraria, óleo de motor, suor. Ele havia estendido um cobertor esfarrapado como se fosse a coisa mais nobre que qualquer um já tivesse feito para uma garota e, pouco antes de começar a se mover dentro de mim, ele me disse "*Não se preocupa, isso deve doer mesmo...*".

Eu engoli o resto do bourbon, e o senti queimar ao descer pela garganta. Por que eu disse *Oscar*? Aquilo tinha acontecido anos atrás. E também havia sido *ontem*.

A carne não reconhece o tempo de forma linear, um terapeuta havia me dito uma vez. O passado está escrito junto ao presente em nossas peles. Eu disse que ele devia escrever poesia em vez de receitas médicas. Ele me acusou de rebater sugestões prestativas com sarcasmo.

Foi ele quem me disse que era um erro organizar minha vida entre *antes* e *depois*, como se o ataque fosse a raiz de cada coisa ruim que havia acontecido desde então, como se minha vida tivesse sido completamente reordenada com base no cataclisma que me atingiu. E ele estava certo. Oscar era o "antes", e ele era também o "depois", e ele era, ainda que eu não aceitasse, o "*agora*".

Oscar conheceu Jessi Walker. E ela era a única peça sólida que ainda havia em meio a tudo isso. Ela era o que Liv estava perseguindo. O motivo de estarmos na floresta.

Às vezes, parecia que a única coisa em que eu era boa era sobreviver mesmo quebrada. Eu não sabia como ser uma pessoa inteira. Então, sempre que eu sentia que estava melhorando, encontrava alguma maneira de me quebrar mais uma vez.

Stahl foi o pior monstro da minha infância. Oscar tinha sido o primeiro. Mas eu não fugi dele. Anos depois do que aconteceu na floresta — depois de todo o incidente —, eu voltei até ele, de novo e de novo, até que não houvesse mais nada que ele pudesse tirar de mim.

Até eu ter esgotado todas as formas de me partir em pedaços.

A noiva daquele sábado era alguém que abraçava muito. E que chorava muito. Tinha um cabelo azul-radioativo, usava coturnos sob o vestido bufante de princesa e tinha uma tatuagem da Aliança Rebelde no ombro. Durante algumas horas, eu me perdi no trabalho, capturando momentos de felicidade espontânea, de entusiasmo intenso, e os carinhosos e ternos segundos entre ambos — a avó do noivo sentada numa beirada da pista de dança com os olhos repletos de orgulho, a dama de honra girando lentamente para ver a saia ondulante se mover, o instante em que a noiva repousou a cabeça brevemente no ombro do pai, em um momento de descanso.

Nós construímos nossas vidas com rituais e cerimônias, e esta, em especial, reluzia de alegria e significado. Eu permanecia no limiar, como testemunha, mas não como participante. Mais do que nunca, senti a barreira entre mim e as imagens que eu registrava.

No fim do dia, guardei meu equipamento e fui para um hotel pelo qual eu não podia pagar. Se eu não tivesse de filmar um noivado no dia seguinte, teria simplesmente voltado para Chester. Mesmo com tanta gente ao meu redor, eu me senti isolada durante todo o dia, indefesa. Pelo menos eu tinha um trabalho em que me focar.

Na mesa do quarto de hotel, selecionei algumas fotos que eu já havia marcado, fazendo nelas os retoques mais básicos antes de enviar para a noiva alguns JPEGs com uma resolução boa o bastante para serem visualizadas pelo computador. *Só uma prévia!!! Achei que você gostaria de compartilhar estas.* PARABÉNS!!!

Pontos de exclamação me deixavam desconfortável, mas é preciso fazer alguns sacrifícios para trabalhar na indústria de casamentos.

Meu estômago roncou. Eu havia roubado alguns petiscos no casamento, mas, fora isso, não tinha comido nada. Eu estava apenas a algumas quadras de distância do meu restaurante tailandês favorito, e de repente era tudo em que eu conseguia pensar. Eu mandei mais dois e-mails rápidos — dizendo ao casal que iria noivar no dia seguinte o quanto estava animada para vê-los amanhã, e outro confirmando as datas para um casamento na primavera — e saí.

Quarenta minutos depois, saciada com macarrão e *curry*, eu me sentia um pouco mais humana e um pouco menos em pânico. Era mais difícil ficar assustada com o estômago cheio. Carregando o pacote com a comida que sobrou em uma das mãos, fui caminhando até meu quarto. Ethan ligou bem no momento em que eu cruzava o corredor.

"Eu tenho boas e más notícias", ele disse quando atendi.

"Más notícias primeiro. Sempre."

"O carro que estava te seguindo era alugado, e não tem como eu descobrir quem o alugou."

"Merda. E qual é a boa notícia?"

"Essa também é a boa notícia. Eu achei o carro", disse Ethan, acanhado. "Eu tinha planejado fazer isso na ordem inversa."

"Você não pode, tipo, ligar e fingir que o carro bateu na sua traseira ou algo assim? Ou hackear o banco de dados deles? Descer fazendo rapel pela claraboia da empresa?"

"Naomi, eu faço um podcast", Ethan respondeu.

"Talvez você tenha habilidades secretas, sei lá... Espera, estou recebendo uma mensagem." Eu fiz um malabarismo com o cartão de entrada enquanto conferia a mensagem no celular. O casal que iria noivar no dia seguinte queria saber se eu poderia chegar às onze, em vez de meio-dia. Sem problemas — assim, eu teria mais tempo para voltar a Chester. "Preciso responder isso. Eu te ligo de volta daqui a pouco, ok?" Eu abri a porta empurrando-a com o ombro e entrei no quarto.

"Vou ficar por aqui. Nós nos falamos logo mais", ele respondeu.

Eu desliguei e fechei a porta atrás de mim com o pé; digitei a resposta à mensagem andando pelo quarto.

A sombra estava em minha visão periférica. Eu não a percebi até ela se mover — e no mesmo instante vi que era um homem, avançando sobre mim. Um homem de cabelos castanhos e um olhar frio.

Um pânico puro e intenso correu pelo meu corpo. Ele estava no meu quarto. Ele iria me matar.

Cega de medo, eu o golpeei, girando a mão que segurava o celular. Ele o atingiu na têmpora, e eu recuei com o braço erguido, gritando, tentando atingi-lo de novo. Xingando, ele agarrou o celular da minha mão e o tirou do meu alcance, mas eu não parei, e comecei a arranhar seu rosto. Eu não iria desistir sem lutar, não dessa vez.

A mão dele se fechou ao redor do meu pulso. Ele o puxou com força, me fazendo girar, e então me deu um empurrão violento nas costas. Eu bati meu rosto na parede, soltando um grito de dor. Caí para trás, batendo meu quadril e minhas costelas com força na armação da cama no caminho e me esparramei inerte no chão, com a visão turva.

Eu o encarei, piscando para tentar clarear a visão, esperando que ele me atacasse novamente, mas apenas se abaixou, pegou meu celular de onde havia caído e correu para fora.

A porta se fechou com um estrondo. A dor em minhas costelas latejava se somando ao batimento acelerado do meu coração, mas eu respirei fundo uma vez, e mais outra.

Ele não tinha me matado. Eu estava viva.

Cada parte minha doía. Eu me arrastei segurando o pé da cama. Senti o gosto de sangue e percebi que meu nariz estava sangrando. O espelho do guarda-roupa me mostrou uma mulher de olhar selvagem, com os lábios, as bochechas e o queixo tingidos de vermelho.

Eu tentei me levantar, mas ficar em pé fez o quarto girar ao meu redor. Engatinhei até a mesa de cabeceira para alcançar o telefone do quarto. No entanto, parei.

Para quem eu iria ligar? Para a polícia?

Sim. É óbvio. Essa seria a coisa sensata a se fazer. Mas eu teria de explicar a eles quem era o homem, falar sobre o Camry, sobre Chester, Perséfone, Liv, Stahl... todos estavam emaranhados nessa história, e, se eu entregasse para a polícia um fio desse novelo, eles iriam desenrolá-lo.

Esse pensamento é estúpido. Chame a polícia.

Porque isso havia funcionado tão bem da última vez. Os policiais foram pelo menos metade do motivo de eu ter ido parar no banco das testemunhas, de eu ter testemunhado contra o homem errado. Eles queriam Stahl, e me usaram para pegá-lo.

Eu guardei minhas coisas depressa, enfiando tudo na mala, mal conseguindo fechá-la antes de fugir pela porta. Saí correndo meio cambaleante, desci pela escada dos fundos e fui até onde estava meu carro, na rua, sem encontrar ninguém. Me sentei atrás do volante, respirando fundo e dolorosamente, vendo os pedestres passarem despreocupados.

Encostei a cabeça contra o volante e chorei.

Minhas costelas e meus quadris estavam machucados, mas cheguei à conclusão de que nada estava quebrado. Nem mesmo meu nariz, apesar de ter começado a inchar quando me aproximei de Tacoma e ter ficado roxo bem depressa. Havia um hematoma reto em minhas costelas e uma mancha escura em meu quadril no lugar sobre o qual eu havia caído, e meu braço estava vermelho na parte em que foi agarrado. No entanto, não tive uma concussão nem estava com os ossos quebrados, então, concluí que eu tive sorte.

Eu tive sorte por ele ter saído sem fazer nada pior.

Eu já tinha enchido o tanque antes do casamento. Fui direto para Chester, pegando o caminho mais longo e contornando a enseada, para evitar a balsa, sem fazer parada nenhuma. Fiquei atenta para ver se um Camry preto aparecia em meu retrovisor, e algumas vezes também estacionei em pontos estranhos para me certificar de que nenhum carro estava me seguindo. Quando cheguei ao Chester Motel, bem depois de anoitecer, até onde sabia, eu estava sozinha.

Eu fui direto para o quarto de Ethan. Eu não havia ligado — sem meu celular, eu não tinha seu número —, e ele me recebeu surpreso e assustado.

"Naomi! Eu fiquei tentando te ligar... O que foi que aconteceu com o seu rosto?", ele perguntou.

"Meu rosto nem é o pior", eu respondi, e minha voz soou anasalada, como se eu estivesse resfriada. Entrei no quarto passando direto por ele, fechei a porta e travei a fechadura. "Eu não consegui ligar porque meu celular foi roubado. Pelo cara que fez isto." Eu apontei para o meu rosto. Com ou sem cicatriz, eu gostava do meu rosto. Tinha ângulos intensos que intimidavam as pessoas, um efeito que a cicatriz ajudava, mas, no estado arroxeado e inchado em que meu nariz se encontrava, esse efeito estava completamente arruinado.

"Que cara? O que aconteceu?", Ethan perguntou. "Quando foi isso?"

"Algumas horas atrás." Eu repassei a sequência de eventos — o Camry, a volta ao hotel, o intruso. Quando cheguei ao trecho em que decidi não chamar a polícia, ele afundou na cama, com os cotovelos sobre os joelhos e as mãos entrelaçadas atrás da cabeça.

"Naomi. Você precisa contar isso à polícia. Ligar para a Bishop. Ela precisa saber que..."

"Não. Eu sei que seria a decisão mais inteligente a se tomar. Eu sei que é a decisão lógica e provavelmente a mais correta, mas não, eu não posso. E você não pode. Por favor. Tem muita coisa em jogo. Muita coisa que pode dar errado."

"Você não pode manter isso escondido para sempre."

"Até eu ter as respostas de que preciso, eu posso", respondi. "Eu juro por Deus, Ethan, assim que eu souber quem é o responsável por tudo isso, vou entregar tudo o que temos para a polícia. Mas eu não confio neles. Eles pegaram o homem errado antes. E depois Liv morreu."

"Você não sabe se a morte da Liv está conectada a isso."

"Como não estaria?" Eu andei de um lado para o outro. Ele me observou, com os olhos cheios de preocupação. "Ou a pessoa que me atacou está tentando encobrir seu rastro, ou nosso querido A.J. está tentando se vingar."

"Você está tirando conclusões precipitadas. Não há motivo algum para pensar que o filho de Stahl está atrás de você."

"Aquela carta..."

"Há uma grande diferença entre querer respostas e querer vingança", Ethan apontou. "Não há nenhuma ameaça naquela carta. Apenas perguntas."

"Eu arruinei a vida dele."

"Ter um pai serial killer arruinou a vida dele", respondeu Ethan.

"Tirando o fato de que ele não era um serial killer, era?"

"Não vá por esse caminho. Stahl assassinou aquelas mulheres."

"Não há como ter certeza disso. Ninguém a não ser Stahl poderia ter essa certeza, e ele está morto."

"Eu tenho certeza", insistiu Ethan. "E, mesmo que ele não fosse o assassino delas, nada disso é sua culpa. Você era uma criança. Ninguém te protegeu. Não do jeito que deveria ter protegido."

"Você acredita nisso? Ou apenas quer acreditar?"

Ele me puxou para perto dele; era mais um convite do que uma intimação. "Você precisa desacelerar, Naomi. Precisa descansar."

Eu deixei que ele me abraçasse, suas mãos envolveram minha cintura. Encostei meu rosto no dele, deixando escapar uma respiração longa e ofegante. "Você fica me dizendo isso... Mas acho que eu não sei como descansar", eu confessei.

"Eu sabia disso desde o momento em que nos conhecemos", disse ele. "Não vamos chegar a lugar algum focando em teorias sem fundamento. Precisamos começar do início. Voltar até o ataque."

"Mas o ataque não foi o início", eu disse. "Perséfone foi o início."

Ele assentiu. "Nós a encontramos. Agora, está na hora de descobrirmos o que aconteceu a ela. E nós vamos descobrir. Mas, antes disso, você precisa dormir. Você vai ficar segura. Eu vou estar aqui." Com um gesto delicado, ele afastou meu cabelo do meu rosto. Eu não queria gostar de Ethan Schreiber. Não queria confiar nele. Mas eu precisava.

Às vezes, a rendição era o caminho mais gentil de todos.

Sonhei que estava na casa do meu pai. Eu era criança, e alguém estava me seguindo. Eu escutava a respiração atrás de mim. Tentando encontrar a porta, corri em meio a sinuosos corredores de sacos plásticos estufados e caixas emboloradas, mas eles continuavam eternamente, e os corredores se transformaram em caminhos entre as árvores. Eu escorreguei sob a beirada da rocha e caí nos braços esqueléticos de Perséfone, e eles me envolveram, apertando mais e mais, enquanto, do lado de fora, lobos uivavam famintos.

Em seguida, tremendo ao escapar do sonho, eu acordei. Demorei um pouco para me lembrar por que eu estava no quarto de Ethan. Ele estava sentado à mesa com seu laptop aberto. Não, com o *meu* laptop aberto.

"O que você está fazendo?" Exigi saber, me debatendo para me soltar dos lençóis.

Ele me olhou com uma pontada de culpa. "Estou rastreando seu celular. Eu não queria te acordar."

"Oh." Eu deveria ter pensado nisso. A pancada na cabeça era minha justificativa. Eu me enrolei no cobertor e fiquei ao seu lado. Ele estava com a página de Rastreio de Aparelho Celular aberta, mas tudo o que mostrava era a última localização — o hotel.

"Ele deve ter desligado o celular, mas, se ele o ligar de novo, vamos saber onde está", disse Ethan.

"Como você se conectou?", eu perguntei. Eu não era exatamente um prodígio da segurança digital, mas eu tinha tudo protegido por senha.

"A senha para o celular estava no preenchimento automático do navegador", disse ele. "A senha do laptop, eu adivinhei. Precisei de algumas tentativas, e fiquei travado duas vezes, mas consegui. Ártemis — essa era a sua deusa, certo?"

"Cass escolheu", eu respondi. "Provavelmente, não é a mais segura."

"Está no livro", ele admitiu. "Eu teria só te perguntando, mas..."

"Você não queria me acordar", eu completei. Fazia sentido, mas, mesmo assim, me senti desconfortável. Um intruso havia bisbilhotado meus arquivos, e o fato de ele ser um amigo não tornava isso menos perturbador. Ele também tinha trazido toda a minha bagagem, deixado tudo junto à parede. Eu devia me sentir grata por isso, também — não devia ter deixado meus equipamentos caros dentro do carro durante a noite. Eu deveria me sentir grata. Mas não me sentia assim.

"Eu estava pensando no que descobrimos, e no que não descobrimos", disse Ethan. "Eu ainda acho que o caminho mais útil para se seguir é Perséfone... Jessi Walker."

"E quanto a Junior?", eu perguntei, tentando me livrar da inquietação. Ele só estava tentando ajudar.

Ele suspirou. "Eu posso continuar procurando, mas ele fez um trabalho bem eficiente desaparecendo", Ethan disse.

"Se eu pelo menos pudesse ver uma foto dele, saberia se foi ele ou não", eu disse.

"Eu vou ver o que posso fazer", ele me assegurou. "Enquanto isso, acho que precisamos estabelecer uma regra. Você não deve ir a lugar nenhum sozinha. Esse cara poderia ter te matado."

"Mas ele não me matou", eu argumentei. Eu não sabia qual era o significado daquilo. Isso queria dizer que ele não havia assassinado Liv? Ou foi só porque eu o peguei de surpresa? Ethan estava certo. Nós não sabíamos como encontrar respostas sobre o homem misterioso, pelo menos não ainda. As perguntas que sabíamos como fazer eram sobre Jessi. Apesar de eu ter uma pista.

Oscar.

Mas falar com Oscar significava Ethan descobrir qual era a pior decisão que eu já havia tomado na vida. Iria mudar as coisas. O nojo que eu senti de mim mesma... ele também sentiria isso.

"Você devia tomar um banho", disse Ethan. "Você parece..."

Eu ergui um dedo e o apontei para ele. "Se você quer que algum dia eu cometa de novo o erro de ir pra sua cama, deve parar de falar", eu disse.

"Sensacional. Realmente sensacional", improvisou ele.

Eu revirei os olhos.

"Muito convincente", eu disse.

Eu usei o laptop apenas pelo tempo suficiente para mandar um e-mail para os clientes da filmagem de noivado, avisando que uma emergência familiar havia acontecido e que eu teria de remarcar. Em seguida, tomei um banho e lavei com cuidado meus diversos ferimentos. Eu me movia como um paciente geriátrico, tremendo e me curvando, e a água quente não ajudou muito com meus músculos tensos, mas pelo menos eu parecia um pouco menos com uma vítima de acidente quando consegui sair do chuveiro. Enquanto me secava, pude escutar a voz abafada de Ethan. Ele estava falando com alguém.

"...mais tempo do que eu esperava. Não, não tem nada de errado. Eu só estou pesquisando algumas coisas." Com quem ele estava falando? "Não, você não vai querer saber, porque isso sempre te deixa mal. Não. Não. Sim. Mãe..."

Eu relaxei um pouco e, então, me repreendi. Com quem eu *achava* que ele poderia estar conversando? Minha reação inicial havia sido a de suspeita, mas isso não fazia sentido algum. Se ele estivesse falando com alguém nefasto, não faria a ligação enquanto eu estava a uma porta de compensado de distância.

Eu saí do banheiro secando meu cabelo com a toalha, e ele me olhou pedindo desculpas silenciosas enquanto continuava a falar. "É o meu trabalho. Eu gosto. Eu sei que você não entende, mas eu realmente não quero ter essa conversa com você agora. Eu te juro que estou bem. Vou te visitar logo. Ok. Dá um abraço no George e nas meninas. Eu te amo, mãe. Até mais." Ele desligou e sua postura desabou.

"Deixa eu adivinhar. Sua mãe se sente horrorizada com o fato de você passar todo o seu tempo pesquisando sobre assassinatos pavorosos?"

"Basicamente", Ethan respondeu. "O marido dela não ajuda. Ele acha que é um sinal de amoralidade fundamental ou algo assim. Mas é um preço pequeno a se pagar por ter um cara decente na vida dela."

"Se preocupar com você pelo menos significa que ela se importa", eu disse. Penteei meus cabelos com os dedos até ficarem de um jeito que parecia arrumado.

"Você fala com sua mãe?"

"Uma vez por ano, no aniversário dela", respondi. "Ela apareceu em casa para bancar a *boa mãe* por algumas semanas depois do ataque, mas não durou muito. De qualquer forma, nós nos damos melhor a distância. Ela não foi feita para ter filhos. E quanto ao seu pai? Vocês se dão bem?"

"Ele morreu", disse Ethan, abertamente.

"Eu sinto muito", respondi, empalidecendo.

"Não sinta. Faz muito tempo", esclareceu ele, aparentemente despreocupado. "Um café da manhã não cairia mal. Você quer alguma coisa?"

"Oito galões de café e alguma coisa cheia de carboidratos", eu disse. "E eu provavelmente deveria ir fazer o registro de entrada no quarto, de novo."

"Ou você poderia ficar aqui", falou Ethan, de repente.

"Eu não acho que estamos prontos para coabitação", respondi a ele.

"Não é isso", ele explicou. "Você foi atacada. Eu vou me sentir muito melhor sabendo que você não está sozinha."

"Eu não...", eu hesitei. "Eu não sei o que é isso, isso entre nós."

"Não precisa ser nada. Vamos começar com o café da manhã e partir daí."

Ele beijou minha testa antes de sair — praticamente a única parte do meu corpo que não doía. Eu tentei andar pelo quarto, mas minhas costelas machucadas não me deixaram, então eu me encolhi na cadeira em frente ao laptop, novamente procurando as poucas informações que existiam sobre A.J. Stahl. Eu tentei fazer aquelas velhas fotos se encaixarem no sujeito que havia me atacado, mas fazia tempo demais. Ele poderia ter crescido e se tornado qualquer outra pessoa.

Deixei o rastreador do celular aberto na lateral da tela. De repente, o pontinho desapareceu e o mapa recarregou em uma nova localização. E, quase tão rápido quanto isso aconteceu, ele anunciou "sinal perdido". Alguém tinha ligado o celular e desligado logo em seguida. Mas, por um breve segundo, eu o encontrei. Eu tinha um endereço.

Com o coração acelerado, copiei o endereço e procurei por ele online. Um salão de manicure em Redmond? Espera, essa era apenas uma das salas do prédio. Eu conferi os outros negócios que havia ali. Um banho e tosa de cachorros — provavelmente, não era algo sinistro —, um restaurante de sopas vietnamitas, uma loja de jogos de tabuleiro e algo chamado Jessup Consultorias.

"Vago. Nada suspeito", murmurei. Abri a página deles. O design do site certamente era um crime, com cores que atacavam a retina e uma foto genérica de um sujeito comicamente sério usando um terno e um ponto eletrônico na orelha. O alto da página me dizia que eles faziam serviços de segurança e investigação.

O sujeito que invadiu o quarto de hotel era um detetive particular?

Rancor pessoal era uma coisa. Contratar alguém para ir atrás de mim... isso era bem diferente.

Vinte minutos depois, Ethan chegou com comida e me encontrou perdida em um mar de abas abertas e anotações rabiscadas. Eu consegui rastrear o nome do dono da firma, Terry Jessup, e a partir daí encontrei meia dúzia de ex-funcionários. Nenhum deles era o que eu procurava. Jessup Consultorias aparecia como uma nota de rodapé em alguns artigos, mas nada relevante. A maioria era de trabalhos para corporações e pequenas empresas. Nada que indicasse "vingança pessoal violenta".

"Por que esse cara te atacaria?", perguntou Ethan. "Não parece exatamente um trabalho normal de investigador particular."

Eu franzi o cenho. Ethan estava certo. À primeira vista, a Jessup Consultorias não parecia uma agência para se contratar capangas. E por que me atacou? Ele não me matou, mas poderia ter feito isso. E por que me bateu? Por quê?

Mas ele não tinha me atacado, tinha? Não exatamente. Ele avançou em minha direção.

Ou ele avançou em direção à porta.

Eu o surpreendi no meu quarto, e ele tentou fugir. E eu surtei completamente tentando quebrar o crânio dele com um iPhone. Massageei minhas têmporas com a ponta dos dedos. "Eu o ataquei. Ele só estava tentando me fazer parar", eu concluí, e quase ri disso. "Ele não estava realmente tentando me matar."

"Mas ele invadiu seu quarto", apontou Ethan. "Se não estava atrás de você, o que ele estava procurando?"

"Até onde eu sei, tudo o que ele pegou foi meu celular. E não há nada comprometedor nele", eu disse.

Era impossível ser amiga de Liv e não ficar um pouco paranoica. Coisas importantes não tinham sido salvas na nuvem.

"Não há mais nada que ele possa ter levado?", ele perguntou.

"Eu conferi todo o meu equipamento. Ainda está tudo aqui", eu disse. A não ser que... Eu andei até onde estava minha mala, me arrastando de dor, e a abri. Minhas câmeras estavam lá... mas eu abri uma delas para me certificar e, como pensei, o cartão de memória não estava lá. "Merda. Ah, *merda*."

"Tinha algo importante nos drives?", Ethan perguntou.

"Sim, só um casamento inteiro", respondi. "*Merda*. Eu ainda não tinha feito o *upload* de tudo! Eu sempre faço isso imediatamente, mas eu estava com fome e fui comer e aí *ele* apareceu no quarto."

"Você perdeu as fotos do casamento...", repetiu Ethan, tentando ser cuidadosamente neutro.

"Elas são importantes", eu insisti.

"É claro. Mas elas não vão fazer com que você seja presa ou morta, então, eu vou considerar isso uma vitória", disse Ethan. "A Jessup Consultorias vai estar com elas. Podemos recuperá-las. Sobretudo se não quiserem ser denunciados para a polícia pelo fato de um funcionário deles ter te agredido."

"Ok." Eu respirei fundo e soltei o ar. Calma. Eu conseguia ficar calma.

"Sente-se. Coma algo. Relaxe. Eu vou ver se consigo encontrar mais alguma coisa", ele disse. Então, ele lançou um olhar crítico para as abas abertas no navegador. "Você nunca fecha as abas?"

"Eu posso precisar delas depois."

"Uma delas está tocando 'Old Town Road'."

"Normalmente, eu só tiro o som do computador quando isso acontece", eu disse. "É mais fácil que encontrar a aba."

Ele suspirou e se sentou para trabalhar.

Depois de comer, enquanto Ethan continuava sua busca infrutífera na internet por qualquer pista que pudesse nos levar ao meu agressor, decidi ir até a máquina de gelo, andando como se estivesse numa peregrinação. Saí da alcova com um balde de gelo em mãos e me deparei com a chefe de polícia Bishop esperando por mim.

"Jesus Cristo", ela exclamou assim que me viu. "Quem fez isso com você?"

"Teve uma briga pelo buquê num casamento e eu levei uma cotovelada", eu respondi. Ela apenas piscou enquanto me olhava. "Eu sou fotógrafa de casamentos. Desculpa, piada ruim. Fui assaltada." Era quase isso.

"Aqui?", perguntou ela, incrédula.

"Eu estava em Seattle fotografando um casamento."

"Você não me disse que estava saindo da cidade", ela falou, com a mão na cintura. Ela havia parado o carro atravessado, ocupando duas vagas, bem ao lado do meu.

"Não fui informada de que precisava te avisar isso", respondi.

Ela franziu o cenho. "A morte de Olivia foi classificada como suicídio. Já liberamos o corpo. O funeral vai ser na terça-feira", ela informou.

Eu perdi o equilíbrio. Consegui não cair, mas apenas por um triz. Então, era oficial.

"Eu acho que isso é um engano", disse ela, inexpressiva.

"Você acha que Liv foi assassinada?", eu perguntei. Ela assentiu. "Então, por que..."

"Eu estou nesta cidade faz seis meses. Sou uma recém-chegada, não sou daqui, e meu trabalho só existirá até o exato momento em que Jim Green mandar o conselho municipal se livrar de mim", explicou ela, com a voz exalando descontentamento. "Ele deixou bem claro que era hora de *seguir em frente*. Mas não estou convencida. A menina se matar daquele jeito, considerando que tinha tanto medo de armas e de sangue, e com todas as pessoas que a conheciam, incluindo você, a vigiando feito um gavião, procurando o menor sinal de ideação suicida? Sim, eu acho que ela foi assassinada. Mas, se eu não assinar aquela papelada, não terei mais um emprego e não poderei fazer mais nada a respeito disso. Então, aqui estamos."

Eu tentei respirar fundo para me equilibrar; a dor invadiu minhas costelas. "Eu acho que você está certa", eu disse.

Ela tamborilou os dedos em seu cinto. "Vasculhamos aquele lago três vezes. Estávamos para desistir, mas Dougherty insistiu em afirmar que estava tudo lá, então, eu me arrastei de volta pra lá usando botas de borracha mais uma vez, e milagrosamente nós encontramos. Talvez só não tenhamos encontrado das outras vezes. Mas eu acho que não foi isso."

"Você acha que alguém atirou a arma no lago depois de já terem procurado? Alguém como eu?" Tentei parecer mais confiante e calma, mas era difícil com hematomas no rosto e um balde de gelo pendurado em uma das mãos.

"Você está escondendo alguma coisa", disse Bishop. "Isso me deixa inquieta."

"Todo mundo está escondendo alguma coisa", eu afirmei, calmamente. "Preciso ir buscar gelo para o meu rosto. Se você não precisa realmente de mim..."

"Na verdade, eu gostaria que você fosse à delegacia. É por isso que eu parei aqui. Estamos tentando te ligar já faz um tempo."

"Meu celular foi roubado. Fui assaltada, lembra?", eu disse.

Ela resmungou; não estava nem um pouco impressionada com a minha justificativa. "Temos algumas pontas soltas que precisam ser atadas. É por causa da papelada, entende?"

"Certo", eu disse, dando um aceno. "Quando?"

"Amanhã. Dez da manhã", Bishop respondeu.

"Certo", repeti. Eu só queria sair daquela conversa. Bishop me deu uma última olhada antes de voltar para o carro.

Me virei e deparei com Ethan em pé diante da porta aberta. "O que foi tudo isso?", ele perguntou enquanto eu passava por ele.

"Ela só estava fazendo o trabalho dela", disse. *Melhor que qualquer um nessa cidade*, pensei. "Eu tenho de ir à delegacia amanhã."

"Não com essa cara", argumentou Ethan. Eu coloquei um punhado de gelo em um saco plástico e o pressionei contra meu nariz. "Você não deve andar pela cidade assim, machucada. Vai acabar atraindo o tipo de pergunta que você não gosta de responder, e não só da Bishop."

"Eu só tenho uma cara, Ethan."

Ele soltou um grunhido. "Não se preocupe. Vamos dar um jeito nisso", disse ele.

Eu mudei o balde de gelo de lugar para poder olhá-lo melhor.

"O que foi?", ele perguntou, percebendo meu olhar.

"Nada. Estou apenas pensando em como você é um cara legal", eu disse.

Ele me olhou com um sorriso confuso e voltou para o computador. Eu fiquei observando ele trabalhar, uma estranha mistura de prazer e ansiedade me alfinetava.

Todos estavam escondendo alguma coisa, e eu ainda não sabia o que Ethan escondia. O problema é que eu gostava dele. Muito. Poderia até ter dito que tinha sentimentos por ele, se no momento houvesse algum lugar para tais sentimentos. Mas eu não estaria segura para sentir qualquer coisa enquanto não soubesse o que havia de errado com ele.

O que o faria continuar por perto de alguém tão desajustada quanto eu.

Quando acordei na manhã seguinte, Ethan não estava no quarto. Eu tinha de estar no departamento de polícia em uma hora. Tomei um banho, me vesti e me olhei no espelho incrédula. O inchaço havia diminuído, mas meu nariz estava com uma horrível coloração roxa-esverdeada que se espalhava até as minhas olheiras. Peguei minha bolsa de maquiagem. Eu tinha um pequeno tubo de corretivo, rímel, delineador e um batom *nude* básico.

A porta se abriu. Ethan entrou carregando mais um pacote de comida da lanchonete e uma sacola de compras. "Eu peguei alguns suprimentos", ele disse.

"Que tipo de suprimentos?", perguntei desconfiada. Ele esvaziou a sacola na cama e espalhou uma estonteante variedade de itens de maquiagem.

"Eu tive de pegar alguns tons diferentes porque não sabia qual combinaria melhor com a sua pele", ele explicou. Em seguida, ele olhou pra mim e pegou um punhado de produtos, se aproximando. "Este aqui parece o mais próximo", afirmou, segurando o tubo próximo ao meu rosto.

"Obrigada", eu disse. Baixei os olhos. Ele havia comprado corretivo líquido, corretivo em bastão, um corretivo colorido num tom amarelado e um pó facial, e eu achei tudo aquilo muito estranho.

"Aqui", indicou Ethan, percebendo que eu estava confusa. "Deixa eu te ajudar."

Ele abriu um produto após o outro e foi criando camadas, dando leves toques com uma esponja de maquiagem para não me machucar. Lentamente, os hematomas desapareceram e a maquiagem foi se misturando à minha pele.

"Eu preciso maquiar seu rosto todo, senão, vai ficar óbvio que você só usou corretivo em um lugar", ele informou.

"Não cubra a cicatriz", eu disse de repente.

"Você nunca a esconde, não é?", ele perguntou.

"Eu não me permito esconder." Mantive minha posição, observando seu rosto enquanto ele trabalhava. "Você é bom nisso."

"Eu costumava ajudar minha mãe", ele explicou.

"Por causa de seu pai?"

Ele resmungou. "Meu pai tratava minha mãe feito uma rainha. Depois que o perdemos, era como se ela estivesse se punindo, namorando apenas caras escrotos. E demorou para ela escapar desse buraco. Quando eu fiz 18 anos, fui embora. Não conseguia ficar e assistir a ela cometer os mesmos erros várias e várias vezes. Nós ficamos sem nos falar por uns cinco anos. Mas aí ela conheceu George."

"Você não fala muito sobre si mesmo, não é?", eu perguntei.

"Por que você diz isso?"

"Você parece desconfortável. Como se não tivesse praticado o bastante para não doer quando você conta as histórias", eu disse.

"Acho que estou mais acostumado a falar sobre a dor das outras pessoas", admitiu ele. "Agora você está pronta."

Eu olhei no espelho. Era possível perceber que eu estava usando maquiagem — a pele de ninguém era tão uniforme —, mas o hematoma ficou invisível. "Você é um mágico."

"Tã-dã", declarou ele, gesticulando com as mãos.

"E do tipo bem canastrão", acrescentei. Ele riu. "Acho que está na hora de encarar as coisas."

Ele me levou dirigindo, porque erguer meus braços para segurar o volante fazia minhas costelas doerem. Entramos na delegacia juntos, e a mulher no balcão de recepção nos olhou de cima a baixo. Eu sabia o nome dela, mas não me lembrava.

"Você pode entrar, é lá atrás, querida", ela me informou. "O senhor pode esperar ali." Ela apontou com a caneta para as cadeiras junto à parede, fixando Ethan com o olhar.

Então, me mostrou o caminho que ia até o fundo de um corredor e chegava a uma sala de conferência. "Espere um minuto", pediu ela, e desapareceu. Eu me ajeitei em uma das cadeiras. Sentar e me levantar eram os movimentos que causavam mais dor em minhas costelas, e eu não queria fazer nada disso na frente de outras pessoas.

Menos de um minuto havia se passado quando a porta se abriu. Não foi Bishop quem entrou, mas o comandante Dougherty, e com ele um homem de terno cinza que eu não reconheci. "Naomi. Que bom que decidiu vir até aqui para nos ajudar."

"Com a papelada...", eu disse, quase como se fosse uma pergunta.

Dougherty tossiu e pigarreou. "Bem, estávamos esperando que você ajudasse com algumas informações. Esclarecendo as coisas, não há nenhuma exigência legal para que você faça isso", informou Dougherty. "Mas a Mon... digo, a chefe de polícia Bishop..."

O homem de terno emitiu uma espécie de sorriso distante e profissional. "A chefe de polícia Bishop está me fazendo uma gentileza", disse ele. Ele deu um passo para a frente, estendendo a mão. "É um prazer conhecê-la, srta. Cunningham. Eu me chamo Sunil Sawant."

"Você está com o departamento do xerife do condado?", perguntei, arriscando.

"Não. Na verdade, eu estou com o FBI. Eu vim do escritório de Seattle", respondeu ele. Eu congelei, o encarando. Ele se sentou ao meu lado, girando a cadeira na minha direção, mas mantendo uma boa distância entre nós. Próximo, mas sem intimidar. Sem tentar ser íntimo. "Monica e eu nos conhecemos faz tempo, e pedi a ela que me deixasse vir até aqui."

"Eu pensei que a morte de Liv tivesse sido classificada como suicídio", eu disse. "Como isso envolve o FBI?"

"É um caso de interesse pessoal, não é de fato oficial. Apenas uma conversa", disse Sawant. Seu tom de voz, sua linguagem corporal... tudo era amigável e espontâneo, mas eu comecei a ficar tensa. Dougherty estava bem atrás dele, com as mãos na cintura. Se o seu bigode fosse um pouco mais comprido, ele o estaria mastigando. Parecia querer expulsar o sujeito, mas não podia, porque Sawant era um convidado de Bishop.

Sawant podia fazer perguntas que Bishop não podia, não sem arriscar o emprego. Ele poderia pressionar, e ela poderia declarar ignorância a respeito de tudo.

"Então...", eu comecei a falar. Queria que ele pensasse que eu não sabia de coisa alguma que pudesse interessar ao FBI, embora, na verdade, eu soubesse de umas dez mil coisas.

"Você disse à chefe de polícia Bishop que estava na cidade para ver a Olivia. É isso mesmo?", perguntou ele.

"Isso mesmo", respondi. "Ela pediu que eu viesse visitá-la."

"E isso foi motivado pela morte de Stahl."

"Basicamente", eu disse. "Nós três nos encontramos. Eu, Olivia e Cass. Cassidy Green."

"Sim. Eu conheço bem o caso", disse Sawant. Rugas apareceram nos cantos de seus olhos formando algo como um sorriso. "O depoimento de vocês três foi fundamental para que pudessem prendê-lo."

"É o que todo mundo me diz", respondi. Ele não parecia ser parte do meu fã-clube.

"Você não concorda?"

"Eu não gosto muito de pensar sobre o assunto", eu disse.

"Srta. Cunningham, eu vi a anotação feita por Liv. Como eu disse, tenho grande familiaridade com o caso de Stahl", falou Sawant. "Isso me fascina desde o meu primeiro curso de criminologia na universidade.

Quando entrei no departamento e ganhei acesso aos arquivos, eu me sentia como uma criança em uma loja de doces. Você sabe o que mais me surpreendeu? Todas as pequenas partes que faltavam. Especialmente sobre as entrevistas com vocês três quando crianças."

"Faltavam", ecoei. "Que tipo de coisa faltava?"

"Há pequenas inconsistências e omissões sobre o momento em que a identificação foi feita, no caso de Cassidy e de Olivia. E, no seu caso, existem alguns relatórios conflitantes a respeito de quem estava na sala. E sobre quem havia falado com você antes. É possível que alguém tenha te falado sobre Stahl antes de você tê-lo identificado para a polícia?"

Eu engoli em seco. Meu primeiro instinto era mentir. Era mais fácil manter um segredo do que eliminá-lo. "É possível", eu disse, em contrapartida. "Mas eu não conseguiria dizer com certeza. Eu só me lembro de momentos aleatórios do hospital, e tudo se mistura em minha mente."

"Você não foi capaz de descrever nenhum detalhe sobre o ataque, mas identificou Stahl imediatamente."

"Eu já disse. Não me lembro de nada disso", eu falei. "Eu responderia, se pudesse, mas realmente não faço ideia do que eu declarei no depoimento." Por sobre o ombro de Sawant, vi que Dougherty mantinha o semblante tenso.

"E quanto ao ataque? Você se lembra dele? Se lembra de ter visto Stahl?", ele perguntou, se inclinando para a frente.

"Não", eu disse. Ele me encarou como se não estivesse esperando essa resposta, e agora não tinha mais nenhuma direção a seguir. "Qualquer memória que eu tenho está muito mesclada a coisas que eu descobri ou vi depois, ou a coisas que me disseram. Se você me chamasse para testemunhar hoje, eu não conseguiria. E quanto ao que eu disse naquela época... faz muito tempo isso, e eu me esforcei muito para esquecer o quanto pude. Se você leu os relatórios, provavelmente tem uma ideia muito mais clara do que aconteceu do que eu."

Dougherty parecia desconfortável. Sawant mudou de posição no seu assento. Ele baixou os olhos para o bloco de notas que trouxera com ele, anotou algo que eu não consegui ler e voltou os olhos para mim. "Na nota de suicídio de Olivia, ela disse que estava cansada de mentir. Sobre o que ela estava mentindo?"

Eu hesitei. Essa parte da verdade não pertencia só a mim. Eu havia prometido para Cass. "Pode ter sido sobre várias coisas. Ou sobre nada", eu afirmei. "A realidade e Liv nem sempre se davam bem." Eu me arrependi de ter dito essas palavras assim que foram proferidas. Ela merecia mais do que isso de mim.

"Você está dizendo que o que ela escreveu na carta foi o quê...? Uma alucinação?"

"Tecnicamente, seria um delírio." Eu o olhei firmemente nos olhos. "Não sei nada sobre o que Liv estava falando naquela carta. Eu sei que ela estava lutando com algo, e que ela constantemente escondia de nós a dimensão dessa luta."

"Então, você não sabia que ela tinha tendências suicidas."

"Ela não tinha...", eu disse, soando mais teimosa do que assertiva.

"Ela se matou. Essa é a definição de suicida, não é?", perguntou Sawant. "A não ser que você não ache que tenha sido um suicídio."

"É fácil afirmar que, por ter essa condição, Liv pode ter se matado", eu disse de um modo cauteloso. "É a resposta óbvia. Mas, depois da última vez, nós passamos a conhecer bem os sinais de aviso. Liv não estava desesperançosa. Ela estava ativa. Estava fazendo planos e...", eu hesitei. "Ela prometeu."

"Ela prometeu", ele repetiu, curioso.

"Era algo que fazíamos. Nós fazíamos uma promessa, uma para a outra, de que ainda estaríamos aqui pela manhã."

"Não era só ela que fazia essa promessa, então?", perguntou Sawant.

Eu retorci as mãos sobre o meu colo. "Era algo de que nós duas precisávamos. E não é uma promessa que ela teria quebrado."

"Ela deixou uma nota."

Aquela era a parte que eu não podia explicar e não conseguia entender. "Talvez não tenha sido uma nota de suicídio. Talvez ela quisesse dizer...", minha voz morreu. Eu não conseguia pensar em alguma maneira de interpretar aquelas palavras de outro modo. "Ela não teria feito isso."

"De fato, eu estou inclinado a concordar com você", disse Sawant. Um alívio escorreu sobre a minha pele feito água gelada. "Eu acho que é evidente que alguém assassinou Olivia Barnes. E eu acho que foi porque ela havia se cansado de encobrir uma velha mentira. Uma mentira sobre o que aconteceu naquela floresta, vinte e dois anos atrás."

Ele deixou aquilo pairar no ar. O nome de Perséfone estava entalado em minha garganta. Eu havia prometido a Cass. Mas estávamos muito além de promessas agora.

"Como é o seu relacionamento com Oscar Green?", Sawant perguntou, me interrompendo antes mesmo que eu começasse a falar.

Eu fechei a cara. Essa não era a direção que eu esperava que ele tomasse. "Eu não tenho um relacionamento com ele", respondi.

"Mas vocês tiveram um envolvimento amoroso."

"Quem foi o desgraçado que te falou isso?", perguntei; minha raiva atravessou cada palavra. Sawant recuou um pouco em sua cadeira, como se tivesse atingido algo significativo.

"Você e Oscar Green tiveram um relacionamento romântico no passado, não tiveram?", ele insistiu.

"Não, não é... Nós não..." *Romântico* nunca foi um termo que pudesse definir aquilo. E definir como *relacionamento* era algo risível.

Sawant continuou: "Não naquela época, é claro... Você tinha apenas 11 anos. Mas ele era o irmão mais velho da sua melhor amiga, não é? Bonito, popular, o mais descolado...? Seria estranho se você não tivesse uma quedinha por ele".

Eu me engasguei rindo. "Você não tem a menor ideia do que está falando", eu disse. *Você e eu...*

"Oscar tem uma ficha e tanto. Absolutamente nada em seu registro juvenil, e então ele se muda de Chester e fica longe daqui por alguns anos e *boom*. Agressão, perturbação da paz, violência..."

"Esse é Oscar", eu disse. O imbecil devia ter percebido que não conseguiria se safar de metade das merdas que fazia se não estivesse em Chester com o pai no cargo de prefeito.

"Eu comecei a pensar... Se *não foi* Stahl quem a atacou, por que você teria dito que foi ele? A não ser que estivesse encobrindo outra pessoa. Alguém como o filho do prefeito."

"Por que Oscar tentaria me matar?", perguntei, balançando a cabeça.

"Talvez você soubesse de algo que poderia descarrilhar sua vidinha privilegiada", sugeriu Sawant. "Algo que ele tenha feito."

Ossos na floresta, eu pensei. *Ela costumava andar com Oscar Green.* "Eu não consigo imaginar o que poderia ser isso. E, sendo bem clara, eu não encobriria *nem uma multa por jogar lixo na rua* por Oscar Green. Com toda a certeza, eu não deixaria de confessar se ele tivesse me esfaqueado." *Mas e quanto a Cass?*, pensei, e imediatamente me odiei por pensar.

"Interessante. Porque eu escutei certas coisas sobre vocês dois que podem lançar alguma dúvida sobre isso", disse Sawant. "Mentiras têm uma tendência de reverberar. Às vezes, as consequências só aparecem anos depois. Liv queria contar a verdade. Você também quer, Naomi?"

A verdade.

Eu poderia ter contado tudo a ele. Poderia ter transformado o agente Sawant em meu salvador, minha escapatória... entregar tudo que eu sabia, tudo que ele havia feito, e confiar nele para juntar todas as peças. Era a coisa inteligente a se fazer. A coisa certa a se fazer.

E eu não conseguia fazer isso. Segurei tudo com força demais, por tempo demais. A verdade me pertencia, e seria eu quem iria descobri-la. *Descobrir...*, pensei, e eu não sabia se queria dizer Liv ou Perséfone, nem porque eu ainda sentia que elas estavam perdidas.

"Cansei de ouvir você me chamar de mentirosa", declarei. Então, me levantei abruptamente, lutando contra a explosão de dor. "Terminamos por aqui."

"Naomi..."

"A moça disse que terminou", interveio Dougherty. Ele colocou a mão sobre o meu ombro enquanto eu passava por Sawant e me guiou até o corredor.

Eu olhei para trás. Sawant se virou em sua cadeira, tranquilo, com um dos cotovelos sobre a mesa, me observando com olhos intensos. Ele não estava enganado.

Mas ele estava certo?

Eu não podia mais evitar o Oscar.

"**M**e desculpe por isso. Eu não sei o que Bishop estava pensando... deixar ele jogar tudo aquilo em cima de você", disse Dougherty quando saímos do alcance dos ouvidos de Sawant.

Além dele, no fim do corredor, a própria Bishop nos observava na frente da porta de seu escritório. Tinha ficado fora da sala de reuniões, dando a si mesma a chance de poder afirmar que não estava envolvida, caso a pessoa errada se irritasse. Ela se empertigou e veio em nossa direção.

"Tudo bobagem, mesmo. O Oscar é meio difícil de se lidar, mas é um bom garoto", comentou Dougherty, assim que ela se aproximou.

Aquele "garoto" tinha 40 anos. "Já posso ir?", perguntei à Bishop. Dougherty se virou de lado, como se tivesse percebido apenas agora sua presença.

"Na verdade, não podemos te obrigar a ficar", ele disse.

O canto do rosto de Bishop teve um espasmo, como se ela estivesse tentando não fazer uma cara feia para ele. "Não, não podemos", concordou ela.

"Ok, então", eu respondi. Avancei pelo corredor com os ombros tensos e pontadas nas costelas, deixando os dois em seu pequeno embate pelo poder.

Sawant não estava completamente errado. O problema era que ele estava *quase* certo em relação a muitas coisas. Não, eu nunca encobriria nada para proteger Oscar. Mas muitas pessoas fariam isso. Pessoas que teriam visto o entusiasmo de Dougherty em relação a Stahl como uma oportunidade para mover a culpa de um alvo para outro.

Pessoas como Cass.

Cass e Oscar sempre foram próximos. Ele não tinha tempo a perder com Liv ou comigo, mas, quando Cass queria passar um tempo com ele jogando Nintendo ou uma carona até a cidade, ele sempre fazia o que ela queria. E ela pensava sempre o melhor dele. Nunca presenciou seu outro lado, a faceta que ele guardava para pessoas como eu, que não podiam reclamar. Eu nunca contei a ela, pois tinha um medo imenso de descobrir realmente a quem sua lealdade pertencia.

Além disso, essa não tinha sido a primeira vez que ela o teria protegido. De acordo com seus pais, Oscar era incapaz de fazer algo de errado... e os problemas em que ele se metia nunca foram culpa dele. Eu me lembro vividamente da noite em que o chefe de polícia Miller foi até a casa dos Green para perguntar onde Oscar estivera na noite anterior. Big Jim lançou um olhar para Cass e então disse que Oscar havia passado a noite em casa, cuidando da irmã, e ela confirmou, cheia de sinceridade nos olhos. Mas, na verdade, Cass e eu estávamos juntas naquela noite, e Oscar, com certeza, não estava conosco.

No entanto, aquilo seria uma acusação de vandalismo qualquer, mas agora poderia ser uma acusação por tentativa de assassinato. Cass teria ido tão longe para defender o irmão? A ponto de ter feito Liv ir junto?

Perdida em pensamentos, cheguei ao saguão de entrada e parei surpresa. Cody Benham estava no balcão principal, conversando amigavelmente com a secretária, que só tinha olhos para ele. Ao me ver, ele se endireitou, murmurou algo e deu uma pequena batida na mesa como uma despedida casual. Então, veio até onde eu estava com um olhar curioso.

"Naomi, está tudo bem?", ele perguntou.

Ethan, que estava sentado em uma das cadeiras da frente, ergueu os olhos do celular e ficou em pé. Eu encolhi os ombros, olhando para Cody. "Acho que sim. Eu já estava saindo. Por que você voltou à cidade?"

"Eu vim para o funeral. Bishop disse que precisava falar comigo... então, decidi vir um dia antes. E você?"

"Praticamente a mesma coisa", eu disse.

"O que ela queria saber?", ele quis saber.

"Não foi ela que me fez as perguntas. Foi um sujeito do FBI. Agente Sawant."

Ethan estava em pé atrás de nós, a uma distância inconveniente. Quando ouviu o que eu disse, ele ergueu as sobrancelhas. "O FBI está interessado na morte de Liv?"

"Estão mais interessados na possível conexão com o caso de Stahl", eu respondi. A expressão de Ethan era de preocupação. Cody apenas pareceu mais confuso.

"Mas que conexão poderia haver?", perguntou Cody.

"Tenho certeza de que ele vai te contar", eu disse. Eu fiz uma pausa. "Ele está fazendo perguntas sobre Oscar."

Cody suspirou. "Isso explica por que eles acham que eu tenho alguma coisa relevante a acrescentar. Em uma cidade deste tamanho, você não tem muitas opções para encontrar amigos da sua idade. Mesmo assim, ainda não consigo acreditar no trabalho de merda colossal que eu fiz ao escolher o meu melhor amigo na época."

"Vocês costumavam andar bastante juntos, não é?", Ethan perguntou.

Cody se virou para ele com um brilho intimidador no olhar. "Eu acho que você já importunou Naomi o bastante, não?"

"Cody...", eu segurei o braço dele. "Está tudo bem. Este é Ethan... Eu estou ajudando com o podcast dele."

"Nós começamos com o pé esquerdo", disse Ethan. "Foi totalmente minha culpa. Eu juro que não estou forçando Naomi a fazer algo que ela não queira."

"E eu juro que sou perfeitamente capaz de mandar ele pastar se ele tentar...", acrescentei, para o caso de ele se tornar ainda mais paternalista do que já era. Ter dois caras se enfrentando em nome da minha honra deveria ser algo lisonjeiro, mas, no fim das contas, era apenas irritante.

"Tudo bem, então", disse Cody, mas a desconfiança em seu olhar não desapareceu.

Havia algo estranho acontecendo entre os dois, e eu não tinha energia para decifrar o que era. "É melhor irmos", eu disse a Ethan.

"Certo. Eu tenho muito trabalho a fazer", ele concordou.

"Posso dar uma palavrinha em particular com você, Naomi?", Cody perguntou.

"É claro. Ethan, você pode..."

"Eu espero no carro", disse Ethan. Ele tocou meu ombro como um gesto que poderia ser reconfortante e uma demonstração de apoio, ou poderia ser apenas uma maneira de gritar *NÓS TRANSAMOS* na cara de Cody. Como eu estava tentando cuidar de mim mesma como pessoa, decidi acreditar na primeira opção.

A mão de Cody em meu braço, me guiando para longe do balcão de entrada e da recepcionista que obviamente estava nos escutando, era definitivamente um gesto protetor. "Você sabe com o que está se metendo?", ele perguntou.

"Com um podcaster de um metro e oitenta e sete de altura", eu respondi, impassível. Cody fez uma careta ante à minha tentativa de humor. "Eu sei o que estou fazendo. Ele é uma boa pessoa", arrematei.

"O que você sabe sobre ele?", insistiu Cody.

"O suficiente", respondi, na defensiva.

"Eu falei com outras pessoas pela cidade. Elas não gostam do tipo de pergunta que ele anda fazendo por aí."

"Por favor. Essa cidade vai fofocar sobre qualquer um que estiver por aí com um bloco de notas e um lápis", eu disse, desdenhosa.

"Apenas tome cuidado, Naomi. Lembre-se de que os interesses dele e os seus podem não estar alinhados."

"Eu já cresci, Cody. Não preciso mais de um cavaleiro de armadura para me resgatar de ogros", eu disse a ele. Fiquei nas pontas dos pés e beijei seu rosto, já me virando para ir embora. Ele me puxou pela manga da blusa e me fez parar.

"O que aconteceu com o seu rosto?", perguntou; sua voz, grave e áspera.

"Nada."

"Você está machucada", ele disse.

"Eu caí de cara no chão", eu contei a ele, sem mencionar o sujeito que havia me ajudado a fazer isso. "Dica de uma profissional: não ande de salto alto com as mãos ocupadas." Ele não me soltou. "Cody, está tudo bem. Não foi o Ethan, se é isso que você está pensando. Confie em mim... Se algum cara erguer a mão pra mim..."

"Você me conta, e eu dou um jeito nele", completou Cody.

"É. Eu me lembro", respondi. "Tenho de ir, Cody. Agradeço a preocupação."

Dougherty pigarreou. Cody olhou em sua direção, depois olhou de novo pra mim e disse: "Escuta, Naomi. Não fale com Sawant nem com Bishop, nem com qualquer outra pessoa, sem a presença de um advogado, ok?".

"Eu não fiz nada", eu disse.

"É mais um motivo para se certificar de que está protegida. Confie em mim. Arranje um advogado."

"Eu não saberia nem por onde começar", confessei.

"Posso te passar alguns nomes. Me liga mais tarde, ok? E não se preocupe com o custo. Eu me encarrego de cobrir tudo."

"Acho que preferia quando sua versão de me proteger era esmurrar pessoas", respondi. Ele me encarou. "Ok, ok. Eu te ligo. Vai logo, antes que o Dougherty comece a bater o pé."

Eu acenei para ele ir. Ele seguiu Dougherty até a sala dos fundos, saindo do campo de visão. Eu fui para o estacionamento. Ethan estava encostado no capô do carro, com as mãos nos bolsos.

"Está tudo bem?", ele indagou. Eu apenas assenti, balançando levemente a cabeça, entrei no carro e me sentei no banco do passageiro. As palavras de Cody haviam se assentado em mim. Eu não sabia muito sobre Ethan. E estava depositando toda a minha confiança nele.

Eu o inteirei sobre a conversa com Sawant no caminho, tentando não ficar emotiva em nenhum momento.

"Não parece que ele tem alguma informação concreta", Ethan comentou quando terminei.

"Não parece mesmo", eu concordei.

"Sobre o que Benham queria falar?", Ethan perguntou.

"Ele estava só tentando me proteger."

"Vocês dois ainda são próximos?"

"Próximos, não. Fazia séculos que eu não o via. Mas tem algumas coisas que não desaparecem", eu resumi. Repousei minha cabeça no encosto. "Ele pode ser meio superprotetor. Apesar de tudo, sendo justa com ele, houve uma época em que não tinha nada de 'super' sobre isso."

"Você se refere ao fato de ele ter te encontrado... te carregado para fora da floresta..."

"Isso. E antes disso...", eu falei.

Ele não fez mais perguntas; apenas silenciou. Eu tracei linhas no vidro da janela embaçado pela neblina. Mas aquela história não pertencia a ele. Eu já tinha oferecido o bastante de mim, e por fim o silêncio se transformou em uma resposta.

No verão do Jogo da Deusa, Oscar havia voltado da faculdade para casa, assim como Cody. Ambos estavam trabalhando para o pai de Cass na serraria, como faziam todo verão. Cody sempre fazia apenas o mínimo solicitado; basicamente, só trabalhava para passar algum tempo com Oscar e ter dinheiro para comprar cigarros. Oscar se debruçava no trabalho. Ele acabaria herdando a empresa, de um jeito ou de outro, mas era visível que queria fazer por merecê-la. Ou pelo menos fazer parecer que merecia. Mas, em algum momento, isso mudou. Ele parou de aparecer no trabalho, ou aparecia bêbado. E Cody começou a levar tudo mais a sério, como se subitamente tivesse percebido que, diferentemente de Oscar, ele não tinha uma fortuna de herança para segurá-lo, caso caísse.

Na maior parte do tempo, eu evitava Oscar. Não por medo, apenas porque uma criança sabe quando um adulto não gosta dela. O desprezo que alguns adultos têm por crianças é uma coisa assustadora de se perceber quando estamos na infância. Mas, naquele ano especificamente, o desprezo se tornou crueldade.

A puberdade havia começado a se esgueirar naquele verão, e eu não sabia como pedir para o meu pai me comprar um sutiã de treino, então, eu usava suéteres enormes e camisetas largas na maior parte do tempo. Oscar percebeu isso. Não motivado por algum desejo, mas porque, assim, ele tinha um novo alfinete para me espetar quando ficasse entediado.

"O que você está escondendo aí embaixo? Maçãs?"

"Parecem mais com caroços de cereja."

"Uma abelha te picou?"

"Ooh, a Naomizinha é uma *mulher* agora. Está sangrando já?"

Quando Cody estava por perto, ele empurrava o ombro de Oscar. "Cala a boca, cara. Ela é apenas uma criança, meu Deus."

Meu pai me disse que eu deveria rir dele. Ou dizer algo inteligente para revidar. Cass me falou para ignorar, que ele não queria me fazer mal algum. Todos os outros que escutavam apenas soltavam risinhos. *Esse Oscar... é um maroto, mas no fundo é um menino de bom coração...* Cody era o único que agia como se fosse Oscar quem deveria mudar o comportamento.

Eu baixava a cabeça e o ignorava. Dia após dia. Até *aquele* dia. Havia suor fazendo minha camiseta grudar em minhas costas sob o moletom que eu usava para tentar disfarçar o pequeno volume dos meus seios.

Eu estava com a falange de Perséfone no bolso, que eu carregava como um talismã, e as instruções de Cass em mente. "Hoje, devemos fazer uma oferenda de um tipo específico. Algo deve ser tomado, não oferecido. Algo de valor. Isso significa que tem de custar dinheiro, mas você não pode pagar por ela." Seus olhos travessos reluziram. "Vá em frente, Ártemis. Busque a oferenda para a rainha."

Eu havia roubado centenas de barras de chocolate de Marsha, mas perecíveis estavam vetados. Decidimos isso depois que as primeiras oferendas de pão e leite feitas deixaram a Gruta fedendo a... como Cass especificou, "bunda de jogador de futebol americano".

Então, teria de ser alguma outra coisa. Algo com *significado*. Marsha tinha uma pequena prateleira de pulseiras e pingentes baratos perto da caixa registradora. Eu entrei, paguei o chocolate, para variar, e enfiei no bolso um golfinho de prata do tamanho da unha do meu mindinho. Mesmo naquela época, eu já era boa em mentir. Passei uma eternidade contando moedas e me movendo como se estivesse envergonhada por ter de procurar os últimos cinco centavos, e Marsha ficou tão exasperada que não percebeu o que eu havia afanado.

Eu contornei a lateral da loja, longe da rua — o caminho mais rápido até a trilha que me levaria para perto de Perséfone —, e Oscar estava lá. Ele segurava um cigarro entre os dedos; a ponta incandescente estava prestes a queimar os dedos se ele desse mais uma tragada. Então, ele jogou o cigarro no chão e me olhou com os olhos semicerrados e meio preguiçosos.

"Tem leite aí?", ele perguntou e riu da própria piada de merda. Eu continuei andando e passei direto por ele. "Que é isso, garota... É só uma brincadeirinha."

"Vai se foder, Oscar", eu respondi. Essa provavelmente foi a primeira vez que eu falei com ele mais alto que um resmungo, e o tom em que saiu foi selvagem.

"A gatinha tem garras", ele disse, rindo. Então, começou a andar em minha direção lentamente, com as mãos nos bolsos. "Você quer morder e arranhar, é isso? Grrr..." Ele se aproximou de mim com um sorriso de canto. Eu deslizei para fora do seu alcance.

"Me deixa em paz", eu gritei, ainda tentando soar determinada. E falhando nisso.

"Ah! Que é isso...", ele repetiu. Então, ele agarrou meu pulso e me girou como se estivéssemos dançando. Como se fosse um jogo. "Você sabe que, quando um cara te provoca, só quer dizer que ele gosta de você?"

"Você não gosta de mim", eu rebati, perdendo o equilíbrio em mais de um sentido.

"Talvez eu goste. Talvez não goste. Quer descobrir?" Ele me puxou para mais perto. Podia sentir o cheiro de bebida em seu hálito. Eram onze da manhã e ele cheirava a álcool. Eu conhecia aquele cheiro, e sabia que a bebida fazia meu pai ficar sentimental, mas inofensivo. Eu não achava que Oscar fosse o mesmo tipo de bêbado.

"Só me solta", eu falei, quase num sussurro. Isso só o fez rir de novo. Ele me girou, com uma das mãos em minha cintura, e então minhas costas estavam contra a parede da loja. Os odores de licor maltado e tabaco se misturavam com o cheiro de gasolina. Eu fiquei enjoada.

"Nós estamos destinados a ficar juntos, sabia disso?", perguntou Oscar. Ele inclinou a cabeça para o lado, um sorriso astuto pairava em seus lábios. Eu olhei para ele calada, sem compreender. "Oscar, o rabugento da Vila Sésamo, ele ama lixo, sabe? Eu sou o Oscar, você é lixo. Você e eu estamos destinados...", ele disse, cantarolando a última frase com malícia.

"Nos seus sonhos", eu mandei. Foi uma coisa estúpida de se dizer. Ele apenas abriu mais o sorriso.

"Você quer dizer nos *seus* sonhos, não é?", retrucou ele. A mão dele serpenteou sob meu moletom, puxando o tecido da minha camiseta. "Você nem tem nada aqui embaixo, tem?"

Seu dedos determinados cravaram em minhas costelas. Eu não me movi. Não lutei em protesto, não gritei. Eu tentei ser Ártemis, a temível caçadora, desde que o verão tinha começado, mas agora não havia nada dela em mim. Apenas a gazela amedrontada ante as presas de um cão de caça. Eu congelei, mas não de medo, e sim por sentir uma rendição entorpecida me dominando.

E então Oscar foi puxado para trás. "Que porra você está fazendo?", Cody gritou, intimando Oscar e o tirando de perto de mim.

"É só uma brincadeira", disse Oscar, rindo, com as mãos erguidas como se quisesse se desculpar.

"Ela tem 11 anos de idade!", Cody gritou, com o rosto vermelho de raiva. Ele empurrou Oscar no peito com força, fazendo-o recuar, e avançou um passo em sua direção. "O que você é? Um merda de um pedófilo?"

"Eu não ia fazer nada. Caralho! Relaxa, Benham", disse Oscar. "Ela nem tem nada ali embaixo que dê pra apalpar."

Cody o golpeou. Oscar não levantou nem as mãos para se defender, como se não acreditasse que Cody fosse capaz de o agredir. O punho de Cody colidiu com o queixo de Oscar, e ele cambaleou; o sangue jorrou do lábio partido. Então, ele olhou fixamente para Cody, com uma das mãos levantadas. O olhar dizia que ele havia entendido a mensagem de Cody.

Mas ele não havia terminado. "Não encosta. A porra de um dedo. Nela", disse Cody, indo para cima de Oscar de novo. Dessa vez, ele tentou se defender, o golpeando de volta, mas Cody tinha participado de tantas brigas quanto ele. Era tão grande quanto ele. E a fúria em seus olhos era como um incêndio na floresta. Ele jogou Oscar contra a parede com força. "Seu merda..."

Punhos se chocaram abafados contra costelas. Oscar tentou fugir. Cody o agarrou pelo colarinho e o girou, o atirando ao chão, e então foram as botas dele se chocando contra o torso de Oscar.

"Chega perto dela de novo, e eu te mato", ameaçou Cody, ofegante, mas calmo. Ele me olhou, com olhos ainda incendiados. Oscar gemeu, agarrando o próprio estômago. "Dá o fora daqui, menina."

Eu corri. E não olhei para trás. Corri em direção às árvores e pela trilha, entre os caminhos na floresta que ainda me passavam uma sensação de segurança. Eu corri até minha respiração virar um silvo agudo e uma pontada de dor se alojar atrás dos meus pulmões, e então cambaleei até parar, me agarrando a um tronco de árvore.

Você e eu estamos destinados. Porque eu era lixo.

Eu nunca me esqueci. Nunca deixei totalmente de acreditar naquilo. E naquele dia, no galpão, pouco depois de eu fazer 15 anos, quando ainda estava tentando descobrir qual tipo de torpor seria o ideal para mim, ele sussurrou aquilo de novo, e eu não disse nada. Absolutamente nada.

Estacionamos em frente ao hotel, e Ethan ficou sentado tamborilando um dedo contra o volante.

"Precisamos falar com Oscar logo. Antes que o FBI fale", Ethan disse. Eu resmunguei. "Ou... deixamos o FBI fazer o trabalho dele e descansamos um pouco." Ergui meu queixo, determinada, e ele suspirou. "Certo. Ideia besta. Então, o que você acha? Oscar poderia ter te atacado?"

"Eu não sei. Talvez." Eu cocei o queixo com o polegar. Oscar conhecia Jessi. Ele era perfeitamente capaz de cometer atos de violência. Era fácil imaginá-lo como o fio que se estendia conectando Jessi, eu e Liv. Nosso monstro.

Mas isso indicaria que Cass teria mentido. E que Liv...

Será que Cass a teria convencido a encobrir tudo para defender Oscar? Eu tinha dificuldade de acreditar nisso. Mas talvez Liv, em pânico, não tivesse visto ele claramente. Afinal, Cass a havia puxado para trás. Oscar se encaixava na descrição básica que elas deram. É possível que Liv não tenha percebido. Talvez nem Cass tivesse percebido.

Não. Ela me disse que assistiu à cena inteira. Ela não deixaria de reconhecer o próprio irmão, o que significava que, se Oscar havia me atacado, ela tinha mentido. Mentido para Dougherty, mentido no tribunal e, apenas alguns dias atrás, mentido para mim.

"Naomi!?", Ethan me chamou, ele havia saído do carro. Eu já estava encarando o vazio por algum tempo, e minha mão tremia. Eu a havia fechado em punho. Ethan me olhou, sua expressão era honesta e sem malícia.

Eu não queria ver ele falando com Oscar. Não queria que ele descobrisse as coisas que eu fiz, nem as coisas que aconteceram comigo. No entanto, não podia mais evitar aquela conversa.

"Estou morta de fome", eu disse. "Há alguma chance de você ir buscar o almoço?"

"Ou poderíamos ir juntos e comer em uma mesa como pessoas civilizadas", ele sugeriu.

Eu neguei com a cabeça. "Estou exausta. Você vai, eu vou me deitar e descansar um pouco, até você voltar."

"Claro", respondeu Ethan. Ele hesitou, como se percebesse que havia algo errado, mas logo voltou ao carro. Eu fiquei em pé com as mãos nos bolsos, vendo-o partir. Eu esperei até ele sair do campo de visão para voltar ao carro.

A Companhia de Lenha de Chester era um fantasma do que havia sido antes. Com a serraria fechada, tudo o que restou foi um terreno lamacento cheio de caminhões e equipamentos — tratores, empilhadeiras, trituradoras de madeira que eram capazes de se livrar de um pequeno elefante. Os escritórios ocupavam uma única fileira ali.

Big Jim estava em pé no lado de fora dos escritórios, conversando com um comprido homem grisalho que usava um rabo de cavalo e exibia uma barba por fazer em que era possível ralar um pedaço de queijo nela. O homem fez um gesto concordando com Jim e entrou no escritório enquanto eu me aproximava.

Big Jim conseguiu fazer seu nome de forma honesta. Ele era a origem da enorme estatura e das feições angulosas de Oscar. E se sobrepunha às pessoas em Chester tanto literal quanto metaforicamente. Foi prefeito por 28 anos, e a única pessoa que quase o tirou do cargo foi Clark Jensen, que carregara três soldados em meio a uma saraivada de balas e, mesmo assim, ainda perdeu a eleição por seis pontos.

Eu nunca soube dizer direito em que pé eu estava com Jim. Ele não gostava de mim, mas, até onde eu podia perceber, ele também não *desgostava* de mim. Todas as vezes em que falei com ele enquanto crescia, ele me pareceu surpreso, como se não tivesse percebido que eu estava por perto. Após o ataque, ele mexeu os pauzinhos para se certificar de que eu fosse bem cuidada. Até me deu um emprego de verão, uma vez, para preencher relatórios no escritório. Na maior parte do tempo, isso era um código para manter os lápis apontados e encher o jarro de doces, e mesmo assim eu dei um jeito de estragar tudo de forma espetacular.

Mas ele não pareceu guardar rancor por isso. Apesar de nunca ter me contratado de novo. Agora ele me oferecia uma expressão franzida e um resmungo de saudação.

"Em que posso te ajudar?", ele perguntou, como se eu fosse um cliente qualquer que tivesse entrado na loja.

"Estou procurando o Oscar", eu disse.

"E pra quê você precisa dele?", ele perguntou, me olhando com suspeita. Como se eu fosse a má influência da qual Oscar precisava de proteção.

"Pra ver se ele se lembra de algo sobre uma garota chamada Jessi Walker", eu respondi. O semblante de Jim mudou de uma leve dúvida para uma expressão total de confusão.

"O que ela tem a ver com você?", ele quis saber.

"Você a conheceu?" A pergunta fazia sentido, pois ela havia passado algum tempo com Oscar; ele ainda morava na casa dos pais nessa época.

"De vista", disse Jim, dando de ombros. Ele coçou o dorso das mãos enormes.

"É sobre isso que eu preciso conversar com o Oscar. Eu sei que eles eram amigos. Só estou tentando formar o quadro completo do tempo que ela passou em Chester e descobrir para onde ela estava indo quando foi embora", eu expliquei. "Não vou tomar muito tempo dele."

"O que quer que esteja procurando, você não vai achar a resposta em Jessi Walker", disse Jim.

"O que você quer dizer com isso?", indaguei, ficando tensa.

Ele pousou a mão sobre o quadril e balançou a cabeça, quase que em arrependimento. "Aquela menina era um desastre ambulante. Tinha uma penca de rapazes aos seus pés, achando que estavam apaixonados. Oscar quase perdeu o diacho do juízo por conta dessa garota. Ele fraturou o pulso de um sujeito por beliscar o traseiro dela no restaurante, mas ela nem olhou pra ele."

"Ele comete uma agressão e ela devia ficar automaticamente com a calcinha no joelho?", perguntei. Jim me olhou feio. Era curioso que ele não soubesse que eles haviam se envolvido — ou talvez não fosse. Jim não era o tipo de sujeito que vigiava de perto a vida amorosa do filho.

"Olha, eu só estou te contando que a menina gostava de drama. Ela tomava decisões ruins e ria delas. Era tudo um joguinho pra ela", disse ele num tom casual, como se estivesse comentando sobre o clima. "Esse tipo de garota não encontra um final feliz."

"Eu não acho que ela tenha encontrado um final feliz", retruquei. Então, eu observei a expressão dele, com aquela sensação familiar de não saber em que pé estava, de novo. Ele tinha uma opinião terrível sobre Jessi, isso estava claro. Mesmo assim, não havia sinal de irritação nem de ódio em seu tom de voz. Era como se ele nem se importasse. Era assim que ele sempre pareceu para mim — desconectado. Todos pareciam conhecer esse homem carismático e afável, mas, para mim, sempre me pareceu que eu estava conversando com uma tábua de madeira, qualquer que fosse o assunto. Era como uma versão mais leve do Oscar — eu não merecia ver o charme, porque eu não era uma pessoa para quem valia a pena fazer a encenação.

Ele resmungou, encerrando a conversa. "O Oscar está lá nos fundos. Não ocupe demais o tempo dele."

Ele disse isso, se virou e voltou para o escritório. Eu fiquei ali, rangendo os dentes. Muita gente me colocaria na categoria "aquele tipo de garota". O único motivo para minha vida não ser um amontoado de dramas era o fato de eu fazer as malas e deixar tudo para trás sempre que as coisas se complicavam demais.

Eu finalmente entendi por que eu nunca consegui entender como Jim se sentia a meu respeito. Era o mesmo motivo pelo qual ele podia dizer todas aquelas coisas sobre Jessi Walker sem um pingo de emoção. Não valia a pena se importar com ela. Ou comigo. Ele fez de tudo ao seu alcance para realizar suas obrigações e cumprir seu papel — era prefeito, pai da melhor amiga, membro caridoso da sociedade. E isso era tudo. A não ser nos momentos em que eu estava na intersecção de alguma tarefa que ele precisava completar, eu nem mesmo existia para ele.

Quando dei a volta por trás dos escritórios, vi que Oscar estava na outra extremidade do terreno, secando as mãos em um trapo sujo, com uma caixa de ferramentas aberta ao seu lado. Ele ergueu os olhos e me viu enquanto eu me aproximava, mas não se moveu. Esperou que eu chegasse até ele.

Eu atravessei o gramado irregular, mantendo meus passos firmes e me lembrando de que eu não tinha mais 11 anos havia um bom tempo. Agora, Oscar não era mais ameaça alguma para mim. Mas não era na lojinha do posto de gasolina que eu estava pensando enquanto atravessava o terreno. Era no galpão. Naquela vez em que eu consenti totalmente, e era isso que fazia a minha memória arder. Eu não podia culpar ninguém além de mim mesma por cometer um erro como Oscar Green.

"Naomi." Ele passou o trapo nas mãos, mas não o largou.

"Oscar." Eu parei a quase dois metros e meio de distância dele. Eu nunca deixei de me impressionar com a beleza de seus olhos, mesmo agora. Olhos grandes, daquele tipo de azul sobre o qual as pessoas escrevem poemas. Eles te enganam fazendo você pensar que há algo gentil escondido sob aquele exterior bruto.

Oscar sorriu para mim, se inclinando para trás. "Já se cansou daquele magricela?", ele perguntou. Em seguida, baixou a voz. "Eu tenho um sofá-cama no escritório, se estiver querendo subir de nível."

Como ele sabia sobre mim e Ethan? Não importava. "Mude de atitude, Oscar. Essa aí já está cansativa."

Ele riu. "Você gostava."

"Você foi apenas um erro", eu disse.

"Um erro que você continuou cometendo", ele retrucou. Ele jogou o trapo sobre o ombro. "Quantas vezes, umas seis ou sete?"

Foram seis. Mas eu não o deixaria saber que eu contei. Quando ele passava seus dedos ásperos pelas minhas cicatrizes, será que ele estava se lembrando da faca que as fez? Será que foi engraçado para ele? O excitava?

Eu engoli em seco, combatendo a súbita onda de náusea.

Ele cruzou os braços, me observando. "A única utilidade que você já teve pra mim foi uma boa transa. Então, se você não está aqui pra isso, que caralhos você quer?", ele perguntou.

"O FBI andou me fazendo perguntas."

"E daí?"

"Sobre você." Isso chamou a atenção dele. "Eles parecem achar que pode ter sido você quem me esfaqueou." Observei atentamente sua expressão.

"O quê? Foi aquele serial killer", rebateu Oscar, com desdém. Sua expressão seria de surpresa ou um sinal de culpa?

"Eles acham que não. Acham que inventamos isso. Para encobrir você", insisti.

"Por que caralhos eu iria te esfaquear?", protestou Oscar. "Você era uma putinha irritante que se achava, mas, se eu matasse pessoas só por isso, estaria até o pescoço com defuntos bonitinhos."

Eu pisquei algumas vezes, chocada. Aquele comentário foi perverso até para a versão de Oscar que ele reservava para mim.

"E por que você está me contando isso, afinal?", ele perguntou. Ele cerrou os olhos, me encarando. "Não deve ser porque quer me ajudar."

Eu respirei fundo, me forçando a permanecer calma. Se eu desse a entender que achava que o FBI poderia estar certo, ele não iria mais falar comigo. "Eu estou te alertando. Em retorno, quero algumas informações", eu disse.

"Sobre o quê?", ele quis saber, claramente irritado.

"Jessi Walker."

O nome dela transformou sua expressão por completo; a surpresa o desarmou, o fazendo parecer estranhamente vulnerável por um instante. Mas logo se fechou novamente, franzindo a cara. "Eu não vejo a Jessi já faz... o quê...? Vinte e cinco anos? Vinte e quatro? Que caralhos você quer saber sobre ela?"

"Meu pai disse que vocês passavam bastante tempo juntos."

"Claro. Jessi era legal. Bonita. Aguentava beber." Grande elogio vindo de Oscar. "Ela era tipo um dos caras, entende?"

"Ela não ia pra cama com você?", eu o confrontei. "Isso que você me disse não é exatamente o que eu escutei."

"Nós nos pegamos algumas vezes. Nada sério." Ele deu de ombros, mas havia algo de irritação e dor em sua expressão. *Cody e Jim estavam certos*, eu pensei. O que quer que tenha realmente acontecido entre os dois, Oscar sentiu algo por Jessi. Ou pelo menos teve a sua versão do que eram sentimentos. "Enfim, eu descobri que não era o tipo dela."

Eu ergui as sobrancelhas. "E quem era?"

"Ah, você sabe, garotas complexadas com os pais..." Ele me olhou diretamente nos olhos, um divertimento sombrio fazia seus lábios se contorcerem. "Estão procurando um salvador, cada uma delas. Alguém que possa aparecer e protegê-las."

"Não o Cody", eu disse.

Ele gargalhou como um cão. "Eu tinha certeza de que estava indo para esse lado, mas não. Ela não me contava quem era, mas, acredite em mim, Cody não estaria choramingando para nós o tempo todo se estivesse dando umas transadinhas com frequência. Enfim, quem quer que fosse, ela estava caidinha. Em duas semanas, já estava falando que ele havia prometido se casar com ela. Ela era esperta, mas também era uma idiota, entende o que eu quero dizer?"

"Sim, por mais sutil que você tenha sido, eu entendi o cenário geral", eu disse, me controlando para não revirar os olhos. Oscar estava tentando fingir que não tinha se importado, mas havia uma raiva verdadeira em sua voz quando ele falava sobre ela. Ele não gostou de ser deixado de lado, isso era certeza. "Ela não foi dada como desaparecida nem nada do tipo. Você sabe por quê?"

Oscar fechou a cara e balançou a cabeça. "Não... Ela não desapareceu. Ela só foi embora. Vagou pela cidade e vazou pra fora dela."

"Você tem certeza disso?", eu perguntei. Ninguém havia se perguntado para onde ela tinha ido, nem por que nunca retomou contato. Ela estava destinada a ir embora desde o momento que chegou.

Ele deu de ombros. "Ela me disse que estava indo embora. Disse que ia partir para uma vida nova ou alguma bobagem do tipo. Uma vida melhor do que a que ela podia ter em Chester, não que isso seja muito difícil. Ela disse que as coisas iam ser diferentes." Ele desviou o olhar. Mesmo depois de todos esses anos, ele ainda estava magoado por ela ter deixado a cidade. Pelo fato de ela ter deixado *ele*. Aquele desprezo em sua voz quando ele falou sobre o amante dela escondia uma ferida que nunca havia cicatrizado, eu percebi. E a única coisa que um homem como Oscar sabe fazer com a dor é infligi-la em outra pessoa.

"Então, ela partiu de propósito? Você tem *certeza*?"

"O que mais seria?", ele perguntou. "Mas por que você está perguntando sobre a Jessi?"

Ethan me alertou para ser cuidadosa com quem eu falava sobre Jessi. E aqui eu estava, correndo para a pessoa menos segura que poderia imaginar. Mas eu precisava ver sua reação. "Eu acho que alguma coisa aconteceu com ela", eu disse. "A família procura por ela há décadas."

"Caralho. Sério?", ele questionou, passando a mão sobre o cabelo. "Eu só achei que ela tivesse ido para Los Angeles ou para algum lugar do tipo. Sabe... algum lugar ensolarado. E por que você está me perguntando sobre isso? Você acha que eu tive alguma coisa a ver com isso?", ele indagou, ofendido.

"Por que não acharia? Porque você é um sujeito muito legal?"

"Primeiro, eu te esfaqueei; agora, matei Jessi. Eu devia estar bem ocupado naquela época", disse ele em tom de zombaria, balançando a cabeça. "O que foi que eu fiz pra você me odiar tanto?"

Eu lancei a ele um olhar incrédulo. "Você quer que eu responda?"

"Eu acho que não fui tão ruim, senão, você não teria voltado", retrucou ele, com um sorriso se espalhando por seu rosto lentamente. "Sabe... eu estava só pensando no quanto seria engraçado se Cody soubesse que você me implorou pra eu te comer."

Essa lembrança mandou um choque de alarme que passou pela minha espinha. "Ele não sabe, né?", perguntei.

"Puta merda. Depois da reação exagerada que ele teve da última vez, ele teria me dado um *tiro*. Digo, meu Deus, olha o que ele fez por causa de uma brincadeirinha."

"Você quer dizer empurrar uma criança contra uma parede e a molestar? Isso é uma brincadeira para você?", eu perguntei.

"Eu não te molestei. Era uma brincadeira", ele insistiu. "Você é tão dramática quanto ele."

"Você mereceu tudo o que te aconteceu."

Ele encolheu os ombros. "É, provavelmente." Eu o olhei, surpresa, mas ele parou por aí. Coçou o queixo, despreocupadamente. "Se isso é tudo, eu tenho trabalho de verdade para fazer. A não ser que você queira reconsiderar a proposta do sofá-cama."

"Não, obrigada", eu disse, com todo o veneno que consegui emitir.

Eu me virei e marchei de volta para o carro, com os olhos dele perfurando minhas costas. O medo que eu estava mantendo sob controle explodiu assim que a porta do carro se fechou, e minhas mãos tremiam quando fui virar a chave na ignição.

Ele não se aproximou de mim. Não me ameaçou. Mas aquele antigo medo permanecia, gravado em meus ossos. Era a razão pela qual eu o evitava e a razão pela qual eu continuava voltando. Porque, às vezes, aquele medo e aquela repulsa eram tudo o que eu conseguia sentir. Oscar Green sempre foi um erro, mas pelo menos eu sabia o porquê. Ele não guardava surpresa nenhuma.

Ele afirmou não ter feito nada contra Jessi, e disse que não havia me atacado. Poderia estar mentindo. Ele conheceu Jessi. Ela o rejeitou. Isso teria sido o suficiente para motivá-lo.

Não era o bastante. Eu precisava de mais. No entanto, primeiro, precisava voltar até o hotel antes que Ethan entrasse em pânico.

Eu foquei minha mente em Ethan, tentei imaginar para onde ele estava indo, e tentei não pensar no que estava atrás de mim enquanto eu dirigia.

Quando abri a porta, Ethan estava andando de um lado para outro no quarto. Ele parou no meio de um passo e se virou em minha direção; raiva e alívio equivalentes eram visíveis em sua expressão. "Para onde diabos você foi?", ele inquiriu.

"Para lugar nenhum." Esta ainda era minha reação automática e instintiva: mentir, mesmo que a mentira fosse absurda, mesmo que eu tivesse a intenção de contar toda a verdade. "Eu fui falar com Oscar", revelei.

"Sozinha? Você é maluca?"

"Foi em plena luz do dia. Havia funcionários em volta por toda parte. E, seja como for, ele não iria falar com você."

"Não tem como ter certeza disso."

"Ele te chamou de magricela", eu o informei, mas não como prova, apenas porque me pareceu engraçado dizer isso naquele momento. Ethan pareceu ofendido. "Não leve para o lado pessoal. Ele é basicamente um pernil com um rosto. Todo mundo parece magricela do ponto de vista dele."

"Você está mudando de assunto."

"Ethan. Relaxa. Consegui informações, eu estou bem, não aconteceu nada de ruim." Eu disse a mim mesma que era verdade. Oscar nem havia me tocado. E ele nunca tinha me tocado sem que eu pedisse primeiro — não até aquele dia atrás do posto de gasolina. Mas, mesmo assim, cada vez que ele me tocou, a sensação foi de punição.

Talvez esse fosse o objetivo.

"O que você não está me contando?", perguntou Ethan. "Você age de um jeito estranho sempre que o assunto chega ao Oscar. Isso não é estranho de uma forma 'genérica escrota'. Alguma coisa aconteceu."

"Não é importante."

"Sawant acha que ele é suspeito de ter te esfaqueado. Ele definitivamente é um suspeito na morte de Jessi. Então, é importante pra caralho",
gritou Ethan; sua frustração estava transbordando. Ele imediatamente
desviou o olhar, passando as mãos sobre o rosto. "Me desculpe."

Eu deixei um pequeno suspiro escapar. Era uma pequena rachadura
que havia aparecido nele, e eu podia ver através dela as partes que ele
tentava manter trancadas. Era um alívio, de certa forma.

"Eu transei com ele", eu contei, sem nenhuma afetação.

"O quê?", Ethan me olhou bruscamente, me encarando. "Hoje?"

"Meu Deus. Não", eu disse, fazendo uma careta. "Faz muito tempo."

"Você disse que ele era um escroto."

"Ele era. Ele ainda é", afirmei. Eu andei de um lado para outro, com
uma das mãos apoiada na cintura.

"Mas vocês namoraram?"

"Não. Nem chegamos perto disso", eu disse, me virando em sua direção. "Nós não temos nenhum tipo de relacionamento. Aconteceu aqui e
ali, algumas vezes, e isso é tudo. Mas eu não queria que você soubesse.
Não queria que ele te contasse nada. Eu fui pra cama com muita gente
que eu não devia, e não me importo de falar sobre isso, mas Oscar... Eu
apenas não queria que você soubesse dessa história."

"Quando foi isso?", Ethan perguntou.

"Eu não me lembro", eu disse, mas isso era mentira. Sabia exatamente
quando tinha sido a primeira vez. E a última. Eu me sentei na cama do
hotel, meus dedos encontraram a cicatriz em meu pulso.

"Você não precisa me contar", ele disse. "De verdade, eu não devia
ter perguntado."

"A última vez foi há oito anos", eu prossegui, o ignorando.

"Eu tinha voltado para a cidade para ficar com Liv depois de ela sair
do hospital. Ela não queria falar comigo. Kimiko e Marcus não falavam
com quase ninguém, e eu estava sufocando no silêncio. Fui até um bar
que eu sabia que meu pai não frequentava, e Oscar estava lá."

Eu respirei fundo e me obriguei a dizer o resto. "A primeira vez foi
há dezoito anos. E um punhado de vezes entre essa vez e a última. Com
intervalo de alguns anos, quando eu estava na cidade e me sentindo
péssima o bastante para que Oscar parecesse algo bom."

"Dezoito anos atrás, você era uma criança", disse Ethan. É claro que ele ia fazer as contas.

Encolhi os ombros e não olhei para ele. "Quinze anos. Era meu aniversário."

"Isso quer dizer que ele tinha..."

"Idade o bastante para comprar bebidas", eu disse tranquilamente. "Foi minha ideia. Eu tomei minhas próprias decisões a cada passo de tudo. Foram decisões terríveis, mas foram minhas."

"Isso é estupro de vulnerável", afirmou Ethan. "Não importa que a ideia tenha sido sua. Era obrigação dele não ser um merda de um estuprador."

"Eu não... Eu não estou te contando isso pra despertar sua compaixão ou algo parecido", eu disse, rapidamente.

Ele se sentou ao meu lado. "Certo", disse ele. "Então, por que você está me contando?"

"Como eu já disse... Eu só queria que você soubesse... Não queria que...", minha voz embargou, me silenciando. "Eu não sei. Nunca contei isso para ninguém antes. Cass me mataria. Bem, ela o mataria, primeiro. E aí ela me mataria."

"É por isso que você o odeia tanto?"

"É mais algo como isso ser parte do motivo de eu me odiar tanto", eu esclareci. O quarto estava frio demais, e minha pele se arrepiava com a temperatura. "Há uma razão para que eu tivesse certeza de que Oscar aceitaria quando eu falei para ele trazer uma garrafa de rum e uma camisinha e me encontrar na floresta. Quando eu tinha 11 anos, bem antes de..." Eu gesticulei com a mão. Não precisava soletrar; *antes* era o bastante. "Oscar já estava me provocando. Ele me empurrou contra uma parede e enfiou a mão por baixo da minha camiseta, uma vez. Eu fiquei apavorada."

"Isso vai além de apenas ser 'escroto'", disse Ethan. Ele estava se esforçando para soar calmo e focado nos fatos. Eu o observei cuidadosamente. Mesmo mantendo meu tom espontâneo, eu estava aliviada por ver a raiva nos olhos dele e o esforço para manter o tom civilizado. "Ele devia ter sido preso", Ethan concluiu.

"O pai dele é o prefeito, Ethan. Isso nunca teria acontecido. Além do mais, Cody o fez parar. Ele deu uma surra no Oscar, na verdade."

"Ótimo!", disse Ethan com firmeza. "Cody sempre esteve por perto para cuidar de você, não é? Estou começando a entender por que ele é tão protetor com você."

"Ele não é tão protetor", eu contestei.

"Eu pensei que ele fosse me partir em dois quando nos conhecemos", ele argumentou, com as sobrancelhas erguidas.

Eu fiz uma tentativa débil de sorriso. "O ponto é que, quando eu pedi ao Oscar que...", eu tive de parar e respirar fundo. "Quando fizemos sexo, foi ideia minha. Sabia que não era algo saudável. Eu queria me machucar. Foi tudo ideia minha."

"Você queria se machucar, então foi até alguém que ficaria feliz em fazer isso. Isso não significa que tenha sido correto", disse Ethan. "E de maneira nenhuma elimina a responsabilidade dele. Você tinha 15 anos. Era uma *criança*."

"Isso não me incomoda mais", eu disse. "Não me traumatizou. Não como Stahl. É uma memória de merda, mas eu não penso muito nela. Foi apenas uma primeira vez ruim. Tanto faz."

"Certo. Tanto faz. E é por isso que você está tremendo."

Eu apertei minhas mãos sobre meu colo a fim de parar o tremor. "Eu continuei voltando. Eu acho que não tenho o direito de reclamar se eu continuei voltando."

"Você está falando com o filho de uma mulher que foi agredida", me lembrou Ethan. "Então, nada do que você disser me convencerá de que o que o Oscar fez foi culpa de qualquer outra pessoa que não ele."

"Merda!", eu exclamei, encolhendo os joelhos junto ao peito. "Eu não sei por que eu te contei tudo isso. Nunca contei nada disso pra ninguém."

"Eu já te falei. Eu sou bom em fazer as pessoas falarem comigo", disse Ethan dando um meio-sorriso. "As pessoas têm uma tendência a confiar em mim. É..." Ele pausou, mas depois continuou: "Na verdade, às vezes, é meio desconcertante. É fácil, para mim, fazer as pessoas falarem ou que elas façam pequenas coisas para me ajudar".

"Você é simplesmente não ameaçador", eu disse a ele.

Ele emitiu um ruído do fundo da garganta, de reconhecimento e desconforto, e baixou os olhos para as próprias mãos. "Quando eu estava na faculdade, numa noite em que eu voltava para casa dirigindo, vi uma garota na calçada, andando e arrastando uma mala sob a chuva. Eu não pensei muito em nada, apenas parei o carro e lhe ofereci uma carona, e ela entrou no meu carro. Ela disse que normalmente não teria feito isso, mas sentiu que eu tinha 'uma *vibe* boa'."

"A não ser que você esteja ocultando um segundo emprego de assassino do machado, você é realmente uma boa pessoa", eu apontei.

Ele ergueu os olhos para mim. "Mas ela confiou em mim porque eu *realmente* sou uma boa pessoa? Ou porque existe algo em mim, algo que me faz parecer confiável, mas que não tem nada a ver comigo, com o meu caráter? Stahl...", ele pausou novamente. "Alan Michael Stahl convenceu pelo menos seis mulheres a entrar em sua caminhonete. Todas elas entraram por vontade própria. Ele parecia confiável. Muitas pessoas falaram isso. O tipo de pessoa para quem você conta a história da sua vida. O tipo de pessoa em que você confia instintivamente."

"Você não mata pessoas, Ethan", eu disse, me sentindo inquieta. Seu olhar estava fixo em mim, e eu não conseguia desviar o meu.

"Mas eu as uso. Faço com que me contem seus segredos." *Como você fez... foi a parte não dita.*

"Eu *deveria* confiar em você, Ethan Schreiber?", perguntei a ele.

"Eu quero ser alguém em quem você possa confiar", ele respondeu.

"Isso não é a mesma coisa", eu disse, como se fosse uma piada, porque eu não sabia como deveria reagir.

Tudo o que ele respondeu foi: "Eu sei".

A batida soou em minha porta bem quando eu estava saindo do chuveiro. "Um minuto!", gritei, me secando apressadamente e me enfiando nas roupas. Corri até a porta, achando que fosse Ethan, mas fiquei chocada ao me deparar com Cass, parada em frente à entrada do quarto.

Ela tirou os óculos escuros e me lançou um olhar de repreensão. "Precisamos conversar", disse ela, passando direto por mim. Eu abri a boca para dizer algo, mas até o próprio idioma fugiu de mim.

"Cass", eu consegui dizer. Ela me calou com um olhar carrancudo antes que eu pudesse dizer qualquer outra coisa.

"O que você está fazendo, Naomi?", ela perguntou.

"Eu..."

"Você devia ter me contado que o FBI queria falar com você", disse Cass. "E você falou com eles sem um advogado? O que passou pela sua cabeça?"

"Eles acham que nós mentimos", eu disse.

"Bem, você mentiu. É por isso que você precisa de um advogado. Eu nem sei qual é o limite de prescrição de perjúrio. Você sabe?", ela perguntou, com a mão na cintura. Sua boca estava curvada, havia raiva em seus olhos. Ela estava realmente preocupada comigo? Ou estava preocupada com os próprios segredos?

"Eles fizeram perguntas sobre Oscar", eu disse; minha voz saiu meio rouca, e eu aguardei sua reação.

Ela cerrou os dentes. "O quê?"

"Eles perguntaram se tinha sido Oscar que me atacou e se nós acobertamos ele", eu contei a ela.

Ela deu meia-volta, erguendo a mão num gesto que não foi adiante. "Isso é..." Ela se virou para mim. "Isso é ridículo." Sua voz falhou.

"É?", eu perguntei.

"Acha que eu não reconheceria meu próprio irmão?", ela perguntou, desafiadora. E então sua expressão despencou. "Você acha que eu o reconheci. Você acha que eu estou mentindo."

"Não. Eu não..." Eu não sabia o que dizer. Parecia plausível, até eu estar ali em pé no quarto com ela. Olhando-a nos olhos.

"Vai se foder, Shaw", ela mandou. "Não sou eu a mentirosa, lembra? Metade das coisas que saem da sua boca é mentira."

"Isso não é verdade." Não é mais.

"*Eu deixei meu dever de casa no meu armário. Eu não sei quem pichou o carro do chefe de polícia Miller. Esse colar foi um presente*", ela recitou para mim. "*Eu vi Alan Stahl me esfaqueando.*"

Afastei meus lábios dos dentes, eu estava quase rosnando.

"Que droga, Naomi. Eu não vou permitir que você faça isso", disse Cass. E, para minha surpresa, ela avançou em minha direção e me abraçou. Me segurou firme, mantendo o queixo encostado em meu ombro. "Eu não vou deixar você se afastar. E não vou te perder também." Sua voz tremia em meio a lágrimas implícitas.

Eu fechei os olhos e pressionei meu rosto contra o seu cabelo, levantando os braços para retribuir o abraço. Minha garganta estava apertada, meus olhos, ardendo. Quantas vezes eu havia tentado afastar Cass de mim? Nós brigávamos, ou eu só parava de falar com ela, me enterrando em minha própria angústia. E, toda vez, ela estava lá para me puxar para fora do buraco. Ela nunca desistiu de mim.

Exceto uma vez, uma voz macia sussurrou em minha mente. *Quando eu estava morrendo no chão.*

Ela me soltou e deu um passo para trás, mas sua mão segurava a lateral do meu pescoço enquanto ela me olhava nos olhos. Eu também olhava os seus, procurando desesperadamente algum tipo de resposta.

"Naomi. O que você disse quando foi ao chalé... Aquilo me fez perceber que eu não tenho certeza do que eu vi. Me esforcei muito para não pensar nisso, e mesmo na época era um borrão", disse Cass. "Mas pense comigo. Que motivo Oscar poderia ter para te machucar? Ele não é esse tipo de pessoa."

Meus lábios começaram a se abrir. Ela não sabia. Eu nunca contei a ela. E não podia contar agora. "Eu só estou tentando encontrar a verdade", eu murmurei.

"Sobre o que aconteceu com você? Sobre Perséfone? Sobre Liv?", ela indagou. Eu só conseguia balançar minha cabeça, sem dizer nada. Era tudo aquilo. Qualquer coisa. "Eu soube que você está fazendo perguntas sobre uma garota."

"Jessi Walker", eu disse.

"Ela é...?", Cass perguntou, e eu assenti. Ela deixou a mão cair ao lado do corpo, recuando. Sua expressão se contorceu como se ela estivesse tentando não chorar, e ela encarou o chão por um instante antes de respirar fundo. "Você tem certeza disso?", ela disse, por fim.

"No limite do possível, sim", eu respondi.

"Eu me lembro dela", disse Cass, com a voz soando distante, e eu congelei. É claro que Cass a conhecera. Ela estava sempre perseguindo Oscar naquela época. E eu só não conheci Jessi porque procurava sempre ir para outro lugar quando Oscar estava por perto. "Ela era gentil. Gostava de alisar meu cabelo e sempre me chamava de docinho. Oscar se comportava como um perfeito pateta perto dela. Era um idiota completamente apaixonado." Um sorriso despontou no canto de sua boca. "Eu me lembro de Miller o arrastando para casa porque ele estava bêbado feito um gambá, tentando se desculpar com ela por alguma coisa, bem na porta do apartamento em que ela morava. Parece que ele estava tentando cantar, algo assim."

Meu coração palpitou dentro do peito. Todos disseram a mesma coisa, que Oscar estava perdidamente apaixonado por Jesse. Exceto Oscar, que parecia querer amenizar tudo. Seria seu ego? Ou seu instinto de autopreservação?

Cass estremeceu, como se tivesse sentido um arrepio. Então, ela cruzou os braços de novo e me olhou fixamente. "Eu entendo que você esteja tentando descobrir a verdade, Naomi. Mas o que te faz pensar que você vai conseguir, se ninguém mais conseguiu? Você nem gosta de mistérios de assassinato. Nem sabe direito o que está fazendo."

"Ethan está me ajudando", eu disse, tentando me defender.

Ela soltou um ganido de incredulidade. "Então, é verdade... Você realmente está dormindo com o inimigo", um tom de divertimento amargo encobria suas palavras.

"Ele é uma boa pessoa", eu garanti a ela.

"Você não se relaciona com boas pessoas, Naomi", ela me relembrou, de um modo tão espontâneo, que eu só pude me retrair em resposta. "Pelo menos... se cuide desta vez." Ela tinha abandonado o desejo de tentar me convencer a sair de relacionamentos ruins. A única coisa que havia em seu olhar agora era uma forma exausta de aceitação.

Mas ele *era* uma boa pessoa, eu pensei. Por mais improvável que isso fosse. E eu não consegui conter o sorriso ao pensar nele, o que só fez Cass soltar de novo um suspiro exagerado.

"O funeral é amanhã. Eu não quero que fiquemos com raiva uma da outra, não agora. Não podemos brigar; senão, nunca vamos conseguir superar isso", ela disse. Eu assenti em silêncio. Ela apertou meu braço e, então, abriu um sorriso frágil. "Você não vai conseguir se livrar de mim, Naomi. Você é minha melhor amiga, lembra? E agora só me resta uma."

Ela passou por mim, depressa, como se fosse começar a chorar se não se apressasse. Ao abrir a porta para sair, ela revelou Ethan no meio do gesto de levantar a mão para bater na porta. Eles se encararam por um instante, surpresos. Cass se virou para mim.

"Bem, pelo menos ele é bonitinho", disse ela, resignada. "Com licença." Ela passou direto por um confuso Ethan e seguiu pelo estacionamento até seu carro.

"O que foi isso?", quis saber Ethan.

Eu fiquei observando enquanto Cass entrava no carro e dava a partida. Meu estômago se revirou. Quando Cass decidia acreditar em uma coisa, nada podia convencê-la do contrário. Se ela tivesse decidido que não tinha sido Oscar quem ela viu, teria convencido até a si mesma. Ou teria se convencido de que mentir era a coisa certa a se fazer.

"Naomi!?", Ethan me chamou, me tirando de meus devaneios.

Eu deixei escapar um longo suspiro. "Podemos pausar as coisas um pouco?", eu perguntei a ele. "Pelo menos, até o funeral. Eu não consigo lidar com nada disso agora."

"É claro", respondeu Ethan. "Podemos fazer o que for preciso."

"Obrigada", eu disse, e caí em seus braços. Ele me abraçou, e eu encostei meu rosto em seu peito. Envolvida por seus braços, eu me sentia segura — mais do que eu já havia me sentido em muito tempo.

Isso estava começando a me assustar.

No dia do funeral, eu coloquei a caixinha que guardava o osso do dedo de Perséfone no bolso do meu vestido preto.

A tarde estava ensolarada; havia apenas alguns traços de nuvens brancas espalhadas pelo céu. Nos reunimos na igreja. Eu havia ido com Liv e Cass algumas vezes nessa igreja, durante a nossa infância, quando eu passava algum sábado com elas. Kimiko estava sempre lá, vestida de um jeito impecável, com os cabelos revoltos. Marcus nunca ia, e oferecia a Liv a opção de não ir também. Mas ela gostava do ritual. Da cantoria. Da forma que ela preenchia seu peito e fazia sua pele se arrepiar quando todos cantavam juntos. Contudo, eu não sabia se um dia ela havia acreditado naquilo.

Marcus se sentou no banco da frente com a cabeça baixa e as mãos apertando um roteiro da programação amassado. Quando Ethan e eu entramos, a igreja estava quase cheia, mas, mesmo assim, ele pareceu sentir minha presença. Ergueu a cabeça e olhou para trás, em minha direção, e seu olhar pareceu me atravessar. Kimiko se virou, sem sair do lugar, a fim de ver para quem ele estava olhando.

Ethan e eu começamos a escolher um assento nos fundos, mas Kimiko se levantou e acenou para irmos para a frente. Eu me aproximei, sem saber o que deveria dizer a ela — o que eu *poderia* dizer que pudesse traduzir em palavras a perda que a envolvia feito uma mortalha.

"Você era a melhor amiga dela. Deve se sentar na frente", disse Kimiko, de um modo firme. Marcus emitiu um resmungo e desviou o olhar. Parecia que eles já haviam discutido isso, e Marcus havia perdido a discussão.

Cass chegou pouco depois, cercada pela família — seus pais, Amanda e até mesmo Oscar em um terno que apertava seu corpo musculoso e o fazia parecer o final de uma piada que ainda não havia sido inventada. Cass guiou Amanda até o nosso banco, com os outros atrás dela. Oscar se sentou na extremidade e claramente evitou olhar na minha direção. Cass ocupou delicadamente o assento ao meu lado e apertou meu braço em um gesto de consolo — enquanto lançava um olhar crítico para Ethan.

Liv sempre adorou se perder no ritual. Para mim, era como um delírio febril, repleto de dogmas que eu só conhecia vagamente e palavras que faziam meus lábios e minha língua se sentirem desajeitados. Eu tropecei nas orações e no hino, perdendo o senso de individualidade enquanto as vozes se mesclavam recitando, apenas para me soltar da unidade e me sentir ainda mais sozinha.

Kimiko fez um breve discurso, Marcus também. Eles falaram sobre a arte de Olivia, sobre sua curiosidade, sua paixão. Falaram de seus problemas de forma oblíqua, e eu fiquei satisfeita porque pelo menos eles não fingiram que aquela parte dela não havia existido. Não era um fragmento dela que ela aceitava de bom grado, mas a havia definido tanto. Ela não teria sido Olivia se não precisasse andar pelas chamas que eram sua própria mente.

Para minha surpresa, Cass se levantou para falar quando eles terminaram. Eles não haviam me pedido para fazer isso. Ela ficou em pé no púlpito e pigarreou, e eu me preparei para a versão editada de nossa amizade que, com certeza, ela iria ilustrar.

"Quando eu tinha cinco anos de idade, decidi que Olivia Barnes iria ser minha melhor amiga", começou Cass. Sua voz era límpida e firme, mas a mão que segurava o papel com as anotações tremia levemente. "Eu queria ser sua salvadora, mas a verdade é que uma resgatou a outra. Nenhuma de nós era a pessoa mais fácil de se manter uma amizade. No entanto, não importa quantas vezes brigamos, sempre fazíamos as pazes..."

"Olivia e eu passamos pelos altos e baixos obrigatórios de uma amizade, mas também enfrentamos dificuldades que ninguém deveria enfrentar", ela continuou. "Algumas delas nos foram infligidas por estranhos... por um mal que se esgueirou em nossa comunidade. E outras vieram de dentro. Olivia não era apenas atribulada. Ela estava em constante guerra com a própria mente desde que éramos bem jovens.

De início, nenhuma de nós percebeu. Ela era excêntrica. Diferente. Ela era, a meu ver, mágica. Contudo, se os horrores daquele verão nunca tivessem acontecido, ela teria tido mais tempo para aprender como viver com as mentiras que seu cérebro contava. Em vez disso, ela estava subitamente perdida pela floresta, e nenhuma de nós sabia como ajudá-la a encontrar o caminho de volta..."

"Olivia acreditava em mim de uma maneira que ninguém mais acreditava. E eu acreditava nela. Mas nenhuma fé podia consertar Olivia. Amizade nenhuma. E, no fim, eu desisti. Desisti dela, e de ser sua amiga. Eu não dei conta."

Ela respirou fundo, tremendo. Olhou para a congregação, e seus olhos reluziam com lágrimas contidas. "Olivia me ensinou a acreditar em magia. Eu não posso trazê-la de volta. Mas posso honrá-la, vendo magia no mundo. Ela não iria querer que nós ficássemos focados na escuridão, mas, sim, nas estrelas que ela enxergava dentro dela. E é isso que eu vou fazer."

Ela saiu do púlpito e voltou rapidamente para o seu lugar, com os músculos visivelmente tensos pelo esforço de se manter sob controle. Sentada ao meu lado, ela segurou a minha mão e a de Amanda, apertando ambas enquanto o próximo discursante — um tio — se levantou e se dirigiu ao púlpito.

Eu apertei sua mão de volta e tentei respirar em meio à angústia fria e intensa que se alojava em minha garganta.

Era isso que Olivia queria?, eu me perguntei. *Que você ficasse obcecada com sua morte, obcecada novamente com o ataque? Suspeitando de sua melhor amiga?*

Cass estava certa. Seria a última coisa que Olivia iria querer. Ela queria encontrar Perséfone para que pudéssemos trazê-la para a luz, e não para nos destruir, nos afundar no passado. Contudo, exatamente enquanto eu pensava, sabia que nada disso importava. Não podia abrir mão disso. Eu não podia parar.

Eu iria seguir até o fim, mesmo que isso me destruísse.

Ficamos de mãos dadas até os últimos acordes do hino final se dissiparem. Quando acabou, enquanto todos reuniam seus pertences, Cass me puxou e me deu um abraço.

"Você vai passar em casa? Vamos fazer uma pequena reunião", ela disse. Eu não precisava perguntar para saber que *em casa* queria dizer a casa de seus pais, não a dela. Os olhos de Cass se moveram na direção de Ethan, que havia sido puxado por Marsha para uma conversa no banco atrás de nós. "Vai ter apenas amigos e família, eu não acho que um repórter..."

"Eu entendo", respondi. Ethan seria respeitoso, mas era a última coisa que qualquer um iria querer nesse dia. E tudo estava estranho entre nós desde a visita de Cass ao hotel; havia um mau humor pairando sobre Ethan que eu não tinha sentido antes, o que servia para me lembrar de como eu o conhecia pouco. "Eu vou deixar Ethan no hotel e depois vou pra lá, ok?"

"Sim. Ótimo!", disse ela.

"Mãe?", disse Amanda. "Vamos embora." Ela me lançou um olhar neutro, como se estivesse tentando me dizer o que achava de mim. Ela lembrava tanto Cass naquela idade... o mesmo cabelo cor de trigo, o mesmo nariz fino e olhos enormes. Onze anos de idade. Exatamente a mesma idade que tínhamos naquele verão. Percebi que minha respiração se acelerou de repente.

Enquanto Cass se afastava, Amanda a acompanhou, dando uma última olhada em minha direção. Eu dei um sorriso rápido e amigável a ela, depois me juntei a Ethan e saí da igreja.

No meio do caminho, avistei Cody. Ele estava em pé com um casal mais velho, que eu vagamente reconheci como seus pais, junto a uma mulher latina visivelmente grávida e elegante que eu deduzi ser sua esposa. Ele me viu e ergueu a mão, acenando, e a esposa dele se virou para olhar pra mim. Seus olhos se arregalaram em sinal de reconhecimento — acho que eu era de fato diferente — e ela abriu um sorriso estonteante, mexendo os dedos num aceno antes de voltar para a conversa.

Aquela não era uma reação com a qual eu estava acostumada. Não era como o *oohhhh* boquiaberto que emitiam quando me reconheciam, como o interesse quase malicioso, a aversão indistinta, tudo aquilo que eu conheci intimamente no decorrer dos anos. Um sorriso assim, intenso, quase nunca era direcionado a mim.

"Eu preciso te deixar no hotel", eu avisei a Ethan. "Os pais da Cass vão fazer uma reunião... um encontro, eu acho. Eu devo ir."

"E você prefere ir sozinha...", concluiu Ethan.

"Não porque eu não queira que você vá", respondi imediatamente.

"É que, para todos os outros, eu não vou ser Ethan, o namorado da Naomi, e sim Ethan, o podcaster enxerido", disse ele.

"É isso que você é?"

"Um podcaster enxerido? Só quando estou trabalhando", ele disse.

"Meu namorado."

"Ah." Ele cerrou os olhos, mirando a estrada. "Engano meu. O que seria mais adequado? Amante? Um admirador? Garoto de programa?"

"Eu gosto de *admirador*", respondi, e decidi não pensar no motivo pelo qual *namorado* me soava tão atraente. Entramos no carro e eu dei a partida. Fiquei parada por um instante enquanto uma senhora idosa passava lentamente pelo meu para-choque traseiro.

"Achei interessante o discurso da Cass", comentou Ethan.

"Foi bom", eu disse. "Eu pensei que ela fosse amenizar as coisas, mas ela foi sincera."

"Eu achei estranho ela não ter mencionado você", pontuou Ethan com delicadeza. "Se eu não soubesse da história toda, acharia que algo terrível havia acontecido com elas duas e que você nem ao menos existia."

"Não foi um discurso sobre mim. Foi sobre Olivia", rebati. Ethan deu de ombros. "O que foi? Você acha que Cass resolveu me omitir na história?"

"Por que você não foi chamada para discursar? Você mesma me disse que conversava com Olivia várias vezes durante a semana. Então, por que Cass se considera a 'melhor amiga' e você não merece nem uma menção?"

"Isso não é sobre ganhar algum crédito", eu disse. "Onde você quer chegar com isso?"

"Eu só estava pensando... Eu não sei. Você esteve longe por muito tempo. O que você significava para essas pessoas pode ter mudado. Ou pode nunca ter sido como você achou que fosse."

Eu pensei na raiva de Meredith Green, na hostilidade contida de Marcus. Eu fui desprezada durante toda a minha vida, até quase morrer. Depois disso, Chester me abraçou... mas será que eles tinham me abraçado mesmo? Ou eles apenas queriam a história da menina sobrevivente, e não a pessoa irritadiça, problemática e inconveniente que vinha junto?

"Cass pode ser um pouquinho complicada, mas ela é uma das minhas melhores amigas", eu disse. A última viva.

"Foi você quem achou que ela poderia ter mentido a respeito de não ter visto Oscar", Ethan apontou.

Eu evitei ranger os dentes. "E...?"

"Você não acredita mais nisso?"

"Eu não sei", respondi. Não conseguia dizer o que estava pensando a essa altura. "Talvez eu apenas esteja enxergando coisas que não aconteceram."

"Eu não acho que você esteja maluca", disse Ethan. "E, no seu lugar, eu estaria me perguntando se essa amizade é recíproca."

Chegamos ao hotel. Eu pisei no freio mais fundo do que o necessário e fiquei encarando Ethan. "Eu não teria sobrevivido sem a Cass", afirmei.

"Eu não estou dizendo que você não deva ser grata pela ajuda dela."

"Não é sobre isso que eu estou falando", eu expliquei. "Estou me referindo ao que aconteceu depois. Eu mal conseguia existir, muito menos falar sobre o que aconteceu, e era só isso que as pessoas queriam de mim. Ela me protegeu. Tinha 11 anos e fez um trabalho bem melhor que o meu próprio pai, afastando os repórteres e os curiosos. Liv e eu estávamos nos desintegrando, e Cass nos segurou com as próprias mãos e com sua força de vontade."

Eu poderia ter contado a ele sobre as noites que ela saía escondida para que eu não tivesse que dormir sozinha em minha cama, ou quando ela deu um soco na boca de Grayson Talbot por ele ter me chamado de Frankenstein. Eu não teria chegado até a idade adulta sem Cass Green.

"É você quem a conhece melhor", reconheceu Ethan, embora esse comentário não me parecesse sincero.

"Sim, eu a conheço", afirmei, com a mandíbula apertada. "Eu te vejo depois."

"Eu te vejo logo mais", ele arrematou. Eu saí assim que a porta do carro se fechou.

Quem ele pensava que era? Cass era minha amiga, sempre foi.

Praticamente, todos amavam Cass. Ela era linda e charmosa. Fazia as pessoas se esforçarem para impressioná-la, e havia algo de eletrizante quando você conseguia atender às suas expectativas. Mas sempre havia aqueles que não a entendiam. Ela os assustava, ou eles enxergavam apenas as facetas duras e nada de sua generosidade e de seu charme. Eles achavam que ela era *mandona*; esse era um termo que misteriosamente parecia apenas ser usado para se referir a meninas.

Nós precisávamos que ela fosse mandona. Liv e eu não éramos capazes de tomar decisões nem se nossa vida dependesse disso, mas Cass sempre tinha algo para nos ocupar. Nós sempre aceitávamos suas exigências, por mais absurdas que fossem, porque ela era melhor em criar magia. Em nos fazer acreditar.

Mais tarde, isso foi uma bênção. Quando eu estava reprovando em matemática, ela brigava comigo para eu fazer o dever de casa, aparecia com planilhas e calculadoras gráficas e escondia o controle remoto da tv. Depois que Liv voltou do hospital, foi Cass que se manteve por perto para fazê-la comer e tomar banho até que ela ficasse estável e conseguisse cuidar de si mesma novamente.

Por isso, eu nunca me importei muito com o fato de haver pessoas que não a entendessem. Mas me incomodava saber que Ethan era uma delas; então, ao estacionar perto da casa de Cass, eu estava feliz por ele não ter ido comigo.

A casa da família Green era a maior residência de Chester. Era em estilo colonial antigo, totalmente destoante na área. Big Jim a havia construído quando a serraria estava no auge, logo depois de ele ganhar a sua primeira eleição para prefeito.

A calçada estava abarrotada com uma dúzia de carros — a reunião era maior do que eu esperava. Eu avancei até a porta da frente e, quando toquei a campainha, Amanda abriu a porta com uma aparência arrumada e sóbria, perfeita, com seus cabelos loiros e um vestidinho preto, com um laço também preto no cabelo para combinar.

"Olá, srta. Shaw", ela disse, com uma dolorosa formalidade. "Que bom que veio."

"Você costumava me chamar de tia Namie", eu disse a ela erguendo as sobrancelhas. "Em que momento você ficou tão sofisticada?"

Ela corou, parecendo que iria entrar em pânico com a repreensão. Ela parecia um clone de Cass, eu pensei, mas Cass nunca foi tímida. Eu tentei parecer amigável, mas isso não era meu forte. Eu tossi, agradeci a ela por me deixar entrar e me afastei antes que pudesse traumatizá-la ainda mais.

A cavernosa sala de estar era o centro das atividades. Meredith estava sentada no sofá perto de uma Kimiko de olhos inertes. Marcus estava próximo à mesa lateral, com uma taça de vinho tinto na mão. Quando ele me viu, sua perene expressão de desgosto se intensificou.

Eu fiquei congelada no saguão de entrada. Não tinham pedido para eu falar no funeral. Marcus e Kimiko não tinham me convidado para ir àquela reunião — Cass havia feito o convite. Será que eu era bem-vinda?

Eu endireitei minha postura. Que inferno! *Por que eu não deveria estar aqui?* Eu cruzei o cômodo e fui diretamente até onde Marcus estava, e então estendi minha mão. "Eu sinto muito pela sua perda", eu disse.

Ele ficou olhando para minha mão por um longo instante antes de apertá-la. "Obrigado", disse ele, de um modo automático.

"Eu sinto muito por não ter pensado em perguntar se eu poderia dizer algumas palavras no velório", acrescentei, tentando não olhar em volta para ver quem estava me observando. Tentando não sentir como se cada olho no cômodo estivesse fixado em mim. "Liv era extraordinária. Ela mudou minha vida. Eu não sei o que teria sido de mim sem ela."

Sua mandíbula se tensionou. "Você também significava muito pra ela", ele disse.

Eu engoli em seco. As lágrimas encheram meus olhos; eu as forcei a voltar. Você não chorava na frente das pessoas. Não mostrava a elas que se machucava. "Eu queria ter feito mais para merecer isso."

Ele começou a dizer alguma coisa, mas parou. Kimiko apareceu, encaixando a mão na dobra de seu braço. "Com licença, Naomi", ela disse. Então, ela o puxou para longe enquanto uma mão tocava meu ombro. Eu me esforcei para não virar, mas senti um frio no estômago quando vi quem era.

A esposa de Cody estava atrás de mim, segurando uma taça de vinho branco como uma oferenda. "Parece que você precisa disso aqui", disse ela em uma voz melodiosa. Eu aceitei. Eu preferia tinto, mas, no momento, eu só queria segurar alguma coisa para parecer menos desconfortável.

"Gabriella, certo?", perguntei a ela.

"Gabby, por favor. E você é a famosa Naomi Cunningham."

"Famosa pode ser um exagero", eu disse, bebendo um gole do vinho.

"Famosa para mim, ao menos. Cody fala muito de você. Ele gosta de ficar de olho em você, sabe... Ele pode ser meio *stalker* da internet, um tantinho assim só." Ela ergueu a mão com o polegar e o indicador unidos. Eu respondi com uma risada forçada, mesmo não tendo certeza do que sentia a respeito disso. "Acho que eu posso afirmar que ele é o maior fã que existe do seu trabalho... então, fazê-lo se importar com a *nossa* cerimônia de casamento foi um sacrifício."

"Eu nem sabia que ele já tinha visto alguma das minhas fotos", eu disse.

"As coisas de casamento são ótimas, mas eu amo seus outros trabalhos", destacou ela. "Aquela série de fotos em preto e branco de coisas se deteriorando... Sabe aquela com os cogumelos crescendo em volta do crânio de cervo? Eu comprei uma impressão dessa série."

Eu ri um pouco, sentindo-me desconfortável e lisonjeada ao mesmo tempo. "Ele nunca me disse isso."

Ela revirou de leve os olhos. "Provavelmente, ele não queria que você se sentisse constrangida, e ele ficaria completamente envergonhado se soubesse que estou te contando isso. Para ser sincera, eu acho que ele só quer ter certeza de que você ainda está bem. Ele até hoje não acredita, sabe? No que aconteceu. Que você escapou."

"Conheço essa sensação."

Ela tocou meu braço. "Eu odeio de verdade a teoria de que tudo acontece por algum motivo, ou que você deve achar o lado bom das coisas. O que te aconteceu não devia ter acontecido. Mas eu não consigo não ser grata, de uma forma estranha. Ter te encontrado mudou a vida do Cody. Fez dele um homem melhor. Se não fosse por você, eu não sei se ele teria se tornado a pessoa que me convenceu a se casar com ele."

"E, mesmo assim, precisei de três tentativas", disse Cody, se aproximando com um sorriso meio desconfiado. Ele colocou um braço ao redor da cintura da esposa. "A Gabriella fica muito sentimental no terceiro trimestre da gravidez."

"Não há nada de errado em ser sentimental", Gabby respondeu. Ela se encaixava perfeitamente sob o braço dele, e, perto do *glamour* dela, os ângulos rústicos de Cody ganhavam uma qualidade mais nítida. Agora, eu conseguia perceber. O Cody Benham que havia me carregado para fora da floresta não era matéria-prima para um político, mas esse cara? Ele havia sido feito para isso.

"Pessoalmente, eu sou terrível nisso. Sentimentos exigem sinceridade, e isso exige ser vulnerável. Cinismo e sarcasmo são muito mais seguros", eu disse.

"Bem, pelo menos você tem autoconsciência", brincou Cody, bem-humorado, fazendo um pequeno gesto de brinde com sua taça.

"Isso é quase tão bom quanto ser bem ajustada", eu retruquei.

Os dois riram. E de repente eu me senti muito agradecida por não ter feito nenhuma besteira naquela noite em que cheguei à cidade. Eles pareciam tão felizes juntos. Se eu tivesse feito qualquer coisa que colocasse isso em risco, nunca teria me perdoado.

"Você estará livre mais tarde ou amanhã?", Gabriella perguntou. Cody a olhou com uma expressão confusa, mas ela continuou, despreocupada: "Eu estava pensando que poderíamos recebê-la no chalé para um jantar".

"Vocês estão hospedados no chalé?", eu perguntei, a fim de ganhar algum tempo para pensar na proposta dela.

"É extraordinário o que Cassidy fez com aquele lugar, não é?", comentou Cody, me olhando de um jeito que claramente dizia *eu não sabia que ela ia convidar, e você não precisa ir.*

"Ela é extraordinária", eu concordei, com um eco de orgulho emprestado. "Você se lembra de como aquele lugar era um desastre quando éramos mais novos? Eu ainda não acredito que ela conseguiu melhorar tudo tão rápido. Mas eu tenho as habilidades de gerenciamento de projetos de um bebê mal-humorado de 2 anos, então, não sou a melhor pessoa para julgar."

"Ah, um bebê mal-humorado de 4 anos, no mínimo", disse Cass, chegando por trás de mim. Ela entrelaçou seu braço no meu. "Olha, para ser sincera, eu mordi muito mais do que podia mastigar naquela época. Mas eu estava tão entediada, em casa com um bebê e sem nada para fazer. Se eu tivesse parado para pensar por dois segundos, teria visto o quanto eu era ridiculamente desqualificada para o trabalho. Ultrapassei o orçamento várias vezes, e os relatórios ambientais quase me derrubaram. Cada uma das autorizações que chegava parecia ser a coisa que faria o projeto todo explodir." Ela se arrepiou ao se lembrar disso.

"Cody sempre soube que você conseguiria", disse Gabriella. "E tem sido um retorno maravilhoso do nosso investimento."

"Um investimento pelo qual eu sou eternamente grata", respondeu Cass. Ela apertou meu braço suavemente. "Vou precisar roubar a Naomi por um instante. Vocês nos dão licença?"

"É claro", respondeu Cody de imediato.

Gabriella fez um pequeno aceno. "Não se esqueça! Jantar! Realmente, precisamos de uma reuniãozinha antes de sairmos da cidade", ela disse, mas nesse momento Cass já estava me puxando para longe.

"Eu não sabia que Cody tinha investido no chalé", eu disse enquanto ela me guiava até a cozinha.

"Se você algum dia tivesse me perguntado...", retrucou Cass, num tom ríspido.

"Em minha defesa, posso dizer que todas as reclamações sobre as autorizações de fato foram insuportáveis", confessei a ela, que me deu um empurrão de leve, brincando. Mas então sua expressão se tornou séria. "Sobre o que você precisa falar comigo?", indaguei.

Seus lábios se apertaram. "No escritório", disse ela, indicando o corredor dos fundos com a cabeça. Ela soltou meu braço e me guiou, e eu a segui confusa. O que estava acontecendo?

Raramente era permitido que eu fosse até o escritório quando criança; as únicas partes que ficavam nos fundos da casa eram o escritório de Big Jim e sua sala de jogos. Foi para o primeiro que Cass me levou — e, para a minha surpresa, Big Jim já estava lá, atrás da enorme mesa construída com um pedaço rústico de árvore que ele mesmo havia derrubado, uma história que eu conhecia porque ele gostava de contar pelo menos quatro ou cinco vezes por ano.

"Naomi. Que bom te ver de novo", disse ele, soando como qualquer coisa que não fosse satisfação.

"Por que você me trouxe aqui?", questionei, olhando de um para o outro. O que Big Jim poderia querer comigo?

"É sobre Ethan", disse Cass.

"O que tem ele?", perguntei, tentando não soar defensiva de cara. "Ele está fazendo o trabalho dele. Não tem nada de errado nisso."

"Eu não teria tanta certeza", disse Big Jim. "Vocês dois têm incomodado muita gente. Andaram me fazendo perguntas; então, eu fui atrás de descobrir algo sobre ele. Não achei muita informação, de início, mas, depois, eu descobri uma coisa bem preocupante."

"Você o investigou? Ele é um podcaster. Só está fazendo perguntas", eu disse.

"Ele não é quem você acha que ele é, Naomi", falou Cass, gentilmente.

"Por favor, só me digam do que vocês estão falando", eu pedi, sentindo o pânico começando a crescer.

Big Jim pegou uma pasta que estava sobre a mesa. Ele a estendeu para mim. "Como ele mesmo afirma, ele trabalha para uma rede de podcasts e escreveu e produziu várias coisas de true crime sob o nome Ethan Schreiber. Mas ele mudou de nome quando fez 18 anos. Antes disso, era..."

Eu olhei para a primeira página dentro da pasta. Eram documentos do estado de Washington que autorizavam a mudança de nome para Ethan Schreiber...

De Alan Michael Stahl Junior.

As palavras na página perderam o foco, e este se recusou a voltar. Uma sensação gelada e opressiva surgiu na minha nuca, se acumulando na base do crânio, e eu senti o gosto de algo estranho e intenso na parte de trás da garganta. Não podia ser verdade. Tinha de ser um erro. Ethan não era...

"Isso é alguma piada?", eu perguntei, sabendo que não era. Nenhum dos dois me respondeu. Ethan era filho de Stahl. Ethan havia escrito a carta. Ele mentiu para mim. Ele me seguiu, me perseguiu, se inseriu em minha vida. Me fez confiar nele.

E eu me joguei em cima dele.

Eu me engasguei, rindo. "Ele é *filho* do Stahl?"

"É o que parece", disse Big Jim. "Imaginei que você não soubesse de nada disso, então..."

"É claro que eu não sabia, caralho", explodi. Big Jim apenas assentiu, sem demonstrar nenhum sinal de incômodo com a minha exaltação. Eu encarei o papel, desejando que aquela informação se alterasse. Como eu podia ter deixado isso escapar? Como não percebi?

É compreensível que Alan Stahl Junior tenha mudado seu nome. Se ele quisesse algum dia sair da sombra do pai, se quisesse ser qualquer coisa que não fosse o filho de um serial killer, ele precisaria fazer isso. Eu fiz isso. Por que eu não admitiria que ele havia feito também?

Ethan havia mentido desde o início. Quando eu contei a ele sobre a carta, ele se esforçou tanto para me acalmar. E era tudo um monte de merda. Ele me mandou a carta. Sabia o tempo todo que eu tinha mentido. Eu confessei para ele. Confiei nele de um jeito que nunca havia confiado em ninguém.

Ele era bom em convencer as pessoas a falar com ele. Stahl também era bom nisso. Ele convenceu mulheres a caminhar direto para suas mortes.

Cass me olhou com piedade. A expressão de Big Jim era tão neutra quanto sempre foi. Eu desviei o olhar; vergonha e constrangimento deslizavam sobre mim de uma forma doentia, mais nociva do que raiva. Deveria ter percebido. Eu era uma imbecil.

Me lembrei da maneira como ele deu a entender que eu não deveria confiar em Cass. Como se estivesse tentando criar algo que nos separasse.

E não era apenas o fato de eu ter confiado nele. Eu pensei que...

Mas não importava mais, não é? Não importa o que eu tenha sentido, era por um homem que não existia.

"Eu vou deixar vocês duas conversarem a sós", disse Big Jim. Ao passar por mim, ele me deu apenas um tapinha no ombro. Foi a única vez que ele me tocou, que eu conseguisse me lembrar, e eu precisei de toda a minha força de vontade para não desviar de sua mão; minha pele se arrepiou. Eu não queria ninguém me tocando. Nunca mais.

A porta se fechou atrás de Jim. Cass tocou em meu braço de uma forma que eu tenho certeza de que deveria ser para me confortar. "Eu sinto muito", ela disse. "Queria que não fosse verdade. Eu queria não ter que te contar isso."

"Por que o seu pai estava investigando ele?", perguntei. Eu senti que ia vomitar, mas me forcei a me concentrar no semblante de Cass. Ela sempre sabia o que fazer. Era ela que sempre estava no controle de tudo, e eu precisava disso agora.

"Eu pedi a ele. Queria te proteger", afirmou Cass.

"Ele mentiu. O tempo inteiro, ele... Meu Deus, Cass, eu contei coisas para ele."

"Você contou a ele sobre Perséfone... Jessi Walker, certo?", perguntou Cass. Eu assenti. "Eu queria muito que você não tivesse feito isso. O que mais você contou pra ele?"

"Tudo!", eu disse. Eu era uma idiota. Achava que ele estava escondendo alguma coisa. Só faltou ele me avisar para não confiar nele. "Eu disse a ele que eu menti no tribunal."

Ela me olhou chocada. "Você contou para o filho de um serial killer que mentiu para colocar o pai dele na cadeia."

"Eu não tenho certeza de que ele era um serial killer", eu disse, o que não ajudou a melhorar em nada a situação.

Mas Ethan tinha certeza. A não ser que isso fosse mais uma mentira.

"Ele deve ter vindo até aqui para falar comigo...", eu disse, "mas eu não estava. Não, ele veio para falar com *você*. E com Liv. Ela disse que ia falar com ele."

"Eu não sabia disso", respondeu Cass, com a cabeça meio inclinada, fechando a cara. "Você sabe o que ela contou pra ele?"

"Acho que não contou nada", eu disse. "Mas... e se ele a confrontou? Ela não iria contar nada para ele até todas nós estarmos de acordo, mas, e se ele insistisse, se ficasse irritado..." Eu não conseguia imaginar Ethan com uma arma na mão, com uma expressão de fúria no rosto. Mas também não conseguia imaginá-lo mentindo desse jeito para mim. Eu não fazia ideia de quem ele realmente era. Do que ele era capaz.

O rosto de Cass havia empalidecido. "Você realmente acha que ele pode ter matado Olivia?", ela perguntou em voz baixa.

"Eu não sei. Eu preciso ir. Eu preciso... Eu não posso..."

"Você devia ficar. Esperar até se sentir um pouco mais firme", disse Cass.

"Não, eu preciso... todas as minhas coisas estão no quarto do hotel. Eu tenho de ir buscá-las. Eu tenho que..." Merda. Eu não conseguia pensar em nada além da porta do hotel. Ele estaria ali. Esperando. O que eu iria fazer? O que iria dizer?

"Aqui." Cass colocou uma chave em minha mão. Eu franzi o cenho, sem entender. "Você vai ficar comigo. Por quanto tempo precisar. E você não vai voltar sozinha para aquele quarto de hotel. Vai esperar na minha casa. Nós vamos resolver tudo isso."

"Nós devíamos contar para a Bishop", eu disse. "Não devíamos?"

"Precisamos de um plano. Devemos ser inteligentes em relação a isso", afirmou Cass. "Vá para a minha casa. Não ligue para ninguém, não atenda à porta. Eu tenho de ficar pelo menos por mais uma hora, mas, depois, eu vou direto pra lá, e aí nós resolveremos o que exatamente vamos fazer, ok?"

"Ok", eu respondi. Cass iria resolver tudo. Ela sempre resolvia tudo. Eu agarrei a chave com tanta força que feriu minha mão. Minha cabeça girava. Ethan era Alan Stahl Junior. Ele veio até aqui porque sabia que eu tinha mentido antes mesmo de eu ter consciência disso. Estava com raiva. Ele nos culpava. Ele decidiu vir até a cidade. Olivia concordou em falar com ele, e ele a machucou e... Por quê? Por que ele continuava aqui?

Para ficar de olho em tudo. Para se certificar de que ninguém suspeitaria dele. Para foder com a cabeça da pessoa que fodeu a vida dele.

"Você está bem o bastante para dirigir?", Cass quis saber.

"Sim. Eu estou bem", menti. Respirei fundo para me equilibrar. "É só o choque. É melhor eu ir."

"Não para o hotel", disse ela com firmeza.

"Eu vou para a sua casa", concordei. Não conseguia pensar muito além disso, mas eu conseguia chegar até lá. Dobrei a página do documento em três, depois no meio, com movimentos mais que precisos.

Guardei o papel lentamente no bolso da minha saia, como se a demora fosse atrasar a dor. Fazer ela passar enquanto eu não estava prestando atenção.

Cass me fez sair pela porta dos fundos. Eu mal registrei o processo de entrar no carro e dar a partida. Antes que meu cérebro alcançasse meu corpo, eu já estava estacionada em frente à casa de Cass e, quando entrei na casa vazia, eu apenas fiquei ali em pé, confusa.

Eu nunca estive sozinha ali. Notei uma certa característica antisséptica. Até as peças de decoração pareciam utilitárias, pareciam estar ali para criar uma imagem específica. Cass havia decidido quem ela queria ser e construiu sua vida à altura. A mãe solo, empresária de sucesso. Ela havia escavado seu caminho até a normalidade com as próprias garras. Eu podia entender por que ela não queria que Liv perturbasse tudo isso.

Se não tivéssemos negado a proposta dela, será que tudo isso teria acontecido?

Eu vaguei das escadas até o quarto e me sentei na beirada da cama, me sentindo ridícula em meu vestido preto.

Deveria ter percebido. Eu só me envolvia com homens terríveis. Sempre existiria algo de podre no cerne do que eu tinha com Ethan. Eu só não sabia que seria *isso*.

Ethan não parecia ser um cara violento. Mas seu pai também havia enganado a todos.

Limpei meus olhos para clarear a visão e respirei fundo, mas isso não funcionou para encher os meus pulmões. À minha frente, a porta do guarda-roupa estava aberta. Na prateleira mais alta, no fundo, havia uma grande caixa de madeira com imagens celtas entalhadas em toda a sua volta.

Cass a tinha guardado durante todos esses anos. É claro que tinha. Todas nós guardamos nossas lembranças. Nossos fragmentos do passado. Eu me levantei e caminhei lentamente até a prateleira. Havia um banco no canto do guarda-roupa, e eu o manobrei de onde estava e o usei como apoio.

A caixa era pesada e sólida. Nós a encontramos no antiquário, coberta de poeira. A tampa era entalhada com arabescos de folhas e vinhas. Fui eu quem a achou. Cass tinha ficado com ela. Era assim que funcionavam as coisas.

Eu carreguei a caixa até a cama e abri a tampa. Ela rangeu de leve. Dentro dela havia uma coleção de desenhos da Liv; uma pilha de fotos instantâneas; um anel de fantasia cafona que, até onde me lembrava, era um presente da avó de Cass; uma echarpe de seda com estrelas; uma coleira de gato com "Remington" gravado na identificação; uma taça de prata que havíamos declarado ser o Cálice da Deusa. Uma bolsinha de tecido guardava um pequeno objeto rígido, eu não precisava tirá-lo dali para saber que era o osso de um dedo.

Cass também tinha ficado com a pulseira com o nome de Perséfone, mas ela me deu quando eu estava no hospital. Um pouquinho a mais de magia, ela disse, para me ajudar a melhorar.

Eu peguei a pilha de fotos. Me lembrava daquela câmera Polaroid, a havia encontrado junto às tralhas do meu pai, quando um amontoado de coisas desabou com algumas caixas de filme. Mesmo naquela época, o filme já era velho, então as fotos saíram todas escuras e, em algumas, era até difícil decifrar o que havia nelas, mas eu levei a câmera comigo para toda parte até o filme terminar. Eu nunca havia parado para pensar desde aquela época, mas eu acho que esta foi a fagulha que despertou meu interesse por fotografia.

Tudo sempre nos remetia àquele verão, não é?

Com o passar dos anos, a má qualidade do filme dera às fotos um ar fantasmagórico. Uma foto borrada de Cass na floresta, segurando o cálice com a echarpe estrelada sobre os ombros feito um xale, ganhou um ar de mistério antigo. Uma foto escura de Liv olhando para cima, com tudo ao seu redor indistinto, fazia parecer que ela estava emergindo de um abismo sombrio. Cass e Liv andando uma ao lado da outra, com os mindinhos entrelaçados, Liv olhando por cima do ombro para a câmera, para mim, com um fragmento brilhante de sorriso.

E então havia uma foto de nós três juntas. Dava para ver que eu estava segurando a câmera. Nós estávamos sentadas na cama de infância de Liv, com os ombros juntos, e eu estava no meio. Cass e Liv mostravam a língua, olhando para a câmera. Eu estava olhando para Liv, com meus olhos brilhando.

Um pequeno suspiro escapou dos meus lábios, meu coração estava doendo. Liv estava morta... mas essas três meninas também estavam. As meninas que fomos no passado.

Sob as fotos havia duas folhas de caderno, dobradas, com os vincos gastos pelo passar dos anos. Eu desdobrei delicadamente uma delas e minha respiração parou em minha garganta.

Eu roubei dinheiro da bolsa da sra. Green.
Eu odeio meu pai e, às vezes, queria que ele morresse.
Ele é um bêbado e é um inútil.
Eu colei na prova de matemática no mês passado.

Havia uma dúzia de frases além dessas. Eu havia escrito todas. Meus segredos. Todas nós fizemos páginas como essa: o sexto ritual. Os segredos mais sombrios de nossos corações, Cass havia dito. Nós os escrevemos e, então, os queimamos. Ela os atirou no fogo e falou que era para purificar nossas almas com as chamas. Mas como eles estavam aqui?

Desdobrei a outra página. Deveria ser a de Liv, eu reconheci sua letra.

Eu não sou boa o bastante para as Deusas.
Eu preciso me esforçar mais, mas tenho medo.
Eu não sou uma boa amiga.
Eu sou fraca e sou uma covarde.
Eu não faço nada direito.

"Ah, Liv", eu sussurrei. "Eu não sabia que era tão ruim." Meu coração doía pela garotinha que ela havia sido. Tão vulnerável, e as coisas que aconteciam com ela eram imensas demais para qualquer um conseguir lidar, ainda mais uma criança que tinha os próprios demônios começando a despertar. Mas ela sobreviveu a eles — apenas para ter sua vida roubada.

Novamente, eu tentei visualizar a cena. Liv junto ao lago, uma arma apontada contra sua cabeça, e a mão segurando a arma... a mão de Ethan. Eu engoli um grito, amassando o papel em minha mão. Cass tinha guardado tudo isso. Ela havia jogado páginas falsas no fogo? Mas por quê?

Com certeza, para que ela pudesse lê-las, deduzi e suspirei. Ela sempre teve dificuldade para abrir mão do controle. Provavelmente tinha receio de que tivéssemos escrito alguma coisa sobre ela.

"O que você está fazendo?"

Eu me virei e senti minha adrenalina subindo. Oscar estava na entrada do quarto, me observando com sua curiosidade bruta habitual.

"Estou apenas revivendo memórias antigas", eu disse. Mostrei a ele as fotos de Polaroid, minha boca foi ficando seca. "Eu tirei estas. Séculos atrás."

Oscar se apoiou no batente da porta. Ele tinha abandonado o terno e enrolado as mangas da camisa até os cotovelos, mostrando os grossos antebraços. "Você sempre foi tão enxerida desde..."

"Você pode tentar não ser um completo canalha por trinta segundos?", eu o interrompi.

Ele abriu um sorriso. "... criancinha", ele completou. Ele saiu da porta e veio em minha direção. Meu corpo ficou tenso, mas eu me forcei a ficar parada onde estava. Ele pegou uma das fotografias. Cass com uma coroa de flores selvagens, segurando um cristal que havíamos pendurado em um pedaço de barbante. "Vocês estavam sempre fazendo umas merdas estranhas."

"Nós éramos crianças esquisitas", eu disse. Ele estava perto o bastante para que eu conseguisse sentir sua proximidade; sentia o movimento do ar na minha pele. Eu nunca me sentia segura quando Oscar estava por perto. Houve uma época em que esse era o motivo de eu ir atrás dele. Perigo e dor pareciam ser mais fáceis do que segurança. Agora eu estava ciente demais da força daquelas mãos largas e do quanto ele poderia me machucar.

"Nah, era legal", ele disse. "Menininhas bruxas esquisitinhas. Pelo menos, você era interessante."

Eu o encarei, senti a bile subindo pela garganta. "Você me odiava. As coisas que você fez..."

"Você ainda está bolada com isso, não está? É, eu era um merda."

"Ainda é", respondi, com amargura.

"Pois é. Mas eu levei uma surra por causa disso, então, estamos quites." Ele encolheu os ombros, como se tudo pudesse ficar por isso, dor equilibrada com dor. Como se isso não deixasse rachaduras em nossa pele, qualquer que fosse o seu papel naquilo. "Escuta, nunca quis te machucar nem nada. Eu estava sempre bêbado, ok? Foi um erro estúpido."

"Eu era amiga da sua irmã mais nova", eu argumentei, sem conseguir me desvincular daquilo. "Ela te adorava."

Ele soltou um risco brusco. "Até parece."

Eu o encarei. "Ah, vá. O jeito que ela sempre te seguia por toda parte? Você a protegia... Ela faria qualquer coisa por você apenas por isso."

"Eu a protegia? De quê?", Oscar perguntou. Ele ainda estava perto demais de mim, pairando.

"De seu pai", eu respondi. "Eu sei que ele batia nela."

Ele fez uma careta. "Meu pai? Não. Ele me enchia de porrada, claro, mas ele nunca encostou um dedo na sua princesinha preciosa."

"Eu via os hematomas", eu disse; meu estado de confusão inundava minha raiva. Ele tinha de saber. Ela dizia que ele aparecia para protegê-la, então, ele obviamente sabia o que estava acontecendo com ela.

Para minha surpresa, Oscar deu uma gargalhada. "Ah, *isso*. Cass e o seu inferno de clube da luta. Pois é, ela vivia cheia de hematomas o tempo todo, mas ela mesma os fazia. Ela sempre tentava me fazer perder a paciência. Se *jogava* em cima de mim, me mordendo e me arranhando e tudo mais, tentando me fazer bater nela. Algumas vezes, eu tinha que jogar ela pra longe e a segurar no chão só pra ela parar, mas eu nunca dei um soco nela nem nada assim. No entanto, ela se jogava contra as paredes e contra os móveis e o caralho, só pra ficar com os hematomas e ameaçar contar para o nosso pai que eu estava a machucando, a não ser que eu fizesse as merdas que ela queria." Ele girou o indicador contra a têmpora, como se quisesse indicar que ela era maluca.

"É, tá certo", eu ironizei. "Sua irmã de trinta e um quilos era uma tremenda ameaça."

"Eu já entrei em brigas de bar o suficiente pra saber que não devemos nos meter com gente doida", disse ele, simplesmente. "Cass não me adorava. Ela estava sempre procurando alguma coisa para me chantagear. Mas tudo que ela queria eram bobagens idiotas de criança, então, era mais fácil só ir na dela... fora que ninguém iria acreditar em mim, de qualquer jeito. Todo mundo sempre amou a Cass."

Continuei o encarando, tentando descobrir se ele estava tentando me enganar. Eu não queria acreditar nele, mas me lembrei de que ela costumava fazer a mesma coisa comigo. Ela usava palavras, e não punhos. Mas me provocava de novo e de novo até eu bater nela. *E aí* é que ela ficava selvagem, mas a briga seria minha culpa, porque sempre era eu quem começava.

Mas eu entendia... o impulso de brigar não apenas por querer machucar alguém, mas por querer ser machucada. Isso nunca desapareceu. Eu só achei uma forma menos visível de conseguir meus hematomas.

No entanto, Oscar era violento, ele era escória. Não tinha motivo algum para acreditar em sua palavra e desacreditar de Cass.

"Você quer alguma coisa, Oscar?", eu perguntei a ele, sem baixar nem uma fração de minha cautela.

"Você quer?", ele devolveu a pergunta.

Ele encostou um dedo grosseiro na parte inferior do meu queixo, o levantando. Eu encarei seus olhos sem hesitar. Sua mão avançou para a frente, seus dedos já estavam ao redor do meu pescoço. Apenas repousando ali. Ele se aproximou até eu conseguir ver cada toque de dourado no azul de seus olhos. O pulsar familiar de medo e desejo me perfurou como um anzol, e ele deu um meio-sorriso como se pudesse perceber isso tudo acontecendo.

Por que não?, uma parte de mim se perguntou. Será que ele era pior que Ethan? Será que ele era pior do que eu merecia? Pelo menos, eu já sabia o formato das rachaduras que ele deixaria em minha pele. Pelo menos, eu já sabia que o odiava.

"Sai daqui", eu disse a ele, através de meus dentes cerrados.

Seus dedos se apertaram. A pressão cortou minha respiração por meio segundo, meus músculos ficaram tensos, gerando um pânico súbito — e então ele me soltou. Lutei contra a necessidade de respirar fundo, de tocar a garganta. "Sem problemas", ele disse, recuando um pouco. "Cass só pediu para que eu verificasse como você estava, só isso. Para me certificar de que você estava aqui, ficar de olho em você, esse tipo de coisa."

Cass tinha mandado Oscar me vigiar? Dessa vez, quando a raiva se inflamou, foi por causa dela. Ela podia não saber em detalhes o que havia entre Oscar e eu, mas ela sabia como eu me sentia a respeito dele.

Finalmente, Oscar saiu, me deixando trêmula e enjoada. Eu comecei a devolver as fotos e todo o resto para a caixa. Havia uma coisa a mais no fundo: um envelope de papel pardo. Eu hesitei por um instante e, então, o peguei e despejei seu conteúdo sobre a cama.

Dele se espalhou um amontoado sortido de fotografias e papéis, junto a um pendrive etiquetado com o nome "Percy". Me lembrei de Cass dizendo: *com o que eu tenho guardado sobre ele, ele não pode me dizer não.*

Inquieta, espalhei os papéis e as fotos com a mão. Não discerni um tema uniforme entre os documentos. Uma foto mostrava um homem que eu não conhecia rindo e segurando um *bong*. Havia um e-mail impresso de uma empresa de construção discutindo limites em terras úmidas e algo sobre um sistema de drenagem e "Seção 404". Havia também um punhado de outras fotografias, algumas mostrando comportamentos suspeitos, mas a maioria parecia inocente, sem um contexto. Tinha também uma cópia de um cheque de 15 mil dólares de Meredith Green para alguém que se chamava Alicia Barlow, datado de abril de 2000.

No fundo da pilha havia mais uma fotografia. Essa era mais velha, e estava amassada por ter sido guardada com descuido. Era uma foto de Jim Green, com as mãos nos quadris de uma mulher esguia vestida com jeans apertados e uma camiseta com o logo da Madeireira de Chester Co., tendo ao fundo o que parecia ser a velha serraria. Sua cabeça estava inclinada em direção à dela, como se estivesse quase a beijando. Próxima o suficiente para que não houvesse ambiguidade sobre suas intenções, ou as dela. A mulher estava de perfil, com seu rosto virado para o lado oposto da câmera, mas, mesmo assim, eu a reconheci.

Jessi Walker.

O homem misterioso de Jessi era o prefeito.

Algo como uma tristeza pairou sobre mim. Não que eu já tivesse me importado muito com Jim. Ele não era uma figura paterna ou um protetor para mim. Mas ele sempre foi uma presença constante. Era mais uma coisa que desmoronava dentro de mim.

Quando consegui aquele emprego de verão, tinha sido ideia de Meredith. Eu escutei uma discussão entre ela e Big Jim sobre isso uma vez... O que ela havia dito mesmo? *Assim, você não vai precisar ficar até tarde no escritório.* Eu havia entendido que ela queria dizer que ele não teria tanto trabalho se eu o ajudasse. Eu ainda era ingênua, ao meu modo, mesmo depois de tudo o que havia acontecido.

Eu juntei tudo e coloquei de volta no envelope. O conteúdo da fotografia foi uma surpresa menor que a causada pelo fato de Cass tê-la guardado. O que era tudo aquilo? Um depósito de material de chantagem?

Eu sacudi a cabeça. Não sabia o que diabos Cass estava fazendo com tudo aquilo, mas as implicações eram claras. Big Jim tinha um caso com Jessi.

Eu estava focada em Oscar, em seu ciúme, sua raiva. Mas ciúme não é a única coisa que pode levar um homem a matar. Ela contou para Oscar que iria começar uma vida nova com o amante. O que significa que ela pensava que Big Jim iria deixar a esposa para ficar com ela. Que ele iria tirá-la desta cidade pequena e a daria tudo o que ela sempre sonhou. Porque é isso que os homens dizem para a amante bonitinha antes de se entediar dela.

Mas talvez ela tenha insistido. Ela pode ter pedido um prazo. Talvez tenha dito para ele se apressar, ou ameaçado contar para a sua esposa, ou para *todos.* Então, as coisas esquentaram. Talvez tenha sido um acidente, talvez tenha sido de propósito, mas, de qualquer maneira, a história termina com ela morta.

Oscar a mataria por ciúme, ou Big Jim a mataria por autopreservação. Mas, independentemente de qual deles tenha sido, teria de encobrir tudo. Ele a levaria para a floresta e a enfiaria em um buraco onde ela nunca mais seria encontrada.

No entanto, nós a encontramos. Os Green estavam sempre naquela floresta. Fazendo trilhas, caçando, bebendo. E se um deles tivesse me visto saindo da Gruta naquele dia e percebido que eu sabia?

Será que ele sabia que as outras meninas estavam comigo? Liv e Cass tinham dormido na casa de Liv na noite anterior, mas eu não pude ir porque estava resfriada. Talvez ele não soubesse que iríamos nos encontrar. Pode ter pensado que eu estava sozinha, ou nem mesmo ter pensado em nada... apenas entrado em pânico.

Então, Cass havia escondido tudo para proteger o irmão, ou para proteger o pai — de qualquer maneira, o resultado é o mesmo.

Eu tirei o papel do meu bolso e o desdobrei, meu dedo esbarrou na caixa de brincos que guardava o osso de Perséfone. A imagem da mudança de nome no documento estava copiada sob um e-mail que eu mal havia percebido. Apenas *"Aqui estão os documentos solicitados"*. O texto não me dizia nada. Mas o e-mail vinha de CalvinS@jcsi.com. Jessup Consultoria, Segurança & Investigações.

Eles estavam trabalhando para Jim Green. Foi ele quem mandou aquele homem me seguir e invadir meu quarto no hotel. Ele estaria protegendo o filho? Ou a si mesmo?

Eu enfiei tudo de volta na caixa e a tampei.

Cass sabia o tempo todo sobre Jessi Walker. Ela teria feito a conexão com Perséfone? Era por isso que ela tinha sido tão insistente em pedir que Liv abandonasse tudo? Ela estava tentando nos alertar porque ela sabia o que seu pai faria se descobrisse?

Ou teria sido ela que contou a ele o que Liv sabia.

Eu precisava sair dali. Peguei a caixa, a coloquei debaixo do braço e saí em direção à porta da frente.

Quando eu estava no fim da escadaria, escutei o assoalho ranger atrás de mim. Me virei, e meus olhos se cruzaram com os de Oscar. Ele segurava uma cerveja em uma das mãos, com os braços cruzados. Nós nos olhamos. Por um instante, eu pensei que ele fosse me parar. Cass havia pedido a ele para ficar de olho em mim, afinal de contas. Se certificar de que eu estava bem definitivamente não incluía me deixar ir embora sem avisar. Mas ele apenas assentiu com um aceno de cabeça e se virou. Ele não faria mais nada comigo.

Eu fugi.

Restava apenas um lugar para eu ir. Eu estacionei ao lado do velho Impala e andei mecanicamente até a porta. Subi na soleira, com a mente em branco, paralisada pela decisão entre bater na porta ou entrar direto.

A porta se abriu antes que eu pudesse decidir uma coisa ou outra, e meu pai me olhou com sua usual mistura de desdém e divertimento, como se fosse uma grande piada o fato de eu ter voltado à sua casa. O que eu acho que era, mesmo.

"Você está horrível", ele me informou. "Por que está chorando em um vestido de festa?"

"Hoje foi o funeral da Liv", eu disse.

"Seria na terça-feira."

"Hoje é terça-feira. Posso entrar?"

"Não posso te impedir", ele disse e voltou para dentro, deixando a porta aberta. Eu entrei. Não conseguia me forçar a fechar a porta e assim bloquear minha rota de fuga.

"Precisa de alguma coisa?", ele perguntou.

"Não. Eu só... Não tinha nenhum outro lugar para ir", eu disse. Minha garganta arranhava, e meus olhos estavam inchados, embora eu não tivesse chorado.

"Isso é óbvio o bastante, já que, caso contrário, você não teria motivo nenhum para vir pra cá", ele resmungou, mas então parou e cerrou os olhos, me observando. "O que aconteceu com você?"

Eu apertei os lábios e balancei a cabeça.

"Isso aí são machucados? Aquele bonitinho lá te machucou?", ele perguntou, e soltei uma risada que se transformou em um soluço engasgado.

"Nem sei por onde começar", eu disse. Segurei a caixa com mais força. "Preciso olhar algumas das minhas coisas antigas."

"Pode ir", ele permitiu, indicando o corredor dos fundos. "Está como você deixou."

Eu disfarcei um riso incrédulo. Abri caminho passando pelo quarto de hóspedes, percebendo que estava completamente lotado, com pilhas de um metro e meio de altura até o fundo. Ele simplesmente começou a jogar coisas por ali durante anos, sem se preocupar em deixar um caminho aberto; até a porta estava bloqueada com uma prateleira quebrada inclinada para o lado. Eu amassei com o pé uma cesta de Páscoa rosa-choque e continuei avançando, apavorada só de pensar no que eu encontraria no meu quarto.

Para minha surpresa, ele estava quase tão intacto quanto meu pai deixara implícito. Havia uma pilha de detritos aleatórios sobre a cama, mas, inspecionando mais de perto, era possível ver que a maioria era composta de coisas minhas. Itens que eu havia jogado fora na última vez em que estive ali. Provavelmente, ele trouxera tudo de volta para casa logo depois. Roupas velhas, livros, até bichos de pelúcia de quando eu era criança.

Tudo ainda estava ali, intocado. Isso quer dizer que...

Eu fui até o armário. Estava atulhado. Passei alguns minutos puxando coisas pra fora para chegar até o fundo. A caixa de sapatos, amassada e coberta de poeira, ainda estava lá.

Em cima dela havia uma pequena bolsa de tecido. Eu puxei os cordões que a fechavam e a esvaziei na palma da minha mão. O osso branco da falange estava frio contra a minha pele. Meu amuleto da sorte. Meu talismã. Minha maldição.

Eu o deixei ali, como se deixá-lo significasse que ele não fosse mais me assombrar.

Eu o coloquei sobre o carpete e tirei os outros itens. O osso de Liv e sua caixa de brinco, guardada em meu bolso. A bolsa de Cass no fundo da caixa. Eu os coloquei cuidadosamente um ao lado do outro. *Hécate,*

Ártemis, Atena. A prece, as flores, o sepultamento, a água. O sangue e o fogo. Seis rituais, quando deveriam ser sete. Nós nunca chegamos ao fim.

Eu voltei novamente à caixa. O que mais era importante o bastante para esconder? O geodo, uma pluma, algumas fotos: de Liv, de Cass. Um elaborado autorretrato, eu com 11 anos olhando para o lado, o rosto sem as marcas da tragédia que eu nem imaginava que estava para ocorrer. E... meu Deus. Uma foto da própria Perséfone. Os ossos, com lírios nas órbitas oculares e nossos amuletos dispostos ao redor. O gêmeo fotográfico do desenho no caderno de Liv.

"Acho que você precisa de uma bebida", meu pai sugeriu. Eu saltei onde estava, alarmada. Minhas costas se chocaram contra a parede antes que eu pudesse recuperar qualquer aparência de controle consciente dos meus movimentos. Ele riu. "Você sempre foi tão arisca."

"Merda", eu exclamei, massageando a parte de trás da minha cabeça. Como se eu precisasse de mais um machucado ali. "Você sabe que não devia se esgueirar por trás de mim desse jeito."

"Não achei que estivesse fazendo isso." Ele entrou no quarto e me ofereceu uma cerveja. Eu me inclinei para a frente para pegá-la e voltei para a posição anterior, com as costas contra a parede. Tinha gosto de cereal velho molhado, mas ao menos estava gelada. Eu dei um longo gole.

"Não vai beber uma?", eu perguntei.

Ele encaixou os polegares nos passadores de cinto da calça. "Pensei que talvez devesse parar um pouco."

"Ah, tá. Espera, você está falando sério?"

Ele encolheu os ombros. "Já está na hora, não acha?"

"Passou da hora." Eu não achei nem por um instante que isso fosse continuar, mas, até onde eu sabia, era a primeira vez que ele pelo menos tentava demonstrar que estava tentando. "Você sabe que não pode parar assim de uma vez. Considerando o tanto que você bebe, isso poderia te matar."

"Eu disse parar um pouco, não parar com tudo", ele falou, defensivo. Mas, então, ele massageou a nuca e desviou o olhar. "Eu sei. Vou tomar cuidado. Eu já fiz isso antes."

"Quando?"

"Quando você se machucou", disse ele. "Eu estava bêbado feito um gambá enquanto minha filha sangrava até a morte. Não podia nem entrar no hospital quando você passou pela cirurgia. Então, eu parei. Por um tempo. Não durou. Mas eu consegui."

"Eu não me lembro disso."

"Você estava meio distraída com todos os buracos abertos em você", ele comentou com um sorriso irônico.

Eu soltei uma risada baixa e fragmentada. "Parece que há muitas coisas de que eu não me lembro daquela época", eu disse.

"É mesmo?", indagou ele. Havia um tom desconfortável em sua voz.

"Pai, você estava lá quando a polícia falou comigo? Quando eu identifiquei Stahl?", eu perguntei.

"É claro", respondeu ele.

"Como foi? O que eu disse?", questionei.

"Eles te mostraram umas fotos. E aí te perguntaram se você tinha visto o homem que te atacou, e você apontou para ele. Simples assim."

"Mas parecia que eles estavam me pressionando?", eu perguntei. "Ou me influenciando de algum modo?"

Ele suspirou. "Caralho, Naomi. Você estava tão dopada que, se eles tivessem te mostrado a foto de um sujeito de roupa vermelha, você teria dito que o Papai Noel te esfaqueou."

"Pai. Por favor. Me conta o que aconteceu."

"Eles fizeram direito", ele afirmou. "Pegaram um monte de fotos e mostraram para você uma por uma. Você o apontou de primeira e começou a chorar."

"Você tem certeza?"

"Por que eu iria mentir sobre isso?", ele perguntou, mas sem olhar para mim. "O negócio é que, quando você acordou, eu perguntei se você se lembrava de alguma coisa, e você disse que não se lembrava de nada. Se lembrava de ter sido ferida, mas só isso. E aí, um pouco antes de os detetives aparecerem para falar com você, eu saí para buscar alguma comida. Quando eu voltei, o chefe de polícia Miller e Jim Green estavam saindo do quarto. Depois disso, você começou a agir de um modo assustado, ficava prometendo que ia lembrar e fazer tudo direito."

"Eles me orientaram", eu disse. Ou me ameaçaram. Eu pensei no sentimento de tragédia que pairava sobre mim, a certeza de que algo realmente horrível iria acontecer se eu falhasse. Eu nunca consegui identificar exatamente quem havia dito as palavras que me convenceram de que coisas terríveis aconteceriam se eu cometesse algum erro. Eu não conseguia imaginar o tipo de pressão que Liv e Cass suportaram — elas sabiam o suficiente para se pôr em perigo.

"Isso não quer dizer que você estava errada", ele respondeu. "Além do mais, a essa altura, isso não tem mais importância."

"É claro que tem importância", eu disse. "Stahl não me atacou. Isso significa que foi outra pessoa. Você tem certeza de que era Jim Green que estava lá com Miller?" Eu não sabia se aquilo tornava Jim o suspeito mais provável. Ele já havia encoberto Oscar — eu duvidava que me atacar fosse o suficiente para quebrar essa lealdade.

"Tenho, sim", ele respondeu. Ele passou o polegar rente à barba por fazer, logo abaixo da boca, em movimentos rápidos e nervosos. "Você acha que ele pode ter algum envolvimento em tudo isso?"

"Você tem algum motivo para pensar que ele teria?", eu rebati.

Algum animal correu sobre o telhado logo acima de nós. Demorou um pouco para ele responder, e as palavras vieram uma a uma, como alguém colocando miçangas em um barbante. "Bom. Teve o dinheiro", ele argumentou.

"Que dinheiro?"

"Para o fundo de poupança."

"Isso veio das doações", eu disse. Cheques e notas soltas enfiadas em cartões desejando melhoras. Cheques maiores de entrevistas que meu pai deu. Se fosse avaliado, meu corpo valia mais quando estava ferido.

"Parte dele", concordou meu pai, puxando com a unha um ponto avermelhado do lábio inferior. "Mas Jim queria ajudar. Para que nos erguêssemos de novo."

"Pai. Quanto ele te deu?", eu perguntei. *Algum* dinheiro fazia sentido. Nós precisávamos, Jim tinha.

"Trinta mil dólares", respondeu meu pai, e qualquer vestígio de boa vontade que eu ainda mantinha se definhou. "E ele cuidou de tudo com os advogados e tudo mais."

Depois que eu saí do hospital, sempre havia um séquito de advogados comigo quando eu falava com a polícia. Eles eram meus "representantes". Asseguravam que eu não precisasse responder muitas perguntas, que ninguém me chateasse, ou que não me pressionassem a respeito de meu relato. E Jim Green pagava os honorários.

"Você acha que foi Jim quem te machucou?", meu pai perguntou.

"Não só a mim", eu respondi. Se Jim havia me atacado, Jessi tinha sido o motivo. "Você pode provar de onde o dinheiro veio?"

"Eu tenho os documentos por aqui, em algum lugar", respondeu ele.

"Então, não...", eu disse.

Ele me encarou. "Tudo isso deve estar em uma caixa. Eu sei onde está, só tenho que achá-la."

"Está tudo bem", eu afirmei. "Não se preocupe com isso."

"Quando Jim me deu aquele dinheiro, eu me perguntei se havia alguma coisa que ele não queria que eu soubesse. Mas nós precisávamos do dinheiro", declarou meu pai. Eu sentia a culpa moldando sua voz.

"Você pensou que Jim poderia estar envolvido?", eu indaguei.

Meu pai mudou de posição, parecendo desconfortável. "Eu achei que poderia ter sido o Oscar", confessou ele.

"Você pensou que Oscar havia me atacado e não fez nada a respeito disso?", perguntei, sem me preocupar em disfarçar minha repulsa.

"De que valeria dizer qualquer coisa? Você estava viva, e... bem, o dinheiro iria te dar um futuro melhor do que eu poderia dar."

Oscar. É claro, eu havia pensado a mesma coisa, mas isso era porque eu sabia sobre Jessi. "Mas por que Oscar iria atrás de mim? Ele era um psicopata, claro. Mas isso parece exagerado", apontei.

"Teve aquela coisa com você e o Cody", meu pai disse.

"Você sabia disso?"

"Eu sabia um pouquinho da história", explicou meu pai. "Oscar estava te incomodando e Cody deu uma puta de uma surra nele."

Eu me lamentei. "Ele merecia coisa pior."

"Se fosse pior que aquilo, ele teria morrido", retrucou meu pai com espontaneidade. "Se Marsha não tivesse chamado Miller, eu acho que Cody não teria parado até matar o menino."

"Não foi isso... Não foi isso que aconteceu", eu disse. Mas eu não sabia do resto da história, sabia? Cody me mandou correr. Eu pensei que a briga tivesse terminado ali.

"Cody ainda estava moendo Oscar no soco quando Miller chegou", meu pai disse. "Cody nos contou por que tinha feito aquilo, mas Miller me convenceu a não fazer alarde. Ele me disse que Oscar já havia recebido o que merecia. Eu falei que queria ter estado lá para assistir."

Pensei que Oscar estivesse apenas me evitando depois disso. Eu esbocei um pequeno sorriso. Sim, ele mereceu. "Por que Cody não foi preso?", eu perguntei.

"Big Jim mexeu os pauzinhos para proteger ele", respondeu meu pai. "Eu acho que ele percebeu que Cody havia começado a arrumar a vida. Tinha alguma chance de virar alguém... contanto que não tivesse um registro criminal. Enfim, se Oscar tivesse ido atrás de você depois disso, faria sentido. Se ele te culpasse."

Assenti. A violência sempre fez parte da vida dele. Eu havia provado em sua pele: o suor salgado e uma fúria infinita contra o mundo. Havia sentido em suas mãos, em seus dedos, quando eles me seguravam forte o bastante para deixar marcas em minhas coxas, para machucar meus braços. Era uma violência possessiva a dele. Ele podia me matar. Eu sabia que ele podia, se quisesse, toda vez que eu cravava meus dentes na pele de sua garganta.

No fim, ele encontrou maneiras melhores de me destruir. De arruinar o que Cody queria proteger.

E quanto a Liv? Ele poderia tê-la matado também? Absolutamente sim, pensei, se tivesse descoberto que ela pretendia contar a verdade sobre o que aconteceu aquele dia. Mas como ele poderia saber disso?

Não conseguia dissipar em minha mente a imagem de Ethan apontando a arma para a sua cabeça. Teria sido muito fácil jogar todas as desgraças sobre Oscar, ou Jim, mas eu não podia supor que estava procurando apenas um assassino. Os motivos para Ethan nos odiar não haviam mudado.

"Qual é o objetivo de tudo isso, Naomi?", meu pai perguntou. "Está falando de uma história antiga. Você merece mais do que se deixar arrastar por tudo isso, de novo. Devia voltar a tirar fotos bonitas de gente rica." Aquela provavelmente era a maior forma de incentivo que ele já havia me dado na vida.

"Você realmente é um péssimo pai", eu afirmei, num tom casual. "Você sabe disso, né?"

"É claro que sei. Eu sou burro, mas não sou imbecil", disse ele. "Não é como se você estivesse ganhando prêmios de Filha do Ano, também."

"Vai à merda."

"Igualmente."

Eu fiz um brinde com minha cerveja e dei um longo gole. Já estava esquentando na mão.

A boca do meu pai se contorceu. "Sabe... eu estava pensando. Eu aceitaria alguma ajuda por aqui. Arrumar um pouco as coisas, sabe. Só para aquela dona policial parar de reclamar."

"Você acha mesmo que pode se livrar de tudo isso?", perguntei.

"A maior parte é lixo, mesmo", resmungou. "Mas tem coisas demais para eu conseguir arrumar sozinho." Ele analisou o carpete sob os pés.

"Eu posso ajudar. Eu vou te ajudar", eu disse. "Digo, se você quiser."

"Talvez dê até pra achar minha caneca de Pai Nº 1 em algum lugar por aqui", brincou ele.

"É possível", eu disse. Eu sabia que era inútil. Ele havia dito esse tipo de coisa antes, e tinha durado apenas até o primeiro saco de lixo ir para fora. Mas falar em voz alta era o que importava. Querer importava. "Pai, eu não sei o que fazer", confessei.

"Você devia descansar", aconselhou ele. "Eu posso ser um pai de merda, mas eu sei quando uma pessoa está esgotada demais para ficar em pé. Tire uma soneca ou algo assim. Vou arranjar alguma coisa pra jantar."

Ele saiu do quarto em um passo rígido. A porta não chegou a se fechar atrás dele, e foi se abrindo novamente quando encostou no canto de uma caixa de papelão.

Eu me levantei e fui até a janela. Ela ficava em direção aos fundos, apontando para uma área repleta de árvores, onde havia um trailer coberto de arbustos de amora e o esqueleto enferrujado de uma bicicleta.

Eu bebi o máximo da cerveja que meu estômago aguentou e deixei a lata na janela, perto do corpo ressecado de uma mosca morta.

A porta rangeu. "Você precisa de dinheiro ou alguma coisa?", eu perguntei, me virando. Mas não era o meu pai.

Era Ethan. Meu corpo ficou imediatamente tenso, ciente do cerco ao meu redor. Quatro paredes, uma porta, a janela enferrujada demais para ser aberta com facilidade. Ethan, alto e comprido, ocupando a única saída. O medo era uma garra segurando firme em minha nuca.

"O que você está fazendo aqui?", perguntei, saindo de perto da janela e tentando me direcionar para a porta. Como se talvez eu pudesse correr até ela, passar por ele.

Por um segundo, a expressão em seu rosto era de confusão... até que a compreensão caiu sobre ele. "Você já sabe, não é?"

"Eu perguntei o que você está fazendo aqui", eu disse. Eu tateei atrás de mim e só encontrei o pé da minha cama. Eu o segurei até meus dedos latejarem de dor.

"Eu estava procurando você. Não consegui te encontrar em lugar nenhum, e aí eu vi seu carro aqui, e a porta estava aberta", explicou ele. "Você não voltou. Ninguém me dizia onde você estava."

"Saia daqui", eu disse. O que eu consegui emitir foi um sussurro suplicante.

"Por quê?", Ethan indagou. Ele sabia por quê. Um músculo pulsava em seu maxilar.

"Está fazendo alguma brincadeira de mau gosto?", perguntei. A raiva preencheu meu corpo. "Você achou divertido dormir com a mulher que mandou seu pai para a cadeia?"

"Eu não planejei nada do que aconteceu", disse Ethan. "Você foi a única pessoa que..."

"Se eu soubesse quem você era, nunca teria te deixado encostar em mim."

Ethan deu um passo para a frente. Eu recuei, a parte de trás das minhas pernas se chocou contra o colchão. Não havia para onde correr. Ele parou, mas seu corpo ainda estava inclinado para a frente. O ar do quarto estava pesado e eu precisava me esforçar para encher os pulmões.

"Eu só queria respostas", disse Ethan. "Você não falaria comigo se soubesse quem eu era."

"Aquela carta...", eu balbuciei.

"Eu não devia ter enviado aquilo. Meu pai estava morrendo. Eu estava irritado com ele. Comigo mesmo. Com você. Eu queria saber a verdade, isso é tudo. Nunca quis te assustar." Ele deu mais um passo para a frente.

"Não", eu bradei. "Não chegue perto de mim."

Ele deu outro passo, e agora estava ao alcance do meu braço. "Nós dois mentimos, Naomi. Você mentiu para todos, todo esse tempo."

"Não pra você", eu disse. "Eu confiei em você."

Ele deixou escapar uma risada indefinida, e eu me encolhi. "Você se lembra do que eu te contei sobre a garota que eu ajudei? Como ela entrou no meu carro porque eu parecia confiável?"

"Acho que nós duas fomos idiotas", afirmei, mas ele continuou falando.

"Eu não conseguia parar de pensar que meu pai tinha feito isso. Várias vezes, ele fez algumas mulheres entrarem em sua caminhonete. Fez com que confiassem nele. Eu comecei a dirigir durante a noite. Parando para qualquer um que parecesse que ia aceitar uma carona. Muitos não aceitavam. Mas eu melhorei nisso. Conseguia saber quando eles aceitariam porque não queriam parecer mal-educados. Quando eu precisava fazer alguma piada. Quando eu precisava insistir ou fingir sentir muito por ter incomodado."

Minha pele se arrepiou. "Você os machucou?", eu perguntei.

Ele moveu os lábios, deixando os dentes à mostra. "O que você acha, Naomi? Você acha que eu machucaria alguém desse jeito?"

"Eu não te conheço", eu disse, sem levantar a voz. Minha mão ainda agarrava a tábua do pé da cama. Seus dedos envolveram meu pulso.

"Você está com medo que eu machuque *você*?", ele indagou.

"É claro que estou", sussurrei.

"É disso que eu tenho medo. A cada minuto de cada dia", afirmou ele. "Eu esperava sentir o desejo de machucar aquelas mulheres. Às vezes, gostava de pensar nisso. Desejava convencê-las. Era como se elas fossem enigmas que eu estivesse desvendando. Mas não, Naomi. Eu nunca tive coragem de machucar ninguém assim."

Procurei por algum traço de mentira em seus olhos. Mas sua expressão era sincera. Seria tão mais fácil confiar naquelas palavras. No entanto, ele havia me ensinado o bastante sobre isso. "Eu destruí sua vida", eu declarei. "É claro que você quer me machucar." Em meu maxilar, eu podia sentir meu pulso se acelerando.

"Eu podia ter inocentado ele", disse Ethan. Ele estava tão perto que eu conseguia sentir sua respiração em meu rosto. "No dia em que você foi atacada, eu o vi. Era para ele estar em uma viagem, mas ele voltou antes. Minha mãe não estava na cidade. Eu fiquei na casa de um amigo no fim de semana, mas eu tinha esquecido meu Game Boy. Fui de bicicleta até em casa para pegá-lo, e eu o vi. Como não queria voltar para casa, saí sem falar com ele. Ele nunca soube que eu estive ali."

"Por que não contou pra polícia?", perguntei. "Por que você não contou a eles que eu estava errada?"

"Porque você me salvou", respondeu ele. Eu olhei para ele completamente perplexa. "Se eu te deixasse mentir, não precisaria contar a ninguém o que eu sabia. Ele iria para a cadeia, e eu nunca iria precisar admitir nada sobre o que eu vi."

Os dedos dele ainda estavam ao redor do meu pulso, mas a maneira que me tocava não parecia mais que ele estava me prendendo; era mais como se estivesse se apoiando em mim. Ele engoliu em seco. Quando suas palavras vieram, eram como arame farpado sendo puxado através de uma ferida.

"Ele me levava junto, às vezes. Dirigindo por aí. Algumas vezes, ele tinha de viajar para algum lugar a trabalho. Em outras, ele só dirigia. Nós conversávamos, e eu caía no sono no banco de trás. São algumas das minhas lembranças favoritas. E, uma vez, vimos essa mulher. Ela não ia aceitar a carona, mas ela me viu no banco de trás, e eu acho que fiz tudo parecer mais seguro. Ela era gentil. Me deu uma barra de chocolate. E aí eu caí no sono. Só acordei quando escutei um grito. Talvez não fosse um grito, talvez eu estivesse sonhando. Foi o que o meu pai disse quando ele voltou para a caminhonete. Tinha sangue na manga da camisa dele. Mas talvez isso também não fosse nada."

Pela primeira vez, ele desviou o olhar. Seus dedos se apertaram lentamente ao redor do meu pulso até a dor latejar dentro dele, mas eu não puxei minha mão.

"Eu sabia que alguma coisa muito ruim tinha acontecido. Mas não sabia exatamente o que era até o momento em que ele foi preso."

"Você me falou que tinha certeza de que Stahl era um assassino", eu disse. Eu não compreendia a insistênica dele quando as evidências eram tão ambíguas, mas agora tudo fazia um terrível sentido.

"Isso aconteceu anos antes de ele ser preso", explicou Ethan, engasgado. "Ele matou três mulheres nesse período. Talvez mais. Se eu tivesse contado para alguém, talvez elas ainda estivessem vivas. Mas não contei. Por isso, quando você mentiu, eu não falei nada. Não tenho raiva de você por ter mandado meu pai para a prisão, Naomi. Eu sou grato. Você fez o que eu não tive coragem suficiente para fazer. Nunca quis te machucar. Eu só queria entender."

"E agora você entende?", perguntei, me sentindo vazia. "Você conseguiu o que queria de mim?"

"Naomi, por favor", ele disse, três pequenas palavras que se rachavam com o peso de tudo que continham.

"Vai embora daqui", eu pedi a ele.

"Por favor", sua mão se moveu do meu pulso, senti seus dedos deslizando contra a palma da minha mão. Eu a puxei para longe dele. Ficamos ali, a centímetros de distância, sem nos tocar. Meu medo havia desaparecido. Apenas o pulsar elétrico da raiva permanecia. Cada homem com o qual eu havia me envolvido tinha sido um erro de algum tipo. O erro era o objetivo. Eu não podia deixar alguém entrar em minha vida sem que essa pessoa me quebrasse, mas eu podia escolher a forma como isso aconteceria.

Não deveria doer desse jeito. Não deveria dar essa sensação, a não ser que eu sentisse algo que nunca me permiti sentir.

Seus dedos tocaram sutilmente a base do meu pescoço. Ele encostou sua testa na minha, e eu permiti; uma sensação que não era exatamente dor foi se espalhando pela minha pele, desenhando linhas em minhas cicatrizes.

Eu enrolei sua camiseta em meu punho. Eu o beijei com força, sentindo meus dentes em seus lábios, seus dedos se afundando em meu ombro em uma busca alarmada por apoio, e então eu o empurrei para trás, e eu o puxei para baixo.

Foi intenso e rápido, permeado por raiva, desejo e dor. Eu fechei os olhos e me desfiz em pedaços, e as rachaduras se mostraram magníficas sobre a minha pele.

Eu fugi de onde estava, embaixo de Ethan, assim que terminamos. Não usamos proteção, e eu o xinguei silenciosamente enquanto me limpava e me vestia de novo.

"Naomi", disse Ethan. Eu odiei a forma como meu nome soou em sua boca. O jeito que ele pronunciava com ternura, como se temesse que, se o forçasse, o nome pudesse se partir feito uma fruta madura demais.

Eu me virei de costas para ele. Ele se sentou na beirada da cama; seus olhos procuravam os meus com sinceridade, eu sentia. "Vai embora", eu disse.

"Eu pensei..."

"Mandei você ir embora, Ethan." Ele tinha mentido para mim. Mentido, me manipulado, e me fez confiar nele. Me fez sentir algo por ele. Portanto, para mim, aquilo representava o fim. Eu retomei consciência do mapa das minhas cicatrizes, das visíveis e das que estavam sob a superfície, e para mim aquele era o ponto final.

Eu o observei se vestindo. Ele evitou meu olhar. Parou mais uma vez junto à porta, como se fosse dizer algo, mas ele deve ter pensado melhor e desistido. Eu escutei seus passos até alcançarem a porta da frente. Escutei o motor do seu carro dando a partida e os pneus passando pela calçada de cascalho.

Meu corpo reverberava com o fantasma de seu toque. Eu não tinha perdido nada. Disse isso a mim mesma. Um homem que eu conhecia havia poucos dias e que, no fim das contas, sequer existia de verdade.

A parte de trás espelhada da porta do armário me mostrava um reflexo desenhado como uma grade. Algumas das cicatrizes pareciam borradas e desbotadas. Outras permaneciam como linhas de relevo e nós. Eu passei meus dedos sobre elas como se quisesse fazer um inventário itinerante. Costelas — duas. Peito — três. Estômago — seis. Braços — quatro. Rosto — uma. Eu me virei para ver o único nó de pele cicatrizada em minhas costas, logo abaixo da minha omoplata esquerda.

Demorava um bom tempo para esfaquear alguém dezessete vezes. Era preciso estar focado. Ou seria preciso estar dominado por uma fúria tão maníaca que os segundos se confundiriam.

Eu tentei visualizar. Jim me vendo sair daquele buraco, percebendo o que aquilo significava. Se aproximando por trás de mim.

Jim Green era um autêntico nativo de Chester. Ele fazia coisas típicas dos homens locais. Ele bebia muito, tinha um emprego honesto, odiava os liberais e ia caçar nos fins de semana. Jim Green sabia como usar uma faca em um cervo agitado e fazê-lo parar de se debater.

Eu imaginei sua mão puxando meus cabelos. Vi a faca passando uma vez pela minha garganta. Ou inserida através da minha coluna. Rápido, limpo, e tudo estaria terminado.

Essas não eram as cicatrizes de uma execução. Isso era fúria. A pessoa que me fez isso queria que eu sofresse. Poderia ser Oscar, então.

Ele teria preferido que você o visse. O pensamento veio sem ser solicitado, mas, uma vez presente, não conseguia mais ignorá-lo. Oscar desejaria que eu soubesse que era ele, que eu experimentasse o medo. Iria querer colocar suas mãos ao redor da minha garganta, apreciando a sensação dos meus ossos frágeis se quebrando.

Disse a mim mesma que estava sendo ridícula. Ele não iria hesitar entre me matar com uma faca ou me estrangular. Só iria querer me eliminar.

Eu terminei de colocar meu vestido. O som de pneus sobre o cascalho me alertou de outra chegada, mas, quando finalmente enfiei meus pés nos sapatos para ver quem era, meu pai estava me chamando.

"Você ainda está por aqui?"

Eu apareci no corredor. Ele deu uma boa observada em minha aparência desarrumada. "Passei por aquele tal Ethan Schreiber no caminho daqui", ele comentou.

"Ele não vai mais voltar", respondi.

"Hum", foi tudo o que ele emitiu em resposta. Ele colocou a mão no bolso e tirou dali um papel dobrado. "Parei no banco enquanto esperava a comida. Achei uma boa ideia pegar esses registros para você. Do fundo de poupança."

Eu avancei a passos lentos e peguei o papel de sua mão. Era uma declaração datada da época em que o fundo de poupança foi estabelecido, e ali estava: uma quantia inicial de trinta mil dólares. "Eu achei que você tivesse dito que o dinheiro tinha vindo do Jim Green", eu disse.

"Claro, porque foi de onde veio. Ele ofereceu, eu aceitei, o dinheiro chegou, simples assim."

"O pagamento não é do Jim. É da Green Mountain Solutions", afirmei.

"Acho que ele fez por intermédio de alguma empresa. É uma das empresas dele, não é?"

"Green errado... Green Mountain Services é o nome da antiga empresa de consultoria dos Barnes", eu disse. Encarei as palavras como se elas pudessem se reorganizar e formar alguma outra coisa que fizesse mais sentido. Marcus Barnes tinha nos dado todo aquele dinheiro, mas Jim Green assumira todo o crédito? Qual era o sentido disso? Se algum deles fosse o culpado, não estariam encobrindo nada para o outro. Eles se odiavam. Abertamente. "Você não sabia?"

"Eu não era exatamente alguém que prestava atenção em detalhes na época", admitiu ele, envergonhado.

Marcus Barnes. Aquilo não fazia sentido algum. Minha mente girava. Poderia ter sido *Marcus* na floresta? Mas que tipo de motivação ele poderia ter para me atacar? Nada disso fazia sentido algum, e eu não conseguia me lembrar de nada. Eu devo ter visto algo. Devo ter escutado, sentido algo... mas tudo estava perdido em meio a uma névoa.

Ou talvez eu apenas não tenha me esforçado o suficiente; estava assustada demais para voltar àquele lugar. Muito apavorada para me lembrar de alguma coisa.

"Pra onde você está indo?", meu pai perguntou. Eu já tinha deixado ele pra trás, já estava perto da porta.

"Eu preciso ir", respondi.

"Essa parte, eu entendi", resmungou ele, mas eu não parei para explicar. Se eu parasse, se hesitasse, eu desabaria.

Eu precisava voltar ao início.

• • •

A luz cobria as árvores como uma renda delicada, a tarde estava se transformando em noite. Dessa vez, eu não segui a trilha. Desviei do caminho e, em meu vestido de luto, caminhei em meio à floresta. Eu estava além do bom senso. Além da lógica. Eu queria realizar um encantamento mágico que pudesse organizar o mundo até tudo ficar do jeito que deveria. Não queria chegar ao fim do caminho que eu havia tomado e descobrir o que me esperava por lá. Eu queria voltar. Voltar para um tempo antes de eu ver aquele pedaço de papel, antes de descobrir que Ethan havia mentido, para antes de a lâmina ter feito constelações de cicatrizes na minha pele.

Então, me permita voltar ao início de tudo. Retornar à floresta onde sangrei, onde quase morri, e desenrolar o fio que me leva a tudo o que aconteceu depois.

Comece de novo.

Dessa vez, eu andei como se soubesse exatamente para onde estava indo. Além dos locais secretos onde escondíamos nossos tesouros, além dos objetos de cena e dos planos de fundo de nossos dramas. Nossas vozes ecoavam por entre as árvores, e meu fantasma caminhava ao meu lado. Tropecei em meus saltos confortáveis, a umidade da floresta foi se infiltrando e deixando meus pés insensíveis, mas eu não parei.

Aqui. Este foi o lugar, aproximadamente. Eu estava sentada naquela rocha, comendo meu lanche. Tivemos uma pequena discussão qualquer, outra vez. Cass me alfinetando com insultos que, com certeza, iriam me fazer fugir ou brigar. Dessa vez, eu tinha escolhido fugir. Me sentei sozinha, remoendo a raiva e comendo sanduíche de pasta de amendoim, e então...

Mas as lembranças se desfizeram e se transformaram na mesma confusão de sempre. O rosto de Stahl sobreposto falsamente sobre a realidade. Lacunas rasgadas onde a dor havia suprimido todo o resto. O matraquear de vozes... a de Cass e a de Liv, as vozes dos paramédicos, indo e vindo e se sobrepondo de uma forma incrível, sem nenhuma linha do tempo que fizesse sentido.

Eu caminhei às cegas para longe da clareira, perseguindo o meu próprio fantasma de volta através da memória. A garota magricela em seu moletom largo, pisando firme pela floresta. Escalando para fora de onde estava, sob a rocha.

Elas estiveram aqui. Deitada de bruços, eu engatinhei através da fenda e me virei para trás, olhando para a floresta. Era possível ver a pedra onde me sentei. Onde o ataque começou. Elas conseguiriam ver... tudo. Oscar, ou Big Jim, ou Marcus Barnes, quem quer que tenha sido.

Eu virei as costas e abracei minhas pernas. O sol iluminava os ossos de Perséfone. Os ossos de Jessi, relembrei. Ela nunca foi Perséfone. Era apenas um cadáver. Ela não podia nos proteger, não podia curar as feridas do mundo, como Cass afirmava. Da maneira que tentamos acreditar tão intensamente que ela poderia fazer, contanto que fizéssemos o que ela pedia.

Liv, como sempre, foi quem mais acreditou. E, analisando tudo, percebo que ela era quem mais precisava acreditar. Não era o mundo que precisava de conserto, e sim ela. E Cass havia prometido a ela que Perséfone traria o tipo de paz de que ela necessitava tão desesperadamente.

Então, nós fizemos os rituais. Nós fizemos as oferendas. E, todo esse tempo, ela foi apenas uma garota morta sem sorte que sonhou em escapar, exatamente como fazíamos.

Eu peguei um colar de contas e o lancei para longe do esqueleto, com raiva. Nós a transformamos nessa *coisa*, um altar para nossa própria infelicidade. Nunca a tratamos como uma pessoa. Como alguém por quem chorariam e guardariam luto. Se tivéssemos contado a alguém que a encontramos, a essa altura, sua família já teria respostas.

Liv poderia estar viva.

Apanhei as outras oferendas. Cartas de baralho emboloradas, um broche, um único brinco, quatro pedras de praia polidas. Eu reuni todas; primeiro, me movendo mecanicamente e, em seguida, com uma intensidade maníaca, as agrupando em uma pilha no fundo da pequena caverna.

Eu peguei algo feito de madeira lisa. A princípio, pensei que fosse apenas um graveto, algo que havia caído ali entre os ossos, mas, então, meu polegar tocou uma parte metálica. Eu observei o objeto na luz indireta. Era uma faca dobrável. Eu a abri. A lâmina estava coberta por algo escuro. A mesma substância também manchava a madeira.

Minha respiração parou. Nunca deixamos uma faca aqui. Não era o tipo de coisa de que Perséfone teria gostado.

Eu ergui a barra do meu vestido, encostando a ponta da lâmina contra a pele. Contra a linha erguida de pele cicatrizada logo abaixo das minhas costelas.

Se eu tivesse morrido, eles poderiam ter feito moldes dos meus ferimentos para descobrir exatamente qual era o formato da lâmina, mas houve a inconveniência de terem de costurar minha carne; aumentaram os cortes para poder operar e conferir se nervos não haviam sido danificados. A lâmina continuou sendo um mistério, não a puderam comparar com nenhuma das armas preferidas por Stahl. "*Não inconsistente*" tinha sido o máximo que conseguiram registrar.

Eu virei a faca em minhas mãos. Havia algo gravado na base de madeira. A marca do fabricante: dois ideogramas japoneses dentro de um círculo. Eu conhecia essa faca. Vi Kimiko tirá-la do bolso inúmeras vezes, para podar uma vinha de tomate ou abrir um saco de adubo. Ela cuidava bem das suas ferramentas. Mantinha as facas afiadas. Ela dizia que uma faca cega era mais perigosa que uma afiada. Uma faca afiada cortava o que tinha de cortar; uma faca cega, em vez disso, escapava e te cortava.

Liv e Cass eram as únicas aqui embaixo. Elas se esconderam e viram tudo acontecer.

Mas isso não foi o que aconteceu, foi?

Elas eram as únicas aqui embaixo. As únicas que estavam aqui.

Fui esfaqueada dezessete vezes. No peito, no estômago e nas costelas. Dezessete vezes, e eu não havia morrido. Sempre disseram que foi um milagre. Foi a fúria o que fez meu agressor enfiar a faca repetidas vezes?

Ou foi porque ele não era forte o bastante para terminar o serviço?

Se um homem do porte de Jim Green, de Alan Stahl, de Oscar Green, ou mesmo de Marcus Barnes, estivesse empunhando aquela faca, eu não teria ganhado o centímetro milagroso que garantiu que meu coração não fosse perfurado.

Talvez não tenha sido por pura sorte que eu sobrevivi. Talvez eu tenha sobrevivido porque a mão que empunhou a faca não tinha nada da força daqueles homens.

Eu fechei os olhos e tentei me lembrar. O golpe por trás. O céu claro, minha visão se embaçando. Liv e Cass sobre mim. Gritando. Berrando. A faca. Esta faca. Descendo repetidamente. Mas os gritos e berros, esses vieram depois. Não vieram?

Cass gritando. Liv chorando.

A faca reluzindo. A faca descendo. Os gritos, e os berros, e a faca, tudo ao mesmo tempo, e então o silêncio. Dor e silêncio, e a impossibilidade de respirar.

"Ela morreu?"

Eu não sabia a quem pertencia essa voz.

Minhas unhas apertaram a carne junto à cicatriz em meu pulso; as memórias se moviam para fora do meu alcance.

Elas disseram que permaneceram em silêncio. Testemunharam Stahl me atacar e se esconderam, pois sabiam que se fizessem algum barulho, ele também iria atrás delas. Assim, os gritos só poderiam ser libertados depois de ele saísse. Após as facadas.

Mas não foi assim. Eu as ouvi gritando, berrando, enquanto a faca descia sobre mim. Não estavam escondidas. Elas não estavam escondidas, Marcus tinha dado trinta mil dólares para o meu pai e nunca mais me olhado novamente na cara. Por que ele faria isso? Por quem ele teria feito isso, senão por sua única filha?

Dezessete golpes. Era preciso estar com raiva para fazer algo assim. Cheio de ódio. Ou de medo, e do terrível poder de uma ilusão que parecia ser a verdade mais poderosa do mundo.

Liv dizia que nunca havíamos terminado. Nós realizamos seis rituais durante aquele verão. Nunca conseguimos chegar ao sétimo. Cass disse que tínhamos de pensar em algo grandioso para o último. Algo dramático. E Liv foi consumida por esse pensamento... pelo jogo e pelas Deusas. Sua doença era um incêndio na floresta, e o jogo foi a fagulha que o iniciou.

Liv pensou que sua morte pudesse completar o ritual final, que estava incompleto. Que tipo de ritual terminaria em morte a não ser um sacrifício?

Eu não conseguia respirar... não queria. Eu não queria existir em um mundo onde isso pudesse ser verdade. Liv não.

Liv era minha melhor amiga. Ela tinha problemas, mas nunca foi violenta. Ela só era um risco para si mesma. Para nossos corações, tão constantemente partidos. Não para mim. Nunca para mim.

Minha certeza se dissipou. Eu não conseguia me lembrar de mais nada. Minhas memórias foram substituídas por mentiras de um jeito forte demais; não podia confiar nelas. *Eu não conseguiria.* Pois se houvesse a menor partícula de dúvida, a menor chance de Liv não ter nada a ver com o que aconteceu, eu não poderia acreditar. Não poderia traí-la dessa maneira.

O que quer que tenha acontecido nessa floresta, nós não éramos as únicas três pessoas que precisariam ter mentido para manter a farsa de que meu agressor tinha sido Stahl. Cass poderia ter mentido descaradamente até o fim da vida, mas Liv?

Ela não conseguiria manter esses segredos sozinha. Precisaria de pessoas para protegê-la. Resguardá-la de tudo. Treiná-la no que dizer. Marcus Barnes saberia. Provavelmente, Kimiko também.

Eu não podia condenar minha melhor amiga me baseando nas memórias turvas que eu conseguia resgatar. Eu precisava ter certeza. Eu precisava conversar com os pais de Olivia.

Eu guardei a faca em meu bolso e caminhei de volta para a estrada.

E u me sentei na varanda dos Barnes ainda usando o vestido de luto sujo de terra, com os sapatos arruinados repousando na soleira ao meu lado. Após quinze minutos de espera, eles estacionaram o carro. Eu me levantei, observando, enquanto Marcus se erguia do banco do motorista e Kimiko saía do lado do passageiro. Ela começou a avançar. Marcus ergueu uma das mãos e disse algo que não consegui escutar. Ela esperou junto ao carro enquanto ele se aproximou pela calçada.

Marcus parou a alguns passos de distância. "Naomi", ele disse. Ele analisou a terra, os arranhões em meus braços, o estado dos meus sapatos. "Você não devia estar aqui."

Eu havia praticado meu discurso no caminho até ali. Palavras de confronto e repreensão. Eloquente e raivosa. Mas agora minha garganta se fechava. Tudo que eu conseguia fazer era estender minha mão, com a faca dobrada repousada sobre a palma aberta.

Ele deu um passo para a frente e cuidadosamente a retirou de minha mão, limpando a terra que estava meio grudada. "O que é isso?", ele perguntou.

"Você sabe o que é isso", eu falei com a voz meio rouca.

Ele a segurou com ambas as mãos, inspecionando como se fosse uma relíquia. "Você está mal, Naomi. Devia ir pra casa."

"Foi Liv quem me machucou?", eu perguntei.

"Alan Stahl te machucou. Você mesma o viu", respondeu Marcus, calmo. Calmo demais.

"Para", eu disse. Me levantei. Minha visão ficou turva com as lágrimas que eu me recusava a derramar na frente dele. "Eu me cansei de ouvir mentiras. E me cansei de mentir também."

"Não sei o que você acha que sabe, mas eu não posso te ajudar", disse Marcus.

"Não." Kimiko estava em pé atrás dele. O cabelo grisalho havia sido puxado em um coque para o funeral, as mechas revoltas tinham sido domadas de uma forma pouco natural. Ela não me olhava; olhava para o marido. "Isso já foi longe demais."

"Nada de bom pode vir disso", pontuou Marcus e, embora ainda estivesse olhando para a faca, ele estava falando com ambas. "Deixa pra lá. Deixe ela descansar."

"Nossa filha está morta", disse Kimiko. "Naomi ainda está viva, e ela merece saber o que aconteceu."

Eu queria estar errada. Queria ter criado algum conto de fadas sinistro com base na paranoia e na angústia. Mas essa esperança desmoronou diante da expressão cansada de Kimiko, diante da derrota em sua voz.

Marcus envolveu a faca com a mão, como se pudesse fazê-la sumir. "Não foi culpa dela", ele disse.

Um soluço me escapou. Meus joelhos enfraqueceram; comecei a cair. Marcus deu um passo rápido para a frente e me segurou, me dando suporte, mas eu me debati para me afastar dele. "Não encosta em mim!", eu gritei, batendo em suas mãos. "Não encosta a merda da sua mão em mim!"

"Naomi, eu sinto muito. Eu sinto muito mesmo", ele disse. "Nós não... Nós nunca..."

"Precisamos entrar", disse Kimiko, se aproximando por trás dele. Seus lábios estavam apertados a ponto de se tornarem apenas uma linha severa. Ela parecia estar repleta de angústia. "Nós vamos te contar tudo, mas precisamos fazer isso lá dentro."

Permiti que me conduzissem gentilmente porta adentro, caminhando entorpecida. Em alguns instantes, eu estava no sofá, com um enorme gato laranja encostando a cabeça em meu braço. Eu afundei meus dedos em seu pelo e ele começou a amassar minha perna com entusiasmo.

Kimiko pôs uma xícara de chá na minha frente. Marcus ficou próximo à lareira, com a faca nas mãos, virando-a sem parar. Kimiko sentou-se na beirada de uma cadeira, bem à minha frente. "Você precisa entender que fizemos o que achamos ser o melhor para nossa filha", começou Kimiko. "Precisávamos protegê-la. Contar a verdade não iria ajudar ninguém. Não iria ajudá-la a conseguir o tratamento de que ela precisava, e isso iria destruí-la."

Liv me atacou. Então, essa era a verdade, e era como engolir um prego de ferro com gosto de sangue e ruína. Minha garganta tentava rejeitá-lo, mas ele estava alojado bem fundo dentro de mim. Não podia ser verdade. Ela não teria me machucado. Não Liv. Ela era gentil demais, delicada demais. Isso não deveria estar certo.

"Nós não sabíamos que Olivia estava sofrendo delírios tão fortes. Ela havia se convencido de que Perséfone precisava de um grande sacrifício, ou algo terrível iria acontecer com todas as pessoas que ela amava", disse Marcus. "Aquela brincadeira de vocês só alimentou sua doença, até que isso a consumiu. Ela pensou que estava te salvando. Salvando a todos."

"Vocês sabiam sobre Perséfone?", eu perguntei. "Vocês sabiam que Liv estava tentando descobrir quem ela era?"

"O que isso quer dizer... quem ela era? Ela era parte do seu jogo", disse Kimiko. "O Jogo da Deusa."

Eles não sabiam sobre o corpo. "Quem mais sabia?", perguntei lentamente. "Cass sabia, claro. E os pais dela?"

"Jim e Meredith sabiam", respondeu Marcus, com a voz apertada. "Cass já havia mentido, portanto, isso traria problemas para eles. Dougherty estava focado em Stahl. Foi Jim que percebeu que poderíamos usar isso. Poderíamos ajudar Liv e levar um serial killer à prisão. Era a solução perfeita. Jim pensou que... ele achou que contar a verdade só pioraria tudo."

Não, eu pensei, não foi por isso que Jim havia imaginado essa solução perfeita e brilhante. Ele não tinha feito isso por Liv. Ou para encobrir a mentira contada por Cass em um momento de pânico, algo que as pessoas teriam entendido perfeitamente e, com o tempo, perdoado. Ele fez isso para esconder Jessi.

Agora, eu conseguia ver os fios. A linha que unia Jessi Walker, Olivia e eu. Nós três na floresta. Nosso sangue derramado. Big Jim tinha assassinado Jessi. E, quando Cass contou a ele o que havia acontecido, quando ela contou sobre Perséfone, ele percebeu que teria problemas se as pessoas descobrissem que Jessi não havia apenas deixado a cidade. Por isso a primeira mentira e todas as outras que vieram depois.

"Você era o único obstáculo", continuou Marcus. "Não fazíamos ideia do que iria dizer quando acordasse. Mas você não se lembrava de nada... e estava tão dopada... Nós ficamos apenas te contando o que havia acontecido, e você aceitou. Parecia até que você se lembrava de que tudo havia acontecido daquela maneira. Nós não queríamos te fazer mal, Naomi. Nós ficamos tão felizes por você ter ficado bem."

"Vocês permitiram que eu continuasse sendo amiga dela", eu disse inexpressiva.

"Ela te amava, Naomi. Liv realmente acreditava que Perséfone iria te levar para o mundo subterrâneo e te trazer de volta. Ela achava que estava te *ajudando*." O tom de voz de Marcus era suplicante.

Eu toquei o lado que havia sido ferido em meu rosto, o lado torcido em um esgar permanente. Ele baixou o olhar.

"Ela queria te contar. Várias vezes, ela quis contar a verdade para todos e enfrentar as consequências", afirmou Kimiko. "Oito anos atrás, quando ela tentou se matar, ela disse que estava cansada de mentir."

Eu estou cansada de mentir. Por que isso soava familiar?

"*Eu machuquei a Naomi*", disse Kimiko. A voz de Liv ecoava em seus lábios. Ela olhava para o nada, fechando o casaco sobre o peito. "Foi a única coisa que ela disse por quase três dias."

"Liv estava praticamente catatônica no hospital", acrescentou Marcus. "Vocês duas estavam cobertas de sangue. Havia muito sangue." Ele pareceu empalidecer com a memória.

Um silêncio se assentou entre nós. Permaneceu por tempo o suficiente para a conversa morrer, para qualquer sensação de conexão entre nós desaparecer, até que cada um de nós naquela sala estivesse realmente e completamente sozinho.

"Naomi, o que você vai fazer?", perguntou Kimiko.

Eu não respondi. Eu não tinha uma resposta. Eu fiz um último carinho atrás das orelhas do gato laranja e saí dali, deixando-os apenas com seu luto, sua culpa e seu medo.

Eu tinha chegado ao fim. Ou pelo menos ao meu fim. Não podia mais fazer isso sozinha. Eu nem mesmo sabia o que estava procurando, pois acreditei que as respostas que encontrei me trariam algum tipo de paz. No entanto, Jim era um assassino e Liv quase se tornou uma assassina também, e nada daquilo continha *verdade*. Apenas sofrimento.

O tempo de guardar segredos havia chegado ao fim. Eu não podia mais me segurar, precisava ir à polícia. Eu precisava contar tudo a eles.

Mas eu não podia simplesmente entrar lá. Não quando o acusado de assassinar uma garota era o prefeito. Sem contar o fato de que, durante todos esses anos, eu havia mentido e mandado um homem para a prisão pelo crime errado. Eu não fazia ideia das consequências que teria de enfrentar. Eu precisava de ajuda, e não restava mais ninguém para me socorrer.

Não... isso não era verdade.

O cartão de visitas de Cody Benham estava no porta-luvas do meu carro. Eu tateei às cegas por um minuto antes de me lembrar que, graças a Jessup Consultorias, eu não tinha mais meu celular. Em vez disso, eu dirigi até onde havia um telefone público, no limite da cidade, perto de um quadro de avisos que alertava os visitantes para que não deixassem comida onde os ursos poderiam encontrar. Com as mãos trêmulas, disquei o número. Ele atendeu no segundo toque com um "alô" distraído.

"Cody." Eu contive uma crise de pânico que senti surgindo.

"Naomi? O que houve?", perguntou ele; sua voz era firme e preocupada.

"No posto da polícia, aquele dia, você disse que me ajudaria a encontrar um advogado", falei. Eu me firmei, forçando as palavras a sair.

"Bem, eu acho que realmente preciso de um agora." Eu contive uma risada histérica e cravei uma unha em meu pulso.

"Você está com problemas?", perguntou Cody, sério e baixando a voz.

"Eu não sei. Eu não..." Minha voz falhou, soluçando. "Eu não sei nem como começar a responder a essa pergunta."

"Vai ficar tudo bem", ele disse, calma e firmemente. "Onde você está?"

"Eu não sei. Eu..." Eu me obriguei a me concentrar e olhei à minha volta. "Acho que estou perto da Trilha Anderson."

"Certo. Tudo bem, fique aí onde está. Estou indo te encontrar. Ok?"

"Ok", eu respondi, sentindo um alívio caindo sobre mim. Eu repousei minha testa na cobertura do telefone público.

"Nós vamos resolver isso", prometeu ele. "Não saia daí."

"Estarei aqui."

Quando a caminhonete de Cody estacionou ao meu lado, uma chuva havia transformado o mundo fora do meu carro em um borrão esverdeado indistinto. Eu saí de onde estava e me movi para a porta do lado do passageiro, me sentando ao lado de Cody. "Obrigada por me encontrar", eu disse em voz baixa.

"Eu teria te chamado para ir à minha casa, mas a Gabriella está na cama com dor de cabeça, dor nas costas e várias outras dores que são todas culpa minha, por algum motivo", explicou Cody. Eu ri como se tivesse entendido a piada interna, mas, no momento, uma vida doméstica idílica parecia um sonho mais extravagante que as deusas e os unicórnios da minha infância. "Você não parecia bem ao telefone. O que está acontecendo?"

Me curvei desejando ter trocado minhas roupas por algo mais sólido que um vestido de algodão. Eu não consegui responder no início, então, ele apenas pousou a mão sobre meu ombro.

"Você disse que precisa de um advogado", insistiu Cody, gentilmente. "Isso tem a ver com Liv?"

"É difícil saber por onde começar", eu disse. Um pássaro, transformado em um borrão marrom pela chuva na janela do carro, passou por perto. "Eu fico pensando que começou naquele verão, mas foi bem antes disso. Não foi nem comigo que começou."

"O que não começou com você?"

Guardamos o segredo por tanto tempo. Parecia impossível contar a alguém, mas agora eu não conseguia me lembrar do motivo disso. Já havia contado a Ethan, e talvez isso tenha sido o bastante para me ajudar a contar de novo, mas eu não acreditava realmente nisso. Nunca foi sobre o segredo ser complexo demais para ser contado. Simplesmente não queríamos contar. Éramos egoístas demais, acanhadas demais até mesmo para tentar. Mas agora as palavras vinham naturalmente. Elas sempre estiveram em mim, todo esse tempo.

"Naquele verão, nós encontramos algo", eu comecei. O vento movia as árvores em uma ondulação calma, e o som da chuva era como um chiado de estática, afogando os sons do restante do mundo. "Era um esqueleto. Um esqueleto humano. Devíamos ter contado a alguém, mas, em vez disso, nós o transformamos em nosso segredo. Nós a chamamos de Perséfone, e a visitávamos todos os dias. Levávamos oferendas a ela. Nós fazíamos coisas por ela. Era um jogo, mas também não era. Nós acreditávamos."

Ele emitiu um ruído, um *hum* alarmado, parcialmente contido, como se não quisesse me interromper.

"Depois do ataque, guardamos esse segredo. Nós o guardamos por anos. Mas Liv não conseguia conviver com isso. Ela queria descobrir quem era de fato Perséfone. E ela descobriu. Seu nome era Jessi Walker."

Ele soltou o ar dos pulmões. "É por isso que você estava fazendo perguntas sobre ela", comentou ele. Eu assenti. "Esse tempo todo você sabia onde ela estava?"

"Ela não era real para nós. Não desse jeito", eu disse. "Nós não sabíamos que ela era Jessi."

"Mas quando você me perguntou sobre ela... Você já sabia."

"Eu sabia. Sim", respondi. "Eu sinto muito por não ter te contado. Primeiro, eu precisava de mais respostas."

Ele desviou o olhar. O silêncio se manteve por três, quatro segundos. Quando ele falou, sua voz estava embargada. "Nós não estávamos conversando muito. Nada, na verdade. Já fazia dias. Ela estava irritada comigo."

"Por quê?"

"O cara com quem ela estava se encontrando... Eu tentei fazer com que ela me contasse quem era, mas ela só fazia insinuações para mim sobre isso. Eu sabia que ele não prestava. Tentei convencê-la a terminar tudo. Para dizer a verdade, eu estava meio apaixonado por ela, mais que isso até. E, por causa disso, não abordei o assunto de um jeito exatamente delicado. As coisas que falamos um para o outro... Bem, não me surpreendeu que ela não tenha se preocupado em se despedir. Mas eu nunca achei que... Você tem certeza? Tem certeza de que é ela?"

"Ela tinha uma pulseira com o nome da sobrinha", eu disse. "Tudo bate. Na noite em que ela foi embora... ela nunca chegou a sair de Chester."

"Ah", ele cobriu a boca com a mão. "Oh. Entendo."

"A pessoa com quem ela estava se encontrando era Big Jim", eu disse, me forçando a continuar. "Ele disse que ia largar Meredith para ficar com ela. Acredito que eles discutiram. Suspeito que ele a matou... ou talvez Oscar, movido por ciúmes. Pode ter sido um acidente, eu não sei. O fato é que ela morreu, e agora está nessa floresta."

"Você está falando sobre o prefeito. E sobre o filho dele. É melhor ter certeza disso antes de ir atrás deles", disse Cody, me encarando.

"Eu tenho toda a certeza que consigo ter sozinha", eu afirmei. "Eu preciso contar à polícia sobre Jessi e..." E sobre todo o resto. Parte de mim ainda desejava que o resto pudesse permanecer em silêncio. Ninguém precisaria saber o que Liv havia feito. Ou o que eu havia feito. Mas eu sabia que, se eu ficasse em silêncio a respeito de qualquer trecho, nunca mais me libertaria de nada disso.

"Você precisa ser cuidadosa na forma de abordar tudo isso. Jim tem muito poder nesta cidade. E, sim, você definitivamente precisa de um bom advogado. Esconder um corpo..."

"Eu sei que é horrível. Nós fomos horríveis. Tanta coisa estava acontecendo, e aí, antes que parecesse tempo suficiente para dizer alguma coisa, já tinha se tornado tarde demais para dizer qualquer coisa. Mas nós deveríamos ter contado. Nós deveríamos."

Cody cobriu minha mão com a sua, e eu percebi que estava batendo meu punho repetidamente contra minha perna. "Vai ficar tudo bem", ele me prometeu.

Desamparada, eu olhei para ele. "Me desculpe por te arrastar para isso", disse. "Você já me ajudou tanto, e tudo que eu fiz foi mentir e..."

"Não", me interrompeu Cody. "Você não precisa se desculpar. Foi bom você ter me procurado. Nós vamos resolver isso. Você e eu. Só segure firme, eu vou fazer alguns telefonemas."

Apenas assenti. Não confiava em mim mesma para falar mais nada. Ele se moveu para colocar o braço sobre meus ombros e pressionou os lábios em minha testa, mornos contra o gelo da minha pele encharcada de chuva.

"Eu vou resolver isso", ele afirmou. Abriu a porta e saiu do carro, puxando o celular do bolso. Eu me afundei no assento enquanto ele se afastava já com o celular junto ao ouvido. Ele devia estar em casa com a esposa, e não desenterrando velhas tragédias e cobrando favores para proteger a menina transtornada que ele conhecia.

O esforço para não chorar deixou meus olhos embaçados e meu nariz entupido. Eu procurei algo que pudesse usar como lenço, esperando encontrar guardanapos de algum lanche. Nada. Tentei procurar no porta-luvas, mas tudo que havia ali era um manual de instruções e um celular.

Meu celular.

A capa cinzenta, rachada no canto. O adesivo de uma peônia que eu usei para cobrir a marca de queimadura de quando eu o havia segurado perto demais de uma das mil e uma velas cor-de-rosa que uma noiva havia exigido. Era o meu celular, não havia dúvida. O que havia sido roubado pela Jessup Consultorias. E estava no porta-luvas de Cody Benham.

Cody estava de costas para mim, concentrado em sua conversa. De dentro do carro, eu não conseguia escutar o que ele dizia.

O que Cody estava fazendo com o meu celular? Eu achei que estivesse com a Jessup Consultorias. Ele precisaria ter pegado com eles.

Cody começou a voltar. Eu enfiei o celular no bolso do vestido e fechei o porta-luvas com o joelho. Ele entrou no carro sacudindo o cabelo molhado de chuva. "Eu deixei um recado com a empresa de advocacia com a qual eu trabalho. Os advogados de defesa criminal de lá são os melhores. Eles vão poder te aconselhar. Já vão enviar alguém amanhã de manhã."

"Ok", eu respondi automaticamente. Minha lágrimas haviam secado, mas minha respiração continuava ofegante. Por que Cody Benham estava com o meu celular? Isso não fazia sentido algum. A não ser que...

Eu precisei me esforçar para me arrastar sobre os pedregulhos daquele *a não ser que*. A não ser que eu estivesse errada. A não ser que Cody tivesse um motivo para ficar de olho em alguém que estava desenterrando o passado. Descobrir exatamente o que eu sabia e o que Liv poderia ter me contado.

"Ela realmente está lá?", perguntou Cody, com os olhos fixos na floresta.

"Está", eu disse, mais baixo que um sussurro. "Ela está lá."

"Eu sempre pensei que... Eu não sei. Eu gostava de imaginar o tipo de vida que ela poderia estar levando. Ela era tão vibrante...", ele disse. "Acho que parte de mim sempre soube que ela não teve um final feliz. Mas ela esteve aqui o tempo inteiro?" Ele soava perdido. Desamparado. E eu conhecia mentirosos. Ele não estava fingindo aquela desolação.

Ele era Cody Benham. Ele havia me protegido durante toda a minha vida. Tinha de existir alguma explicação.

"Você pode me mostrar?", perguntou ele, me encarando, suplicante. "Poderia me levar até ela? Eu preciso vê-la."

Eu não queria estar com medo de Cody, mas estava. "Eu não sei se..." Eu deixei o pensamento me escapar.

"É perto de onde eu te encontrei, certo?", Cody perguntou. "Perto de onde você foi atacada. É por isso que você estava ali?" Eu assenti. Ele deu a partida no carro. "Então, não é longe."

Eu segurei a maçaneta do carro. "Você quer ir agora?"

"Se temos de ir, tem de ser agora", ele disse. Ele já estava dando ré com o carro. Eu poderia pular para fora do carro, mas e depois disso? Não havia ninguém por ali. Estávamos sozinhos. E tinha de existir uma explicação. Eu sabia que Jim havia contratado a Jessup Consultorias. Se eles entregaram o celular ao Jim e ele o entregou para Cody... mas por que ele faria isso?

"Depois que você falar com a polícia, eles vão bloquear tudo. Vão tirar ela dali e levá-la para longe. Eu quero ver ela antes disso, Naomi."

"Certo", eu disse, e já era tarde demais. Estávamos em movimento, os pneus cantando no asfalto molhado. Coloquei a mão no bolso e apertei o botão para ligar meu celular. Eu não sabia se ele havia ligado. Ou se ainda tinha carga na bateria.

Cody saiu da estrada, mas não para o início da trilha, e sim para um pequeno espaço de acostamento. As árvores ocultavam o carro da estrada, o mantendo escondido de olhos curiosos. Mas não era esse o motivo de ele ter estacionado aqui, eu disse a mim mesma. Ele estacionou aqui porque é o lugar mais próximo de onde eu fui atacada. Ele conhecia essa floresta tão bem quanto eu.

Talvez não tão bem.

Saímos do carro. A chuva havia parado, mas o ar ainda era gelado e cortante. Meu vestido não estava contribuindo muito em termos de proteção contra o frio.

"Para que lado?", perguntou Cody.

Eu o encarei. Não queria acreditar que ele me faria algum mal, mas o terror em meu peito fazia cada respiração doer.

Eu me orientei. "Por aqui", indiquei. Segui em direção à trilha do lago. Se eu conseguisse chegar até lá, pelo menos, haveria alguma chance de ter outro ser humano por perto. E apenas essa chance já poderia proporcionar alguma proteção.

Ainda não conseguia me forçar a acreditar que eu precisava de alguma proteção contra o Cody. Não de verdade. "Você e Jessi eram próximos?", eu perguntei.

"Éramos. Na verdade, você me lembra muito ela", ele disse. "Essa mistura de mulher ferida com intocável. Ela não tinha muito apoio na vida. Os pais não se importavam com ela. A irmã tinha a própria filha para se preocupar; então, Jessi ficou sozinha. E ela estava até conseguindo. Mas era tudo complicado."

"Eu consigo entender por que ela fazia você se lembrar de mim", eu comentei. A floresta parecia mais silenciosa com nossas vozes ressoando. Eu queria colocar a mão no bolso para conferir se meu celular ainda estava lá, mas Cody estava bem ao meu lado. "Oscar achou que tivesse acontecido algo entre vocês."

"Com certeza, eu teria tentado, se houvesse uma chance. Mas Jessi não estava interessada em mim."

"Não consigo imaginar alguém escolhendo Big Jim e não você."

"Eu não era um bom partido naquela época", ele disse, balançando a cabeça angustiado. "Tinha um motivo para Oscar e eu sermos amigos.

Eu passava todo fim de semana bêbado. Boa parte da semana também. Acredite, eu não era matéria-prima para namorado. Se não fosse por você, não sei se teria conseguido que Gabriella sequer me olhasse uma segunda vez."

"O que eu tenho a ver com isso?", eu perguntei.

"Eu sempre queria te proteger", ele disse. "Você era como a irmã mais nova que eu sempre quis ter. Te ver daquele jeito, dilacerada, e perceber que você ainda estava respirando... foi como se algo dentro de mim se quebrasse e se consertasse ao mesmo tempo. Prometi a mim mesmo que continuaria te protegendo, o máximo que eu podia."

A rocha estava próxima. Apenas mais alguns passos e estaria visível. "Foi por isso que você pediu pro Big Jim investigar Ethan Schreiber?", perguntei. Ele parou de andar, se equilibrando. Eu parei, cruzando os braços para me proteger do rio, e me virei para encará-lo.

"Eu pensei que ele estivesse apenas te usando para conseguir uma história. Não imaginei que ele fosse o filho de Stahl."

"Então, você sabia disso."

"Eu soube, sim", ele disse.

"Por que você pediu que Big Jim os contratassem? Por que não cuidou disso sozinho?", perguntei. "Você tem os meios, com o seu trabalho."

"Eu não queria me envolver diretamente", ele afirmou, soando... envergonhado? "É meio parecido com encontrar o namorado da sua irmãzinha na porta com uma espingarda, não é?"

"Você pagou para me seguirem?", indaguei. Eu esperei que ele negasse. Sua boca se abriu, mas logo se fechou.

"Por que eu mandaria alguém te seguir?", ele perguntou, por fim, sem me convencer.

"Alguém da Jessup Consultorias entrou no meu quarto no hotel. A pessoa roubou os cartões de memória da minha câmera e levou o meu celular. Isso sem contar que quase quebrou o meu nariz."

"Eu nunca mandaria alguém te machucar, Naomi", disse Cody balançando a cabeça. Ele se aproximou, devagar, e eu permaneci onde estava. "Se eu encontrar esse cara..."

"Você vai fazer com ele o que você fez com Oscar?", questionei, olhando para ele com a cabeça inclinada. Ele sempre me protegeu. Sempre. "E na floresta? Aquela primeira noite, quando cheguei na cidade. Depois do nosso jantar, alguém estava na floresta me espionando."

"Você está soando completamente paranoica", disse Cody. "Escuta o que está falando. Por que eu faria qualquer uma dessas coisas que está dizendo? Que motivo eu poderia ter?"

"O que aconteceu com Jessi Walker?", eu perguntei.

"Eu apostaria em Oscar", respondeu ele. "Ele sempre foi violento."

"Isso explica tudo", concordei. "Exceto o motivo de você mandar me seguirem."

Ele suspirou, e eu o vi abandonar a primeira mentira como se fosse um enorme peso em seus ombros. "Escuta, Naomi. Não foi nada sinistro. Eu só estava preocupado com você, é isso. Liv estava morta, e alguma coisa estava acontecendo com vocês duas. Eu não queria que nada acontecesse com você, então, pedi para a Jessup mandar alguém ficar de olho. Isso é tudo."

"Por que estamos aqui, Cody?", indaguei. Eu queria imensamente estar errada. Queria que meus monstros fossem apenas feras selvagens e famintas.

Ele flexionou os dedos ao lado do corpo. "Eu só queria vê-la uma última vez."

"Foi isso que você disse para a Liv?"

"Pelo amor de Deus, Naomi, escuta só o que você está falando. Você parece maluca", retrucou Cody. Ele se afastou um pouco, cobrindo a boca com a mão. Uma garoa fina caía, suave como uma névoa, envolvendo minha pele. Eu tremia, mas Cody estava protegido por sua jaqueta.

"Você disse que eu mudei sua vida. Que eu te salvei. Quem você era antes, que precisava tanto de salvação?", eu perguntei. "Você machucou Jessi? Foi por ciúme? Você estava apaixonado por ela, era isso? Você surtou e machucou ela e..."

"Não foi assim!", ele gritou, se virando. Havia fúria em seu olhar... eu conhecia aquela fúria. Ele estava me olhando do jeito que havia olhado para Oscar Green, naquele dia, atrás do posto de gasolina. Mas ele respirou fundo. Ergueu as mãos, tentando ser apaziguador. "Naomi, eu não vou te machucar, certo? Eu juro, não vou te machucar. Eu só preciso que você entenda o que aconteceu, e aí podemos resolver tudo isso. Juntos."

"Você fica repetindo isso... Mas o que vamos resolver, Cody?", sussurrei. Minhas mãos envolviam meus cotovelos. Arrepios percorriam meu corpo.

Cody me olhou com a mesma expressão devastada de que eu me lembrava, de vinte anos atrás, quando ele me tirou de onde eu havia caído. Agora, estava mais velho. Havia rugas que não existiam antes em seu rosto. O cabelo estava grisalho. Ele não era mais aquele garoto, e eu não era mais aquela menina.

"O que aconteceu com Jessi foi um acidente", revelou Cody.

Eu soltei o ar que estava segurando em meus pulmões e fechei os olhos. Normalmente, meu corpo sentia perigo em cada sombra, entrava em pânico com ruídos altos e movimentos inesperados, mas agora eu estava estranhamente calma. A certeza desse perigo tinha um certo conforto.

"Olha, Naomi, escute, eu nunca quis machucá-la", disse Cody. Ele cruzou a distância que nos separava, suas mãos seguraram meus braços.

Eu tropecei em meus estúpidos sapatos, evitando a queda graças ao apoio firme dele. Ao baixar os olhos para me encarar, não conseguia definir se eram lágrimas em seus olhos ou se era apenas a chuva a escorrer sobre seus cílios.

"Eu a amava. Sabia que ela não sentia a mesma coisa por mim, mas eu acreditava que, se eu estivesse próximo a ela, enfim, ela iria perceber que estava cometendo um erro, indo atrás desse sujeito casado. No entanto, ela me disse que estava indo embora. Que ele iria junto a ela."

"O que você fez?", eu sussurrei. "Você a machucou?"

Ele balançou a cabeça com força. "*Não*. Nós brigamos. *Discutimos*. Nós dissemos coisas que não deveríamos ter dito, mas eu nunca encostei a mão nela", Cody insistiu. "Foi alguns dias antes de... Foi por isso que não estávamos nos falando, no fim."

"E o que aconteceu depois?", eu perguntei. Não havia mais nada que eu conseguisse sentir. Nem tristeza, nem raiva. Apenas o frio.

"Big Jim me ligou. Era de noite. Ele estava na serraria. Ela também estava lá, surtando, pois finalmente havia percebido o merda que ele era. Ele nunca ia largar a Meredith. Pelo amor de Deus, ele nunca iria destruir a própria vida para ficar com uma garçonete. Ela estava bêbada, e furiosa, e o deixou irritado. Por isso, ele me ligou e pediu que eu a levasse embora dali."

"E você foi, porque queria cuidar dela", eu disse. "Você queria ter certeza de que ela chegaria em casa em segurança." Porque Cody era um dos caras bonzinhos, e era isso que os caras bonzinhos faziam.

Ele soltou meus braços e segurou minhas mãos, olhando fixamente para elas. "Eu a busquei. Ela ainda estava gritando com ele quando a fiz entrar no carro. Ela estava descontrolada, Naomi. Havia acreditado em cada mentira que ele contou, e ele continuou a enganando."

"Ela nunca chegou em casa", eu disse. Ele assentiu com a cabeça, confirmando. "O que aconteceu, Cody?" Tentei manter minha voz gentil. Eu compreendia a necessidade daquela confissão. Uma vez iniciada, era difícil parar.

"Ela disse que precisava vomitar. Pediu para que eu parasse o carro", continuou Cody. "Então eu parei. Segurei o cabelo dela enquanto ela colocava para fora toda aquela vodca barata, e de repente ela afastou minhas mãos com um tapa. Começou a gritar como se fosse minha culpa, ficava dizendo que eu achava que ela era um lixo. Que ela era uma idiota. Eu falei alguma coisa estúpida, algo para convencê-la de que eu não achava que ela era um lixo, mas que ela definitivamente estava agindo como se fosse. Ela tentou me bater, e eu segurei seu pulso para impedi-la. Talvez a tenha empurrado de leve, e, como estava usando umas sandálias com salto, ela caiu. Ela bateu a cabeça em uma pedra e ficou ali. Sem se mover."

"Ela estava morta?", eu perguntei.

Ele balançou a cabeça. "Eu achei que ela estivesse. Tinha sangue... muito sangue. Mas ela abriu os olhos. Eu tentei ajudá-la a se levantar, mas ela começou a me bater de novo, me xingando. Dizendo que ela ia chamar Miller para me prender."

"Qualquer um perderia a paciência."

Ele ergueu um dedo, para que eu prestasse atenção. "Não. Não desse jeito. Eu não a machuquei. Estava muito irritado, mas não queria bater nela. Então, eu só a deixei ali, antes que eu fizesse alguma coisa de que pudesse me arrepender. Voltei para o carro e dirigi pra longe. Isso é tudo. Eu dirigi para longe dali."

"Ela estava com um ferimento na cabeça", eu disse. "E você a deixou sozinha. À noite. Na floresta."

Sua expressão estava contorcida de angústia. Ele continuava me tocando... segurando minhas mãos, meus braços. Como se eu pudesse salvá-lo de tudo aquilo se ele continuasse a me tocar. "Apenas por alguns minutos. Eu precisava me acalmar. Achei que ela também precisava. Mas, quando eu voltei, não consegui encontrá-la. Eu a procurei, eu juro. Mas ela havia desaparecido. Eu me convenci de que ela arrumara uma carona de volta. Quando soube que ela não tinha voltado, tentei me convencer de que ela estava vivendo a própria vida. Em algum lugar longe daqui. Algum lugar em que ela pudesse ser feliz."

"Mas ela não pegou uma carona", eu sussurrei. "Ela cambaleou pela floresta, com o cérebro sangrando. A pressão aumentando. Tentou achar um lugar para descansar. Para se proteger da chuva. Ela estava muito cansada, e só queria dormir. Então, ela dormiu. Mas nunca mais acordou."

Ele caiu de joelhos, com as mãos cruzadas atrás da cabeça. "Eu nem sabia que ela estava morta, Naomi. Não tinha certeza. Pensei que ela fosse aparecer no dia seguinte. Me chamar de idiota, como ela sempre fazia. Então percebi que era tarde demais para dizer qualquer coisa. Que ia parecer que eu tinha feito algo. Era mais fácil ficar quieto."

"Eu entendo", eu afirmei, pois entendia. Conhecia bem o peso de um segredo e o impulso de se enterrar sob ele.

Eu ajoelhei na frente dele. Toquei gentilmente seu rosto, deslizando meus dedos de forma delicada por sua barba a fazer; seus olhos se fecharam por um instante, e ele deixou escapar um suspiro.

"Repassei tudo o que aconteceu naquela noite em minha mente um milhão de vezes. Eu sei que, se tivesse feito algo diferente, ela poderia estar aqui ainda. Mas nada do que eu fiz foi intencional. Eu estava me defendendo, e as coisas saíram do controle. Ela basicamente causou aquilo a si mesma. Você consegue entender como tudo ia parecer ruim se viesse à tona? Não posso provar que não tinha intenção de machucá-la. Eu perderia tudo. Gabriella, as crianças... Eles não podem saber de nada disso." Ele me olhou desesperado.

"A morte de Jessi foi um acidente", eu disse.

"Sim", ele confirmou, como se estivesse aliviado por eu ter entendido.

"Mas a de Liv não foi", murmurei, minha voz soando como um grito abafado, quase inaudível diante do chiado da chuva. Ele soltou minhas mãos e recuou, com sua expressão se fixando em uma angústia rígida. Colocou a mão para trás e ergueu a barra da jaqueta. A jaqueta que ele não me ofereceu enquanto eu tremia na chuva.

Ele puxou uma arma da cintura.

Ela parecia com a que Mitch havia me comprado. Uma nove milímetros, eu acho. Muito parecida com a arma dos Barnes, a ponto de não ser possível dizer a diferença apenas pelos ferimentos que ela causava. E eles nunca recuperaram a bala.

Senti um medo gélido e inerte, semelhante à superfície de um lago no inverno. Poderia afundar nele para sempre, pois todas as sensações e os sons estavam distantes. Tremores se moveram pelo meu corpo, eu não conseguia olhar para lugar algum a não ser o cano perfeitamente preto e redondo da arma. Eu tentei respirar. Mas tudo o que veio foi um engasgo curto e raso.

"Não fui eu", negou Cody. "O filho de Stahl… Ele deve ter descoberto que vocês mentiram."

"Não foi Ethan. Ele queria que o pai ficasse na cadeia", declarei. "E como você tem certeza de que ele descobriu que mentimos? Quem te contou isso? Foi Liv, não foi?"

Cody olhou para a arma como se não soubesse do que se tratava. "Você acha que sabe o que aconteceu, mas não sabe", disse ele.

"Não foi sua intenção." Ecoava de novo, e de novo, e de novo. Porque nada era nossa culpa; o universo conspirava contra nós, tecendo firmemente as linhas do destino. Eu soube o nome das Moiras um dia: Cloto, Láquesis, Átropos. Como eu conseguia me lembrar disso, quando já havia me esquecido de tanta coisa?

"Eu só queria falar com ela", ele afirmou, quase rouco. "Mas ela não me escutava. Ela não… ela me atacou. Eu só estava me defendendo."

"Liv estava desarmada… Tinha metade do seu tamanho…"

"Ela teria destruído minha vida inteira", declarou ele com a voz apertada. "Eu só estava tentando encontrar uma saída. Isso é tudo o que eu tenho feito, o tempo todo."

"Era você na floresta?", eu perguntei a ele.

"Achei que você poderia me levar até onde estava Jessi. Não queria te machucar. Eu não vou te machucar", afirmou, mas parecia que ele estava tentando se convencer disso tanto quanto estava tentando me persuadir.

"Então me deixe ir embora", eu disse, numa última e esperançosa puxada no laço da armadilha que se apertava em meu pescoço. *Eu quero viver*, pensei, mesmo com a sobrevivência se tornando impossível. Pela primeira vez, eu queria mais do que fugir da dor. Contudo, era tarde demais. Mesmo que Cody ainda não tivesse percebido.

"Eu não posso", ele disse, erguendo a arma, mas sem apontá-la para mim. "Sente-se, Naomi. Nós vamos ficar aqui. Vamos esperar."

"Esperar o quê?", retruquei, mas ele apenas balançou a cabeça de um lado para outro e gesticulou com a arma. Eu recuei três passos, até a base da árvore, e me sentei em uma raiz, com minhas costas contra a casca áspera. Ele manteve seu olhar dividido entre mim e o caminho de onde tínhamos vindo.

Não precisei esperar muito até uma silhueta aparecer entre as árvores, andando em nossa direção.

Era Cass.

"Que merda você está fazendo, Cody?", Cass exigiu saber.

Eu abri minha boca para alertá-la, para avisar que ele tinha uma arma, mas ela podia ver isso. Ele não estava fazendo nenhum esforço para escondê-la. Também não apontou a arma para ela.

Ele estava esperando por ela. E ela estava esperando por isso.

Cass estava usando um blusão prático e botas de caminhada, com o cabelo preso para trás em um rabo de cavalo. Ela estava carregando uma bolsa de lona preta. Ao se aproximar, encarou Cody com os olhos fumegando de raiva.

"Ela ia à polícia. Ia contar a eles sobre Jessi", relatou Cody.

Cass olhou para mim, e foi como se ela nunca tivesse me visto antes. Não havia vestígios de empatia em seus olhos, apenas um raciocínio frio.

"Cass", eu sussurrei, e por um momento atordoante, nada fazia sentido. Ela não podia estar aqui. E então, eu congelei.

Eu olhei sob a superfície e vi o que esteve ali o tempo inteiro.

Cass tocou o pulso de Cody e foi gentilmente abaixando a arma. "Dá um minutinho para conversarmos, ok?", disse ela.

Com relutância, ele assentiu e se afastou alguns passos, mas continuou empunhando a arma. Cass largou a bolsa no chão e se aproximou de mim esfregando as mãos em suas calças jeans. Ela se agachou a alguns palmos de distância.

"Caralho. Que confusão", sussurrou ela, olhando rapidamente para Cody, transformando a conversa em uma conspiração entre nós duas. "O que ele te falou?"

Eu a encarei. Ela parecia aflita. Quase em pânico, desesperadamente preocupada comigo. Dois minutos atrás, seu semblante parecia tão desprovido de emoção que poderia ter sido esculpido em pedra, mas agora eu poderia acreditar que ela estava à beira das lágrimas.

"*Eu estou cansada de mentir*", eu disse.

"O quê?", ela perguntou; uma ruga apareceu entre suas sobrancelhas perfeitas.

"Foi o que Liv disse depois de tentar se suicidar, oito anos atrás. Kimiko me contou. Também foi o que ela disse na carta." A carta provava que eu estava errada, que a suspeita de Bishop e as insinuações de Sawant eram equivocadas. Que Liv havia se suicidado. Mas ela não tinha feito isso, portanto, quem havia deixado a carta?

A mesma pessoa que sabia onde Marcus Barnes guardava a arma. A pessoa que havia inserido a senha no portão às 4h47 da manhã.

Eu pensei em Liv, olhando em direção ao meu carro antes de saltar facilmente sobre o portão. Liv, com quinze anos, fugindo da sala porque seu pai havia tirado a arma da caixa para limpá-la.

Liv me olhando nos olhos. *Eu te vejo amanhã*.

Ela nunca usava a senha do portão... apenas o pulava. Mas Cass sabia a senha, e sabia onde a arma era guardada.

Oito anos atrás, não teve uma carta. Pelo menos, nenhuma foi encontrada. Naquela vez, nós sabíamos que estava vindo. Todos nós sabíamos, esperando estar errados e aterrorizados por estarmos certos. As medicações não estavam ajudando. Elas eram parte do problema. A dosagem alta fazia as mãos de Liv tremerem até ela não conseguir segurar um lápis para desenhar uma linha reta. Seus cadernos estavam cheios de esboços malfeitos e desleixados.

A letra dela tinha se tornado enorme e descuidada, se espalhando pela página. O oposto da caligrafia delicada e precisa que ela normalmente tinha, mas exatamente como na nota de suicídio.

A nota era de oito anos atrás. Parecia tão improvável... Quem teria feito uma coisa dessas? Cuidadosamente preservada depois de oito anos?

Guardada em uma caixa de segredos.

Cass franziu o cenho, um olhar de dúvida quebrava sua cuidadosa máscara de preocupação. "Escuta, Naomi. Eu posso tentar acalmar o Cody, mas preciso saber exatamente o que está acontecendo aqui", ela disse.

"Como se você não soubesse."

"Tudo que eu sei é que recebi um telefonema apavorado de Cody dizendo que você sabia de alguma coisa e que ele ia resolver tudo, e que eu deveria vir encontrá-lo", ela disse.

"E você sabe sobre Jessi. Sobre o que fizeram com ela."

"Mais ou menos", ela arriscou. Eu praticamente podia ver a mudança ocorrendo por trás de seus olhos, as mentiras se reorganizando. Era um ótimo truque.

"Ele me contou o que aconteceu com Liv."

Seus lábios se abriram. A cabeça se inclinou levemente, por curiosidade, tentando novamente se reorganizar. "O que aconteceu com Liv...", ela repetiu calmamente. Sem saber o quanto eu sabia.

"Ele a matou para não contar a ninguém sobre Perséfone. Mas, Cass, não tem como ele ter descoberto o que ela queria nos contar. A não ser... A não ser que você já soubesse", eu disse.

Cass apertou os lábios. "Eu sabia que meu pai e Jessi estavam transando. E o que isso significava quando Cody apareceu em nossa casa no meio da noite, em pânico e coberto de sangue. Meu pai o acalmou. Eles não sabiam que eu estava vendo."

"E quando encontramos Perséfone..."

Ela puxou algo do bolso e baixou os olhos. Em seguida, me ofereceu. Um saco plástico. Dentro, havia um crachá de plástico quebrado. CODY. Um trapo de tecido ainda pendia do alfinete, e havia uma mancha do que parecia ser sangue seco em um dos cantos. "Estava chovendo. Acho que Cody ofereceu a ela a jaqueta de trabalho", esclareceu Cass.

"Por que você nunca disse nada?", eu perguntei, ainda incapaz de compreender o que estava ouvindo.

"Você não consegue imaginar o caos que teria sido?", disse Cass. Ela olhou para Cody. "A vida de Cody estaria arruinada. E meu pai seria arrastado junto, e você conhece essa cidade. Mesmo que ele conseguisse provar que não a matou, tudo terminaria ali pra ele." Ela me olhou com lágrimas marejando os olhos e tocou meu joelho. "Além do mais, nós precisávamos de Perséfone. Precisávamos de alguma coisa para nos manter unidas antes de irmos para o ensino médio. Algo que nos impedisse de nos separar."

Eu assenti lentamente, como se tudo aquilo fizesse algum sentido. Como se fosse minimamente algo próximo do razoável. "Mas, Cass, como Cody sabia?"

Ela soltou um forte suspiro. "Beleza, eu admito que cometi um erro nisso. Foi quando eu estava tentando arrumar tudo no chalé. Estávamos sem dinheiro. Totalmente sem dinheiro. Eu ia perder tudo... todo o trabalho que havia colocado ali, assim como o dinheiro que meus pais haviam investido. Então, eu liguei para o Cody e perguntei se ele poderia investir um pouco do dinheiro da Gabriella. Ele achava que não poderia pedir tanto dinheiro assim pra ela, por isso... ofereci a ele um incentivo extra."

"Você o chantageou."

Ela revirou os olhos. "Você me faz parecer um vilão retorcendo os bigodes. Eu só o lembrei que ele me devia, e devia ao meu pai, por não ter dito nada. Se você quer chegar a algum lugar na vida, às vezes, precisa convencer pessoas a fazer coisas que elas não querem, e ajuda quando você tem algum poder de negociação. Eu aprendi isso muito tempo atrás."

"Você avisou o Cody que Liv sabia sobre Jessi."

"Eu não achei que ele fosse *matá-la*. Pensei que ele ia arranjar a merda de um advogado ou algo assim", sibilou Cass.

"Conversa mole", eu rebati. "Você é mais esperta que isso."

Seu lábio tremeu. "Eu não machuquei a Liv. Eu não faria isso."

"Então, por que contou pra ele?"

"Você não acha que ele merecia saber que Liv estava pra destruir a vida dele sem motivo nenhum?", questionou Cass. "Depois de tudo o que ele fez por você? Você está tão decidida a esperar o pior das pessoas... Eu não imaginei o que ele pretendia fazer até ele me ligar novamente. *Depois* que ela já estava morta. Ele me ameaçou, Naomi. Disse que, se eu não o ajudasse a encobrir tudo..." Seus olhos se encheram de lágrimas, e sua voz ficou embargada.

Ela havia plantado a nota de suicídio. A nota que ela tinha guardado, por via das dúvidas. Assim como a fotografia de seu pai e Jessi, e tudo mais que tinha naquela caixa de horrores. Cass tinha usado a senha do portão, entrado na casa enquanto Kimiko estava dormindo, deixado a carta e roubado a arma para fazer parecer que Liv havia se suicidado.

Ela entrou com a senha às 4h47 da manhã. Teria levado tempo demais para ir até o lago e voltar; já teria amanhecido nesse horário. Os trilheiros que acordam cedo poderiam já estar por lá. Ela não conseguiu *plantar* a arma antes de a polícia ter começado a vasculhar o lago. Em vez disso, ela correu até o chalé, para ter um álibi... e talvez quase tenha estragado tudo. Ela foi salva graças a qualquer que fosse a sujeira que ela escondia a respeito de Percy.

Foi por isso que eles não encontraram a arma imediatamente. Ela não estava lá. No entanto, Bishop e eu nos recusamos a deixar tudo de lado. Quando ela havia decidido plantar a arma? Depois que eu liguei para o Cody e falei sobre Jessi?

"Quando você me ajudou a procurar por ela, já sabia que ela estava morta...", eu disse. "Você fingiu que achava que tudo iria dar certo. Você *sabia* que ela estava no lago, e me deixou ir lá sozinha. Você tentou me convencer a parar de procurar. Meu Deus, o discurso no funeral... era tudo fingimento. Era tudo mentira."

"Não era mentira. Liv era minha melhor amiga", disse Cass. "Mas o que eu poderia ter feito? Ela já estava morta. Cody estava prestes a contar pra todo mundo que estávamos juntos nisso. Eu tive de me proteger."

Eu engoli uma risada. "Você deveria ter deixado tudo pra lá. Se você nunca tivesse ajudado Cody, tudo ficaria bem, mas você queria ser o cerébro por trás de tudo, não é? Fazendo suas chantagens. Puxando as cordinhas de todos. Mas, como dá pra perceber, você é meio incompetente nisso."

A mão dela se moveu tão rápido que eu quase nem consegui reagir antes de suas unhas afundarem em meu rosto, arranhando a pele da minha cicatriz e puxando minha mandíbula para baixo. Eu caí para trás, me chocando contra o tronco da árvore e dando um grito de dor, com a mão sobre o rosto, sentindo o fluxo quente de sangue sob os meus dedos. Ela me olhava com um furioso ar de desprezo.

Cody veio rápido até onde estávamos, parecendo alarmado. "O que está acontecendo?", ele perguntou.

Cass se levantou. O único sinal de que havia algo de errado era ela estar levemente ofegante. Seus ombros se endireitaram. "Não tem jeito de contornar isso, Cody. Ela nunca vai se calar. Mas, se escondermos o corpo, só vai parecer que ela foi embora."

Cody se encolheu, enquanto eu analisava as palavras de Cass em minha mente, admirada com o modo como ela havia feito a transição tão facilmente. Nenhuma menção de me matar. De viva para corpo, como se fosse um processo em que eles não estavam envolvidos.

"As pessoas vão procurar por ela", disse ele.

"Algumas", admitiu ela. "Mas Marcus Barnes me ligou pouco antes de você. Ela saiu da casa dele totalmente transtornada e agindo de um jeito duvidoso. Coberta de terra. As pessoas vão apenas achar que ela foi embora."

"Marcus Barnes? O que ele sabe?" Ele olhou pra mim. "O que você contou pra ele?"

"Não era nada sobre isso", disse Cass. "Ela descobriu..." Ela hesitou, como se fosse doloroso mencionar. "Que foi Liv quem a esfaqueou quando éramos crianças. Ela teve algum tipo de surto psicótico e a atacou."

Pensei em todo o tempo que Cass havia passado comigo, após o ataque. No hospital e depois dele. Ela havia se assegurado de se tornar a nossa voz, contando a história repetidamente para qualquer um que perguntasse. Assumindo controle da narrativa. E de nós.

"O quê?", exclamou Cody, obviamente chocado. Senti uma pontada de prazer por não ser a única que tinha sido surpreendida daquele jeito. "Então, era isso que Liv queria dizer quando falou que vocês tinham mentido a respeito de Stahl."

"Faz sentido se alegrarmos o fato de Naomi ter ficado abalada e querer ir embora depois de descobrir isso", ponderou Cass, soando satisfeita.

"Não podemos simplesmente matá-la", disse Cody com a voz cansada. "Eu não posso..."

"Você sabe que precisamos. É isso, ou você vai para a cadeia, e aquele seu bebê vai estar na faculdade antes de você conseguir vê-lo sem ser por detrás de um vidro." Ela suspirou. "Mas você não precisa fazer isso. Eu não me importo de fazer." Cass estendeu a mão para receber a arma.

Cody a encarou. Depois, olhou pra mim. Eu estava além de implorar. Enfrentei seus olhos e tentei me manter firme, evitando tremer. Ele baixou os olhos e entregou a arma a Cass. Demonstrando habilidade, ela a conferiu para se assegurar de que estava carregada.

"Tem um plástico na minha bolsa. É melhor estendê-lo por aqui, pra não deixar sangue no lugar", ela orientou.

Ele se virou, com a boca imóvel, os olhos baixos. Se ajoelhou e abriu o zíper da bolsa enquanto Cass movia o pulso de um lado para o outro, como se estivesse se acostumando com o peso da arma.

"Eu realmente sinto muito por isso, Naomi", disse ela, soando cansada.

"Vai se foder", eu rosnei. "Nem quando eu estou prestes a morrer você é capaz de ser sincera."

"O quê? Mas eu sinto muito *de verdade*. Eu preferiria não precisar te matar", ela retrucou, irritada.

"Não é apenas sobre isso. Você mentiu a respeito de Liv. Sobre o que havia acontecido aquele dia."

"Eu não faço ideia do que você está falando", disse ela. Cody tinha parado, estava nos observando.

"Por que você disse que tinha sido Stahl?", eu perguntei.

Ela piscou. "Para proteger a Liv, é claro. Ir para a prisão teria destruído ela. Você sabe disso."

Soltei um ruído que parecia um rosnado, meus dedos se curvaram em forma de garras, eu sentia uma raiva impotente. Eu conseguia acreditar que Liv havia pensado que Perséfone queria que ela fizesse aquilo. Que ela considerava necessário.

Ela me esfaqueou dezessete vezes. Tinha tanto sangue. O próprio Marcus havia dito isso. E Liv odiava sangue. Ela quase vomitou quando viu sangue no dia em que eu me cortei. Sim, Liv pode ter pensado que me matar era o que a Deusa queria.

Mas ela não teria conseguido fazer isso.

Ela não faria.

E havia apenas uma pessoa que declarava o que Perséfone queria de nós.

"De onde Liv tirou a ideia de que me matar seria o ritual final?"

Cass deu de ombros. "Ela era maluca."

Eu sacudi a cabeça. "Ela nunca foi violenta. Nunca."

"Exceto quando ela te esfaqueou dezessete vezes. Meio que uma exceção gigantesca essa", disse Cass, sem rodeios.

"Por que ela teria concluído que Perséfone precisava de um sacrifício? Você era a única pessoa que nos dizia o que Perséfone queria. Você fazia as regras. Era sempre você."

Os dedos de Cass se apertaram ao redor da arma. Seu rosto estava pálido, mas o olhar era determinado.

Meus lábios se afastaram dos dentes. "Você a obrigou a fazer aquilo. Você contou a ela uma história e a fez acreditar. Mas eu não consigo entender por quê. Por que você queria me machucar?"

"Porque ela era *minha* amiga", rosnou Cass. "Era para vocês duas serem *minhas* amigas, mas vocês continuavam tentando sair sozinhas. Você acha que eu não percebia? Sempre que eu deixava vocês duas sozinhas juntas, era apenas cochichos e ficar de mãos dadas e rir das suas piadinhas internas. Achei que, se eu esperasse mais um tempo, você iria se esquecer da sua paixonite ridícula e que tudo iria voltar a ser do jeito que *tinha* de ser. Mas você não fez isso. Vocês ficavam juntas e me deixavam pra trás."

Eu olhei para ela, pasma. "Então, você mandou ela me *matar*?", eu perguntei, perplexa, com meu coração batendo acelerado. Se eu ia morrer, queria saber a verdade. Toda a verdade.

"Ela disse que queria ser minha amiga. Que ela não estava te escolhendo para me substituir. Então, eu disse que ela teria que provar. Na época, não achei que ela fosse realmente fazer isso. Pensei que ela fosse se acovardar e, assim, poderia usar isso contra ela. Eu não sabia, na época, o quanto ela era pirada", disse Cass, embora mesmo agora estivesse mentindo. Eu conseguia ver o brilho de satisfação em seus olhos. Podia imaginar sua euforia ao perceber que estava funcionando. Talvez ela não tenha esperado que Liv realmente fizesse, mas ela *queria* isso.

"E ela me esfaqueou dezessete vezes?", indaguei. "Liv fez isso?" Eu não acreditava que isso fosse verdade. Foi mais uma forma de eu ter falhado com ela. De tê-la traído.

Os lábios de Cass se abriram sutilmente. "Você acha que ela era tão gentil, tão perfeita? Ela te esfaqueou, Naomi. Foi ela que te esfaqueou pelas costas, mas ela era inútil demais até para fazer isso direito. Liv entrou em pânico, largou a faca e ficou lá, gritando. Dizendo que sentia muito, que estava arrependida. Mas o que poderíamos fazer? Você iria contar tudo, e aí nós é que ficaríamos com problemas. Eu tinha de fazer alguma coisa. Só estava arrumando a bagunça que ela deixou. Eu ainda estou."

Eu tremia... não de frio, não de medo, mas de ódio. Cass havia se aproveitado dos delírios de Liv, de seu frágil estado emocional. Ela a havia manipulado. Liv deveria estar aterrorizada para ter acreditado tanto assim no que Cass dizia... a ponto de ter acreditado que me machucar era a única maneira de impedir que algo pior acontecesse. E, mesmo assim, ela não conseguiu fazer aquilo.

Cass tentou transformá-la num monstro. Ela não conseguiu... mas poderia ter feito Liv acreditar que era uma aberração. E Liv havia carregado isso todo esse tempo.

"O caso, Naomi, é que funcionou", acrescentou Cass, como se ela mesma quase não acreditasse. "Isso nos salvou. Isso nos conectou para sempre, nós sempre seríamos amigas... e Liv nunca iria deixar nada acontecer entre vocês, nada que as levasse para longe de mim. E nós ainda nos tornamos *heroínas*, Naomi. Você acha que sua vida teria sido qualquer coisa além de completamente medíocre se eu não tivesse feito o que fiz? Tudo deu certo. Para *todas* nós."

Eu pensei no quanto ela havia sido corajosa depois de tudo. Em como ela havia desabrochado, interpretando o papel de porta-voz de nós três, sendo entrevistada por jornalistas sérios que falavam com ela repletos de generosidade e consideração. Como ela havia se lançado no papel de cuidadora e protetora e como todos haviam caído nisso. Ela foi idolatrada.

E uma parte de mim se perguntava se ela estava certa. Se eu nunca tivesse sido atacada, se nunca tivesse me tornado a menina milagrosa, onde eu estaria? Provavelmente, em Chester. Em algum emprego medíocre, bêbada feito o meu pai.

Mas Liv ainda estaria viva.

"Ela ia contar tudo. Ela ia arruinar tudo o que eu lutei tanto para construir", disse Cass, como se estivesse implorando para que eu entendesse. Como se ela realmente acreditasse que eu poderia entender.

"Tudo pronto", exclamou Cody, de repente, e Cass olhou na direção dele. Ele tinha estendido o plástico no chão. O cabo de uma serra estava visível, saindo de uma bolsa de lona. Eu desviei o olhar rápido, com meu estômago se revirando ao pensar no modo como aquilo seria usado.

"Certo. Chega de papinho. Levanta", disse Cass, gesticulando com a arma. Era como se fosse algo que ela tivesse visto em algum filme. Eu me levantei. Ela me guiou até onde estava o plástico. "De joelhos", ordenou ela. Agora, sua voz tremia.

Ela não era tão durona quanto queria que eu pensasse que fosse, eu percebi. Essa versão de Cass era como todas as outras. Algo que ela decidiu, construído peça por peça. Amiga, protetora, mãe, assassina a sangue-frio. Uma fachada, e absolutamente nada por trás. Eu me perguntei se ela sequer entendia por que fazia as coisas que fazia, ou se agia simplesmente por instinto e preenchia os raciocínios com lógica depois de tudo.

Cass sempre foi assim. No dia em que nos conhecemos, ela não havia nos escolhido por achar que éramos especiais. Ela nos escolheu porque um olhar rápido foi o suficiente para saber que éramos tão sequeladas que não iríamos enxergar a podridão que já a infestava por dentro.

"Eu passei minha vida toda tentando me curar de algo que nunca aconteceu", eu declarei. "Você era minha amiga. Você *continuou* sendo minha amiga. Disse que se importava comigo. Se tornou parte da minha vida depois do que fez comigo. O que você pensava quando via minhas cicatrizes e sabia que elas tinham sido causadas por você? Quando eu te contava sobre meus pesadelos? Quando você prometia que Stahl não iria me pegar? Isso tudo era divertido pra você?"

"Um pouquinho", admitiu ela de um jeito maníaco. Seus dentes apareceram por um instante. Seus olhos estavam frios e vazios; então, algo primitivo explodiu dentro de mim, um instinto ancestral que já existia antes mesmo de termos palavras para definir a *coisa* que ela era.

Compreendi que Ethan havia percebido tudo aquilo. Talvez não de imediato, mas durante o funeral e quando ele falou com ela depois. Ele viu que ela era o mesmo tipo de criatura com quem ele havia convivido durante toda a infância. Talvez tenha sido apenas um pressentimento, o suficiente para me alertar, mas eu não lhe dei ouvidos.

"Você a destruiu", murmurei. "Ela era maravilhosa, e você a destruiu."

"Eu falei pra você se ajoelhar", repetiu ela, e dessa vez eu obedeci, deixando a gravidade me mover.

Ela começou a erguer a arma, mas hesitou no meio do caminho. Em seus olhos havia um medo genuíno do que ela estava prestes a fazer... mas eu sabia que ele não iria me salvar. O plástico rangia sob meus joelhos. A chuva, agora mais forte, gerava um chiado contínuo ao nosso redor. Os cabelos de Cody estavam ensopados, escorrendo sobre os olhos.

"Merda", ela murmurou. Segurou a arma com ambas as mãos, respirando fundo. "Não olhe pra mim", ordenou, mas eu a encarei fixamente.

"Espera", interveio Cody. "Vamos pensar nisso direito."

"Nós precisamos matá-la", disse Cass.

Ele agitou a cabeça com impaciência. "Eu sei, mas não é você que deveria fazer isso. Eu já matei alguém. Se formos pegos, eu já tenho de encarar uma condenação por homicídio. É melhor que seja só um de nós dois."

"Você está certo", ela disse. Ela pareceu ansiosa por entregar a arma. Aliviada. "Só acaba logo com tudo isso, ok? Eu não suporto mais isso."

Cody assentiu, sorrindo com a boca fechada em sua direção, se colocando entre nós duas. "Espere aí, tem só mais uma coisa que precisamos conferir", ele disse, se virando para ela.

"Agora... O quê?", ela disse numa fração de segundo antes de ele erguer a arma e atirar uma bala que atravessou sua garganta.

O corpo de Cass caiu instantaneamente, um peso morto. A névoa de sangue pairou no ar por um pouco mais de tempo, sumindo com a chuva conforme o som do tiro desaparecia. Havia um grito alojado em minha garganta.

Cody abaixou a arma.

Ele se virou para mim.

"Ela era um monstro", disse ele, mas as palavras a princípio não chegaram até mim. Eu ainda estava congelada no momento do tiro.

Respirei assustada, desviando meus olhos do corpo de Cass, lutando para pensar em meio à bruma de terror. Em minha mente só existia o instante em que a bala encontrou o alvo. Sua expressão... Ela mal teve tempo de demonstrar surpresa.

"Sim. Ela era", repeti com a voz rouca. Ela era um monstro. Ela era minha melhor amiga. Ela estava morta no chão e a terra estava manchada sob o seu corpo.

"Ela te machucou. Foi ela o tempo todo. Ela te fez aquilo. Todo aquele sangue... Como ela foi capaz de te fazer isso?", perguntou ele, com o semblante contorcido de repulsa.

Forcei minha garganta tentando falar. "Você me salvou", sussurrei.

Eu podia enxergar. A forma em que eu viveria. A forma em que eu sairia dessa floresta. Ele não queria me machucar. Queria absolvição. Desejava que eu beijasse seu rosto e dissesse a ele que eu entendia, que eu ficaria em silêncio, que eu o salvaria do mesmo jeito que ele havia me salvado.

"Você salvou minha vida de novo. Exatamente como no dia em que me salvou do Oscar. Você sempre foi meu protetor", eu disse a ele, me levantando lentamente.

Tirei meus sapatos de salto alto. O plástico estava frio e grudento sob as solas dos meus pés. O corpo de Cass jazia só a alguns palmos de onde eu estava. O sangue ainda borbulhava do orifício aberto sob seu queixo. "Cass fez isso. Ela fez tudo isso, mas você a fez parar. Você entende?"

Ainda demorou um pouco mais de tempo até ele entender. Havia sangue salpicado sobre os dedos da mão com a qual ele havia segurado a arma. Ele os encarava. "Nós podemos culpá-la."

"Ela pode ter assassinado Liv. E, quando eu descobri, ela ia me matar. Mas você a impediu. Tudo se encaixa. Simples. Foi ela quem nos arrastou para que tudo isso acontecesse. Você foi uma vítima dela, tanto quanto todas as outras pessoas", eu disse. A mão de Cass tremeu com o último pulso nervoso de seu corpo que morria, mas ela já havia partido... Os olhos estavam vazios; o sangue, coagulado. Agora, havia apenas nós dois, e a arma.

Ele fechou os olhos. Sua respiração se condensou no ar, e por um instante, pude sentir a fantasia sendo compartilhada entre nós... de que sairíamos daqui ilesos e que tudo ficaria bem.

Até que Cody estremeceu e abriu os olhos, e eu vislumbrei o instante em que a fantasia desmoronou. O instante em que ele percebeu que não poderia me proteger e proteger a si mesmo, e ele fez a sua escolha. "Naomi", disse ele calmamente. "Eu queria não saber o quanto você é mentirosa."

Eu tinha vivido mais de vinte anos em um corpo que sabia como sobreviver quando o mundo se voltava contra ele. Todas as visões, os sons, e as sensações daquele dia eram um lodo sem esperança, mas sobrevivência... disso meu corpo entendia. Sem a confusão da esperança e a confiança em alguém para atrapalhar tudo, ele lembrava perfeitamente como era isso.

Eu me lancei do pé da árvore antes que ele terminasse de falar, colidindo com seu corpo. Ele caiu sobre a terra. Eu me arrastei para a frente, me impulsionando com os braços antes de conseguir ficar em pé.

Corri em linha reta, sem me arriscar a perder tempo, e, em seguida, me virei em direção à estrada. A distância iria me salvar. Pistolas não são precisas a longo alcance. Não nas mãos de um atirador sem habilidade. Não com o escuro da noite caindo ao nosso redor.

Disse a mim mesma que a cinquenta metros estaria segura, e que eu conhecia a floresta. Apenas *corra*.

O primeiro tiro atingiu o tronco de uma árvore com uma explosão na casca. O segundo zuniu em algum lugar acima.

O terceiro tiro foi o que teve sorte.

As pessoas sempre me perguntavam qual era a sensação de ser esfaqueada. No caso, é bem parecida com a de levar um tiro. Primeiro, veio o impacto, não a dor, um soco nas costas que tirou o equilíbrio das minhas pernas. Caí enquanto Cody corria rapidamente em minha direção. Eu estava virada para o chão. Não doía. Adrenalina, pensei. A adrenalina estava mascarando a sensação de dor. Mas ela iria me atingir logo, me conhecia bem demais para não conseguir me encontrar. Porém, talvez eu tenha sorte. Talvez ela não tenha tempo o suficiente.

Cody me alcançou. Ele se debruçou sobre mim, ofegante. "Droga, Naomi", exclamou, enquanto se ajoelhava e agarrava meu ombro. Eu prendi a respiração, o que naquele momento era mais fácil do que respirar. Não gostei do que ele disse sobre o local em que a bala havia me atingido.

Eu fiquei imóvel enquanto ele virava meu corpo.

"Merda", disse ele. Eu conseguia perceber as lágrimas em sua voz. Estava cada vez mais difícil me manter consciente. Arrisquei abrir minimamente meus olhos. Ele estava olhando para longe, limpando o rosto com a manga.

"Droga", sussurrou ele novamente.

Ele estava agachado. A arma estava em sua mão direita, repousando sobre o joelho. Ele não a estava segurando firme. Mas não era estúpido. Não sairia daqui sem se certificar de que eu estava morta. E agora a dor estava começando a chegar, contornando as beiradas do abençoado torpor que a adrenalina trouxe a galope.

Não me restava mais nada nesse mundo. Nada pelo que lutar. Nada a não ser eu mesma.

Era o bastante. De algum jeito, era o bastante.

Me ergui do chão em um impulso e, com o movimento, a dor finalmente chegou, rugindo conforme o sangue jorrava do buraco que a bala havia aberto em mim. Cody se assustou. O momento de choque era tudo que tinha... tudo de que eu precisava. Agarrei a arma com ambas as mãos e girei enquanto ele a erguia para atirar de novo.

A bala atravessou meus dedos e entrou na perna de Cody. Uma névoa de sangue explodiu; podia senti-la em minhas pálpebras, sentir o gosto em minha língua. Cody gritou. Eu também. Um grito engasgado enquanto uma dor agonizante subia pelo meu braço. Mas a dor era minha, e era a prova de que eu não estava morta; então, ela não me deteve. Rolei no chão e, em seguida, me ergui usando um impulso dos cotovelos.

Eu meio rastejei, meio cambaleei para longe enquanto Cody uivava de dor. Não olhei para trás. Pressionei o que restou dos meus dedos mínimo e anelar contra meu outro braço, apertando o antebraço contra meu corpo na tentativa de estancar o sangramento o melhor que podia, e segui em frente. Parecia mais que eu estava caindo que correndo.

Passei por entre as árvores. A rocha estava logo adiante. Segui em sua direção. Eu nem precisava pensar para saber onde ela estava. Nem precisava olhar. Aquela bocarra sombria vinha me chamando havia vinte e dois anos. Eu apenas havia esquecido como escutá-la. Não me recordava do som de sua voz, mas agora ela estava ao meu redor. Dentro de mim.

A Deusa do esquecimento estava me chamando de volta para casa.

A escuridão da caverna me acolheu. Eu me lancei sob a pedra e fui alisando a lama macia atrás de mim para esconder o rastro de sangue que deixei. A gravidade venceu minha força, que já diminuía, e eu escorreguei pelo pequeno declive, caindo deitada de lado, encarando os ossos de Perséfone.

Eu podia ouvir Cody se movendo, mancando. Ele gritou meu nome. Cerrei meus olhos. Com certeza, eu havia deixado um rastro de sangue. Ele conseguiria segui-lo se o encontrasse. Mas eu não havia mostrado a ele onde estava a rocha. Não havia falado sobre a caverna. Talvez ele não soubesse.

Talvez ele não soubesse, e, assim, eu poderia morrer aqui, junto aos ossos de outra garota perdida. E teríamos descanso, escondidas, juntas.

"Cody te matou", eu sussurrei. Ele não queria fazer isso. Mas não importava. Ele a deixou morrer e a deixou ficar perdida, todos esses anos. O segredo ficara escondido sob sua pele feito uma farpa de madeira, e uma infecção havia infestado tudo o que tinha ali. Até a encontrarmos e espetarmos nossos dedos naquela farpa contaminada. Assim, a infecção também entrou em nosso sangue. Ela reuniu nossas vidas ao redor desses ossos, e os dedos de Liv ao redor daquela faca.

Aquele segredo havia apunhalado a faca nas minhas costas. Deveria ter me matado. Enquanto chorava sobre o meu corpo, Cody não fazia ideia de que era ele quem havia iniciado aqueles acontecimentos. Não até a culpa de Liv obrigá-la a sair procurando a farpa, aquele segredo, rasgando o silêncio. Tudo isso, assim como a podridão, escorreu dali, e o segredo também a matou.

E houve outras infecções, todas se originando daquele primeiro empurrão, o impacto do crânio de Jessi contra a pedra.

Ethan, crescendo consciente de que o pai fora condenado pelos motivos errados, incapaz de se forçar a admitir qualquer uma das verdades: a que teria libertado o pai ou a que o teria prendido anos antes. Que poderia ter salvado algumas das garotas cujos nomes agora ele carregava, como um talismã da sua culpa.

Marcus e Kimiko, tomados pelo medo de não terem feito o suficiente para proteger Liv. Temerosos da verdade ser descoberta... ou de não ser, e ela machucar outra pessoa, e tudo ter sido em vão.

E a sobrinha de Jessi. A verdadeira Perséfone. Não a deusa. Não os ossos em uma caverna. Não uma história que inventamos, mas uma menina que amava a tia e que sentia falta dela. Que nunca descobriu o que aconteceu para poder lamentar a perda.

Um erro matou Jessi Walker. O silêncio matou Liv. E agora a verdade estava me matando. E eu também ficaria desaparecida. Não haveria mais ninguém que soubesse onde descansavam os ossos de Perséfone. E isso parecia correto. Eu queria ficar aqui para sempre com ela. O sétimo ritual. Tudo ficaria equilibrado novamente.

No entanto, se eu desaparecesse, Marcus e Kimiko nunca saberiam que não havia sido culpa de Liv. Eu precisava contar a eles.

Os chamados de Cody estavam se afastando. Ele acabou perdendo meu rastro. Faria o caminho de volta logo, mas, antes disso, eu ainda tinha alguns minutos.

Meu celular era uma forma dura contra minha coxa. Eu o puxei e cerrei os olhos tentando enxergar, a tela estava se tornando um borrão. Havia um ponto mínimo de sinal. Apertei a tela e consegui chegar ao último número chamado: Ethan. Eu não conseguia mais segurar o aparelho. Apertei o botão de chamada e deixei meu braço cair, mantendo o celular apoiado no chão próximo ao meu ouvido.

Ele tocou duas vezes, e Ethan atendeu. Sua voz oscilava, e eu não conseguia distinguir se era o sinal fraco ou a inconsciência me dominando.

"... aí? Alô?"

"Você tem de contar pra eles", eu disse. Havia sangue no fundo da minha garganta; eu me engasguei com ele.

"Naomi? É você?"

"Me escuta. Me escuta." Engoli o sangue. "Diga a eles que não foi Liv. Não foi ela. Você tem de contar pra eles." Eu tentei respirar e me engasguei de novo, um gemido de dor escapou por entre meus dentes. Ethan estava falando, mas eu não conseguia entender as palavras. Eu não havia explicado direito, mas não conseguia pensar em como dizer a ele o que ele precisava saber. "Agora eu tenho de ir", eu disse.

"Naomi, não desligue. Me diz onde você está", pediu Ethan.

"Está tudo bem. Ela está aqui comigo", eu declarei. Larguei o celular; ele escapou dos meus dedos.

Eu me aproximei mais dos ossos e virei as costas para o chão. Fechei os olhos e vi novamente a cena de Cody debruçado sobre mim quando comecei a sentir a dor nas costas. A forma que ele se ajoelhou junto a mim, horrorizado, cheio de angústia. Como se fosse algo acontecendo com *ele*.

O rosto de Cody foi ficando distante. Embaçado. Outras memórias vieram em peso. Os dedos de Oscar pressionando meu abdome. "*Você e eu estamos destinados*", ele cantarolou. Seus dedos atravessaram minha pele, se mexendo em minhas entranhas. E então Oscar gritou enquanto Cody o puxava para longe, ele estava ajoelhado junto a mim de novo, lágrimas escorriam sobre seu rosto. Jovem outra vez.

"Não, por favor, não", ele disse, tocando meu pescoço. "Por favor, não esteja morta." Tentei dizer a ele que estava viva, mas eu não acreditava. Meus dedos se curvaram contra a casca do tronco. Sua expressão se fechou. "Eu queria não saber como você é mentirosa", ele disse e esfaqueou meu rosto.

Eu me contorci de dor. Minha respiração crepitava, e havia uma sensação de sucção a cada vez que eu puxava o ar. As pedras sobre mim se dividiram em galhos iluminados pela luz do sol.

"O que você está fazendo?", gritou Cassidy, com sua voz jovem, aguda e furiosa.

"Eu não consigo. Eu não consigo. Eu não consigo", entoou Olivia.

"Você precisa! Você prometeu!", bradou Cassidy.

Uma luz refletiu sobre a faca. Ergui a mão para me proteger, atingindo a pessoa que estava sobre mim sem força alguma, mas uma mão firme a apanhou e segurou meu pulso. "Está tudo bem. Nós te encontramos. Ela está aqui embaixo!"

Hesitante, a memória cedeu lugar ao presente. A mão de Cass, a mão de Cody, de Oscar... todas se desfizeram, dando espaço para a realidade — uma pele escura e um aperto forte.

Com a visão turva, eu pisquei ao enxergar a chefe de polícia Bishop. "Estou começando a achar que eu devia ter simplesmente te prendido", ela me disse. Ela pressionou as mãos em meu abdome, causando uma nova onda de dor pelo meu corpo. Eu tossi e senti o gosto de cobre.

Eu tinha de contar a ela sobre Cody. Eu tentei falar, mas só consegui tossir novamente, e ela me silenciou.

"Só continue respirando", ela me disse. "Só fique acordada e continue respirando. Você vai ficar bem." E, pela primeira vez, eu não me importei com o fato de estarem mentindo para mim.

Eu fiquei acordada. Guardei cada momento em minha memória o melhor que pude. Não me esqueceria de novo. Eu poderia morrer, mas, se sobrevivesse, me lembraria disso.

Ethan estava lá quando me tiraram da caverna, atada a uma maca. Ele tentou falar comigo, mas as palavras se misturavam. Eu queria dizer a ele que o perdoava por ter mentido, mas os paramédicos se irritaram quando tentei falar, e de repente eles já estavam me colocando em um helicóptero.

"Você precisa abandonar esse costume", brincou um dos paramédicos, gritando em meio ao barulho das hélices.

"Foi a última vez, eu prometo", eu balbuciei, e de novo ele me silenciou.

E, apesar dos meus esforços, eu apaguei.

A consciência voltou lentamente, pontuada pelo apito baixo de um monitor. Com os olhos fechados e o corpo envolvido no casulo de quase esquecimento da morfina, eu poderia ter 11 anos novamente. Exceto pelo fato de que, dessa vez, meu pai estava aqui quando eu acordei.

"E aí, baixinha...", ele disse quando me viu abrir os olhos.

"Ei", respondi, fraca. Minha voz saiu como um sapato raspando no asfalto. "Eu não morri."

"Pois é", disse ele.

Eu baixei os olhos para ver minha mão direita. Mesmo com as grossas bandagens, o formato dela estava obviamente errado — os últimos dois dedos quase inexistentes, o dedo médio terminando na segunda falange. "Eu pensei que ainda tinha este", eu comentei, irracionalmente irritada com sua ausência.

"O cirurgião queria uma lembrancinha", respondeu meu pai. Eu olhei para ele inexpressiva, incapaz de interpretar o humor. Ele tossiu, pigarreando. "Estava danificado demais. Tiveram de amputar."

Eu nem havia percebido. "E o resto de mim?"

"Espero que não tenha nenhum apego emocional ao seu baço. E a um bom pedaço do intestino. Você é basicamente uma sopa de antibióticos e narcóticos com uns pedaços de carne para dar uma textura, mas vai sobreviver."

"Isso é bom", eu consegui dizer. Tentei umedecer meus lábios rachados, mas minha boca estava igualmente ressecada. "O que aconteceu?"

"Você não se lembra?"

"Eu quero dizer depois. Eles... O Cody está..."

"Ele foi preso", meu pai disse. "Até mesmo esses paspalhos conseguiram somar dois mais dois. Além disso, você ficou repetindo 'Cody Benham atirou em mim' várias vezes."

"Dessa parte, eu não me lembro", confessei.

"É, você estava bem chapada", respondeu meu pai. Ele se inclinou e acariciou minha mão que ainda estava inteira. "De todo modo, é bom que você não tenha morrido. Você, uh... devia parar com isso de se machucar."

"Não está nos meus planos", eu declarei. Minhas pálpebras estavam começando a pesar.

"Naomi, eu..."

Eu já estava longe. Sonhei com uma serpente brilhante deslizando para dentro da minha garganta e uma mulher de olhos pretos mordendo meus dedos, com dentes achatados, mastigando minha carne.

Acordei sozinha.

Tive vários visitantes. Bishop. Sawant, outros policiais. Meu pai. Até mesmo Marcus e Kimiko.

Ethan nunca apareceu. Eu não sabia se isso deveria ser uma decepção ou um alívio.

Fios soltos ainda precisavam ser atados. Contei minha história várias vezes e, após talvez a centésima vez, finalmente obtive alguma informação em retorno. Parece que Marcus Barnes estava muito preocupado com o meu estado mental quando saí de sua casa. Preocupado o suficiente a ponto de ter ligado para algumas pessoas tentando descobrir onde eu estava e para ter certeza de que não ia me machucar. Bishop e Ethan já estavam a caminho da floresta quando eu fiz a ligação... e isso foi ótimo, pois, de outra forma, Cody certamente teria me encontrado primeiro.

Acabamos descobrindo que Cass não havia mentido quando disse que Cody a havia ameaçado. Depois de anos sendo chantageado por ela, ele começou a gravar suas conversas telefônicas. Incluindo a do dia em que Liv morreu, quando ela disse que ele precisava voltar para Chester e "lidar com a situação". Talvez ela tenha se convencido de que não havia outra maneira de isso terminar; talvez tivesse consciência exata da série de acontecimentos que estava provocando. De qualquer forma, o resultado foi o mesmo. Minhas duas melhores amigas estavam mortas.

Conforme a notícia se espalhou, outras histórias emergiram. Pessoas que ela havia chantageado se pronunciaram, ou foram forçadas a isso, pois a vida de Cass estava sendo revirada e as evidências foram reveladas. Outros, podemos assumir, se mantiveram em silêncio, esperando que seus pecados não fossem desenterrados junto aos dela. Os Green arranjaram um advogado e não falaram com ninguém. Fizeram um pequeno funeral privado para Cass. E, por mais estranho que pareça, eu queria ter ido. Não consegui me despedir... de Cass, ou da pessoa que eu achava que Cass fosse. Não conseguia parar de pensar em Amanda. Agora, ela vivia com os avós. Eu havia tomado sua mãe.

No entanto, me lembrei do jeito tímido como Amanda assistia ao mundo, e me perguntei como deve ter sido ter uma mãe como Cassidy Green.

Um dia antes de eu ter alta do hospital, Bishop veio falar comigo mais uma vez. Eles haviam liberado os restos mortais de Jessi Walker para sua irmã.

Perséfone finalmente havia escapado da floresta.

Precisei de três semanas no hospital até ficar bem o suficiente para ter alta, e, após isso, minha antiga vida havia definitivamente terminado.

Entre as contas do hospital e o fato de que eu não podia trabalhar, minhas economias se acabaram em um piscar de olhos. Dessa vez, ninguém estava mandando cartões de melhoras com dinheiro dentro. E eu não poderia voltar a trabalhar em casamentos. Eu era o tipo errado de subcelebridade agora.

Então, eu fiz o que Mitch sempre me sugeriu fazer. Transformei minha dor em arte, e a vendo. A mostra *17* abriu em uma galeria em Seattle na mesma semana em que Cody fez um acordo judicial, me poupando de mais um julgamento. A sincronicidade causou uma onda de interesse da imprensa e, antes mesmo da exposição abrir, havia vendido metade das fotos por mais dinheiro do que eu jamais achei possível.

Dezessete fotografias, uma para cada cicatriz, minhas partes quebradas contra o plano de fundo da floresta, o asfalto rachado atrás do posto de gasolina, os carros enferrujados no quintal do meu pai. Cada uma delas foi como ter me esfaqueado novamente. A cada vez, eu cicatrizei um pouco melhor.

Mandei um convite para Mitch com uma mensagem rabiscada no canto. *Caro Mitch, no fim das contas, você estava certo. Então, foda-se.*

Ele apareceu com uma garota que chorou quando conversou comigo. Formavam o casal perfeito.

Eu me perguntei se Ethan iria dar as caras, mas ele não apareceu. Fiz uma busca na internet pelo nome dele algumas vezes, mas parecia que ele havia desaparecido de novo, e eu não procurei com muito afinco. Depois da exposição na galeria, fiquei em pé diante do espelho do banheiro, com minha pele nua exposta, e estiquei meus dedos mutilados sob o vórtice de pele cicatrizada que a bala havia deixado em meu estômago ao sair do meu corpo.

Dezoito. Eu pensei. *Dezenove*.

Mas os números eram uma mentira, assim como todo o resto. Havia mais rachaduras em minha pele do que era possível contar.

● ● ●

Dez meses depois da segunda vez em que eu quase morri, estávamos limpando a casa novamente. Era um processo arrastado, que avançava alguns passos para logo em seguida recuar freneticamente, mas meu pai ainda estava tentando.

O sol brilhava, um dos raros dias sem nenhuma nuvem no céu. Eu joguei o saco de lixo que estava carregando na pilha junto à soleira da porta e tirei minhas luvas. Meu pai já estava do lado de fora, com as mãos na cintura, analisando o velho Impala.

"Acho que consigo fazê-lo funcionar de novo", disse ele enquanto eu me aproximava.

"Mas você não vai", eu retruquei.

"Mas eu não vou", ele concordou. Ele suspirou e coçou a cabeça calva. "Você acha que poderíamos queimar tudo e começar do zero?"

"Poderíamos fazer isso", respondi em um tom amável. Era apenas a trigésima vez que essa conversa se repetia e que ele sugeria aquela solução em particular. "Mas aí você sempre iria se perguntar sobre o que deixou enterrado."

"Acha mesmo que tem alguma coisa que vale a pena salvar?"

"Você está se referindo à casa ou a você?", eu perguntei.

Ele grunhiu uma risada. "Já escuto o suficiente dessa bobagem da minha terapeuta, não preciso ouvir de você também."

Rodas cruzaram o cascalho. Protegi com a mão meus olhos da luz do sol. Não apareciam muitos visitantes esses dias, e eu não reconheci o carro. "Você está esperando alguém?", perguntei.

"Nunca", respondeu meu pai.

O carro estacionou. A porta se abriu, revelando Ethan, usando uma camiseta preta e calças jeans.

"Preciso ir pegar a espingarda?", meu pai quis saber.

"Pai." Lancei um olhar a ele. "Talvez o taco de beisebol. Por via das dúvidas."

Ele riu. Ethan não tinha saído do lugar; ficou em pé junto ao carro, com uma das mãos sobre a porta. Me aproximei lentamente, de braços cruzados.

"Ei", ele disse. Ele havia perdido peso desde a última vez que o vi, as maçãs de seu rosto estavam mais fundas. Segurava um pequeno porco-espinho de pelúcia, estendido em minha direção. "Comprei isso pra você", afirmou, sem me olhar nos olhos. "Quando você estava no hospital, na lojinha, mas aí eu nunca... Enfim, me fez pensar em você."

Dei um passo para a frente, apenas o bastante para apanhá-lo com as pontas dos dedos. O ouriço segurava com as patas um coração que dizia "Melhoras". "Isso te fez pensar em mim...", eu disse. "Porque eu sou espinhosa?"

"Não, veja bem, eu tenho uma metáfora sutil e perspicaz que prova que te conheço profundamente", explicou ele, coçando a nuca.

Ergui uma sobrancelha. "É porque eu sou espinhosa."

"É porque você é espinhosa", ele confirmou, se encolhendo.

"Você não apareceu. No hospital. Nem depois", eu disse. "Você não ligou. Eu não ouvi um pio seu."

"Eu não sabia se você queria...", respondeu ele. "O jeito que deixamos as coisas..."

"Também não sei se eu ia querer te ver", afirmei. A pergunta pairou no ar entre nós: Agora era diferente?

Também não tinha a resposta para isso. Quando pensei que estava morrendo, eu quis perdoá-lo. Agora, não tinha certeza. Raiva e alívio, afeição e traição lutavam a unhas e dentes por controle.

Balancei a cabeça. "Eu gostaria que fosse fácil te perdoar. Mas não é."

"Não deveria ser", ele disse. "Coisas assim nunca deveriam ser fáceis. É assim que você sabe que é real, se você conseguir."

Segurei o porco-espinho com as duas mãos, movendo suas patas aleatoriamente. "Cody era o meu herói", declarei. "Ele me salvou. E se virou contra mim. Como conseguir confiar em alguém de novo algum dia?"

"Esse é o segredo sobre confiança, não é?", disse Ethan. "Você reúne toda a evidência que consegue, usa o cérebro, pesa o caráter contra os atos do passado. Mas aquele centímetro final de tudo... isso é na fé. Confiança significa acreditar em alguém. Não é apenas uma conclusão. É uma escolha."

"Esse é um jeito bonito de definir as coisas. Sabe... você devia ser um escritor ou algo assim", sugeri. "Talvez começar um podcast..."

Ele emitiu uma risada silenciosa, mesmo não tendo sido particularmente engraçado. "Na verdade, eu estou trabalhando em um", ele disse.

"Serial killers do Noroeste Pacífico?"

Ele balançou a cabeça. "Esse é mais pessoal. É sobre o meu pai, mas é mais sobre mim. É sobre os crimes que meu pai cometeu, e os que ele não cometeu, e o que isso significa para mim. Já escrevi quase tudo. Mas tem um trecho grande faltando."

"E que trecho é esse?"

"O seu. Aquele dia mudou as nossas vidas. Meu pai pode não ter te atacado, mas daquele ponto em diante nós estávamos conectados, você e eu. Eu não posso contar a história do que não aconteceu sem contar o que de fato aconteceu. E essa história pertence a você. Preciso da sua ajuda se eu quiser fazer isso do jeito certo."

"Ethan..." Cruzei meus braços por cima do porco-espinho. O sol brilhou em meus olhos, me dando uma justificativa para olhar para o chão. "Nós nos conhecíamos havia poucos dias. E, durante todo esse tempo, você estava mentindo a respeito de quem você era."

"Está certa. Você não me conhece de verdade, e eu não te conheço. Não estou pedindo para ser o seu namorado, Naomi. Nem mesmo estou pedindo para ser seu amigo."

"Então, o que você quer?", eu perguntei.

"Uma troca", ele propôs. "Uma pergunta por outra. Do jeito que começamos. Mas, desta vez, nós dois diremos a verdade."

Desviei o olhar em direção à estrada. Da forma que ela se curvava, não era possível enxergar muito longe antes de as árvores dominarem tudo no campo de visão. Qualquer coisa poderia estar além daquela curva, e eu nunca consegui definir se a sensação que isso passava era a de ameaça ou de promessa.

Confiança era uma escolha, ele disse. Uma questão de fé.

Olhei de volta para ele.

"Naomi?", ele começou.

"Me faça uma pergunta."

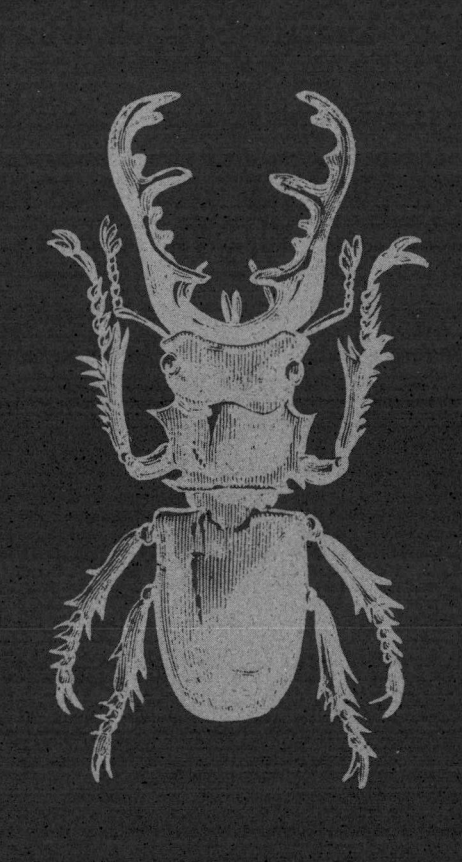

AGRADECIMENTOS

Quando eu estava no ensino fundamental, minhas duas melhores amigas e eu passávamos todo o nosso tempo envolvidas em um jogo elaborado — e a primeira regra dele era nunca admitir que era um jogo. Feitiços e poções, monstros e magia, tudo era real, assim como as forças sombrias nos caçando, porque sabíamos disso. O que mais me lembro é o desejo desesperado que tínhamos de agir como se tudo fosse realidade, para que tudo se *tornasse* realidade. Nós acreditávamos o suficiente para, às vezes, chegarmos ao ponto de nos assustarmos — como no dia em que encontramos um esqueleto de pássaro completo no meio de um campo, ou quando sentimos algo enorme e malévolo espreitando na névoa espessa além da macieira. Este livro não existiria se não fossem aqueles dias e anos nos rendendo às nossas imaginações; então, obrigada, Katie e Audrey, por serem as melhores amigas que uma menina poderia desejar ter.

Eu também tenho um débito com o incomparável Jay Ridler, que me disse, anos atrás, que eu deveria estar escrevendo *thrillers*; demorei um tempo para fazer isso, mas você estava certo. O No Name Writing Group é uma constante fonte de apoio e compreensão, então, agradeço a Shanna Germain, Rhiannon Held, Corry L. Lee, Erin M. Evans, Susan Morris e Rashida Smith — e, em especial, a Erin e Susan, que estavam comigo nas trincheiras desde o início deste livro, e a Rhiannon, por ajudar com os detalhes de conformidade ambiental. Dana Mele e Amelia Brunskill também me deram valiosos retornos a respeito dos meus manuscritos durante esse caminho. Minha agente literária, Lauren Spieller, transformou o manuscrito com seu aguçado olhar de editora e, com sucesso, se encarregou de procurar e achou a casa editorial perfeita.

Agradeço à minha editora, Christine Kopprasch, que imediatamente entendeu o livro e, com suas ideias, ajudou a moldá-lo e aperfeiçoá-lo até alcançar sua forma final. Foi um prazer incrível trabalhar com Christine e toda a equipe da Flatiron — agradecimentos especiais a Megan Lynch, Maxine Charles, Claire McLaughlin, Erin Kibby, Jolanta Benal, Erin Fitzsimmons, Kelly Gatesman e Susan Walsh.

Um agradecimento especial ao meu filho, que me diz que eu escrevo livros chatos e que eles deveriam ter figuras. Um dia, você vai achar que eu sou legal. E à minha filha, que me acha legal, mas basicamente porque eu lhe dou biscoitos Goldfish. Amo muito vocês.

E sempre, sempre, sempre: obrigada ao meu esposo, Mike, e a todo o restante da minha brilhante, engraçada, generosa e criativa família. Eu não teria conseguido sem vocês.

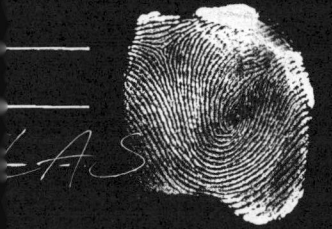

Quem é ELA?

KATE ALICE MARSHALL escreve histórias de terror e thrillers para todas as idades. Seus livros para jovens leitores incluem *I Am Still Alive*, indicado para um Washington State Book Award, e *Rules for Vanishing*, que foi nomeado para um Bram Stoker Award. Ela mora no Noroeste Pacífico dos Estados Unidos com sua família. *O Que Está Lá Fora* é seu primeiro thriller para adultos. Saiba mais em katemarshallbooks.com.

E.L.A.S EM EVIDÊNCIA.

Susp**ect** _____

Vict**im** _____

ESPECIALISTAS
LITERÁRIAS NA
ANATOMIA DO
SUSPENSE

Capture o QRcode e descubra.

Conheça agora todos os títulos do projeto especial **E.L.A.S — Especialistas Literárias na Anatomia do Suspense**, que integra a marca Crime Scene® Fiction, da DarkSide® Books, para apresentar uma seleção criteriosa das mais criativas e inovadoras autoras contemporâneas do suspense mundial.

CRIME SCENE®
F I C T I O N

CONHEÇA, LEIA E COMPARTILHE NOSSA COLEÇÃO DE EVIDÊNCIAS

Case No. _____ Inventory # _____

Type of offense _____

Description of evidence *BOOKS*

"Uma leitura diabolicamente planejada e deliciosamente sombria."
LUCY FOLEY, autora de *A Última Festa*

"Alice Feeney é única e excelente em reviravoltas."
HARLAN COBEN, autor de *Não Conte a Ninguém*

ALICE FEENEY PEDRA PAPEL TESOURA

Dez anos de casamento. Dez anos de segredos. E um aniversário que eles nunca esquecerão. Um relacionamento construído entre mentiras e pedradas.

"Instigante, inteligente, emocionante, comovente."
PAULA HAWKINS, autora de *A Garota no Trem* e de *Em Águas Sombrias*

"*Anatomia de uma Execução* é um thriller irresistível e tenso."
MEGAN ABBOTT, autora de *A Febre*

DANYA KUKAFKA ANATOMIA DE UMA EXECUÇÃO

Um suspense que disseca a mente de um serial killer. Uma reflexão sobre a estranha obsessão cultural por histórias de crimes reais e uma sociedade que cultua e reproduz essa violência.

"Katie Sise é uma nova voz obrigatória no universo do suspense familiar."
MARY KUBICA, autora best-seller do New York Times de *A Outra*

"Sise mostra seu domínio do suspense com uma obra de tirar o fôlego."
PUBLISHERS WEEKLY

KATIE SISE ELA NÃO PODE CONFIAR

Uma mãe, um bebê e um suspense arrebatador que vai assombrar a sua mente neste instigante thriller que aborda a saúde mental materna de maneira dolorosa e profunda.

"Uma prosa hipnotizante sobre um mundo que todos conhecemos e tememos."
ALEX SEGURA, autor de *Araña and Spider-Man 2099*

"O melhor thriller de Jess Lourey até agora."
CHRIS HOLM, autor do premiado *The Killing Kind*

JESS LOUREY GAROTAS NA ESCURIDÃO

Um thriller atmosférico que evoca o verão de 1977 e a vida de toda uma cidade que será transformada para sempre — para o bem e para o mal.

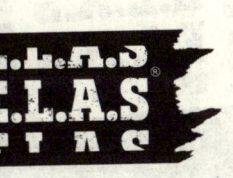

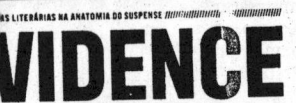  

Suspect _____

Victim _____

ESPECIALISTAS
LITERÁRIAS NA
ANATOMIA DO
SUSPENSE

CRIME SCENE®
F I C T I O N

DARKSIDEBOOKS.COM

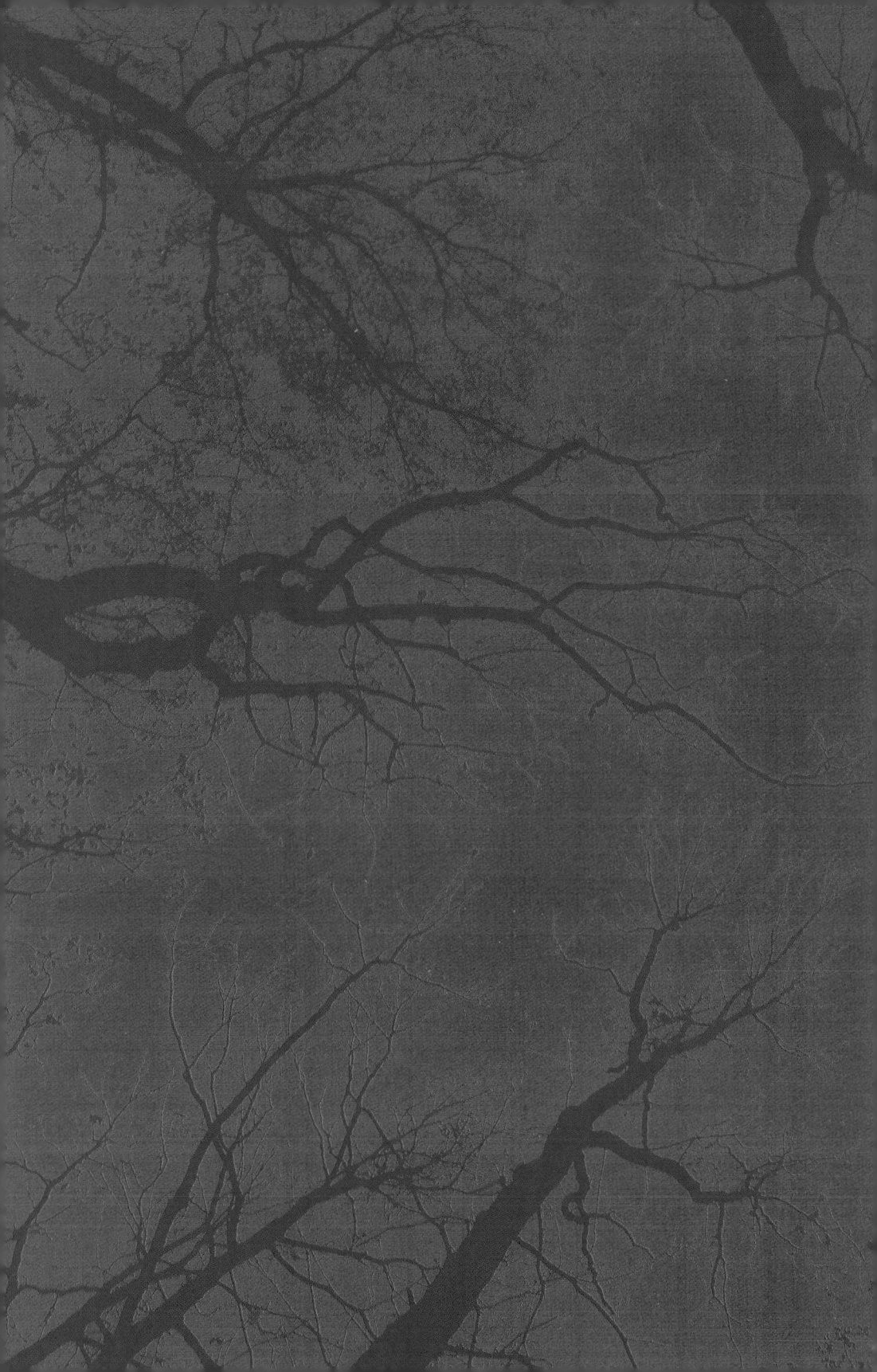